Håkan Nesser • Ein Brief aus München

HÅKAN NESSER

# Ein Brief aus München

Roman

*Aus dem Schwedischen*
*von Paul Berf*

btb

## Einleitende Bemerkung

*Die Stadt Kymlinge existiert nicht auf der Landkarte, ebenso wenig wie Sillingbo und die eine oder andere Straße in Oskarshamn. Casa Sotterhill wurde Ende 2012 bei einem Brand zerstört, an ihrem Standort befindet sich heute eine Anlage zur Gewinnung von Biokraftstoff aus Schlachtabfällen.*

# I

## 22.–25. Dezember

# 1

## LARS

Als Lars Rute zwei Tage vor Heiligabend im Jahr des Herrn 2020 an einer Tankstelle stand und den Tank füllte, erkannte er – in einem Augenblick kurzzeitiger Einsicht –, dass er auf praktisch alles wütend war.

Zwar nur diskret und insgeheim, im Einklang mit seinem zurückhaltenden Charakter. Aber trotzdem, wütend war er.

Auf seinen ältesten Bruder Ludvig, diesen egozentrischen und selbstverliebten Scheißkerl, der die Ursache dafür war, dass er bei Wind und Wetter an dem widerspenstigen Tankdeckel herumfummelte und zu vergessen versuchte, dass er pinkeln musste.

Auf seine Frau Ellen, die mit frisch lackierten Fingernägeln und einem Hörbuch auf den Ohren auf dem Beifahrersitz im Warmen saß und ihn zu dieser Fahrt quer durch das Land überredet hatte. Obwohl sich das Coronavirus wie ein Lauffeuer ausbreitete und alle aufgefordert worden waren, daheimzubleiben und Weihnachten mit den Topfpflanzen und der Katze und niemandem sonst zu feiern.

Auf das Virus selbst, Covid-19, das nun seit knapp einem Jahr wütete und ihn veranlasst hatte, mit der Faust auf den Tisch zu hauen und seine beiden Restaurants, die er lange

Jahre erfolgreich betrieben hatte, deutlich unter Wert zu verkaufen.

Auf die staatliche Gesundheitsbehörde, diesen inkompetenten Haufen von zähen Onkeln und Tanten, der auf achtzehn Sendern täglich live eine Menge Kurven und Zahlen präsentierte, sich jedoch nicht dafür zu interessieren schien, dass die Leute draußen im richtigen Leben wie die Fliegen starben – in Seniorenheimen, auf überfüllten Intensivstationen und andernorts –, oder dass das Pflegepersonal Blut kotzte und am laufenden Band kündigte.

Und darüber hinaus, nachdem der Tankdeckel seinen Widerstand aufgegeben hatte und das schweineteure Benzin floss: auf eine Regierung, die nicht einmal fähig wäre, ein paar Mietshäuser zu verwalten, die mal zu diesem und mal zu jenem tendierte und sinnlose Ermahnungen furzte, die man nicht befolgen musste, wenn man keine Lust dazu hatte, wodurch Schweden zu den Ländern gehörte, die weltweit die meisten Coronatoten pro hunderttausend Einwohnern zu beklagen hatten.

Auf eine Masse Syrer, die in Södertälje und Umgebung riesige Feste mit großem Gedränge feierten und denen es vollkommen egal zu sein schien, dass sie das Virus wie Löwenzahnpollen auf das ganze Land verteilten.

Auf das Eishockeyteam von Oskarshamn, das er mit seinem teuer erarbeiteten Geld aus den Restaurants gesponsert hatte, als es ihnen tatsächlich gelungen war, sich in der Ersten Liga zu halten, das nun aber nicht weniger als dreizehn Spiele hintereinander verloren hatte. Glücklicherweise war es verboten, zu den Partien zu gehen, sodass es ihm wenigstens erspart blieb, auf der Ehrentribüne zu sitzen und gute Miene zum bösen Spiel zu machen.

Und nicht zuletzt: auf den Mundschutz, den Ellen besorgt

hatte und den er nun aufzog, ehe er in den Laden ging, um zu pinkeln, das Benzin zu bezahlen und Kaffee zu kaufen. Im Toilettenspiegel erblickte er sich selbst und stellte fest, dass er aussah, als hätte er eine Kinderunterhose im Gesicht. Hellblau mit kleinen roten Walderdbeeren oder irgendeiner anderen verfluchten Sorte Beeren.

Ich habe es so satt, dachte Lars Rute und knöpfte den Hosenstall zu. Ich habe dieses Spektakel, das ein Leben sein soll, so verflucht satt.

»Hat alles geklappt?«, fragte Ellen, als er sich wieder auf den Fahrersitz gesetzt hatte.

»Sicher«, antwortete Lars. »Wie viele von diesen Masken hast du gekauft?«

»Zweihundert«, sagte Ellen. »Sie waren superbillig.«

»Das kann ich mir denken«, erwiderte Lars.

»Gestern hat sich das Blatt gewendet.«

»Hä?«, sagte Lars.

»Gestern war der dunkelste Tag des Jahres. Wir gehen helleren Zeiten entgegen.«

»Toll«, meinte Lars, verbrannte sich die Zunge am Kaffee und ließ den Wagen an.

Anschließend sagten sie viele Kilometer lang nichts. Aber die Dunkelheit legte sich um sie und ihren müden, alten Škoda, obwohl es gerade einmal drei, halb vier Uhr nachmittags war. Aus irgendeinem Grund musste Lars an ein anderes Weihnachtsfest denken, vor zehn Jahren oder so, als sie mit farbenfrohen Drinks in der Hand in Liegestühlen auf einem sonnigen Strand in Thailand gesessen hatten. Keine Sorgen, so weit das Auge und das Denken reichten. Ausgerechnet diese verdammte Erinnerung musste jetzt natürlich auftauchen.

»Ich finde wirklich, dass es interessant sein wird, ihn kennenzulernen«, verkündete Ellen, als in ihrem Hörbuch offenbar eine Pause entstanden war.

Das verkündete sie nun bereits zum vierten oder fünften Mal, seitdem das Ganze am Vortag aktuell geworden war, und Lars entgegnete nichts.

»Ich meine, er ist ja trotz allem dein Bruder, und ich bin ihm noch nie begegnet.«

Das stimmte. Lars und Ellen hatten sich 1996 kennengelernt, und im selben Jahr hatte Ludvig sich endgültig an der Côte d'Azur niedergelassen, und in den vierundzwanzig Jahren, die seither vergangen waren, hatten die Brüder keinen Kontakt mehr zueinander gehabt. Doch, ein paar Weihnachtskarten, der eine oder andere Gruß per Mail, aber nicht mehr.

Das hatte seine Gründe, so wie fast alles welche hatte.

Der Kontakt zu Lars' anderen Geschwistern war ein wenig, aber nicht viel, besser gewesen. Ellen war ihnen jeweils zwei Mal begegnet. Flüchtig und ähnlich ungeplant, wie Zahnschmerzen eben kommen oder gehen; von so etwas wie einem Familienzusammenhalt konnte keine Rede sein.

Auch das hatte seine Gründe. Möglicherweise die gleichen.

»Schade nur, dass er so krank sein soll.«

Lars konnte sich ein Schnauben nicht verkneifen.

»Wir werden ja sehen, wie es sich damit verhält.«

»Wie meinst du das?«

»Ich meine nur, was ich sage. Dass wir es ja sehen werden.«

»Du denkst also, dass es nicht stimmt. Warum sollte sie behaupten, dass er krank ist, wenn er es gar nicht ist?«

Lars seufzte und machte Anstalten, einen Sattelschlepper zu überholen. Ellen schwieg, was sie immer tat, wenn er überholte. Als würde sie ein stilles Gebet sprechen, dass sie es vorbeischafften, bevor sie frontal mit einem anderen Sattelschlepper kollidierten. Ihm war aufgefallen, dass sie in diesen kritischen Sekunden manchmal auch die Augen schloss, so wie sie es sonst tat, wenn in einem Fernsehfilm oder im Kino eine grausige Szene begann.

Aber im Kino waren sie … er versuchte nachzurechnen … seit mindestens fünfzehn Jahren nicht mehr gewesen. Das Letzte, was sie seiner Erinnerung nach in einem richtigen Kinosaal gesehen hatten, war ein schwedischer Krimi mit Sven Wollter in der Hauptrolle gewesen, und das könnte sogar noch vor der Jahrtausendwende gewesen sein. Aber warum sollte man auch ins Kino gehen, wenn man es daheim bequemer hatte? Wo einem noch dazu der eklige Geruch von Popcorn erspart blieb.

Das Überholmanöver gelang, und Ellen öffnete wieder den Mund.

»Wir sind doch nur zu viert, also halten wir uns an die Empfehlungen der Gesundheitsbehörde.«

»Diese Empfehlungen«, sagte Lars.

»Außerdem passt es doch ganz gut, weil Lisa und Malcolm nicht zu uns kommen können, oder?«

Lars erkannte, dass es noch etwas gab, worauf er wütend war. Großbritannien. Ihre Tochter Lisa studierte seit zwei Jahren an der London University und war fast genauso lange mit einem gewissen Malcolm Innings zusammen. Das junge Paar hatte geplant, zu ihnen zu kommen und Weihnachten in Oskarshamn zu feiern. Doch die Pandemie hatte diesem Unterfangen natürlich ein paar Knüppel zwischen die Beine geworfen; wenn es ein Land auf der Welt gab, das noch schlechter darin war, mit dem Virus umzugehen, dann war dies England. Bis vor wenigen Tagen hatte es wenigstens noch Hoffnung gegeben, aber dann hatte man in der Grafschaft Kent eine neue Mutation gefunden, oder wo auch immer, und praktisch alle Länder in Europa hatten Einreisen aus dem Inselreich gestoppt. Sogar Schweden.

Außerdem hatte der größte Clown aller Zeiten, dieser Premierminister Johnson, auch bekannt als die gelbe Gummiente, die Absicht, das Land in einer guten Woche aus der EU zu stürzen. Mit Komplikationen, die so unüberschaubar waren wie die Rückseite des Mondes. Ja, verdammt, dachte Lars Rute und kleckerte Kaffee auf seinen Pullover, man sollte nach Tonga ziehen.

»Warum sagst du nichts? Wir sind immerhin auf dem Weg zu deinem Bruder?«

Lars dachte einen Moment nach.

»Was hat diese Frau, mit der du geredet hast, gesagt, wie sie heißt?«

»Sie heißt Catherine, das weißt du doch. Schließlich hast du den Brief gelesen.«

»Catherine, genau. Was meinst du, wie alt sie ist?«

»Welche Rolle spielt denn ihr Alter bei der Sache?«

»Keine Ahnung. Ludvig ist jedenfalls knapp sechzig.«

»Du meinst, dass sie um einiges jünger sein könnte?«

»Sie dürfte jedenfalls nicht älter sein als er.«

»Und?«

Jetzt war sie gereizt. Dass sie sich auf kurze Erwiderungen wie »Und?« beschränkte, war ein deutliches Zeichen. Er überlegte, ob er versuchen sollte, die Stimmung ein wenig aufzulockern, oder sie in der Schwebe hängen zu lassen, und entschied sich für eine etwas warmherzigere Linie. Zwei Feinde während der bevorstehenden Weihnachtstage – Ludvig und seine junge Lebensgefährtin – reichten ihm völlig. So hatte es tatsächlich in ihrem Brief gestanden: *Ich bin seine*

*Lebensgefährtin.* Allein schon, dass sie offenbar Schwedisch sprach, erschien merkwürdig.

Aber, wie gesagt, sich mit diesen Widersachern herumschlagen zu müssen und es sich außerdem mit seiner Frau zu verderben, empfand er als … als so unnötig wie ein saures Sahnehäubchen auf dem Kuchen.

»Hatte sie wirklich keinen Akzent?«, fragte er.

Ellen beschloss, gnädig mit ihm zu sein.

»Einen kleinen vielleicht. Und dann natürlich einen französischen … aber wie alt sie ist, konnte ich nicht heraushören.«

»Nun ja, das wird sich zeigen«, erwiderte Lars. »Und du hast recht, es spielt natürlich keine Rolle. Hast du Hunger? Wollen wir irgendwo anhalten und ein Würstchen essen oder fahren wir durch? Es sind bestimmt noch drei Stunden … jedenfalls fast.«

»Du hättest dir doch eins kaufen können, als du getankt hast.«

»Ich habe keinen Hunger«, sagte Lars. »Ich habe gefragt, ob du hungrig bist.«

»Ich brauche im Moment auch nichts«, erklärte Ellen. »Wir haben ja die Brote gegessen. Wir haben auch noch Äpfel, möchtest du einen?«

Kaffee mit Apfel, dachte Lars Rute und lehnte das Angebot freundlich dankend ab.

»In Ordnung«, sagte Ellen und schaltete ihr Hörbuch wieder ein. »Ich finde es jedenfalls spannend, die beiden zu treffen. Ein Weihnachtsfest, das in Erinnerung bleiben wird, was immer passiert.«

Vielleicht ein wahres Wort, dachte Lars Rute.

Während der folgenden dunklen Kilometer in westliche Richtung dachte er tatsächlich an seinen ältesten Bruder, was auch sonst. Fünf Jahre lagen zwischen ihm und Ludvig, aber es war nicht der Altersunterschied, der von Bedeutung war. Es ging um die Menschenwürde. Das hatte er gedacht, seit er erwachsen genug war, um gewisse verborgene Mechanismen zu durchschauen. Zum Beispiel, wie groß oder klein der Raum war, auf den man ein Anrecht in dieser Welt hatte.

Der einem zugeteilt worden war. Maßgeschneidert, könnte man sagen.

So war es von Anfang an gewesen. Ludvig war der älteste Sohn, den die Eltern (will sagen Vater Leopold, für den ein wesentlich größeres Stück maßgeschneidert worden war als für Mutter Sylvi) als das Juwel in der Krone betrachteten.

*Der Erbe*. Lars hatte gelegentlich gehört, wie das Wort im Vertrauen benutzt worden war. Gott allein wusste, um welche Art von Erbe es dabei ging, aber das spielte auch keine Rolle. Aus Ludvig würde etwas Großes werden. Unklar was, aber groß.

Und wenn Ludvig der Kronprinz war, dann war sein Bruder Leif die Nummer zwei in der Thronfolge, das stand außer Frage. Vater Leopold hatte sich niemals Mühe gegeben, den Stand der Dinge abzumildern oder zu bemänteln, und Lars hatte seinen abgeschiedenen Platz in der Familie gefunden, noch ehe er richtig sprechen gelernt hatte. Im Nachhinein konnte er sich nicht erinnern, dass er jemals eigene Kleider besessen hatte, bis er in die Pubertät kam; sämtliche Hosen, Hemden, Jacken und Mützen waren von Ludvig und/oder Leif getragen worden, ehe sie bei ihm landeten. Gleiches galt für Unterwäsche und Schuhe. Nicht, weil die Familie sich keine Kleider leisten konnte, sondern weil es praktisch war.

Er hätte ein Mädchen sein sollen. So war es vorgesehen gewesen; nach zwei Prachtburschen wie Ludvig und Leif hatte man das Recht, das zu erwarten. Welchen Sinn sollte ein weiterer Junge in der Familie haben? Noch dazu ein schwächlicher, kleiner Typ, der quengelig und kränklich war und bis ins Alter von fünf Jahren ins Bett nässte. Was Robustheit und Umtriebigkeit anging, kam er nicht einmal ansatzweise in die Nähe seiner großen Brüder.

Und dann kam schließlich sie. Eine knappe Woche, nachdem er drei geworden war, ein Geburtstag, der sich in Luft auflöste, weil seine Mutter bereits auf der Entbindungsstation lag, um das ersehnte Engelskind zur Welt zu bringen. Ab dem darauffolgenden Jahr feierte man die beiden Geburtstage, seinen und den seiner Schwester, immer auf einen Schlag. Auch das war praktisch, und wer konnte daran herummäkeln, dass Louise stets mehr Geschenke bekam als er? War sie nicht sowohl ein Mädchen als auch die Jüngste? Abweichende Standpunkte hätten Kleinlichkeit bedeutet. In Familie Rute war man nicht kleinlich.

Also Louise. Sie kam am Tag der Morgenröte zur Welt, dem dritten Juli, und erhielt Aurora als zweiten Vornamen. Man schrieb das Jahr 1968, was bedeutete, dass das gesamte Geschwisterquartett in dasselbe Jahrzehnt eingeklemmt lag. Ludvig 1961, Leif 1963, Lars 1966, Louise 1969. Eine Glanztat von Mutter Sylvi und ihm selbst, wie Leopold Rute bei Essensgesellschaften und ähnlichen Zusammenkünften gern unterstrich.

In den Sechzigerjahren haben wir Kinder produziert. Verdammt, was haben wir uns ins Zeug gelegt. Ein Rute liegt nicht auf der faulen Haut, haha.

Der Nachname stammte aus einem Kirchspiel im Norden Gotlands, wo Leopold geboren und aufgewachsen war. Während des Ersten Weltkriegs, der Spanischen Grippe, Arbeit im Steinbruch und so weiter und so fort. Dinge, die den, der sie überlebt, abhärten.

Zum Teufel, dachte Lars Rute und überholte einen Traktor. Was hatte ein Traktor zwei Tage vor Heiligabend auf der Straße verloren? Außerdem Schneeregen und null Grad; laut Routenplaner sollte die Fahrt von Oskarshamn nach Sillingbo zirka sechs Stunden dauern, aber bei diesen Straßenverhältnissen musste man wohl eine Stunde drauflegen, wenn man mit heiler Haut ankommen wollte. Aber das war natürlich völlig egal, wenn man ohnehin nicht darauf erpicht war, überhaupt anzukommen.

Er kehrte zu seiner familiären Vergangenheit zurück. Es gab eine Erinnerung, die ein *defining moment* war, wie es auf Englisch hieß. Ein *erhellender Moment,* oder wie immer man es in der Landessprache nennen wollte. Lars hatte an der Hochschule in Örebro zwei Semester Englisch studiert, sein einziger entsprechender Einsatz in der postgymnasialen Welt, aber dann hatte er zwei Prüfungen hintereinander verpasst und stattdessen angefangen zu arbeiten. Die Sprache glaubte er dennoch zu beherrschen, was deutlich geworden war, als Ellen und er Lisa in London besucht hatten.

Der fragliche Moment war etwas länger als ein Moment gewesen, aber nicht viel. Er ereignete sich im Mai 1980, als Leopold Rute in Örebro im Krankenhaus lag und auf den Tod wartete. Ein üppig gestreuter Lungenkrebs war damals der Bösewicht im Drama gewesen, aber nachdem er fast vierzig Jahre ein starker Raucher gewesen war, zeigte sich nicht einmal Leopold selbst überrascht. Alles hat seine Zeit, auch Fabrikanten (Damen- und Herrenschuhe mit Kreppsohlen) vom alten Schlag, und als er begriff, dass es keine Frage von Wochen oder Monaten, sondern von Tagen oder vielleicht bloß Stunden war, hatte er die Familie um sein Sterbebett geschart. Also seine vier Kinder sowie Sylvi, die sie alle geboren hatte und seit Februar am Weinen war, nachdem sie begriff, was sich anbahnte, und die nun keine Tränen mehr übrig hatte. Ein bisschen musste sie sich noch für die Beerdigung aufsparen, Lars war sicher nicht der Einzige, der fand, dass ihr Gesicht aussah wie eine ausgepresste Zitrone. Für alle Fälle mit einer dunklen Brille versehen.

Letzteres war natürlich nebensächlich, aber Lars konnte sie noch heute, vierzig Jahre später, wie auf einem Foto vor sich sehen. Ein Mensch, der dabei war, sich aus dem Leben zu schrumpfen. Tatsächlich hatte sie dann mehrere Jahre benötigt, um ins Ziel zu kommen; der Mensch denkt, Gott lenkt.

Als der Krebs entdeckt wurde, vielleicht auch schon früher, hatte Leopold eine gewisse Demenz entwickelt; konnte das eine nicht wirklich vom anderen unterscheiden, Menschen, Geschehnisse, Vorfälle und anderes in der Art. Doch als er nun von seiner ganzen lieben Familie umgeben war – der so geliebten und bedeutend jüngeren Ehefrau, den Nachkommen, angefangen beim neunzehnjährigen Ludvig, der bald Abitur machen würde und ein außerordentlich schöner Jüngling war, bis zu der goldlockigen Prinzessin Louise, knapp zwölf –, konnte sich der sterbende Patriarch eine letzte zusammenfassende Betrachtung nicht verkneifen und gab jedem von ihnen ein paar Worte mit auf den Weg.

Lars war damals ein pickeliger und verzagter Vierzehnjähriger gewesen, außerdem Pollenallergiker und mit Druck auf der Blase, und hatte sich selbst mit seinem eigenen, eng begrenzten Maßstab gemessen ungewöhnlich unwohl in der Situation gefühlt.

»Ähääm!«, intonierte der Vater vom Sterbebett aus. »Da wir uns nun alle an diesem funkelnd schönen Januartag versammelt haben ...«

Hier verlor er den Faden. Verdammt, es ist Mai, dachte Lars, und die anderen taten das sicher auch. Leopold räusperte sich erneut, setzte zu seiner Rede an und begann, kurz und kernig zusammenzufassen, welches Schicksal zu erwarten war – nicht für ihn selbst, denn das stand in den Sternen, sondern der Reihe nach für die übrigen Anwesenden: Ehefrau Sylvi (langes Leben in Saus und Braus), Ludvig (ein Künstler, der die Welt mit seinen Gemälden zum Staunen bringen würde), Leif (höchstwahrscheinlich innerhalb eines Jahrzehnts Rektor an einer unserer Universitäten ... nota bene, höchstens eines Jahrzehnts), und dann ... hier verlor er erneut den Faden und wirkte verwirrt.

»Aber was bist du für einer?«

Er stierte Lars an, der inzwischen äußerst kurz davor war, sich zu bepinkeln. Er wollte gerade den Mund öffnen und erklären, wer er war und wie er hieß, aber es war schon zu spät. Der Vater wedelte ihn mit einer schweifenden Armbewegung fort und richtete seinen Blick auf die kleine Louise, die Mutter Sylvis Hand hielt und so sehr lächelte, dass ihr das Gesicht wehtun musste – und mit diesem hübschen Anblick vor Augen setzte Leopold Rute zu einem verschlungenen Exposé über das Wesen der Frau an (zu gleichen Teilen unbegreiflich, schön, rätselhaft und beseelt, die Quintessenz des Lebens, ihre Augen, ihr Haar, ihr Duft, ihre Mystik, ihre Brüste und der Po ...). An diesem Punkt ereilte ihn ein Hustenanfall, der ihn um ein Haar endgültig zum Schweigen gebracht hätte, aber offenbar bis in den Flur hinaus zu hören gewesen war, denn eine Krankenschwester hastete mit einer zweiten auf den Fersen herein, und der magische Moment war vorbei.

Man zerstreute sich. Lars fand eine Toilette und konnte sich endlich von dem Druck befreien, und am nächsten Morgen war Leopold Rute tot.

Aber seine Worte waren nie gestorben.

*Was bist du für einer?*

Er dachte an sie, und er träumte von ihnen. In seinen Träumen konnte der weitere Gang der Ereignisse kräftig variieren. Es kam vor, dass er sich in die Hose machte, sodass sich eine große, peinliche Pfütze auf dem Fußboden des Krankenhauses bildete. Oder dass er vortrat und seinem Vater aufs Maul schlug. Manchmal starb sein Vater an dem Schlag, und Lars landete im Gefängnis, manchmal schlug er zurück – unerwartet kräftig, wenn man bedachte, dass er im Sterben lag. Es kam sogar vor, dass Lars Flügel bekam und zum Fenster hinausflog, aber unabhängig davon, welche Variante sich aus der großzügigen Vorratskammer der Träume offenbarte, wachte er jedes Mal völlig ausgelaugt auf, so als hätte er am Vasalauf teilgenommen oder mit einem Bären gekämpft.

Doch nun zu Ludvig. Lars und Ellen waren nicht unterwegs zu seinem seit Langem toten Vater, sondern zu dem weltberühmten Maler Ludvig Rute.

Denn so hatten sich die Dinge tatsächlich entwickelt. Der mittlere Bruder Leif war niemals Rektor einer Universität und ebenso wenig Premierminister geworden – nur promovierter Dozent, was sicher auch nicht zu verachten war. Im Hinblick auf den Ältesten unter den Geschwistern hatte sich die Vorhersage des Vaters dagegen mit staunenswerter Treffsicherheit bewahrheitet. Zwar hatte Ludvig bereits früh künstlerische Neigungen und Ambitionen gezeigt, aber als er Abitur gemacht hatte und stehenden Fußes an einer privaten Malschule in Kopenhagen angenommen wurde – auf Grund von zwei eingeschickten Arbeitsproben, einem kleinen Ölgemälde mit Meeresmotiv und einem Aquarell von einem Waldsaum in der Gegend von Fjugesta –, gelangte sein Talent zu voller Blüte. Er malte Landschaften, Sonnenglitzer auf Wasser und verlassene Häuser, und er verkaufte. Stellte in Schweden und im Ausland aus, bekam Stipendien und öffentliche Aufträge und konnte schon als Fünfundzwanzigjähriger gut von seiner Kunst leben. Zehn Jahre nach dem Tod des Vaters war er so etabliert, dass er in drei Ländern lebte: Italien, Frankreich und Schweden (in seinem Heimatland allerdings nur zwei Monate, am liebsten in den Stockholmer Schären, das reichte völlig), und als Lars ihn das letzte Mal traf – Mittsommer 1995 –, waren die Preise für seine Gemälde derart in die Höhe geschossen, dass er vermutlich für den Rest seines Lebens von denen hätte leben können, die er zu diesem Zeitpunkt bereits gemalt hatte. Wenn ihm der Sinn danach gestanden hätte. Was natürlich nicht der Fall war, er malte weiter und wurde immer vermögender. Vor einigen Jahren hatte Lars in der Zeitung gelesen, dass ein Bild seines Bruders mit dem Titel *Steine, Bäume* für eine Million Kronen verkauft worden war.

Und wer würde sich unter diesen Umständen nicht an der Côte d'Azur niederlassen? Das Problem, dachte Lars in dem Moment, als ihn ein Straßenschild darüber informierte, dass es noch fünfunddreißig Kilometer bis Kymlinge waren, das Problem war nur, dass Ludvig ein selbstverliebter Scheißkerl war. Ein … er überlegte ein paar Kilometer, während die richtigen Worte zu ihm kamen … ein elitärer Drecksack mit einem klinischen Mangel an Empathie und Verständnis für die Lebensbedingungen anderer Menschen. Wem es nicht gelang, sich in dieser Welt zu behaupten, war schwachsinnig. Die meisten Menschen waren ohnehin Idioten. Die Demokratie war Opium fürs Volk. Hatte man vor seinem dreißigsten Geburtstag nicht ein paar Millionen gescheffelt, war man wahrscheinlich geistig minderbemittelt. Mitleid war identisch mit Schwäche. Künstler, die nicht von ihrer Kunst leben konnten, sollten lieber Fahrradboten oder Kommunalpolitiker werden.

Und so weiter in diesem Stil. Lars dachte häufig, selbst wenn das, was an jenem Abend und in der Nacht in Brevens bruk geschah, niemals geschehen wäre, hätte er dennoch das gleiche Verhältnis zu Ludvig gehabt. Mit ihm zusammen zu sein war wie Gonorrhö in der Seele. Lars hatte niemals Gonorrhö gehabt, weder in der Seele noch sonst wo, es war nur eine Redewendung, die er irgendwann aufgeschnappt hatte und in seinen Augen gut zu den Gefühlen passte, die sein berühmter Bruder in ihm auslöste. Und jetzt waren sie unterwegs, um in der Gesellschaft dieses unausstehlichen Narzissten Weihnachten zu feiern.

Krank?

Steckt in einer Art Krise?

So hatte es in dem Brief der Lebensgefährtin Catherine gestanden. Ludvig sei krank und schwermütig und wolle nach all den Jahren unbedingt seinen Bruder wiedersehen. Das Künstlerpaar hatte sich für den Winter ein altes Haus von einem Kollegen geliehen. In Sillingbo, einem kleinen Dorf im Nirgendwo, westlich in den schwedischen Fichtenwäldern; Ludvig hatte Sehnsucht nach seinem Heimatland zum Ausdruck gebracht. Wenn man auf der Suche nach einer sicheren Quarantänebehausung in Zeiten der Pest war, konnte man sich kaum etwas Geeigneteres vorstellen. Fernab der großen Straße, so sagte man wohl, hatte Catherine bemerkt. Und vier Personen konnten ja gemeinsam Weihnachten feiern, nicht wahr? Damit verstießen sie gegen keine der Empfehlungen. Nehmt deshalb bitte euer Auto und schaut bei uns vorbei! Vielleicht ist es die letzte Chance, sich noch einmal zu sehen, und Ludvig liegt wirklich viel daran. Wir sorgen für Essen und Trinken, ihr braucht nur eure Zahnbürsten und einen offenen Geist mitzubringen.

Einen offenen Geist?, hatte Lars gedacht. Was zum Teufel sollte das bedeuten? Vorbeischauen? Es waren mehr als fünfhundert Kilometer. Der Brief war am Freitag gekommen. Dem achtzehnten. Ellen hatte die angegebene Telefonnummer angerufen, als endgültig klar war, dass Lisa und Malcolm in London bleiben würden. Sie hatte ein paar Minuten mit dieser Catherine gesprochen, und so war es dann entschieden worden. Lars hatte damit nichts zu tun gehabt. Nicht das Geringste. Ging das Ganze zum Teufel, traf ihn keine Schuld.

»Wie weit ist es noch hinter Kymlinge?«, fragte Ellen plötzlich.

»Sechzig Kilometer«, antwortete Lars. »Ungefähr eine Stunde … in nordwestliche Richtung direkt in den Wald. Wenn wir noch eine Stunde weiterfahren, sind wir in Norwegen.«

»Die würden uns mit Sicherheit nicht ins Land lassen«, sagte Ellen. »Wegen der Pandemie, meine ich.«

»Wir probieren es erst gar nicht«, erwiderte Lars. »Ein Burger in Kymlinge?«

Ellen schüttelte den Kopf. »Uns erwartet bestimmt ein üppiges Essen, wenn wir ankommen.«

»Hat sie das gesagt, diese Catherine?«

»Ja, hat sie. Es wäre unhöflich, vollgestopft mit Junkfood bei ihnen anzukommen.«

»Na dann«, sagte Lars. »Sieh mal, jetzt fängt es richtig an zu schneien. Die letzten Kilometer müssen wir noch langsamer fahren.«

»Ich vertraue dir«, sagte Ellen und platzierte eine freundschaftliche Hand auf seinem Knie. »Ich möchte Weihnachten nicht im Straßengraben verbringen.«

»Heiligabend ist erst übermorgen«, rief Lars ihr in Erinnerung. »Sollte es so weit kommen, schaffen wir es noch rechtzeitig wieder aus ihm heraus.«

Sillingbo lag an einem Hang, der zu einem Wasserlauf abfiel – der sich in der Dunkelheit zwar nur erahnen ließ, aber mit Sicherheit da war –, und schien hauptsächlich aus einer Ansammlung vergessener Häuser zu bestehen, gleichmäßig und spärlich zu beiden Seiten der Durchgangsstraße verteilt. Außer einzelner Alibilampen herrschte in allen Wohnhäusern Dunkelheit, mit einer Ausnahme, es handelte sich um das letzte zur Rechten: ein größeres Holzgebäude mit zwei Stockwerken, etwa fünfzig Meter zum Wald hinauf gelegen. Darin brannte in allen Fenstern Licht, und eine Allee aus Wachsleuchten warf einen schwachen, flackernden Schein auf den Weg zu der Einfahrt zwischen zwei massigen Torpfosten.

»Da sind wir«, sagte Lars und bog ein. »Sieht aus wie eine alte Dorfschule.«

»Stimmt«, erwiderte Ellen. »Als wir telefoniert haben, hat sie so etwas erwähnt. Stell dir vor, dass es früher Kinder gegeben hat, die an diesem Ort Lesen und Rechnen gelernt haben. Das muss lange her sein.«

»Und die Schläge mit dem Rohrstock bekommen haben«, ergänzte Lars. »Der Schulbesuch war schon im neunzehnten Jahrhundert obligatorisch, da konnte es von zu Hause auch mal eine Stunde dauern, bis man ankam … und genauso lange zurück.«

»Warst du damals schon dabei?«, erkundigte sich Ellen.

Lars sparte sich eine Antwort, fuhr auf den unebenen, schneebedeckten Hof und parkte neben einem Auto, das schätzungsweise ein Jaguar war.

Und warum auch nicht?, dachte er mit einem überwältigenden Anflug von Ärger. Wahrscheinlich muss man schon dankbar sein, dass es kein Rolls Royce ist.

Die Haustür wurde aufgeschlagen, und eine Frau trat auf die beleuchtete Steintreppe hinaus. Sie trug ein langes rotes Kleid und eine ebenso rote Baskenmütze auf ihren dunklen Haaren und schien Mitte zwanzig zu sein. Deplatziert wie ein Mähdrescher in einer Kirche. Aber hübscher.

Zweifellos Catherine.

# 2

## LINN

Ich bereute es ungefähr eine Sekunde, nachdem ich Ja gesagt hatte. Ich ließ mich Mutter zuliebe darauf ein, aber manchmal sollte sie mir wirklich etwas weniger leidtun. Als hätte ich keine eigenen Probleme.

Aber es ist natürlich ein Jahr gewesen, in dem alle den Halt verloren zu haben scheinen. Mehr oder weniger jedenfalls, und wenn dieser Impfstoff nicht ordentlich wirkt, weiß ich nicht, wie das alles enden soll. Vielleicht ist es tatsächlich ein Trost in all dem Elend, dass es nicht nur einem selbst schlecht geht, sondern auch die meisten anderen in einer Krise sind. Irgendwie ist man weniger einsam, wenn alle einsam sind.

Jedenfalls sind wir unterwegs. Bis vorgestern gingen Mutter und ich davon aus, dass wir Weihnachten zusammen feiern würden, nur sie und ich in ihrer Wohnung in der Verkstadsgatan, in der wir seit August zusammenleben. Aber dann kam der Anruf von Onkel Ludvig … oder von seiner Sekretärin oder was immer sie ist, keine Ahnung, Mutter hat mit ihr geredet.

Er wollte, dass wir für die Weihnachtstage zu ihnen kommen, der große Ludvig, darum ging es in dem Gespräch. Mutter zufolge war ihm viel daran gelegen, aber gleichzeitig war sie in dem Punkt ein wenig wortkarg und wollte auch hinterher nicht mehr erzählen. Ich habe es mir gespart, sie zu bedrängen, ich weiß, dass ich in einer seltsamen Familie gelandet bin.

Sie ließen also letzten Montag von sich hören. Heute ist Mittwoch, morgen Heiligabend. Das Auto, in dem wir sitzen, gehört einem Kollegen von Mutter. Wir haben es uns geliehen, denn ihren alten Toyota hat sie im Frühling verkauft, als der Geldmangel ungewöhnlich akut geworden war; als die Theater schlossen und sie begriff, dass sie ziemlich lange keinen Job bekommen würde. Und im Grunde braucht man ja auch kein Auto, wenn man in Stockholm lebt, ich selbst habe nicht einmal den Führerschein gemacht.

Aber jetzt sitze ich also mit ihr in diesem ziemlich schicken Auto (ich glaube, es ist ein Subaru), fahre durch ein dunkelgraues Schweden, das sich unter der Pandemie zusammenkauert, und kann es nicht lassen, an mein Leben zu denken. Ich glaube, es hat mit der Jahreszeit zu tun, nicht nur mit dem Virus, denn um Weihnachten und Neujahr herum wird von einem erwartet zu analysieren. Wie es gewesen ist und wohin man unterwegs ist und so. Wir haben einige Kilometer über alles Mögliche geredet, aber nachdem wir in Västerås getankt hatten, sind wir stumm geblieben. Wir kennen uns ja gut und sehen uns täglich, sodass es nicht viel Neues zu bereden gibt. Abgesehen von diesem unerwarteten Weihnachtsfest natürlich, das vor uns liegt, aber Mutter hat kein großes Interesse daran, darüber zu sprechen. Aus irgendeinem Grund. Aber ich bin wie gesagt nicht überrascht; die liebe Verwandtschaft ist irgendwie suspekt. Gelinde gesagt.

Also stecke ich mir Solomon Byrd in die Ohren und denke stattdessen über mich nach. Es ist ein Thema, das ich ziemlich leid bin, um nicht zu sagen total satthabe, aber es fällt mir dennoch schwer, nicht ständig darauf zurückzukommen. In zwei Monaten werde ich fünfundzwanzig, und das ist vielleicht eine Art Meilenstein. Ich weiß noch, was ich dachte, als ich fünfzehn war, in die Mittelstufe ging und fand, dass so ziemlich alles total nervig war. In zehn Jahren geht es mir gut. Ich werde meine Nerven und meine Grübeleien in den Griff bekommen und kapiert haben, wie man durchs Leben kommt. Vielleicht bin ich mit einem gut aussehenden und zuverlässigen Typen zusammen und möchte Kinder bekommen. Oder habe schon welche.

*Sure.* Wenn ich zurückblicke, muss ich zwar zugeben, dass es damals schlimmer war, aber zu behaupten, dass ich in diesem Jahrzehnt klug und vernünftig geworden bin, wäre eine Übertreibung. Manchmal denke ich, dass ich mich mein Leben lang mit dem Gehirn einer Fünfzehnjährigen herumschlagen muss. Und wenn das stimmt, ist es wohl das Beste, den Stand der Dinge zu akzeptieren und etwas daraus zu machen.

Meine beiden sogenannten Beziehungen waren jedenfalls Reinfälle. Erst die mit Klas, mit dem ich direkt nach dem Gymnasium zusammenzog, in eine verdammte Hütte, die er von seinem Großvater geerbt hatte. Meine Freunde zogen mit Rucksäcken durch die Gegend und entdeckten die Welt, ich landete in einem Wald in Södermanland. Wir hielten es acht, neun Wochen aus, in erster Linie, weil es Sommer war, dann machte ich Schluss und sah, wie schön Klas es fand, dass er nicht selbst den Schritt hatte tun müssen. Keiner von uns hatte einen Job, wir besaßen kein Auto, nur zwei alte Fahrräder ohne Gangschaltung, und wollten beide im Herbst an der Hochschule Södertörn studieren. Weil wir jung waren, hatten wir täglich Sex und radelten alle zwei Tage nach Gnesta und gingen einkaufen (vor allem Bier, Chips und Zigaretten), und das Konzept war so naiv, dass ich nur den Kopf schütteln kann, wenn ich heute daran zurückdenke.

Vielleicht lernte ich trotzdem etwas in dem Sommer und wurde immerhin nicht schwanger. Ungefähr drei Jahre später zog ich mit einem anderen Typen zusammen, Dieter, einem Kommilitonen im Fach Psychologie, und wir sind tatsächlich bis Juni zusammen gewesen, dann war das Semester vorbei und er zog nach Deutschland zurück, zu seinem Vater, der nach einem Autounfall gelähmt ist. Es ist nicht völlig ausgeschlossen, dass Dieter und ich wieder zusammenkommen, aber ich bezweifle es. Wir haben uns immer noch gern, obwohl wir recht unterschiedlich sind, und wir waren beide supertraurig, als wir uns an einem regnerischen Nachmittag am Flughafen Arlanda trennten. Aber es vergeht immer mehr Zeit, ohne dass wir uns sprechen, und wenn ich seine Posts auf Insta lese, ahne ich inzwischen, dass er da unten in München etwas mit einer neuen Frau hat.

Im August habe ich das Psychologiestudium abgebrochen (oder mir zumindest eine Auszeit genommen). Möglicherweise hing es mit Dieter zusammen, aber auch damit, dass ich mir das Virus einfing. Es passierte schon Anfang Juli, als sonst kaum jemand krank wurde und manche glaubten, die Gefahr wäre vorbei. Trotz meines jungen Alters ging es mir ziemlich schlecht. Vielleicht habe ich die falsche Blutgruppe oder so, aber das wurde niemals richtig untersucht. Ich kam nicht ins Krankenhaus, aber mitten im Sommer bin ich einen Monat lang kaum aus dem Haus gegangen. Ich wohnte noch in der Wohnung auf Liljeholmen, die Dieter und ich zur Untermiete hatten, und hatte mir überlegt, mich im Herbst nach etwas Kleinerem und Billigerem umzuschauen, aber dann ergab es sich so, dass ich stattdessen bei Mutter einzog. Zum Glück nicht in mein altes Mädchenzimmer, weil Mutter ihre Wohnung in Alvik gegen eine in der Nähe von Hornstull getauscht hatte, als ich damals mit Klas in den Wäldern von Södermanland verschwand.

Aber der Juli im letzten Sommer war wirklich ein Elend. Mir ging es abwechselnd ziemlich oder total schlecht; Fieber, Gliederschmerzen, Verlust des Geschmacks- und Geruchssinns, und sobald ich mich nur ein bisschen anstrengte, wurde ich müde. Nach einer Woche kam eine in Plastik gehüllte Krankenschwester zu mir nach Hause und testete mich, woraufhin zwei Tage später feststand, was ich längst wusste. Covid-19. Eine Freundin und Mutter gingen abwechselnd für mich einkaufen, ließen die Tüten vor der Tür stehen und riefen mich an. Sagten *Hallo* und *Pass auf dich auf, wir können ja nicht hereinkommen und dich umarmen, aber du wirst sehen, es geht bestimmt bald vorbei.*

Es dauerte wie gesagt einen Monat, ich habe Antikörper, die hoffentlich für den Rest meines Lebens reichen, werde mich aber trotzdem impfen lassen, sobald ich die Chance dazu bekomme.

Es war Mutter, die mir vorschlug, eine Zeitlang bei ihr zu wohnen. Sie ist Schauspielerin ohne ein festes Engagement und hat seit Februar nicht mehr gearbeitet. Die Theater sind ja geschlossen. Genau wie Kinos und Konzertsäle, im Großen und Ganzen alles, was mit Kultur zu tun hat. Nach acht Uhr abends darf man in den Restaurants keinen Alkohol mehr bestellen, und treffen darf man sich höchstens zu acht, und so weiter und so fort, 2020 dürfte als das Jahr in die Geschichte eingehen, in dem fast alles zusammenbrach. Und gestern habe ich im Fernsehen gesehen, dass der Premierminister alle Schweden auffordert, Weihnachten nicht wie üblich zu feiern. Bleiben Sie zu Hause. Reisen Sie nicht zum Skilaufen in die Berge oder woandershin. Gehen Sie nicht in die Stadt, wenn Sie es nicht unbedingt müssen, kommunale Einrichtungen wie Hallenbäder und Sporthallen bleiben geschlossen, ja, mein Gott, es kommt einem fast vor wie eine Art Kriegszustand.

Und mitten in dem Ganzen sollen wir also quer durch Schweden fahren, um Weihnachten mit meinem Onkel Ludvig zu feiern, dem weltberühmten Maler, dem ich noch nie begegnet bin. Er wohnt eigentlich an der Côte d'Azur, hat für den Winter aber ein Haus in Schweden gemietet, weil er Heimweh hat.

Das waren Mutters Worte, als ich sie um eine Erklärung bat.

Er hat Heimweh, das kann auch berühmten Menschen passieren.

Sie mag ihn nicht, und ich frage mich, ob sie sich auf dieses bescheuerte Abenteuer nur eingelassen hat, weil es um Geld gehen könnte. Onkel Ludvig ist steinreich, und da er jetzt außerdem krank zu sein scheint, liegt es ja im Bereich des Möglichen, dass er warmherzige Gefühle für seine nicht so gut bemittelten Geschwister entwickelt hat. Zum Beispiel für Mutter. Ich habe noch zwei Onkel, denen ich auch nie begegnet bin, Leif und Lars, aber nur Mutter und ich sollen für ein paar Tage in Sillingbo zu Besuch kommen.

Ja, es heißt so – *Sillingbo* – das kleine Dorf ein, zwei Stunden von der norwegischen Grenze entfernt, in dem sich Ludvig und seine Sekretärin aufhalten. Weit weg von allem, ich habe auf Google Maps nachgesehen und es schien dort in jede Richtung nur kilometerweit Wald zu geben. Die Sekretärin, die möglicherweise eine Geliebte oder sogar Ehefrau ist, heißt übrigens Catherine. Eine Französin, aber sie spricht anscheinend Schwedisch, Mutter behauptet, sie habe fast keinen Akzent.

Ich kann es mir nicht verkneifen, auch ein wenig an meinen Vater zu denken, während wir durch die Winterdämmerung fahren. Oder eher über ihn zu spekulieren, denn ich weiß ja nicht, wer er ist. Oder *war*, was wahrscheinlicher sein dürfte. Zumindest, wenn ich Mutter Glauben schenke, aber genau das ist das Problem. Sie weigert sich, mir seine Identität zu enthüllen. Gesagt hat sie mir nur, dass er ein ziemlich unbekannter amerikanischer Schauspieler war, den sie kennenlernte, als sie drüben war und ihren einzigen Hollywoodfilm drehte. Ein paar Monate im Jahr 1995, im Frühjahr und Vorsommer, würde ich schätzen, wenn man bedenkt, dass ich im Februar des nächsten Jahres geboren wurde. Sie versuchte damals durchaus, weitere Rollen zu bekommen, vielleicht drehte sie auch ein paar Werbefilme, aber mehr als ein richtiger Spielfilm wurde nicht daraus. Er heißt *Mrs Murphy agonizes*, Mutter hat eine große Rolle, aber der Film ist nichts Besonderes und in Schweden nie gezeigt worden. Ich habe ihn dreimal gesehen, aber Mutter hat mir klipp und klar gesagt, dass es keinen Sinn hat, darin nach meinem Vater zu suchen. Er spielt nicht mit, die beiden lernten sich auf einer Party bei einem reichen Produzenten in Beverly Hills kennen und waren dann eine Weile zusammen. Dass sie ein Kind von ihm erwartete, begriff sie erst, als sie schon wieder in Schweden war.

Von Zeit zu Zeit bin ich natürlich sauer auf sie, weil sie mir nicht erzählt hat, wer er ist – oder, wie gesagt, *war* –, aber sie meint, sie hätten einen Deal, und man müsse zu seinem Wort stehen. Soweit ich weiß, lief dieser Deal darauf hinaus, dass er einmalig eine recht große Summe dafür überwies, dass sie im Gegenzug niemals seinen Namen verriete. Ich deute es so, dass er schon eine Familie hatte und in dieser Richtung weitermachen wollte.

Vielleicht wäre es möglich, ihn zu finden, aber ich habe beschlossen, es nicht zu versuchen. Auch ihren Deal zu respektieren. Zumindest vorerst, ich glaube nicht, dass er besonders reich war, sodass ich etwas von ihm erben könnte. Wenn er tot ist oder es in naher Zukunft sein wird.

Im Übrigen hatte ich für ein paar Jahre einen Stiefvater, ungefähr zwischen meinem fünften und zehnten Lebensjahr, aber Mutter und er kamen auf Dauer nicht miteinander aus, sodass er wieder von der Bildfläche verschwand.

Sie hat seither einige Typen ausprobiert, aber mit keinem von ihnen zusammengelebt, und keiner ist die Mühe wert gewesen. So beschreibt sie das Phänomen *Beziehung* gern. Sie bestehe im Allgemeinen aus zwei Bestandteilen: Vergnügen und Mühe. Das Vergnügen müsse größer sein, sonst könne man es vergessen.

Als sie fünfzig wurde, hielt sie eine Rede, in der sie erklärte, sie sei ledig, aber zu jeder Schandtat bereit, und wolle es auch in den nächsten vierzig Jahren bleiben. Alle, wir waren eine große Gruppe in einem Lokal auf Söder, lachten schallend und applaudierten natürlich, aber ich weiß, dass der Scherz voller Ernst und Tränen war. Ich liebe meine Mutter wirklich, und in diesem elenden Jahr, in dem sie so viele berufliche Rückschläge hinnehmen musste, hat sie mir wahnsinnig leidgetan. Ich hoffe, ich kann sie wenigstens ein bisschen trösten. Wie viel ist eine Schauspielerin wert, die nicht auf der Bühne oder vor einer Kamera stehen darf?

Wie viel ist ihre Tochter wert, die ihr Studium abgebrochen hat und nicht weiß, was sie mit ihrem Leben anstellen soll?

Gute Fragen, wie man so sagt.

Man kann ja nicht ewig stumm herumsitzen, deshalb öffne ich irgendwo in der Gegend von Skövde den Mund.

»Aber was glaubst du eigentlich?«, sage ich. »Du und ich, ein Maler und seine Geliebte? ›O du fröhliche‹ und um den Weihnachtsbaum tanzen oder …?«

Mutter lacht auf.

»Ich habe wirklich keine Ahnung. Ich habe Ludvig ja gar nicht richtig gekannt, als wir Kinder waren, das weißt du doch. Er ist acht Jahre älter als ich, er hätte genauso gut ein Onkel oder so sein können. Meine erste Erinnerung an ihn ist, dass er sauer auf mich ist, weil ich Eis auf sein Hemd geschmiert habe, da bin ich vier oder fünf gewesen. Ich habe geweint, und Mutter musste mich trösten.«

Die Geschichte höre ich nicht zum ersten Mal, lasse mir aber nichts anmerken.

»Also schon damals ein Miststück?«

»Jedenfalls egozentrisch«, antwortet Mutter. »Aber er war ja Vaters Kronprinz, und Menschen, die so behandelt werden, sind später selten sympathisch.«

»Bist du deshalb immer so gemein zu mir?«, sage ich. »Damit ich sympathisch werde und nicht glaube, dass ich wer bin?«

»Exakt«, sagt Mutter. »Du hast mir viel zu verdanken.«

»Im Grunde alles«, erwidere ich, und dann lachen wir eine Weile.

»Aber mal im Ernst«, sage ich anschließend und öffne eine Tüte Ahlgrens Bilar. »Ich begreife nicht, warum wir Onkel Hochnäsig ausgerechnet jetzt treffen sollen. Urplötzlich, mitten in der Pandemie und mit nur zwei Tagen Vorankündigung.«

»Ich auch nicht, das habe ich dir doch gesagt«, erwidert Mutter und nimmt sich eine Handvoll Schaumzuckerautos.

»Könnte es sein, dass er im Sterben liegt und uns sein ganzes Geld vermachen will?«

*»Dream on, baby«*, sagt Mutter und wirft sich die Autos in den Mund. »Immerhin müssen wir uns ein paar Tage nicht ums Essen kümmern. Aber wir sollten hier lieber keine Luftschlösser errichten.«

»Und diese Catherine?«, fahre ich fort. »Sag jetzt nicht, dass du keine Ahnung hast.«

Mutter kaut und denkt einen Moment nach.

»Ich nehme an, dass sie eine Art Partnerin ist. Sie sind jedenfalls nicht verheiratet. Ich habe ihn gestern gegoogelt, er ist nie verheiratet gewesen und hat keine Kinder. Aber der Öffentlichkeit geht er möglichst aus dem Weg. Wenn er überhaupt einmal auf einer Vernissage auftaucht, bleibt er meistens nur eine halbe Stunde. Was stand da noch … ja, genau, bei einer Retrospektive in Nizza letztes Jahr hat man seine Bilder für sechs Millionen Euro versichert. Es ging um achtzehn Gemälde.«

»Tja«, sage ich. »Ich könnte mir durchaus vorstellen, eins davon als Weihnachtsgeschenk anzunehmen. Das würde viele Probleme lösen.«

»Als ich Abitur gemacht habe, hat er mir eine Flasche Sekt und eine Tafel Schokolade geschenkt«, sagt Mutter. »Wir sollten also nicht zu viel erwarten.«

»Dann habt ihr euch damals gesehen?«

»Nein, er hat mir ein Paket geschickt.«

Ich schaue eine Weile in die Dunkelheit hinaus. Es ist erst drei, und es hat angefangen zu regnen. Oder ist das Schnee? Zwischendurch sieht es danach aus; vielleicht gibt es ja weiße Weihnachten, der Wetterbericht geht in die Richtung.

»Man kann sich seine Familie nicht aussuchen«, sage ich.

»Aber man kann sich von ihr abwenden«, sagt Mutter. »Das Recht kann einem keiner nehmen. Wir haben zumindest keine hochgeschraubten Erwartungen, das ist gut.«

»Das ist leider vollkommen richtig«, sage ich und seufze. »Es ist sicherer, ein Pessimist zu sein, dann wird man wenigstens nicht enttäuscht. Wie weit ist es noch?«

Mutter schaut auf das Navi.

»Eine Stunde und siebenundfünfzig Minuten. Mach ein Nickerchen.«

»Okay, aber du darfst nicht am Steuer einschlafen.«

»Ich bin hellwach wie ein Adler. Bin ich jemals am Steuer eingeschlafen?«

Ich antworte, dass dies etwas ist, was man nur einmal im Leben macht. Mutter tätschelt mein Knie, und ich klappe die Rückenlehne so weit nach hinten, wie es geht. Als ich die Augen schließe, merke ich jedoch, dass ich viel zu aufgedreht bin, um ein Auge zuzumachen.

Ich verstehe nicht ganz, wieso. Vielleicht hat es mit Mutter zu tun, sie ist nicht wie sonst. Aber das liegt natürlich an der Situation. Warum sollte sie wie sonst sein? Ist diese Reise für sie nicht genauso seltsam wie für mich?

Ich entscheide mich für diese letzte Schlussfolgerung. Werfe eine alte Playlist aus dem Gymnasium an und stelle mich schlafend.

Zwei Stunden später – ein paar Minuten nach fünf, es ist immer noch der Tag vor dem Tag, der dreiundzwanzigste Dezember – parken wir vor einem großen Holzhaus im Nirgendwo. In den meisten Fenstern brennt Licht, aber um uns herum steht der Wald dunkel und brütet vor sich hin. Die Kälte der Mittwinternacht ist streng, denke ich, und das passt ganz gut zur Wirklichkeit. Einzelne Schneeflocken schweben herab, und eine dünne Schicht bedeckt die Erde.

»Typisch«, sagt Mutter und macht den Motor aus.

»Was denn?«, sage ich.

»Dass sie zwei Autos haben müssen? Eins hätte ja wohl gereicht … vor allem, wo das eine ein Jaguar zu sein scheint. Ich hoffe nicht, dass sie außer uns noch andere eingeladen haben?«

»Aber haben sie nicht gesagt, dass wir nur zu viert sein werden?«

Mutter antwortet nicht. Stattdessen beißt sie sich auf die Lippe und starrt den Mann an, der soeben auf die Eingangstreppe herausgetreten ist. Er steht im trübgelben Lichtschein einer Wandlampe und sieht in meinen Augen aus wie eine Kreuzung aus unserem Premierminister und Graf Dracula.

# 3

## LOUISE

*Was tun wir hier?*

Das war eine sehr berechtigte Frage, aber innerlich kollidierte sie mit diversen voreingenommenen Gedanken, die sich im Kreis drehten und zu nichts führten, und um sich die Kabbeleien zu ersparen, versuchte sie, sich auf den Ort zu konzentrieren, an dem sie gelandet war. Die ehemalige Schule von Sillingbo.

Sie war vermutlich zu Anfang des vorigen Jahrhunderts erbaut worden. Oder auch gegen Ende des vorletzten, aber sie hatte während der Stunden, die sie nun hier waren, keine Dokumentation gefunden. Das Einzige in dieser Art waren die beiden gerahmten Schwarz-Weiß-Fotos, die sie gerade entdeckt hatte. Sie hingen in dem großen, rustikal möblierten Eingangsflur an der Wand und zeigten zwei Gruppen von Schulkindern nebst Lehrerin. Das erste war laut Angabe 1926 entstanden, und Louise zählte sechzehn Kinder. In variierendem Alter zwischen sieben und zwölf, wie es aussah, sodass es sich vermutlich um sämtliche Schüler handelte. Ihre Namen wurden nicht genannt, aber die strenge Lehrerin mit gemusterter Haube und Schürze hieß Ester Hagsjö.

Die zweite Aufnahme war von 1958, umfasste eine Gruppe von nur sechs Kindern, wieder unterschiedlichen Alters, vier

Jungen, zwei Mädchen. Dem Text am unteren Rand zufolge der letzte Jahrgang. Noch im selben Jahr hatte man die Schule geschlossen.

Der Name der Lehrerin: Ester Hagsjö.

Louise schauderte. Zweiunddreißig Jahre – wenigstens – in derselben kleinen Dorfschule. Ein Lebenswerk? Die strenge Frau war sich auf den beiden Bildern eigentümlich ähnlich, auf dem zweiten fehlten zwar Haube und Schürze, aber die Zeit hatte ihr offensichtlich wenig anhaben können. Als spielte es keine Rolle, ob der Zweite Weltkrieg vorbei war oder ein paar Jahre in der Zukunft lag. Kinder waren Kinder, sie mussten unterrichtet und erzogen werden, um zu anständigen Staatsbürgern heranzuwachsen. Wahrscheinlich waren einige auf dem späteren Foto noch am Leben. Dann waren sie heute zwischen siebzig und achtzig Jahre alt. Vielleicht wohnte noch jemand in der Gegend. Die Lehrerin war mit Sicherheit tot, da sie vor mehr als hundert Jahren auf die Welt gekommen sein musste.

In diesem grün gestrichenen Flur stand sie jetzt also. Es war zehn vor acht Uhr abends, nach wie vor der Tag vor dem Tag. Das Abendessen sollte um Punkt acht serviert werden, die anderen, auch Linn, die sich nach dem Duschen gern viel Zeit ließ, waren offensichtlich noch auf ihren Zimmern in der oberen Etage. Ausgenommen Catherine, die man in der Küche hantieren und vor sich hin singen hörte. Die Doppeltüren zu dem, was als Esszimmer bezeichnet wurde, waren geschlossen, aber von dort drang leise Klaviermusik an ihr Ohr.

Die Schulkinder hätten ihren Sinnen nicht getraut, wären sie heute vor Ort, dachte Louise.

Doch seit der segensreichen Zeit des Kreidestaubs und der Tintenfässer war ja auch mehr als ein halbes Jahrhundert vergangen. Das gesamte Hausinnere hatte zweifellos eine radikale Veränderung durchlaufen. Heute gab es im Erdgeschoss: Esszimmer, Küche, den geräumigen Flur, in dem sie sich gerade aufhielt, sowie eine Galerie, was immer das bedeutete. Kostbare Gemälde, durfte man wohl annehmen. In der oberen Etage: ein von Bücherregalen gesäumter Korridor und ganze sechs Schlafzimmer. Alles war geschmackvoll eingerichtet und in einem guten Zustand; wenn sie nicht gewusst hätte, dass es eine alte Schule war, hätte sie auf einen Gasthof getippt.

Als die erste Verärgerung über Ludvigs dreiste Lüge verebbt war – dass sie also sieben Personen sein würden, die in diesem Kaff Weihnachten feiern sollten –, hatten Louise und Linn sich darauf geeinigt, das Beste aus der Situation zu machen. Zumindest fürs Erste. Es schien jedenfalls kein Problem zu sein, Abstand zu halten, falls jemand das verfluchte Virus in sich haben sollte. Sie und ihre Tochter teilten sich in der oberen Etage ein Giebelzimmer, ihr Bruder Lars war mit seiner Frau Ellen bereits am Vortag eingetroffen und bewohnte das andere. Ludvig und Catherine hatten, wenn sie recht sah, jeder eins der Zimmer dazwischen. Zwei Zimmer standen vorerst leer, aber ihr Bruder Leif war auf dem Weg. Gemeinsam nutzten sie zwei große Badezimmer und zwei separate Toiletten.

Ob es eine Verbindungstür zwischen dem großen Künstler und seiner Lebensgefährtin gab, war noch nicht untersucht worden. Es gab generell vieles, was nicht untersucht worden war; bei ihrer Ankunft hatte Ludvig sie in Empfang genommen, kurz erklärt, er sei dankbar, dass sie seinem Wunsch entsprochen hätten, und während des Essens werde er den eigentlichen Zweck des Ganzen näher erläutern. Er hatte außerdem bedauert, dass er gezwungen gewesen war, bei seiner Einladung die Unwahrheit zu sagen. Sie würden nicht nur ein Quartett, sondern ein Septett sein, da ein Bruder bereits am Vortag mit seiner Frau angekommen sei und auch der vierte im Bunde im Laufe des Abends erwartet werde. Allerdings ohne Begleitung. So sah es aus.

Er hatte ihnen Catherine vorgestellt, eine schöne, dunkelhaarige Frau um die dreißig, an der Louise, fast gegen ihren Willen, einen gewissen Gefallen gefunden hatte. Sie war zwar eine Spur theatralisch in Rot und Schwarz gekleidet, machte aber einen warmherzigen und freundlichen Eindruck. Sie hatte sich Linn auf der Stelle angenommen, was vielleicht ganz natürlich war, wenn man bedachte, dass kaum mehr als ein paar Jahre zwischen den beiden liegen konnten. Es stellte sich zudem heraus, dass das Haus Catherines Vater gehörte; er hatte es Ende der Achtzigerjahre gekauft, und da lag die Verbindung. Rickard Fryxell war Kunsthändler und Galerist und kannte Ludvig schon seit der Zeit, als dieser mit seinen Gemälden erste Erfolge in seinem Heimatland gefeiert hatte. Sie waren gleichalt, und Rickard hatte eine wichtige Rolle bei Ludvigs internationalen Erfolgen gespielt. Seit vielen Jahren verteilte er sein Leben und seine Aktivitäten auf Aix-en-Provence und Sillingbo. Ungefähr drei Monate Sillingbo, neun Monate in Aix. Catherine war in Schweden geboren worden, hatte ab dem Schulalter allerdings fast ausschließlich in Frankreich gelebt.

Louise hatte diese rudimentären Informationen von Linn und Ellen, der Frau von Lars, bekommen, mit der sie ein kurzes und kurz angebundenes Gespräch geführt hatte, ehe sie ihr Zimmer bezogen. Sie meinte sich zu erinnern, dass sie dieser Ellen zum zweiten Mal begegnete, und so wenig wie bei der vermuteten ersten Gelegenheit hatte sie sich diesmal ein Bild von Ellen machen können. Ein bisschen verschlossen vielleicht, möglicherweise schüchtern oder einfach von Natur aus zum Sicheren und Bodenständigen neigend. Ein Glas Wasser, wenn man gemein sein wollte. Oder vielleicht eine andere Art von Wasser, schoss es ihr durch den Kopf: das unergründliche, ein kleiner Waldsee, in dem unter der dunklen Oberfläche nichts sichtbar war. Aber diese Metapher stammte ehrlich gesagt aus einem ziemlich tristen Theaterstück, in dem sie vor vielen Jahren mitgewirkt hatte, als in diesem Land noch Theater gespielt wurde.

Apropos dunkle Oberflächen, es war natürlich vor allem Ludvig, der durchschaut werden musste. Du großer, sonderbarer Mistkerl, hatte sie gedacht, während sie in der Dusche stand und versuchte, eine neutrale Haltung einzunehmen, was zum Teufel ist der Sinn des Ganzen? Was hast du vor?

Aber wie sollte man etwas über einen Bruder wissen, der einem noch nie nahegestanden hatte und den man seit fünfundzwanzig Jahren nicht mehr gesehen hatte? War er zum Beispiel wirklich so schlecht dran, wie es aussah und Catherine es am Telefon angedeutet hatte?

Vielleicht, vielleicht auch nicht. Nach seinen kurzen Willkommensworten hatte er sich zurückgezogen, und auch wenn Louise ihn natürlich erkannt hatte, als er auf die Treppe hinausgetreten war und ihnen bei ihrer Ankunft ein wenig linkisch zugewunken hatte, hatte er doch wesentlich älter gewirkt, als er eigentlich war. Eher zwischen siebzig und achtzig als knapp sechzig.

Krank? Sterbenskrank?

Hauptsache, es geht nicht um Sotterhill, dachte sie. Nur das nicht. Sie schüttelte den Kopf und betrachtete die ernsten Schulkinder aus einer noch länger zurückliegenden Zeit. Keines von ihnen lächelte auch nur ansatzweise; vielleicht waren sie von Frau Hagsjö angewiesen worden, möglichst auszusehen, als ginge es um eine Beerdigung.

Aber dieses Weihnachten ist keine Beerdigung, hielt sie fest. Es ist eine Filmprobe, ein Vorsprechen, vor dem man nur einen kurzen Ausschnitt aus dem Drehbuch hatte lesen dürfen.

Und als sie gerade diese berufsbedingte Reflexion angestellt hatte, hörte sie Schritte auf der Treppe, und die Türen zum Esszimmer wurden von einer lächelnden Catherine aufgeschlagen.

Der Lebensgefährtin, dachte Louise. Stand das Wort noch im Wörterbuch? Alt und dehnbar war es jedenfalls.

Ludvig Rute erhob sein Sektglas und erklärte, die Gänse, in denen die Lebern für das Foie gras, das auf jedem kleinen Teller lag, einst gewesen seien, hätten ein freies und glückliches Leben inmitten der wilden Pferde der Camargue geführt – aber im selben Moment hörte man auf dem Hof das Knistern von Autoreifen, woraufhin er sich unterbrach und hastig einen Toast aussprach.

Bevor alle aufstanden und ihre Plätze am Tisch verließen, um den siebten Gast in Empfang zu nehmen, dachte Louise noch, dass die neckischen Worte über die sorglosen Leberlieferanten nicht ganz so locker und humoristisch geklungen hatten, wie es seine Absicht gewesen sein musste. Eher so, wie es sich anhörte, wenn ein müder Schauspieler zum hundertsten Mal eine müde Replik wiederholte.

Trauer, dachte sie. Ludvig trauert. Um sein Leben? Was zum Teufel ist nur los mit ihm?

Leif, ihren zweitältesten Bruder, hatte sie vor gerade einmal zwei Jahren zuletzt gesehen. Damals hatte er zusammen mit einer unbekannten Frau in der ersten Reihe gesessen, als sie auf der kleinen Bühne des Königlichen Dramatischen Theaters die Hauptrolle in einem Stück des ungarischen Dramatikers József Katona spielte. Hinterher waren sie gemeinsam etwas essen und ein paar Gläser trinken gegangen. Die Frau sei eine Kollegin gewesen, absolut nichts anderes, hatte Leif betont – als wüsste sie nicht, dass er schwul war, und als hätte sie das nicht schon als Teenagerin gewusst. Typischerweise blieb das jedoch unausgesprochen, man redete mit Dozent Leif Rute nicht über Dinge von etwas sensiblerer Natur.

Als er nun den grünen Flur betrat, sah er im Großen und Ganzen aus wie damals. Vielleicht trug er sogar dasselbe Jackett. Blau-grau, diskret kariert. Jedenfalls hatte er es nicht angehabt, während er die lange Strecke von Sundsvall hierher gefahren war. Es gab keine Knitterfalten an Leif Rute, hatte nie welche gegeben.

Sie betrachtete ihre beiden ältesten Brüder, während diese sich in der üblichen unbeholfenen Pandemiemanier mit den Ellbogen begrüßten. Dass die zwei aus dem gleichen Sternenstaub gemacht sind wie ich, dachte sie, ist wirklich nicht zu fassen. Sind wir tatsächlich von denselben Eltern gezeugt worden?

Der dritte Bruder, Lars, stand ein wenig abseits. Ähnlich wie ein Auswechselspieler bei einem Fußballspiel, wie einer, der nicht richtig zur Mannschaft gehörte. Sie merkte, dass er ihr leidtat, denn so hatte er sich mit Sicherheit während seiner ganzen Kindheit und Jugend gefühlt. Und in Sotterhill. Gleichzeitig hätte sie ihm gern einen Tritt in den Hintern gegeben und ihm gesagt, dass er sich gefälligst zusammenreißen, sich etwas Platz verschaffen sollte. Nur weil man zwischen seinen Geschwistern im Schatten gestanden hatte, musste man sich für den Rest seines Lebens nicht wie ein Opfer verhalten.

Leicht gedacht und leicht gesagt. Und vielleicht ein Ausdruck ihrer eigenen Verachtung von Schwäche. Ungewöhnlich war jedoch, dass sie auf die Schwäche anderer reagierte, da es ihre eigene war, die sie kaum ertragen konnte. Die Opferrolle stand niemandem, passte aber am schlechtesten zu einem selbst.

»Louise, wie nett«, meinte Leif, als er mit Ludvig fertig war und sie ihm ins Auge fiel. »Es ist lange her, dass unser Quartett vollzählig gewesen ist.«

Er hob seinen Ellbogen und sie hob ihren. Verdammt, dachte sie, hoffentlich hören die Leute bald auf, sich auf diese idiotische Art zu grüßen. Das hat bestimmt irgendein alter Sozi erfunden, der gerne Square Dance tanzt.

Weil das Wort *Quartett* gefallen war, trat auch Lars aus dem Schatten und holte mit dem Ellbogen aus, und anschließend schlug Ludvig mit einem düsteren Lachen, das in einen leichteren Hustenanfall überging, vor, das Essen um fünfzehn Minuten zu verschieben, damit Bruder Leif Gelegenheit hatte, sich den Reisestaub abzuwaschen.

Wenn die Küche keine Einwände hatte?

Die Küche hatte keine Einwände. Es stellte sich heraus, dass auch Schattenbruder Lars offenbar zu diesem Kontingent gehörte – als Küchengehilfe (freiwillig?) der jungen Lebensgefährtin. Und warum auch nicht?, dachte Louise. Das hätte einen eigentlich nicht wundern sollen, denn soweit sie wusste, hatte er mehr als zwanzig Jahre ein, oder sogar zwei Restaurants betrieben. Was außerdem, erkannte sie leicht beschämt, das Einzige war, was sie über das Tun und Lassen ihres jüngsten älteren Bruders in diesem neuen Jahrtausend wusste. Gastronom in Oskarshamn wohlgemerkt, einer Stadt, in die sie noch nie einen Fuß gesetzt hatte, was sie auch in Zukunft nicht zu tun gedachte.

Moment, er hatte auch diese schwer zugängliche Frau, das wusste sie natürlich. Ellen. Und eine Tochter, die bestimmt auch einen Namen hatte.

Aber der arme Lars. Vielleicht war es auch gar nicht so leicht gewesen, eine eingebildete kleine Schwester zu haben, mit der man zurechtkommen musste? Hoffentlich kriegen wir wenigstens noch etwas von dem Sekt, dachte sie. Während der Herr Dozent sich frisch macht.

Dann saß man wieder am Tisch. Die Gänseleber aus der Camargue hatte durch die kurze Unterbrechung keinen Schaden genommen, und Sekt gab es reichlich. Ludvig präsidierte am Kopfende des langen Tischs. Drei Geschwister auf der einen Längsseite, eine Nichte, eine Schwägerin, eine Lebensgefährtin auf der anderen. Korrekte Virusabstände, was immer das bringen sollte, wenn man ohnehin mehrere Tage zusammen verbringen würde.

Nach Sekt und Gänseleber wurde – von Catherine und Lars in erstaunlich abgestimmter Zusammenarbeit – Truthahn mit diversen Beilagen serviert, begleitet von einem Bourgougne, der im Jaguar aus Beaune nach Schweden transportiert worden war, und von dem es noch mindestens sechzehn Flaschen im Keller gab, falls Interesse bestand. Louise trank umgehend zwei Gläser; wenn es Gelegenheiten gab, bei denen es nichts brachte, nüchtern zu bleiben, war dieser Abend eine solche Gelegenheit. Sie stellte zudem fest, dass die anderen auf der gleichen Wellenlänge waren wie sie. Sowohl ihre Tochter als auch die Brüder und Catherine. Sogar die unergründliche Ellen. Möglicherweise hielt sich der Gastgeber ein wenig zurück, aber eine Erklärung dafür, warum sie sich auf so unerwartete Weise versammelt hatten, präsentierte er nicht. Zumindest noch nicht.

Stattdessen erzählte er, ungefähr in der Mitte des Truthahngangs und mit der vierten Flasche Bourgogne auf dem Tisch – mit der gleichen traurigen, irgendwie verlorenen Stimme wie zuvor, und nachdem er sein Glas hatte erklingen lassen –, eine makabre Legende, in der es um die Schule von Sillingbo ging. Das Haus, in dem sie jetzt, an diesem dunklen Winterabend im Jahr der Pest, versammelt saßen wie die Florentiner im *Decameron*, bla bla bla … eine Geschichte, über die besser alle Bescheid wissen sollten, falls im Laufe der Nacht die eine oder andere Eigentümlichkeit eintreffen sollte … oder in den kommenden Nächten.

Kurzum, wenn es spukte.

Die Sache war nämlich die, jedenfalls wenn man dem Text Glauben schenken wollte, den der Heimatverein Ende der Sechzigerjahre abdrucken ließ, dass Anfang des letzten Jahrhunderts eine junge Frau unter seltsamen Umständen in der Dorfschule von Sillingbo ihr Leben verloren hatte. Ihr Name war Hedvig Hagsjö, und sie war die Mutter jener Ester Hagsjö, die später fast vierzig Jahre als Lehrerin an der Schule tätig sein sollte.

Auch Hedvig Hagsjö war Lehrerin in Sillingbo gewesen, allerdings nur wenige Jahre, von 1898, als man die Schule gerade erbaut hatte, bis zu ihrem Tod 1902. Sie wohnte in der kleinen Lehrerwohnung in der oberen Etage zusammen mit ihrer Tochter, die erst sechs war, als ihre Mutter starb. Der Vater war Leutnant der Kavallerie gewesen und während eines Manövers bei einem Unglück mit einer Granate ums Leben gekommen, als das Mädchen nur wenige Monate alt war, und war folglich seit vielen Jahren abwesend gewesen, als das mit der Mutter passierte.

Jedenfalls ereignete sich Folgendes. In einer Nacht im Januar 1902 wurden die Dorfbewohner von Schreien geweckt, die aus der Schule kamen. Wiederholten Schreien, die ganz offensichtlich von einer Frau stammten. Es war zwischen zwei und halb drei, und einer von denen, die ganz in der Nähe wohnten, ein Bauer namens Axel Jönsson, machte sich auf den Weg, um nachzusehen, was los war. Als er das Schulgebäude erreichte, das nur etwa hundert Meter von seinem einfachen Hof entfernt lag, waren die Schreie verstummt, aber auf dem Platz vor der Schule brannte ein Feuer, und auf der Eingangstreppe saß ein kleines Mädchen, nur mit Nachthemd bekleidet. Axel Jönsson identifizierte sie sofort als die Tochter der Lehrerin, und weil es mindestens zehn Grad unter null waren, nahm er das Mädchen mit ins Haus. Er fragte sie auch, was passiert war, erhielt aber keine Antwort. Die sechsjährige Ester schien stumm geworden zu sein und zitterte so sehr, dass es sie schüttelte. Ob vor Kälte oder Schrecken oder beidem konnte Jönsson nicht feststellen. Er ließ sie eingehüllt in eine Decke auf einer Holzbank zurück, die vor einem der Klassenzimmer stand, und begab sich wieder auf den Hof und zu dem Feuer hinaus, das im Freien brannte. Inzwischen war ein weiterer Dorfbewohner dazugekommen, ein gewisser Måns Larsson, der wie sein Nachbar beschlossen hatte, in die Nacht hinauszugehen und zu schauen, was da vor sich ging. Sie grüßten sich kurz, und da das Feuer allmählich erlosch und keine Gebäude bedrohte, beschlossen sie, nach der Lehrerin Hedvig Hagsjö, der Mutter des verstummten Mädchens, zu suchen. Sowohl Jönsson als auch Larsson hatten Kinder, die in die Schule gingen, und die junge Lehrerin war beiden bekannt. Außerdem war sie beliebt im Dorf, bei den Schülern genauso wie bei deren Eltern, und dass ihr etwas Schreckliches zugestoßen sein könnte, dass die entsetzlichen Schreie von ihr gekommen waren, war eine Befürchtung, die den beiden Dorfbewohnern durch den Kopf ging, noch bevor sie ihre schauerliche Entdeckung machten …

»… ihre schauerliche Entdeckung«, wiederholte Ludvig Rute und spülte hastig seinen Mund mit etwas Burgunder aus. »Das ist, wie ihr sicher versteht, ein Zitat aus dem Dokument des Heimatvereins. Kommt ihr mit?«

Sechs Köpfe rund um den Tisch nickten, und sechs Schlucke Wein rannen in sechs Kehlen.

»Nun gut«, fuhr der berühmte Künstler fort, dessen Stimme an diesem Punkt seiner Erzählung etwas Kraft und Timbre wiedergewonnen hatte, wie seine schauspielernde Schwester automatisch notierte, »um eine lange Geschichte etwas kürzer zu machen, durchsuchten die beiden Männer das Schulgebäude, ohne die junge Lehrerin zu finden. Was sie dagegen fanden, waren verschiedene Blutspuren in der oberen Etage sowie einige zerrissene Nachtgewänder, ebenfalls blutig. Darüber hinaus entdeckten sie ein längeres Messer, eine zersplitterte Glasflasche sowie eine zertretene Brille, dies alles im Schlafzimmer der Lehrerwohnung, wo Mutter und Tochter allem Anschein nach ein paar Stunden zuvor im Bett gelegen und geschlafen hatten. Im Bett gab es außer dem Bettlaken einen weichen Kuschelbären und ein Märchenbuch.«

Aber keine Lehrerin, fuhr die Erzählung fort. Sie tauchte erst eine Stunde später wieder auf, als weitere Dorfbewohner dazugekommen waren. Das Feuer war mittlerweile vollständig erloschen, aber einem der Versammelten fiel auf, dass der Deckel des Brunnens abgehoben worden war, und als man hinuntersah, konnte man mithilfe eines brennenden Talglichts, hinuntergelassen an einer Kette, zwei weiße Füße sehen, die aus dem schwarzen Wasser aufragten. Bei diesem Anblick fiel eine Frau in Ohnmacht und wäre beinahe selbst in den Brunnen gefallen, wurde jedoch von starken Händen gerettet und ins Haus gebracht. Kurz darauf gelang es, ein Seil um die Beine der toten Lehrerin zu schlingen und sie hochzuziehen, woraufhin man entdeckte, dass sie nackt war und mehrere tiefe Stichwunden an Hals, Rumpf und Unterleib aufwies.

Diese blutige und unfassbare Tat versetzte natürlich das ganze Dorf in Angst und Schrecken. In den folgenden Wochen arbeiteten eine große Gruppe von Polizisten aus der nächstgelegenen Stadt Kymlinge sowie Detektive aus Göteborg und Stockholm an dem Fall und versuchten aufzuklären, was geschehen war. Allerdings erfolglos. Die einzige eventuelle Zeugin, das sechsjährige Mädchen Ester, blieb weiterhin stumm; mehrere Ärzte kamen zu dem Schluss, dass sie angesichts dessen, was mit ihrer Mutter passiert war, einen so tiefen Schock erlitten hatte, dass sie ihre Sprachfähigkeit vollständig verloren hatte. Man sah sich auch außerstande, auf andere Weise Informationen von ihr zu bekommen. Erst zwei Jahre später, als Ester acht war, konnte sie wieder sprechen. Da hatte sie seit der schaurigen Nacht bei ihrer Tante in einem nahe gelegenen Dorf gelebt. Sie vermittelte zu der Zeit den Eindruck, bei Verstand zu sein, und als die Ärzte sie ein weiteres Mal untersuchten, gelangte man zu der Auffassung, dass es ihr wahrscheinlich gelungen war, alles zu vergessen, was sich in jener schicksalsschweren Januarnacht zwei Jahre zuvor ereignet hatte. *Verdrängung*, wie man es später nennen sollte.

Ein Täter wurde niemals gefunden. Es zeigte sich, dass das Mädchen Ester so gescheit war, dass sie nach der Volksschule ein Studium absolvieren durfte und mit zweiundzwanzig Jahren ihr Examen als Lehrerin ablegte. Was sie dazu veranlasste, sich ausgerechnet um die Stelle an der

Schule zu bewerben, in der ihre Mutter ermordet worden war, bleibt ein Rätsel, auf das niemand eine Antwort finden konnte. Aber so kam es, die junge Ester war in dem Punkt sehr entschlossen, auf diesem Posten und keinem anderen wollte sie ihre erzieherische Tätigkeit ausüben, und als die Schule schließlich Ende der Fünfzigerjahre geschlossen wurde, war sie nicht nur in Sillingbo, sondern auch weit darüber hinaus, eine allgemein anerkannte und respektierte Person. Sie heiratete nie und bewohnte während ihrer gesamten Laufbahn als Lehrerin die Wohnung, in der sie bereits in ihren ersten sechs Lebensjahren gelebt hatte. Ehe sie Anfang der Siebzigerjahre das Zeitliche segnete, versuchten viele, sie zu den Ereignissen in jener Nacht Anfang des Jahrhunderts zu befragen, aber dazu hatte sie nie etwas zu sagen. Nur dass sie sich nicht erinnerte und nicht wirklich verstand, wonach man sie fragte.

Im Januar 1973, ein paar Monate nach Ester Hagsjös Beerdigung, begann es dann zu spuken. Die Schule stand damals leer, aber junge Leute aus der näheren Umgebung nutzten sie gelegentlich als Liebesnest, und während solcher Nächte hörten sie manchmal Geräusche von einem kleinen Mädchen, das weinend in der Dunkelheit umherlief und nach seiner Mutter suchte. Das Einzige, was es außer Schluchzern sagte, war: Mutter, wo bist du, Mutter?

»So, jetzt wisst ihr Bescheid«, beendete Ludvig seine Erzählung abrupt, und Louise dachte, dass die Stille, die sich danach für Sekunden auf den Tisch herabsenkte, eine atemlose Stille war, wie sie zuweilen entsteht, wenn der Vorhang nach einer geglückten Theatervorstellung gefallen ist. Bevor einzelne Zuschauer beschließen, mittels eines einfachen Klatschens stürmischen Applaus aufbranden zu lassen.

Die an diesem Abend Versammelten schienen jedoch einzusehen, dass es nicht der richtige Moment war, um zu applaudieren. Stattdessen räusperte sich Catherine und forderte die Gäste auf, sich noch etwas von dem Truthahn zu nehmen, ehe es Zeit für das Dessert wurde.

Louise leerte ihr viertes, oder vielleicht auch fünftes Glas Wein, warf quer über den Tisch einen leicht schuldbewussten Blick auf ihre Tochter und ging pinkeln.

Als sie auf leicht wackeligen Beinen zurückkehrte, waren Catherine, Lars und Linn gerade dabei, die Reste des Truthahns abzuräumen. Leif und Ellen unterhielten sich über irgendetwas, und Ludvig öffnete eine Flasche gelblichen Weins. Sie überkam der seltsame Impuls, zu ihm zu gehen und den Arm um ihn zu legen, nur ganz kurz, von kleiner Schwester zu großem Bruder, aber sie hielt sich zurück. Nach wie vor war der Zweck der ganzen Veranstaltung in Dunkel gehüllt, aber sie nahm an, dass es zum Dessert eine Erklärung geben würde, und in Erwartung dieser erschien es ihr besser, das mit der Umarmung bleiben zu lassen.

Sie sank auf ihren Stuhl neben Leif und versuchte zu verstehen, worüber er und die rätselhafte Ellen redeten. Es schien um die Gespenster Hedvig und Ester Hagsjö zu gehen, deshalb beschloss sie, sich nicht einzumischen … übrigens sah Ellen nicht mehr besonders rätselhaft aus, wenn sie es denn jemals getan hatte oder gewesen war. Vielleicht hatte der Wein die Spuren von Schüchternheit weggespült, es ist so, wie es immer ist, dachte Louise lebenserfahren. Sie spürte, dass sie sich nach einer Zigarette sehnte, auch das ein wiederkehrendes Phänomen nach mehreren Gläsern Wein. Aber nicht in Gesellschaft von Linn, bloß nicht, und diese alte Schachtel, von der sie glaubte, dass sie sie möglicherweise eingepackt hatte, konnte sie sich ebenso gut eingebildet haben.

»Bist du immer noch Single?«, fragte sie Leif. Nicht dass sie vorgehabt hätte, das zu fragen, aber manchmal rutschten ihr auch unbedachte Worte heraus. Vielleicht war das im Übrigen eine Schauspielerkrankheit, Worte ohne Gedanken kommen nie in den Himmel.

»Wie das letzte Mammut«, antwortete Leif, ohne sich von der Geisterkonversation mit Ellen abzuwenden. Sozusagen aus dem Mundwinkel heraus.

»Ich auch«, sagte Louise. »Aber ich habe ja eine Tochter.«

Jetzt war er gezwungen, den Kopf zu drehen. »Sicher, das ist mir bekannt. Deshalb sitzen wir ja in gewisser Weise hier, oder was denkst du?«

»Was? Wie meinst du das?«

Aber ihr Bruder erklärte sich nicht, zum einen, weil es nicht nötig war, zum anderen, weil Ellen im selben Moment versehentlich ihr Weinglas umkippte. Ein Spritzer Pinot noir malte eine Blume auf die weiße Decke, die jedoch schon so bekleckert war, dass die Schuldige sich damit begnügte, einige Salzkörner auf die Blamage zu streuen und sich nach Nachschub umzuschauen.

Jetzt will ich wissen, was ich hier mache, und danach ins Bett gehen, dachte Louise Rute.

Das Dessert war eine Crème brulée mit Himbeeren und einem kleinen grünen Blatt, das sie nicht identifizieren konnte. Dazu gab es einen Sauternes; der war wohl im selben Jaguar hergefahren worden wie der Burgunder, durfte man annehmen, und war ein wenig zu süß, um zu der karamellisierten Mischung aus Zucker und Sahne zu passen.

Aber das war ein hochnäsiger Gedanke, und sie sprach ihn nicht aus. Stattdessen lag ihr auf der Zunge, Ludvig ohne Umschweife zu fragen, was zum Teufel der Sinn dieser eigenartigen Zusammenkunft am Tag vor Heiligabend im Zeitalter der Pandemie war – doch bevor sie dazu kam, schlug Ludvig selbst erneut an sein Glas und ergriff das Wort.

»Mir ist bewusst, dass dieses kleine … hm, Familientreffen können wir vielleicht sagen … eine Überraschung für euch gewesen ist, aber ich habe meine Gründe, das verspreche ich euch. Heute Abend möchte ich unser nettes Beisammensein jedoch nicht mit ernsten und schmerzhaften Dingen stören, außerdem berührt mein Anliegen allein … hm, meine Geschwister. Ich habe mir deshalb überlegt, dass wir vier … Leif, Lars, Louise und meine Person … uns morgen nach dem Frühstück treffen. Lasst uns elf Uhr sagen, wenn das in Ordnung ist … und zwar in der Galerie, also dem Raum auf der anderen Seite des Flurs hier unten … ihr wisst sicher, welchen ich meine. Dann haben wir vor dem Weihnachtslunch zwei Stunden Zeit, ich denke, das sollte reichen, und ich bitte euch darum, dass ihr alle auf meiner Seite seid. Danke.«

Wieder hatte seine Stimme jeglichen Schwung verloren. Die letzten Worte, *ich bitte euch darum, dass ihr alle auf meiner Seite seid*, klangen wie eine unfassbare Trauerbotschaft, eine Einladung zu einer Beerdigung oder so etwas, dachte Louise. Alle erhoben denn auch ihre gelben Gläser und tranken vorsichtig, still, als handelte es sich um ein Abendmahl … aber vielleicht waren das auch nur ihre eigenen überspannten Reaktionen auf Grund eines alkoholmarinierten Gehirns. Einem Gehirn, für das es das Beste gewesen wäre, die Nacht in einer Schüssel Formalin unter einem schwarzen Tuch verbringen zu dürfen. Sie betete im Stillen darum, dass es in ihrer Kulturtasche wenigstens eine Ampulle mit Trinklösung gab.

An das, was sich während des restlichen Abends abspielte, würde sie am nächsten Morgen höchstens verstreute und unzuverlässige Erinnerungen haben, so gut kannte sie sich.

Aber Punkt elf in der Galerie, kein Problem. Sie trank gern noch ein paar Tropfen Sauternes.

# 4

## LEIF

Als er die Augen schloss, begann das Zimmer sich langsam zu drehen.

Kein Wunder nach einem solchen Tag, dachte Leif Rute, öffnete die Augen und sah auf die Uhr. Der Zeiger hatte gerade Mitternacht passiert. Er war gegen zehn Uhr morgens im nördlich gelegenen Sundsvall aufgebrochen, hatte fast zehn Stunden im Auto gesessen, danach vier weitere zu Tisch. Gespeist und unzählige Gläser Wein getrunken, in einer Geselligkeit, die er wie erwartet als gezwungen empfunden hatte. Zumindest am Anfang, ehe der Burgunder anfing, die Ecken abzurunden. Ein Glück, dass es guten Wein auf der Welt gab.

Andererseits war immer noch unklar, was Ludvig vorhatte. Das verhieß nichts Gutes; Leif hatte seine Vorahnungen, schließlich kannte er seinen großen Bruder zur Genüge. Besser als irgendwer von den anderen Anwesenden, ausgenommen Catherine vielleicht. Wenn es denn überhaupt sinnvoll war, das Wort *kennen* zu benutzen, sobald es um den großen Künstler ging. Den unergründlichen Meister.

Dass sich etwas verändert hatte, radikal verändert, war jedenfalls offensichtlich. Das war bereits zu hören gewesen, als er am Sonntag anrief. *Überaus wichtig,* hatte er gesagt.

*Mein Lieber, es ist mir überaus wichtig, dass du kommst, und sei so gut und nimm keinen Kontakt zu einem der anderen auf, bis du hier bist.*

Er konnte sich nicht erinnern, von seinem Bruder jemals *Mein Lieber* genannt worden zu sein. Ludvigs Stimme hatte er auch kaum wiedererkannt, und als er ihn dann bei seiner Ankunft vor ein paar Stunden gesehen hatte, war ihm, als ob dieser Mann jemand anderes war. Sie waren sich vor zwei Jahren begegnet, oder um genau zu sein, vor zweieinhalb Jahren, als Leif ihn in seiner pompösen Villa oberhalb von Nizza besucht hatte. Es war Anfang Juli gewesen. Leif war ein paar Tage geblieben und fand, dass sein Bruder sich in etwa so verhielt, wie er es immer getan hatte. Großspurig und egomanisch. Er war keineswegs abweisend gewesen, aber aufgetreten, wie man es von einem freundlich gesinnten Monarchen seinen Untertanen gegenüber erwarten würde, wenn der Regent gute Laune hatte. Er erinnerte sich, dass ihm genau dieser Gedanke durch den Kopf gegangen war, als er weiterfuhr, nach Rom, und dass er über ihn gelächelt hatte. Kein Grund, sich aufzuregen, es gab größere Probleme auf der Welt.

Übrigens war er bei seinem kurzen Besuch auch Catherine begegnet, hatte aber nicht den Eindruck gehabt, dass sie in dem Haus wohnte. Eher, dass sie eine dieser jungen Damen war, mit denen sich sein Bruder so gern umgab.

Aber irgendetwas war passiert. Der Ludvig von heute sah zehn Jahre älter aus als während jener Sommertage, hagerer, die Haare waren schütter geworden, die Ringe unter den Augen dunkler, und er hatte etwas von einer *Lebenskrise* angedeutet. Vielleicht sogar genau dieses Wort in den Mund genommen? Nicht bei ihrem Telefonat am Sonntag, aber während eines kurzen Moments bei der Ankunft an diesem

Abend, als sie unter sich waren. Als wollte er sich seinem älteren jüngeren Bruder anvertrauen und ihn wissen lassen, dass sie einander trotz allem am nächsten standen.

Nur ein paar Worte also, auf die Schnelle, als sie sich im Flur begrüßten. Während die anderen respektvoll Abstand hielten. Oder war es ein Pandemieabstand gewesen?

Nein, er hatte nicht *Lebenskrise* gesagt. Er hatte gesagt, dass es um das Leben ging.

*Leif, es geht um das Leben selbst. Für uns alle.*

Ja, so war der Wortlaut gewesen. Ausgesprochen mit einem Ernst auf der Schwelle zu … ja, zu was?

Trauer? Verzweiflung? Wahnsinn? Alles zusammen vielleicht. Und versehen mit einer Aura des Todes, die seine ganze melodramatische Erscheinung umgab.

War es so? War Bruder Ludvig todkrank und hatte deshalb die versprengte Geschwisterschar zu einer Art Wiedervereinigung versammeln wollen – oder zur Buße –, ehe es zu spät war?

Möglich, dachte Leif Rute. Sogar wahrscheinlich, aber da war noch etwas. Und leider hatte er wie gesagt eine beunruhigende Vorahnung, worum es bei diesem *noch etwas* ging.

Was sollte es sonst sein? Um den Zusammenhalt unter den Geschwistern war es schon immer schlecht bestellt gewesen, aber nach Brevens bruk und Sotterhill war er völlig verschwunden. Als hätte es eine Übereinkunft gegeben. Eine stillschweigende, aber dennoch bindende, so konnte man es sicher ausdrücken. Natürlich war in diesem Sommer eine solche Übereinkunft getroffen worden.

Und sie hatte ein Vierteljahrhundert gehalten.

Aber weg mit allen bösen Vorahnungen. Er musste sauer aufstoßen und wand sich gequält im Bett. Morgen würden sie Klarheit bekommen. Oder? Es hatte keinen Sinn zu spekulieren, Ludvig Rute war seit jeher mehr oder weniger unverständlich gewesen, und es war mit den Jahren nicht besser geworden. Er schien verändert heute Abend, sicher, radikal verändert, aber trotzdem war es verdammt unmöglich, aus ihm schlau zu werden.

Er griff nach dem Handy, das auf den Boden gerutscht war. Klickte auf Marco und rief an, aber es gingen keine Signale durch. Das kam nicht unerwartet; er hatte mit ihm gesprochen, als er durch Kymlinge fuhr. Ihm frohe Weihnachten, ewige Liebe und alles Mögliche gewünscht, aber auch die Befürchtung geäußert, dass es an einem Ort wie Sillingbo um das Handynetz eher schlecht bestellt sein könnte. Auch wenn das sonntägliche Telefonat mit Ludvig ohne Störungen verlaufen war. Gab es in dieser alten Schule einen Festnetzanschluss? Gab es denn überhaupt noch Festnetzanschlüsse?

Leif Rute trank zwei große Schlucke Wasser aus dem Glas, das er aufs Zimmer mitgenommen hatte. Schrieb eine kurze SMS, die immerhin durchzugehen schien, aber eine Antwort tauchte in den holprigen Minuten, die verstrichen, bis er einschlief, nicht auf.

Zwei Stunden später erwachte er von einem Geräusch.

Ein Kind?

*Ester Hagsjö.*

Der Name kam zu ihm, ohne dass er verstand, wohin er gehörte. Er tauchte in seinem Bewusstsein auf wie ein falsch adressierter Brief, aber ein paar Sekunden später übermannte ihn die ganze Geschichte. Die bizarre Erzählung, die Ludvig ihnen zum Essen serviert hatte. *Die Legende* ... er hatte das Wort benutzt, aber eine Legende war es nun gerade nicht gewesen. Nur ein unheimlicher und tragischer Bericht über einen niemals aufgeklärten Mord. Eine Horrorgeschichte, die sich allem Anschein nach hier abgespielt hatte und für die ganze Gegend ein Trauma gewesen sein musste. Vielleicht immer noch eins war, obwohl seither mehr als ein Jahrhundert vergangen war.

Und natürlich eine gute Grundlage für zukünftige Spukfantasien. Das kleine Mädchen, das nach seinem Tod weiterlebt, durch das Haus wankt und nach seiner ermordeten Mutter sucht. Nachdem sie ihr ganzes Erwachsenenleben im selben Haus arbeitete und wohnte. Warum hatte sie diesen seltsamen Entschluss gefasst? Strich sie damit eine Erinnerung, die sie eigentlich in den Wahnsinn hätte treiben müssen, aus dem Gedächtnis, indem sie sich gewissermaßen mit ihr vermählte?

Leif Rute glaubte nicht an Gespenster. Die zugrunde liegende Geschichte konnte man vielleicht nicht bezweifeln, aber die nächtliche Rückkehr des Kindes nach seinem Tod war natürlich nichts anderes als ein suggestives Hirngespinst derjenigen, die behaupteten, es erlebt zu haben. Das Weinen und die Frage nach der Mutter oder was auch immer.

Und jetzt hörte er es wieder. Keine Worte, nur ein leises Wimmern. Ein schwaches, nervöses Heulen, als hätte jemand einen Albtraum. Er versuchte, sich zu erinnern, wer im Nebenzimmer schlief; das in die eine Richtung stand leer, wenn er sich richtig erinnerte, und in dem anderen … musste Louise mit ihrer Tochter schlafen. Auf der anderen Seite der Wand, die das Kopfende seines Betts berührte. Er richtete sich ein wenig auf und horchte. Erinnerte sich plötzlich, verdrängte es jedoch. Das passierte nicht zum ersten Mal. Er hielt die Luft an und versuchte, die Ohren zu spitzen, aber es kam nichts mehr, und ein paar Minuten später gab er auf.

Er sah nach, ob Marco eine SMS geschickt hatte, aber es gab keine neuen Nachrichten. Er schaltete die Nachttischlampe an und trank das restliche Wasser. Zog die Strümpfe aus, die er offenbar nicht losgeworden war, als er ins Bett taumelte. Schaltete die Lampe wieder aus, drehte das Kissen um, legte sich auf den Rücken und atmete zwölfmal tief und langsam durch.

Doch der Schlaf ist ein treuloser Geselle, und schon bald erkannte er, dass er vorhatte, auf sich warten zu lassen. Er schaltete die Lampe wieder an und zog ein Buch aus seiner Reisetasche. Moores alter Klassiker *Ethics*, er hatte versprochen, für die Neuausgabe ein Nachwort zu schreiben, außerdem war der Text ein bewährtes Schlafmittel.

Schlaftabletten wirken allerdings am besten, wenn man sie schluckt, statt sich auf Moores Worte zu konzentrieren, begannen seine Gedanken nun abzuschweifen. Zu Großem und Kleinem, zu der Universität, an der er seit mehr als einem Jahrzehnt angestellt war. Zu seinem Leben als Homosexueller und dazu, dass die Akzeptanz in einem solchen Maße gewachsen war, dass dies kein Problem mehr darstellte – zumindest in einigermaßen liberalen und halbwegs großen Städten nicht mehr, und wenn man es damit verglich, wie es während der finsteren Jahre in den Achtzigern gewesen war. Zu Marco, mit dem er seit April zusammen war, obwohl er eigentlich beschlossen hatte, sich nie wieder auf eine Paarbeziehung einzulassen. Nicht nach Sammy, der ihn nach so langer Zeit so grausam betrogen hatte. Sie waren schon in seinem ersten Jahr in Sundsvall zusammengezogen, und er hatte wirklich geglaubt, es würde ein Leben lang halten.

Obwohl es das ja nie tat. Wenn es gewöhnlichen heterosexuellen Menschen schon nicht gelang, es miteinander auszuhalten, wie konnte man sich dann einbilden, dass es so viel sensiblere und verletzlichere Gay-Paare tun würden? Aber shit happens, und die Liebe ist ein überlebenskräftiges Unkraut. Für Marco sprach, dass er nur sieben Jahre jünger war als er, bei Sammy waren es vierzehn gewesen.

So viel dazu, dachte Leif Rute. Das war kalter Kaffee, und wenn es mit Marco nicht funktionierte, war es jedenfalls die Mühe wert gewesen, solange es hielt. Der Teil des Lebens, den es im Rückspiegel zu sehen gab, war nicht zu verachten, er war immerhin siebenundfünfzig. Eine abgebrannte Brücke ist auch eine Brücke.

Und apropos Rückspiegel gab es da ihn und seine Geschwister.

Und einen Vorfall.

Sowie die Abmachung zu schweigen; so hatte er es verstanden, sowohl vor zwei Stunden in Gedanken als auch in all der Zeit, die vergangen war. Er überlegte, ob man für die Geschehnisse in Brevens bruk das Wort *Legende* benutzen konnte, wie man es offenbar im Fall von Hedvig und Ester Hagsjö in Sillingbo tat. Der Gedanke ließ ihn sardonisch grinsen, und es kam ihm beinahe so vor, als würde der alte Moore aus seinen ethischen Analysen heraus einen Protest vorbringen: Undefinierte Begriffe sind ein Gräuel! Soll das wirklich ein promovierter Philosoph sein, der da im Bett liegt und zu begreifen versucht, was ich so sachkundig erkläre? Und betrunken ist er auch noch, betrunkene Philosophen sind ja ein weiteres Gräuel!

Aber zurück zu den Geschwistern. Leif Rute schlug Moore zu und verbannte ihn auf den Fußboden. Was stimmte mit den Brüdern und der verlorenen Schwester nicht? Ja, Louise hatte er immer als verloren betrachtet, ohne eingehender darüber nachzudenken, warum er das tat. Heute Abend hatte sie seiner Einschätzung jedenfalls alle Ehre gemacht; ein einundfünfzigjähriges Mädchen, das sich nicht im Griff hatte.

Obwohl das vielleicht nicht weiter seltsam war, denn Schauspielerin zu sein, erforderte natürlich einen bestimmten Persönlichkeitstyp. Vor allem wenn man eine Frau war, vermutete er, und wenn man außerdem seit fast einem Jahr nicht mehr gearbeitet hatte, ging es einem wahrscheinlich nicht besonders gut. Leif hatte seine Schwester vor zwei Jahren auf einer der kleineren Bühnen des Königlichen Dramatischen Theaters gesehen, und obwohl er selbst die Aufführung nicht besonders überzeugend gefunden hatte, war die Kollegin, die er ins Theater eingeladen hatte, tatsächlich beeindruckt gewesen. Hinterher waren sie zusammen essen gegangen, was ganz gemütlich gewesen war. Wie auch immer: Wenn es eine Bevölkerungsgruppe gab, die nach diesem Pandemiejahr Unterstützung und Therapie benötigte, waren es wohl die Kulturschaffenden. Musiker und Schauspieler, Tänzer und Sänger.

Und die Leute in der Tourismusbranche, ergänzte er. Und die Hotelbesitzer. Und die Angestellten der Fluggesellschaften. Und die Einzelhändler. Und die Gastronomen.

Zur letztgenannten Kategorie gehörte natürlich auch sein kleiner Bruder Lars. Der Ärmste, dachte Leif und gähnte. Es kann nicht leicht gewesen sein, nach Ludvig und mir zu kommen. Und vor der verlorenen Prinzessin. Wenn er es richtig verstanden hatte, waren seine beiden Restaurants in Oskarshamn in diesem Herbst den Bach hinuntergegangen. Aber das machte vielleicht nichts. Wer wollte schon ein Restaurant in Oskarshamn besitzen? Und wer wollte dort essen gehen?

Ich bin voreingenommen, erkannte er und löschte das Licht. Zutiefst voreingenommen. Aber ich liege hier ja auch nur und lasse meinen Gedanken freien Lauf, weil ich nicht schlafen kann. Ich spreche sie nicht aus und denke eigentlich auch gar nicht so. Lars ist gehemmt, und angesichts der Umstände hat er das Recht, es zu sein.

Und Ludvig? Der Sinn dieser eigenartigen Zusammenkunft?

Nein, jetzt reicht es, dachte Philosophiedozent Leif Rute und gähnte so, dass seine Wangenknochen knackten. Ludvig ist Ludvig, und ich habe keine Lust, mich weiter mit diesem Rätsel zu befassen. Schließlich ist es schon nach drei, Zeit zu schlafen.

Und das tat er.

# 5

## ELLEN

Am Morgen des Heiligabends gab es eher ein französisches als ein schwedisches Frühstück, aber Ellen hatte nach dem Ess- und Trinkgelage am Vorabend ohnehin keinen Hunger. Schwarzer Kaffee, Saft und ein Happen Baguette mit Käse reichten an einem Morgen wie diesem völlig.

Und zwei Aspirin für den Kopf. Der Burgunder, den sie beim Essen getrunken hatten, hatte vorzüglich geschmeckt, aber da war etwas an Rotwein, was ihr am nächsten Tag nicht gut bekam. Alles hatte seinen Preis.

Heiligabend. Das spielte auch keine Rolle. Da Lisa es nicht geschafft hatte, mit ihrem Engländer nach Hause zu kommen, machte es nichts, dass sie sich mit den seltsamen Geschwistern von Lars an diesem seltsamen Ort befand. Ohne zu wissen, warum. Sie würden sich vermutlich nicht die alljährlichen Disneytrickfilme im Fernsehen ansehen, wie man es in Millionen schwedischen Haushalten an Heiligabend machte; sie glaubte nicht einmal, dass es in dem Haus einen Fernsehapparat gab. Ihr war leicht schamerfüllt bewusst, dass sie ihren Gatten überredet hatte, die lange Fahrt hierher zu machen. Aber es hatte geheißen, sie wären nur zu viert: Ludvig mit seiner Freundin, oder wie man sie nennen sollte, und sie selbst. Sie und Lars.

Stattdessen waren sie sieben. Zwei Geschwister und eine Nichte waren dazugekommen; Ellen war anfangs zu Recht wütend gewesen, als ihnen die Situation im Laufe des gestrigen Tages klar geworden war, hatte dann aber resigniert. Keiner der anderen wirkte besonders krank oder infiziert, was möglicherweise Wunschdenken war, aber was sollte man machen? Trotz aller Zahlen von Covidkranken und -gestorbenen waren die meisten Menschen bisher durchgekommen. Und auch wenn sie sich an diesem Morgen nicht gerade topfit fühlte, war der gestrige Abend erträglich gewesen, das ließ sich nicht leugnen. Vielleicht nicht unbedingt nett, aber auf jeden Fall interessant. Ludvig war in ihren Augen einer der seltsamsten Menschen, denen sie jemals begegnet war. Sie konnte gut verstehen, dass Lars ihn nicht mochte, aber mit den anderen hatte sie keine Probleme gehabt. Am ausgiebigsten hatte sie sich mit ihrem Schwager Leif unterhalten, der höflich und zuvorkommend gewesen war; als sie ins Bett gegangen waren, hatte sie Lars nach ihm gefragt, der ein wenig ausweichend geantwortet hatte, an Bruder Nummer zwei sei im Grunde nichts auszusetzen, aber sie hätten nie etwas gemeinsam gehabt. In ihrer Kindheit nicht und später auch nicht. Die beiden älteren Brüder seien sich selbst genug gewesen, Lars hätte genauso gut ein Cousin vom Land sein können.

Er hatte sich schon um halb acht zum Frühstück hinunterbegeben, weil er Catherine offenbar versprochen hatte, ihr in der Küche zu helfen. Brot aufzuschneiden, Kaffee zu kochen und so weiter … aber um viel mehr war es also nicht gegangen. Ellen dachte, dass dies typisch war; einer jüngeren schönen Frau konnte Lars nicht widerstehen, auch wenn er nie etwas unternahm. Ihm reichte es völlig, sich in der Nähe halbwegs attraktiver Weibchen aufhalten zu dürfen, das hatte sie während der vielen Jahre in ihren Restaurants daheim in Oskarshamn gelernt. Anfangs war sie vielleicht eifersüchtig gewesen, aber das hatte sich schnell gelegt. *Männer sind primitiv, es macht die Dinge einfacher, wenn wir das akzeptieren*, hatte eine Freundin ihr einmal gesagt, und Ellen hatte sich ihre Worte gemerkt. Dass ihr zurückhaltender Mann all seinen Mut zusammennehmen und mit einer anderen Frau ins Bett gehen würde, hielt sie für ähnlich wahrscheinlich wie die Vorstellung, dass er an *Let's dance* teilnahm. Bevor sie Mitte der Neunzigerjahre ein Paar wurden, war er mit einer einzigen Frau zusammen gewesen, eine Beziehung, die damit endete, dass besagte Partnerin nach Blomstermåla zog und einen Pfarrer der schwedischen Staatskirche heiratete.

Sie selbst hatte drei Männer gehabt, ehe sie die Sicherheit wählte. Und einen danach, einen alten Schulkameraden vom Gymnasium, in den sie als Jugendliche heimlich verliebt gewesen war, von dem sie zwanzig Jahre später, nach ein paar schändlichen Nächten in verschiedenen Hotelzimmern in Kalmar und Växjö, jedoch genug bekommen hatte. Sie hatte zwei Schwestern, deren Ehen wegen dämlicher Affären in die Brüche gegangen waren, und als sie ihre alte Jugendliebe nach der letzten Nacht verlassen hatte, stand ihre Entscheidung fest. Was sie anging, musste Lars reichen. Sie war damals Anfang vierzig gewesen, es wurde Zeit, an anderes zu denken, und Lars war als Liebhaber durchaus zu gebrauchen, wenn man ihm etwas auf die Sprünge half.

Weil sie erst um zehn nach unten gekommen war, saß sie allein am Tisch. Die anderen waren trotz des Trinkgelages am Vorabend anscheinend früh auf den Beinen gewesen oder hatten das Frühstück ausfallen lassen. Jedenfalls war es bald nur noch eine halbe Stunde bis zu dem Treffen in der Galerie, einem Treffen, zu dem nur die Geschwister eingeladen waren. Da drinnen wäre ich gern eine Fliege an der Wand, dachte Ellen Rute Fredin (sie hatte nach leichten Zweifeln ihren Namen bei der Heirat mit Lars behalten und seinen in die Mitte gepackt wie eine Art Initiale), trank den letzten Schluck Kaffee und wischte sich den Mund mit einer Leinenserviette ab.

Sie erwartete einen ausführlichen Bericht ihres Mannes, sobald die Versammlung vorbei war, aber man konnte nie wissen. Es stand in den Sternen, welche Pläne der verrückte Ludvig hatte, aber was immer es war, es musste wichtig sein. *Äußerst wichtig* sogar, so hatte er sich ausgedrückt, und es war nicht auszuschließen, dass in dem Raum auch eine Abmachung getroffen wurde. Zum Beispiel zu schweigen, selbst seinen Nächsten gegenüber. Wundern würde sie es nicht.

Sonst, ja, sonst hätten wir schließlich genauso gut dabei sein können, dachte Ellen gereizt und beschloss, spazieren zu gehen, während das feierliche Treffen stattfand. Zunächst zur Hauptstraße hinunter, dann würde sie weitersehen. Seit ihrer Ankunft war sie nicht mehr draußen gewesen; am Vortag war es windig gewesen und es hatte geschneit, aber im Moment, am Vormittag des Heiligabends, sah es etwas heller aus. Keine Sonne, aber es war auch kein Niederschlag in Sicht.

Sie kehrte in ihr Zimmer zurück, wo Lars auf dem Bett lag, an die Decke starrte und verbissen wirkte. Fast so, als müsste er zu einer Vernehmung bei der Polizei, dachte sie. Warum auch immer ein derart bizarrer Gedanke in ihrem Kopf auftauchte?

»Ich mache einen Spaziergang«, sagte sie. »Wenn man schon nicht eingeladen ist.«

»Du kannst von mir aus gern für mich hingehen«, erwiderte ihr Gatte mürrisch.

»Meinst du, das würde akzeptiert?«

»Nicht eine Sekunde.«

»Na also. Ich hoffe, ihr habt es nett.«

Lars Rute antwortete nicht. Ging sich stattdessen die Zähne putzen.

Es wurde ein längerer Marsch, als sie beabsichtigt hatte. Erst ging es ein paar hundert Meter in Richtung Norwegen, dann fand sie einen schmalen, schneebedeckten Feldweg, der zu dem Fluss an der Talsohle hinabführte. Sie schlug ihn ein, nahm anschließend einen Pfad an dem Gewässer entlang, in der Nacht hatte es gefroren, und man konnte dort gut gehen. Nach etwa einem Kilometer erreichte sie eine Brücke und zögerte kurz, aber es war erst halb zwölf, und so begab sie sich auf das andere Ufer und wandte sich nach links, um zur Bebauung zurückzukehren. Vielleicht gab es in dieser Richtung ja eine weitere Brücke, wenn nicht, würde sie eben umkehren müssen.

Beim Gehen dachte sie an die merkwürdige Geschichte von Hedvig und Ester Hagsjö. In erster Linie vielleicht, um sich nicht über das Treffen der Geschwister ärgern zu müssen, aber das unheimliche alte Geschehen hatte auch etwas, das … ja, was? … irgendwie in ihr widerhallte? Als sie in Oskarshamn zur Schule ging, genauer gesagt in die dritte Klasse, war die Mutter einer Schulkameradin getötet worden. Die Tat erwies sich schnell als eine dieser banalen, aber tragischen Geschichten von einem Mann, der wegen eines anderen verlassen worden war, und keine bessere Lösung für das Problem finden konnte, als seine frühere Frau umzubringen. An den neuen Mann wagte er sich aus dem einfachen Grund nicht heran, dass dieser groß und kräftig und zudem Polizist war. Zumindest war das die Meinung aller, als es geschah.

Apropos primitive Männer, dachte sie. Der Täter wurde im Übrigen noch am selben Tag gefasst, und das Mädchen, das Zarah hieß, mit Z und h, zog zu einer Tante in der Nähe von Göteborg.

Wirklich seltsam an dem Mord in der Schule von Sillingbo ist, dachte Ellen, dass in der Geschichte Männer fehlen – wenn man den Mörder einmal außer Acht lässt. Die Mutter war alleinstehend, der Vater des Mädchens bereits tot. Was um Himmels willen war passiert? Wer war der Täter und was war sein Motiv?

Weil so viel Zeit vergangen war, würde man auf diese Fragen wahrscheinlich niemals Antworten bekommen. Was gelinde gesagt ärgerlich war, wenn man es recht bedachte.

Genauso ärgerlich, konnte man mit Fug und Recht sagen, wie dieses bizarre Familientreffen an selber Stelle mehr als hundert Jahre später … hatte er nicht 1902 gesagt, der ebenso bizarre Ludvig Rute? Es konnte ja wohl … es konnte ja wohl nicht sein, dass er sich das Ganze bloß ausgedacht hatte?

Sie trat gegen einen abgenagten Tierknochen, sodass er ins Wasser flog. Und wenn man sich eine derart makabre Geschichte aus den Fingern sog, hieß das dann nicht, dass man nicht ganz bei Trost war? Auch wenn er ziemlich traurig geklungen hatte, als er sie erzählte. Aber es sprach natürlich nichts dagegen, dass Trauer und Wahnsinn Hand in Hand gingen.

Und wenn er nun wirklich verrückt war, räsonierte sie weiter, was für einen Humbug tischte er dann im Moment seinen Geschwistern in dieser merkwürdigen Galerie auf? Galimathias in der Galerie? Sie lachte kurz über die Wortkombination, wurde aber sofort wieder ernst.

Denn war es nicht geradezu *unterwürfig*, wie sich dieses Trio vor Ludvig benahm, nicht nur ihr Mann, sondern auch die beiden anderen? Sicher, Leif hatte sich als sympathisch und höflich herausgestellt, aber seinem Bruder gegenüber verhielt er sich die meiste Zeit wie eine Art Vizepräsident. Loyal und gehorsam. Schwester Louise zählte natürlich erst gar nicht. Wenn Ellen sich bei der gestrigen Abendgesellschaft fünf Gläser Wein hinter die Binde gekippt hatte, waren es bei dieser arbeitslosen Schauspielerin sicher doppelt so viele gewesen. Traurig, das mitanzusehen, im Beisein ihrer Tochter und so.

Ungefähr an dieser Stelle ihres freien Gedankenstroms erkannte Ellen Rute Fredin jedoch, dass es sie nur wütend und traurig machte, über all diese Dummheiten und all diese unzulänglichen Menschen nachzugrübeln, von denen sie umgeben war. Sie blieb stehen und sah auf die Uhr. Fünf nach zwölf. War das Treffen vielleicht schon vorbei?

Und weil in ihrer Richtung nirgendwo eine Brücke zu sehen war, machte sie auf dem Absatz kehrt und ging denselben Weg wieder zurück. Als sie einige hundert Meter weit gekommen war, begegnete sie einem Mann mit einer Axt.

# 6

## LINN

Heiligabend. Und irgendetwas stimmt hier nicht.

Vielleicht stimmt auch eine ganze Menge nicht. Ich weiß es nicht, aber ich laufe mit einem Haufen Schmetterlingen im Bauch herum. Während des Mittagessens heute, nach diesem komischen Treffen, herrschte im Vergleich zu gestern Abend eine völlig andere Stimmung. Irgendwie bedrückt. Ich weiß ja nicht, worüber sie in der Galerie gesprochen haben – es ist tatsächlich eine Galerie, ich habe einen Blick hineingeworfen, und die Wände sind vom Boden bis zur Decke mit Bildern behängt, garantiert an die hundert Stück mit allen möglichen Motiven und in unterschiedlichen Größen –, aber es kann keine frohe Botschaft gewesen sein, die Premierminister Dracula verkündet hat.

Ich habe Catherine bei den Essensvorbereitungen geholfen – weil Onkel Lars, der seit hundert Jahren in der Restaurantbranche gearbeitet und in Oskarshamn sogar zwei Lokale besessen hat, beim Treffen der Geschwister war und nicht einspringen konnte, wie er es beim Abendessen getan hatte –, und sie ist ein schönes Gegengewicht zu all dem Angespannten und Geheimnisvollen. Wir haben uns gestern schon viel unterhalten, sie ist erst dreißig, verglichen mit den anderen gehören sie und ich also gewissermaßen einer eigenen Altersklasse an. Es stimmt tatsächlich, dass sie eine Art Lebensgefährtin von Onkel Ludvig ist; ich beschließe, ihn von nun an bei seinem richtigen Namen zu nennen und nicht so respektlos zu sein. Wenn ich es richtig verstanden habe, fing Catherine als Modell für ihn an, sowohl nackt als auch bekleidet, er malte sie ein ganzes Jahr in unterschiedlichen Posen, und am Ende wurde sie dann auch seine Geliebte. Das klingt wie eine alte Romanze aus dem neunzehnten Jahrhundert, aber als ich sie frage und etwas skeptisch aussehe, lacht sie nur und sagt, Schweden sei Schweden, aber Frankreich sei eben Frankreich. Ein Künstler, der keine junge Geliebte habe, sei in diesem Land kein richtiger Künstler. Jedenfalls haben sie keine solche Beziehung mehr, behauptet Catherine; inzwischen ist sie eher eine Krankenschwester und sehr enge Freundin für ihn. Denn Ludvig ist krank, schwerkrank; seit Anfang Herbst haben sie gewusst, dass er nicht mehr lange zu leben hat, was auch der Grund dafür ist, dass sie sich dieses Haus für den Winter von ihrem Vater geliehen haben. Ihm gehört der Kasten also, er ist eine Art Kunstsammler, wohnt den größten Teil des Jahres genau wie Ludvig an der Côte d'Azur und ist gelinde gesagt wohlhabend. Ich sehe Catherine an, dass sie sich entschuldigen will, als sie erzählt, dass sie mit einem silbernen Löffel im Mund geboren wurde, aber dafür kann sie ja nichts. Ihr Vater ist Schwede, aber wahrscheinlich auch ziemlich französisch, wenn er akzeptiert, dass seine Tochter mit einem alten Mann zusammen (gewesen) ist, der im selben Alter ist wie er selbst.

Wie auch immer, Catherine ist sehr nett. Irgendwie problemfrei; Ludvig sagt ihr anscheinend häufig, sie tanze durchs Leben wie ein Schmetterling an einem Sommertag, und dem kann ich nur zustimmen. Eine andere Art von Schmetterlingen natürlich als die in meinem Bauch.

»Weißt du, was beim Kochen das wichtigste Gewürz überhaupt ist?«, hat sie mich gefragt, als sie das Mittagessen vorbereitete.

Dass man fröhlich ist, wenn man es zubereitet, lautete die richtige Antwort.

Aber leichtsinnig ist sie nicht, Catherine, weit gefehlt. Mir ist klar geworden, dass sie Ludvig wirklich liebt, nicht mehr als Geliebte, aber als einen Menschen, der ihr wirklich nahesteht. Sie hat mir von ihm und der Krise erzählt, die er gerade durchmacht; ich habe das Ganze bestimmt nicht richtig verstanden, aber wenn sie sagt, dass er »sein Leben bereut«, verstehe ich, wovon sie redet. Schließlich liegen vier Semester Psychologie hinter mir, und wenn es etwas gibt, was ich mit Sicherheit über mich sagen kann, dann, dass ich eine einfühlsame Seele bin.

Ich glaube, das habe ich von meiner Mutter, als sie aus der Galerie kam, sah sie aus, als würde sie jeden Moment losheulen. Aber ich habe noch keine Gelegenheit gehabt, mit ihr zu reden, und es ist mir wirklich ein Rätsel, was in dem Raum passiert ist. Auch Catherine scheint nicht zu wissen, worum es ging; nur, dass es Ludvig ungeheuer wichtig war, seine Geschwister zu versammeln und gewisse Dinge mit ihnen zu besprechen. *Gewisse Dinge.* Selbst ihr hat er nicht mehr sagen wollen, und sie hat ihn nicht unter Druck gesetzt. Dagegen ist sie sich sicher, dass er sich im letzten halben Jahr verändert hat; sie sagt, dass er trotz seiner etwas leichtfertigen Ausstrahlung immer von einem großen Ernst geprägt war, und dass sich dieser Ernst vertieft hat und seinen Charakter inzwischen vollständig dominiert.

Ja, so hat sie sich tatsächlich ausgedrückt, als wir in der Küche standen und den Lachs garnierten – *ein Ernst, der seinen Charakter inzwischen vollständig dominiert* –, und in der nächsten Sekunde lachte sie über den Dill, der in ihren Augen aussah wie depressives Gras.

»Es hat mit seinem Verhältnis zu Gott zu tun«, ergänzte sie und begann die Zitronen aufzuschneiden.

Wir saßen natürlich mit am Tisch, Catherine und ich, und vielleicht war unsere Anwesenheit schuld, dass die anderen nicht miteinander reden konnten. Weil Ellen, die Frau von Lars, aus irgendeinem Grund fehlte, waren wir beide nämlich die Einzigen, die bei dem Treffen nicht dabei gewesen waren und nicht wussten, worüber sie geredet hatten. Welche düsteren Dinge der große Bruder Ludvig mit seinen drei jüngeren Geschwistern erörtert hatte.

Jedenfalls wurde während des Mittagessens kaum etwas gesagt. Nur dass der Lachs gut schmeckte, und dass der Wein, der dazu serviert wurde, eine gute Wahl war. Ich versuchte, Mutter diskret zu fragen, ob bei ihr alles okay sei, aber sie schüttelte nur den Kopf und sagte »Nicht jetzt, Linn, nicht jetzt«. Das ist häufig ihre Taktik, Unangenehmes aufzuschieben und abzuwarten, bis sich eine passende Gelegenheit ergibt, über Probleme und Schwierigkeiten zu sprechen.

Was natürlich nie passiert. Und weil ich keinen der Verwandten näher kenne, konnte ich mich an keinen anderen wenden. Onkel Ludvig verließ den Tisch übrigens, noch bevor er seine Portion Lachs aufgegessen hatte, ich glaube, er murmelte eine Entschuldigung, er fühle sich nicht gut, aber vielleicht habe ich mich auch verhört. Nachdem er gegangen war, fiel mir jedenfalls auf, dass die drei verbliebenen Geschwister etwas mehr Augenkontakt zueinander suchten, aber wie gesagt, wegen meiner und Catherines Gegenwart konnten sie nicht offen reden. So habe ich es zumindest empfunden, und es war eine sehr spezielle Situation. Um nicht zu sagen eine unangenehme. Mir kam der Gedanke, dass wir auf einen Unbeteiligten wirken mussten wie eine kleine Gruppe von Patienten in der Psychiatrie, die unter starken Medikamenten steht. Selbst Catherine schien es schwerzufallen, ihre gute Laune zu behalten, erst recht, nachdem Ludvig sich zurückgezogen hatte.

Als Nachtisch hatten wir ein recht ambitioniertes Tiramisu zubereitet, aber unter den herrschenden Umständen kam es mir völlig vergeudet vor.

Am Nachmittag ging ich spazieren. Ich fragte sowohl Mutter als auch Catherine, ob sie mitkommen wollten, aber sie lehnten ab. Mutter behauptete, sie wolle mit ihren Gedanken allein sein, ohne näher zu erläutern, worum es bei diesen Gedanken ging. Catherine hatte verständlicherweise das Gefühl, dass Ludvig sie brauchte, ganz unabhängig davon, worüber man in der Galerie debattiert hatte.

Aber wahrscheinlich ist »debattieren« in diesem Fall nicht das richtige Wort. So wie ich es verstanden habe, hatte der große Bruder eine oder mehrere wichtige Entscheidungen präsentiert, ich glaube nicht, dass es eine Gelegenheit zur Diskussion und zum Meinungsaustausch gab. Aber ich kann mich natürlich irren.

Jedenfalls machte ich mich allein auf den Weg. Als ich das Schulhaus verließ, war es Viertel vor drei und die sakrosankte Donald-Duck-Stunde im Heiligabendprogramm des Fernsehens stand kurz bevor. Während ich durch das Dorf trottete, konnte ich jedoch feststellen, dass die Zahl der Menschen, die das große Familienfest in Sillingbo feierte, wohl bei sieben bleiben würde, will sagen, hier war keiner außer den Geschwistern Rute samt Anhang im ehemaligen Schulgebäude. Die einzelnen Lampen, die hier und da in der einsetzenden Dämmerung brannten, waren mit Sicherheit nur installiert worden, um Einbrecher fernzuhalten. Was auf eine grobe Unterschätzung des Denkvermögens von Dieben schließen lässt.

Auf jeden Fall drang aus keinem der Häuser, an denen ich vorbeikam, höchstens zehn Stück, charakteristisches Fernsehlicht nach draußen, und ich dachte, wenn es ein entlegenes Nest auf der Welt gab, das sowohl Gott als auch Jiminy Grille vergessen hatten, schien es Sillingbo zu heißen.

Mir persönlich fehlte die vermeintlich so gemütliche und alles übertünchende Fernsehcouch mit Donald und seinen Freunden jedoch nicht. Mutter und ich haben unsere Heiligabende nie so verbracht. Stattdessen waren wir immer, solange ich zurückdenken kann, an verschiedenen Projekten beteiligt, um in Stockholm einsamen und verstoßenen Menschen unterschiedlicher Art zu helfen. Alternatives Weihnachtsfest, nannte man das. Als Kind saß ich des Öfteren auf dem Schoß eingewanderter Frauen und lauschte unverständlichen Gesprächen und wehmütigen Liedern, während Mutter und ihre Freundinnen herumliefen, Leckerbissen, Kaffee und Weihnachtspunsch servierten und dafür zu sorgen versuchten, dass es allen gut ging und jeder sich zumindest für eine kurze Zeit im neuen Heimatland wohlfühlte, in dem keiner von ihnen freiwillig gelandet war. In einem Gemeindehaus, einem Vereinsheim oder welche Räumlichkeit man für das jeweilige Weihnachtsfest gefunden hatte.

Ich dachte eine Zeitlang an diese unterschiedlichen Frauen, denen vor allem eins gemeinsam war: Sie waren die Opfer eines die ganze Welt umspannenden Patriarchats. Es kam in den verschiedenen Ländern und Kulturen unterschiedlich zum Ausdruck, aber es war dennoch die Schuld der Männer, dass sie hier gestrandet waren. Dass sie sich an diesem Abend trafen und ein verwässertes christliches Fest feierten, das längst vom fröhlichen Tanz um das goldene Kalb des Kommerzes gekapert worden war. Mit sehr wenigen Ausnahmen waren meine Heiligabendfrauen weder Christen, noch verfügten sie über genügend Kaufkraft, um in die Weihnachtshysterie eines kalten und ungastlichen Schweden hineinzupassen.

Das waren geliehene Worte. Ein gesammeltes Echo der häufig geäußerten Ansichten von Mutter und ihren Freundinnen, die ich wiedergeben konnte, noch bevor ich auch nur die Hälfte dessen verstand, was sie bedeuteten. Aber natürlich bin ich ihrer Meinung, jetzt, da ich erwachsen und vernünftig bin und mir die Augen für das Thema geöffnet wurden. Das war der Stand der Dinge, und er ist es bis heute geblieben, wenn es um Fremdheit und unfreiwillige Migration geht.

Aber diese häufig durchgekauten Gedanken hatten mit dem Weihnachtsfest in Sillingbo nicht viel zu tun, und nachdem ich in einen schmalen Weg eingebogen war, der zum Fluss im Tal hinabführte, versuchte ich stattdessen, ernsthaft zu verstehen, warum wir uns während dieser pandemischen Feiertage an diesem verlassenen Ort versammelt hatten.

*Ernsthaft zu verstehen?*

Leichter gesagt als getan. Premierminister Dracula ... Verzeihung, Onkel Ludvig ... ist als Ganzes ein Rätsel, und es fällt mir schwer, anhand des wenigen, was ich von Catherine erfahren habe, sichere Schlussfolgerungen zu ziehen. Die einzige logische Vermutung dürfte sein, dass es in der Galerie, trotz Mutters vager Proteste, letztlich doch um Geld gegangen ist. Ein steinreicher sterbender Künstler ohne direkten Erben, nur drei Geschwister und zwei Nichten. So ähnlich wie Alfred Nobel, schoss es mir durch den Kopf, obwohl zwischen Dynamit und Kunst natürlich ein gewisser Unterschied besteht. Ein gewisser Unterschied auch in der Größe des Vermögens, schätze ich, obwohl das von Ludvig Rute sicher nicht zu verachten ist.

Ist es so simpel? Ich bin natürlich keine Expertin für Erbschaftsangelegenheiten, aber manches ist mir bekannt. Zum Beispiel, dass Geschwister ohnehin erben, wenn es kein Testament gibt, das etwas anderes besagt. Aber wenn Onkel Ludvig eins gemacht hat, im Vollbesitz seiner geistigen Kräfte und so weiter, und zum Beispiel beschlossen hat, sein ganzes Vermögen den Ärzten ohne Grenzen oder dem Roten Kreuz oder einem Stipendienfonds für hungernde Künstler zu vermachen, könnte das bedeuten, dass seine Geschwister völlig leer ausgehen, wenn er stirbt.

Und Catherine? Warum soll diese sympathische Lebensgefährtin nicht den ganzen Mist bekommen?

Unabhängig davon, wie er sein Vermögen verteilen will, könnte es der Zweck des Treffens in der Galerie gewesen sein, seinen Geschwistern diese bittere Wahrheit mitzuteilen. Oder nicht? Und wenn das zutraf, war es diese ebenso bittere Erkenntnis, die Mutter, Leif und Lars beim Mittagessen ins Gesicht geschrieben stand.

Gut kombiniert, Linn Rute. Das kommt einem doch wie eine relativ wahrscheinliche Lösung für das Rätsel vor.

Oder auch nicht, dachte ich in der nächsten Sekunde. Denn wenn es stimmt, dass der große Bruder beschlossen hat, seine Geschwister zu enttäuschen und auf die Art wütend zu machen, warum sollte er sich dann die Mühe machen, sie hier zusammenzutrommeln? Warum sollte er sich zwingen, Zeit mit ihnen zu verbringen? Dann hätte es doch gereicht, einen Anwalt drei Briefe verschicken zu lassen? Oder in dieser Angelegenheit bis zu seinem letzten Atemzug zu schweigen?

Ist es ihm wichtig, ihr Verständnis zu erhalten? Den Segen seiner Geschwister?

Das kommt einem verrückt vor. Laut Mutter ist es noch nie leicht gewesen, aus Ludvig schlau zu werden. Aber woher soll sie eigentlich wissen, wie er heute ist? In den letzten fünfundzwanzig Jahren haben sie praktisch keinen Kontakt mehr gehabt. Seit ich geboren wurde; mein ganzes Leben habe ich einen weltberühmten und reichen Onkel gehabt, dem ich niemals begegnet bin. Erst an diesen seltsamen Weihnachtstagen an diesem seltsamen Ort, während er möglicherweise sterbenskrank ist. Ohne Corona zu haben, soweit ich weiß, aber es gibt ja immer noch andere tödliche Krankheiten auf der Welt, nicht wahr?

Während ich so vor mich hin lief und mir diese Gedanken durch den Kopf schossen, war die Dämmerung kompakter geworden, und als es dann auch noch anfing zu schneien, beschloss ich umzukehren. Es war sicher so gut wie unmöglich, sich in Sillingbo zu verlaufen, aber es war fast halb vier, und ich spürte, dass ich mich eine Weile auf dem Zimmer ausruhen musste, vielleicht auch ein Gespräch mit Mutter zustande bringen sollte, wenn sie etwas zugänglicher war. Was das anging, machte ich mir allerdings keine großen Hoffnungen, aber man wusste ja nie. Als ich zum Schulhaus zurückkam, war es schon dunkel. Nur in zwei Fenstern in der oberen Etage brannte Licht, weshalb ich annahm, dass sich einige zu einem Nachmittagsschlaf zurückgezogen hatten. Angesichts des gestrigen Abends, des Treffens in der Galerie und der Lage im Allgemeinen, war er vielleicht wohlverdient.

In ein paar Stunden stand das Weihnachtsessen auf dem Programm. Ich hatte Catherine versprochen, ihr ab sechs in der Küche zu helfen, und vielleicht würde ich auf diese Weise das eine oder andere erfahren, auch wenn ich nicht glaubte, dass Catherine gewillt war, von ihrer Loyalität zu Ludvig abzurücken.

Aber genug davon, dachte ich. Jetzt war es an der Zeit, sämtlichen Spekulationen ein Ende zu machen und mir eine Stunde Ruhe im Bett zu gönnen. Alles hat seine Zeit, wie man so sagt.

Im Flur begegnete ich Onkel Lars, der wenn möglich noch bekümmerter aussah als beim Mittagessen.

»Du hast nicht zufällig meine Frau gesehen ... ich meine Ellen?«, fragte er.

Im ersten Moment wollte ich ihm antworten, dass ich sehr wohl wusste, dass seine Frau Ellen hieß, sagte dann aber nur, ich hätte sie den ganzen Tag noch nicht gesehen.

»Sie ist vor dem Mittagessen spazieren gegangen«, erklärte er. »Na ja, sie wird sicher wieder auftauchen.«

»Das tut sie bestimmt«, erwiderte ich und nahm die Treppe in die obere Etage hinauf.

Mutter hatte eine Decke über sich gezogen und schlief, als ich in unser Zimmer kam. Ich wollte sie erst wecken, überlegte es mir dann jedoch anders, als ich sie mir etwas genauer ansah. Sie sah so wehrlos aus, der Schlaf wie eine dünne, schützende Decke gegen eine harte und feindliche Wirklichkeit. Erneut schlich sich bei mir der empathische Gedanke ein, dass es meine Aufgabe war, mich um meine Mutter zu kümmern und nicht umgekehrt. Ich weiß, dass ich das schon im Sommer dachte, als die Idee, dass wir zusammenwohnen könnten, zum ersten Mal auftauchte. Dass vor allem sie die Unterstützung und Geborgenheit brauchte, die darin bestand, jeden Tag in der Nähe eines anderen Menschen zu verbringen. Gemeinsam zu frühstücken und den Tag zu beginnen, über das verdammte Virus und andere Plagen in der

Gesellschaft gemeinsam mit einem anderen fluchen zu dürfen, statt einsam und nutzlos dazuhocken und an seinem Verstand zu zweifeln.

Aber wer hier wen braucht, ist natürlich eine Frage, die nicht so einseitig zu beantworten ist. Ich glaube, dass meine Mutter und ich auf ganz ähnliche Weise stark und zerbrechlich sind, und so einfühlsam, dass wir uns gegenseitig unterstützen oder uns widersprechen können, je nachdem, was sich für den Moment und das gerade aktuelle Problem am besten eignet.

Außerdem würde es mich wirklich sehr wundern, wenn es ihr auf Dauer gelänge, mich aus dem herauszuhalten, was sich zwischen den verrückten Geschwistern abspielt. Ich gehe davon aus, dass ich bald eingeweiht werde, am besten natürlich, solange wir uns noch vor Ort befinden … in der Höhle des Löwen, oder wie das heißt. Also heute Abend oder morgen, denn meines Wissens sollen wir am zweiten Weihnachtstag abreisen. Aber auch in dem Punkt sind die Informationen mangelhaft gewesen. Man könnte sich beinahe einbilden, wir befänden uns an Bord eines Schiffs, dem in Hafen für Hafen die Erlaubnis verweigert wird, vor Anker zu gehen, weil wir die Pest an Bord haben. Covid-19 natürlich, was übrigens nicht nur ein körperliches Virus ist, es sickert auch in die Gedanken ein. Umso stärker, je mehr Zeit vergeht und der Impfstoff auf sich warten lässt, habe ich das Gefühl.

Jedenfalls ließ ich Mutter weiterschlafen, legte mich auf mein Bett, stellte das Handy auf halb sechs und schaltete die Lampe aus, die sie auf dem Nachttisch angelassen hatte. Frohe Weihnachten, Linn Rute.

# 7

## CATHERINE

Wenn die Künstler eines Tages aufhören, nackte Körper zu malen, ist die Welt dem Untergang geweiht.

So hatte sich ihr Vater ausgedrückt, als sie ihm erzählte, dass sein guter Freund Ludvig Rute sie als Modell für eine Reihe von Gemälden engagieren wollte, die er *La femme et les saisons* zu nennen gedachte.

Damals war sie vierundzwanzig gewesen und hatte sich augenblicklich gefragt, ob ihr Vater nicht zuerst hatte *Frauen* sagen wollen, das Wort aber gerade noch rechtzeitig gegen *Körper* ausgetauscht hatte.

Weil es zufällig seine Tochter war, mit der er gerade sprach. Wie dem auch sei, er hatte jedenfalls keine Einwände gegen die Idee gehabt, und während dieses Jahres, von April 2014 bis Mai 2015, malte Ludvig Rute die zwölf großen Ölgemälde, die, als sie ein paar Monate später in Cannes ausgestellt wurden, den neuen Titel *L'innocence* erhalten hatten und später in extenso von einem japanischen Sammler für den moderaten Preis von 2,4 Millionen Euro gekauft wurden.

Catherine stellte sich regelmäßig vor, wie dieser steinreiche Japaner, ein Herr von sechzig Jahren, der einen halben Kopf kleiner war als sie, mehrmals in der Woche in seine unterirdische Galerie in Osaka hinunterging, es sich mit einem Becher Sake auf der Armlehne in seinem bequemen Sessel gemütlich machte, um für einige Stunden ihren nackten oder halb nackten Körper in zwölf verschiedenen Varianten zu genießen. Sie hoffte, dass er wenigstens nicht onanierte.

Mehr als fünf Jahre waren seit der Vernissage in Cannes vergangen, und zwischen ihr und Ludvig war viel passiert. Dass sie einen Mann lieben würde, der genauso alt war wie ihr Vater, war etwas Bemerkenswertes, das sie nicht zu erklären vermochte und gar nicht erst zu erklären versuchte. Niemand anderem und sich selbst auch nicht. Nichtsdestotrotz war es eine Tatsache – wenn auf dem Markt der Liebe etwas als eine Tatsache beschrieben werden kann. Ihre Beziehung wurde mit der Zeit immer stärker, *vertiefte* sich, statt sich zu *verflüchtigen*, was vielleicht eher erwartbar gewesen wäre. Sie war bei Weitem keine Unschuld mehr, als sie anfing, als Modell für Ludvig zu arbeiten, hatte gerade mit einem gewissen Armand Schluss gemacht, einem hübsch gelockten Medizinstudenten – und ungefähr gleichzeitig ihr Jurastudium an der Universität von Montpellier abgebrochen. Es war eine Wegscheide in ihrem Leben gewesen, und vielleicht hatte sie das Angebot des berühmten Malers akzeptiert, um sich Zeit zu geben, eine Wahl zu treffen. Wenn sie nackt in einem Sessel saß und aus dem Fenster blickte, gab es davon reichlich: Zeit, nachzudenken und zu reflektieren.

Ihre zärtlichen Gefühle kamen unerwartet, aber auch langsam, und sie redete sich ein, dass gerade dieses Zögerliche eine Art Garantie für die Echtheit war. Sie hatte einige blitzschlagartige Beziehungen hinter sich, eine missglückter als die andere, und ahnte schon bald, dass ihre Wahlverwandtschaft mit Ludvig etwas Einzigartiges war. In der wahren Bedeutung des Wortes, selten gesehen, *once-in-a-lifetime*, nicht vergleichbar mit dem gängigen verwässerten und fantasielosen Bild einer Paarbeziehung. Mann-Frau, gleichgeschlechtlich, das spielte keine Rolle.

Etwas *Höheres*, sagte sie sich, vielleicht sogar *Heiliges*. Ja, wirklich. Natürlich nicht so, als würde man allem weltlichen Krimskrams entsagen und ins Kloster gehen, aber es ging in die Richtung. Ein Entschluss und ein bindendes Versprechen. Diese Gedanken waren ihr insbesondere im letzten Jahr gekommen, seit ihre sexuelle Beziehung weitestgehend aufgehört hatte. Es war eine solche Zeit, und dass der Tag kommen würde, an dem Ludvig nicht mehr Teil ihres Lebens war, wusste sie. Nutze sie, sagte sie sich häufig, du wirst dich sonst selbst verfluchen.

Seit ein paar Monaten wusste sie zudem, dass der Tag des Abschieds nicht mehr fern war. Ludvig hatte den definitiven Bescheid im August bekommen, und sie begriffen beide, dass er keinen weiteren Sommer würde erleben dürfen. Doch schon vorher, seit Anfang des Jahres, als er die Diagnose erhielt, hatte es das Wissen darum gegeben. Ihre gemeinsamen Tage waren gezählt, und wenn der große Maler fort war, lag eine unbekannte Zahl von Jahren vor ihr, die es zu leben galt. Schließlich war sie nicht älter als dreißig.

Sie würden auf der anderen Seite wieder vereint sein, lautete Ludvigs schwacher Trost und seine Hoffnung. Er erklärte, den Glauben und das Jenseits habe es in seinem Denken immer gegeben, bis zu seiner Krankheit jedoch eher als eine Möglichkeit. Eine schlummernde Alternative, etwas, das dort gelegen und darauf gewartet habe zu erwachen. Und in der elften Stunde sei es geschehen. Er habe das Antlitz Gottes gesehen.

So oder so ähnlich schilderte er es häufig Catherine, die himmlische *Realität*, und das Einzige außer ihr, woran er sich orientieren konnte.

Die Idee, dass der Tod nicht das definitive Ende bedeutete, dass es die Erlösung gab und sie in Reichweite lag, bildete schnell den ganzen Sinn seiner letzten Lebensphase – die also mehr oder weniger mit dem fürchterlichen Jahr der Pandemie zusammenfiel –, aber es handelte sich gleichzeitig um ein Phänomen, das an einem seidenen Faden hing. Einem qualvoll dünnen Faden, denn die Vergebung der Sünden war nicht leicht zu erreichen, und Ludvigs Kampf mit seinem Glauben hatte sich im Laufe des Herbstes von Tag zu Tag verdüstert, hatte einen starken Ton von Sorge und Angst angenommen; mehrere Stunden täglich las er in der Bibel und sprach mit Gott, suchte Antworten auf Fragen, die er nicht einmal mit Catherine teilen wollte. Nachts fand er keinen Schlaf, schloss sich ein und betete, schien aber nur selten oder nie zu dem schmalen Grat zu finden. Zu Vertrauen in Gott und zu Versöhnung. »Ich bin eine Schlange, der niemals Gnade zuteilwerden wird«, sagte er etwa und brach in Tränen aus. »Ich bin verdammt, geliebte Catherine, verloren und verdammt.«

Sie nahm seine Trauer und Verzweiflung an, als wäre er ein Kind. Während der Herbstmonate hatte sie oft so an ihn gedacht, als wäre er ihr kleiner Junge, der Trost und Liebe brauchte. Vielleicht sogar ihre geistige Führung, aber in dem Punkt blieb sie unzulänglich. Ihr eigener Glaube war viel zu schwach und theoretisch, um Ludvig in seinen schwersten Stunden eine Hilfe zu sein. Sie verstand seine Qualen, las sie seinem ganzen Wesen ab, aber ihre Fähigkeit, die Pein zu lindern, beschränkte sich auf das Menschliche.

»Ich verstehe, liebste Catherine«, versicherte er ihr. »Dies ist allein mein Kampf, aber verlasse mich nicht, ehe ich zu meiner letzten Reise aufbreche.«

»Ich verlasse dich nicht, liebster Ludvig«, lautete ihre wiederkehrende Antwort. »Nicht im Leben und nicht im Tod.«

Und dann war da die Sache mit seinen Geschwistern.

Bereits im Frühjahr hatte Ludvig begonnen, über die Beziehung zu seinen Brüdern und zu seiner Schwester zu sprechen. Oder eher, über das Fehlen einer Beziehung; Catherine war lediglich seinem Bruder Leif begegnet, der zwei Jahre zuvor zu einem kurzen Besuch bei ihnen gewesen war. Sie hatte sich kein klares Bild von ihm machen können, weder ein negatives noch ein positives. Das große Haus in Peillon oberhalb von Nizza war häufig voller Gäste, und an den Tagen, die Leif dort verbrachte, hielten sich mit Sicherheit ungefähr ein Dutzend dort auf.

Den zweiten Bruder Lars und seine Schwester Louise hatte sie nie gesehen.

Anfangs, im Frühjahr, hatte sie noch geglaubt, es ginge nur um den schlechten Kontakt der Geschwister untereinander und darum, das in Ordnung zu bringen. Dass Ludvig nun, als er sein Leben verrinnen sah, den Mangel an Wärme und Gemeinschaft bereute; vielleicht trieb ihn das Gefühl um, dass es seine Schuld war, dass er die größte Verantwortung trug, weil er der Älteste war. Jedenfalls hatte er den ganzen Sommer über davon gesprochen, dass er seine Geschwister wiedersehen wollte, nicht nur einzeln, sondern alle zusammen. Als Familie.

Versöhnung, hatte Catherine gedacht. Bevor es zu spät ist.

In den Herbstmonaten war er immer öfter darauf zurückgekommen, wie wichtig das für ihn war, deshalb hatten sie schließlich Catherines Vater gebeten, sich für zwei Wintermonate dessen Haus in Schweden leihen zu dürfen. Nichts sprach dagegen. Rickard Fryxell verbrachte Jahr für Jahr einige Sommerwochen in dem alten Schulhaus in Sillingbo; sein guter Freund und seine Tochter waren mehr als herzlich willkommen, den Kasten in Besitz zu nehmen und so lange zu bleiben, wie sie wollten.

Erst recht in einer Zeit wie dieser, hatte er hinzugefügt. Einen besseren Ort für eine Quarantäne als Sillingbo wird man schwerlich finden können.

Anfang Dezember kamen sie nach einer langen und komplizierten Fahrt durch das von der Pandemie befallene Europa an. Catherine saß die ganze Strecke am Steuer des alten Jaguar; Ludvig hatte ihr angeboten, sie abzulösen, aber sie wusste, dass es ihm zu schlecht ging, um Auto fahren zu können. Es war nicht das erste Mal, dass sie Sillingbo besuchten, überhaupt nicht; Catherine hatte viele ihrer Kindheitssommer hier verbracht, und Ludvig hatte den Ort häufiger besucht. Weil er sich niemals die Mühe gemacht hatte, sich ein Haus in Schweden zu kaufen, war es in gewisser Weise der natürliche Zufluchtsort für ihn, wenn er sich aus irgendeinem Grund eine Zeitlang in seinem alten Heimatland aufhalten musste.

Das Wiedersehen mit den Geschwistern war eigentlich für die andere Seite des Jahreswechsels vorgesehen gewesen, aber nach ein paar Tagen in Sillingbo merkte Catherine, dass Ludvigs Unruhe zunahm; die Angst, dass es nicht möglich sein würde, ein Treffen herbeizuführen. Dass es nicht rechtzeitig geschah, bevor das Ende seiner Tage gekommen war. Sie fand seine Sorge mehr als berechtigt, da sich sein Zustand täglich zu verschlechtern schien, und schon bald kam deshalb die Idee auf, das Trio bereits zu Weihnachten zu versammeln. Angesichts der neuen Einschränkungen schienen die Menschen ohnehin nicht so feiern zu können wie sonst; mit Kindern und Enkelkindern und was sonst noch allem. Aus irgendeinem Grund, den Catherine nicht wirklich verstand, wollte Ludvig nicht, dass seine Geschwister untereinander wussten, dass die anderen auch auftauchen würden – sie sollten einzeln eingeladen werden. Sie tat, was er wollte: zunächst ein Brief, danach rief sie jeden von ihnen an – außer Leif, mit dem Ludvig sich aus irgendeinem Grund persönlich in Verbindung setzte –, stellte sich als Ludvigs »Lebensgefährtin« vor und erklärte, wie wichtig das Projekt war. Machte deutlich, dass Ludvig krank war, ohne direkt zu erzählen, dass er sterbenskrank war, und zu ihrer Verwunderung und Ludvigs großer Erleichterung waren alle einverstanden gewesen, der Einladung zu folgen.

Aber warum? Aus welchem Grund war dieses Familientreffen so wichtig? Nach all den Jahren großer Distanz und weniger Kontakte. Es schien noch eine andere Ursache zu geben, etwas Spezifischeres, irgendetwas, das auch den Geschwistern klar zu sein schien. Als sie Ludvig darauf ansprach, erklärte er jedoch nur ausweichend, es gebe viel Ungeklärtes und er wolle sie nicht damit langweilen, ihr alles zu erzählen.

Sie dachte, wenn die Lage nicht so wäre, wie sie ist, hätte ich mich niemals mit einer solchen Antwort zufriedengegeben, aber aus Rücksicht auf seinen gebrechlichen Zustand, sowohl körperlich als auch geistig, verzichtete sie darauf nachzufragen.

Dummerweise.

Und nun stand sie hier.

In der großen Küche der ehemaligen Schule von Sillingbo, mit Schürze, hochgeschlagenen Hemdsärmeln, die Haare unter die rote Baskenmütze gestopft. An ihrer Seite hatte sie Linn, die Tochter von Schwester Louise und diejenige in der Gruppe, die ihr am liebsten war. Sie lagen auch altersmäßig recht nah beisammen, dreißig, beziehungsweise vierundzwanzig, während die anderen zwischen fünfzig und sechzig waren. Catherine interessierte sich eigentlich nicht für solche Dinge, wirklich nicht, aber an diesen Tagen wusste sie es zu schätzen, dass es einen jungen Menschen in ihrer Nähe gab. Jemanden, mit dem man scherzen und gemeinsam lachen konnte. Sie erinnerte sich, dass Ludvig einmal behauptet hatte, von allen ihren schönen Eigenschaften sei ihr Lachen die allerschönste.

Und mit dem Lachen ist es wie mit der Liebe. Beides wächst, wenn man verschwenderisch damit umgeht.

Heute Abend, an Heiligabend, schien im Rest des Hauses weder mit dem einen noch dem anderen verschwenderisch umgegangen zu werden. Nur in der Küche, allein mit Linn, konnte sie sich ein Lachen gönnen und die Dinge ein wenig leichter nehmen. Es war Viertel vor neun, und der Hauptgang war fertig. Bœuf bourguignon, ein Rezept von Catherines Vater. Die Vorspeisen waren abgehakt, und Bruder Lars, mit seiner langjährigen Erfahrung in der Restaurantbranche, war gedankt worden und hatte sich der Gesellschaft im Esszimmer angeschlossen. Von nun an kamen die beiden jüngeren Frauen gut allein zurecht.

Also kein traditioneller schwedischer Weihnachtsschinken. Kein Stockfisch. Kein Kartoffelauflauf mit Anchovis und keine Rippchen. Das Weihnachtsessen in Sillingbo war in diesem Jahr französisch. Genau wie die Weine, denn es wurde weder Schnaps noch Bier noch Weihnachtslimonade getrunken.

Aber weder das Essen noch die Getränke waren der Grund für die gedämpfte Stimmung. Es war das Treffen am Vormittag, das noch immer in der Luft hing, das stand außer Frage. Das Mittagessen hatte sich angefühlt wie eine Totenwache, und als Catherine versucht hatte herauszufinden, was in der Galerie eigentlich zwischen den Geschwistern vorgefallen war, hatte Ludvig nur den Kopf geschüttelt und traurig ausgesehen.

»Ich weiß es nicht, meine Liebe«, hatte er gesagt. »Ich weiß wirklich nicht, wie es ausgehen wird. Sie sagen, dass sie vierundzwanzig Stunden Bedenkzeit brauchen.«

Und als sie sich erkundigt hatte, worüber sie nachdenken sollten, hatte er noch einmal den Kopf geschüttelt.

»Das kann ich dir leider nicht erzählen, Catherine. Wenn ich es könnte, würde ich es natürlich tun, aber es ist eine Sache zwischen mir und meinen Geschwistern ... und Gott.«

Sie hatte sich mit dieser Antwort zufriedengegeben und gedacht, dass sie unter normalen Umständen niemals solche Rücksicht genommen hätte. Aber Ludvig war nicht nur sterbenskrank, sie hatte außerdem das Gefühl, dass er am Rande eines psychischen Zusammenbruchs stand. Am Nachmittag hatte sie zwei Stunden in seinem Zimmer verbracht und ihn umarmt, während er zusammengekauert wie ein Fötus, zur Wand gedreht, auf seinem Bett gelegen hatte. Wieder hatte sie an ihn gedacht wie an ein kleines Kind und sich gefragt, was in aller Welt hier vorging.

Nach diesen Stunden und nachdem er erklärt hatte, wie sehr er sie liebte, hatte er sie gebeten, ihn allein zu lassen. Er müsse seine Medikamente nehmen und mit seinem Gott sprechen, himmlischen Beistand und himmlisches Licht suchen, um die Dämonen in die Flucht zu schlagen. Sie hatte sich seinem Willen gebeugt, aber als sie die Tür zwischen ihren Zimmern schloss, dachte sie, so kann es nicht viel länger weitergehen.

Wohin war die Freude verschwunden? Warum diese Finsternis und diese Geheimniskrämerei? Wie viel war ihre Liebe wert, wenn er sie von diesem Wichtigen ausschloss?

Denn war es nicht offensichtlich, dass diese seltsamen Geschwister ein Geheimnis hatten? Sie hatte möglicherweise geahnt, dass es so war, als sie beschlossen, ihr Lager für den Winter in Sillingbo aufzuschlagen, aber das volle Ausmaß erkannte sie erst jetzt. Ludvig war auf der Suche nach Versöhnung mit etwas, und nur seine Geschwister konnten sie ihm geben. Die Geschwister und unser Herrgott.

Versöhnung und Vergebung. War es so? Und wenn das stimmte, Vergebung für was?

Zum ersten Mal fand sie das Ganze schwer zu ertragen. Es war ein Gedanke, den sie sofort verdrängen wollte, ein Riss in ihrer Liebe, und zum Glück konnte sie Zuflucht in der Küche suchen. Mit Linn das Essen zubereiten, über gewöhnliche Dinge reden, sich trauen, zu lachen und zu glauben, dass es an diesem Heiligabend trotz allem noch eine nette Ecke in diesem düsteren Haus gab.

Etwas, das an Leben erinnerte.

»Okay, sind wir bereit?«

Linn stand mit der großen, dampfenden Schüssel mit Wurzelgemüse in den Händen vor ihr. Catherine nahm die Topflappen und mit ihnen den Schmortopf mit Bœuf bourguignon à la Fryxell.

»Bereit.«

Aus dem Esszimmer war tatsächlich ein gewisses Murmeln, vage an eine Konversation bei Tisch erinnernd, zu hören. Neuer Wein war eingeschenkt worden, Ludvig sah halbwegs lebendig aus, und Catherine dachte, dass es vielleicht doch nicht so schlimm stand. Lars' Frau Ellen gestattete sich sogar, kurz zu applaudieren und zu erklären, es dufte himmlisch. Aus irgendeinem Grund war sie beim Mittagessen nicht dabei gewesen, erinnerte sich Catherine. Vielleicht ist es ja so, dachte sie, je mehr normale Menschen sich unter die Geschwister mischen, desto besser?

Normale Menschen? Was meinte sie damit?

Gute Frage. Als sie und Linn Platz genommen hatten, war die Gesellschaft jedenfalls vollzählig: drei Brüder und eine Schwester. Eine Frau, eine Tochter sowie eine ... Lebensgefährtin.

»Bitte sehr, bedient euch«, sagte sie und lächelte zurückhaltend. »Ich hoffe, dass es euch schmeckt. Es ist ein Rezept meines Vaters. Er hat dreißig Jahre daran gefeilt.«

»Es geschieht langsam, was an Großem geschieht«, erklärte Leif Rute und versuchte sich ebenfalls an einem Lächeln.

Und irgendwie kam auch dieser Abend ins Ziel. Nach einer Käseplatte, einigen Litern Wein und einer Zitronen-Pannacotta dankte Leif Rute für das Essen und das Beisammensein und erklärte, er müsse sich zurückziehen, um in der Lage zu sein, in wenigen Stunden zur Christmette aus dem Bett zu kommen. Dass dies ein Scherz war, entging niemandem, nicht zuletzt, weil Catherine sie darüber aufklären konnte, dass die nächstgelegene Kirche mehr als zehn Kilometer entfernt lag und es höchst ungewiss war, ob es dort wirklich in der Frühe eine Mette geben würde.

*»Shit happens«,* erklärte Leif mit gespielter Enttäuschung. »Na schön, dann eben in einem anderen Jahr.«

Ein paar Minuten später hatten alle das Esszimmer verlassen. Ausgenommen die beiden jungen Frauen, die ihre Arbeit in der Küche aufnehmen mussten. Der frühere Gastronom

Lars Rute bot eine helfende Hand an, aber Catherine und Linn versicherten einmütig, das sei nicht nötig.

Als sie Linn endlich umarmen und ihr eine gute Nacht wünschen und in ihr Zimmer schleichen konnte, war es kurz nach eins, und ihr ging durch den Kopf, wie herrlich es war, dass am nächsten Morgen niemand vor zehn, halb elf ein Frühstück erwartete. Sie dachte kurz daran, nach Ludvig zu schauen, ließ es aber. Sollte es ihm gelungen sein einzuschlafen, wäre es unnötig, ihn zu wecken. Wenn er wach lag … nein, sie führte den Gedanken nicht zu Ende.

Stattdessen legte sie sich ins Bett, und als sie aus dem Fenster sah und Schneeflocken entdeckte, die von einer Laterne auf dem Hof schwach beleuchtet still zur Erde schwebten, dachte sie, dass das alte Schulhaus trotz allem in einem versöhnlichen Weihnachtsfrieden versenkt zu liegen schien.

Das war ein Trugschluss, an den sie sich erinnern und den sie revidieren würde.

# 8

## LUDVIG

Erwache in der Nacht von einem Wort.

*Parousia.*

Nie zuvor gehört. Oder gesehen.

Schalte die Nachttischlampe an. Nehme zwei Tabletten gegen die Schmerzen, schalte sie aus und versuche, wieder einzuschlafen. Es ist zwecklos.

*Parousia.* Eine Stimme sprach das Wort aus. Ich hörte es ganz deutlich im Traum. Vielleicht sogar zweimal.

Das Mädchen, denkt er. Könnte es das Mädchen gewesen sein?

Die junge Ester Hagsjö, die durch die Nacht wandelt und nach ihrer Mutter sucht? Ich hätte diese Geschichte nicht erzählen sollen. Es war ein Fehler, noch ein Fehler.

Gütiger Gott, hörst du mich? Was wird geschehen? Ich bilde mir ein, dass ich in dieser ganzen Angelegenheit deinem Gebot gefolgt bin, oder irre ich mich? Sie verstehen mich nicht, und ich fühle, dass es nicht so kommen wird, wie es das muss.

Doch was geschieht dann?

Besser gesagt, was geschieht morgen?

War es auch ein Fehler, ihnen diese Frist zu gewähren? Aber mein Ende naht, und ich glaubte, das wäre der Rat, den du mir gegeben hast. Dein Wille geschehe. Ich muss das Ziel erreichen, das Vergangene muss gesühnt werden, und ich trage die Verantwortung für meine Brüder und meine Schwester.

Hörst du mich? Zieh dich nicht zurück, nicht jetzt, in dieser Nacht, bevor dein Kind geboren wurde und die Welt erlöste. Ich bitte um keine Antwort, ich bitte bloß um Zuversicht und darum, dass der Glaube meine Zweifel besiegen möge.

Aber Zweifel wohnen in den Herzen von Narren, und ich bin ein Narr, bin immer einer gewesen, ein Sünder, der unfähig war, demütig zu sein, der sich an den eitlen Glauben an seine eigene Stärke geklammert hat. Der glaubte, er male das Leben.

Vergib mir, Herr. Und entzünde ein Licht in den Seelen meiner Geschwister, lass sie den Weg zur Gnade finden, so wie ich ihn gefunden habe. Nein, nicht gefunden, *erahnt*. Aber erspare ihnen meine Zweifel, lass sie gerecht sein und sich nicht auf ihre eigene Kraft und das Wesen dieses Zeitalters verlassen.

Und lass mich zu dir kommen, wenn die Zeit gekommen ist. Nimm mich bald, bald als der arme Sünder in Empfang, der ich bin, lass mich nicht in den Abgrund fallen. Lass mich nicht fallen.

Lass mich nicht fallen, lass mich nicht fallen.

Ich schließe die Augen und bete ohne Worte weiter. Versuche, mich von allen Seiten umschlossen zu fühlen, vielleicht gelingt es mir, vielleicht auch nicht.

Spüre einen stechenden Schmerz. Glaube, eine Bodendiele jammern zu hören, obwohl es dunkle, dunkle Nacht ist. Jemand, der auf die Toilette geht? Ich lasse meinen Gott los und warte auf die Toilettenspülung.

Kein Wasserrauschen. Wer unterbricht mein Gespräch mit ihm, und warum lasse ich so leichtfertig alles Mögliche in meinen armen Kopf hinein?

Menetekel, dies wird übel ausgehen … ich spüre es so stark, mein Glaube reicht nicht aus.

Ich bin verloren.

*Parousia*.

Was bedeutet das? Kommt da jemand?

Ich wittere Unrat. Setze mich auf. Bin auf den Beinen.

# II.

## 25.–30. Dezember

# 9

Gunnar Barbarotti wurde davon geweckt, dass Eva Backman seinen Arm mit einem Stift anstupste. Er stellte fest, dass er in seinem Sessel vor dem offenen Kamin eingeschlafen war und sein Handy klingelte.

»Dein Handy klingelt.«

»Danke. Ich höre es.«

»Möchtest du nicht drangehen?«

»Ich denke darüber nach.«

Als er das Handy schließlich unter der Decke gefunden hatte, die auf den Fußboden gerutscht war, hatte der Anrufer jedoch aufgegeben. Barbarotti warf einen Blick auf das Display und seufzte.

»Warum seufzt du?«, erkundigte sich Eva Backman.

»Er ist es.«

»Er?«

»Stigman. Er wird wieder anrufen. Was meinst du, was das zu bedeuten hat?«

»So ein Mist. Kannst du ihm nicht sagen, dass wir betrunken sind?«

»Am Vormittag des ersten Weihnachtstags?«

Eva Backman antwortete nicht, weil es erneut klingelte. Barbarotti atmete tief durch und nahm das Gespräch an. Eva Backman legte ihr Kreuzworträtsel zur Seite und ging in die Küche.

»Und?«, fragte sie fünf Minuten später mit einer Tasse Kaffee in der Hand.

Barbarotti saß noch im Sessel und wirkte niedergeschlagen.

»Tja, was denkst du?«

»Nur du oder wir beide?«

»Wir beide.«

»Und worum geht es?«

»Sillingbo.«

»Sillingbo?«

»Ja. Das ist ein kleines Kaff in den Wäldern in Richtung Norwegen.«

»Aha?«

»Mord. Oder zumindest Totschlag. Noch dazu ein Promi … Ludvig Rute, sagt dir der Name etwas?«

»Der Maler?«

»Ja.«

Eva Backman ging zum Fenster, blickte auf den See hinaus und dachte, dass dies letztlich nicht unerwartet kam. Vielleicht nicht unbedingt, dass ein bekannter Maler sein Leben verloren hatte, aber dass so etwas passieren würde. Sie hatten zwei ganze Tage frei gehabt, den dreiundzwanzigsten und vierundzwanzigsten, und hatten Weihnachten zu zweit gefeiert, so wie es in Übereinstimmung mit den Empfehlungen des Premierministers und der Gesundheitsbehörde von einem erwartet wurde. Keine Kinder oder Enkelkinder oder alten Eltern, das Virus war allgegenwärtig, das Leben verlief auf Sparflamme. In Kymlinge wie im Rest der Welt.

Wie die Heuschrecken Ägyptens im Grunde, fand zumindest Barbarotti. Sie hatten den ganzen Herbst gearbeitet, und es war ihnen aus unklaren Gründen gelungen, sich nicht anzustecken. Vor zwei Tagen erst hatten sie sich getestet, und Backman dachte darüber nach, ob sie nicht doch unsterblich waren. Immerhin trafen sie Menschen, mutmaßliche Virusträger, und das mehr oder weniger täglich. Die Hälfte der schwedischen Bevölkerung arbeitete im Home-Office, aber das funktionierte nicht so gut, wenn man beispielsweise Kriminalkommissarin war. Und dort waren sie in ihrer Polizeilaufbahn gelandet, sie und Barbarotti. Die Endstation vermutlich; er sechzig plus und sie sechzig minus, aber nicht mehr lange.

»Es schneit«, sagte sie. »Ziemlich stark sogar. Wie weit ist es bis Sillingbo?«

»Knapp sechzig Kilometer«, sagte Barbarotti. »Die Spurensicherung und Doktor Helmers sind schon unterwegs. Stigman hat versprochen, dass wir gegen zwölf vor Ort sind.«

Sie sah auf die Uhr. »Zehn vor elf. Na toll, dann bleibt uns ja fast eine Viertelstunde, um uns auf den Weg zu machen.«

»Ich hätte nicht drangehen sollen«, sagte Barbarotti.

Als sie auf dem Weg nach Sillingbo waren, wo ihrer Erinnerung nach keiner von ihnen jemals gewesen war, schneite es immer stärker.

Ein richtiges Schneegestöber zu allem Überfluss, und das Wort »Polizeieinsatz« erschien ihnen ein wenig deplatziert. Weil die Sicht zwischen fünf und zwanzig Metern pendelte, fuhren sie selten schneller als fünfzig Kilometer in der Stunde. Aber Barbarotti, der auf dem Beifahrersitz saß, wies regelmäßig darauf hin, dass unser Herrgott niemals die Eile erschaffen hatte, und da das aktuelle Opfer eines Mordes (Totschlags?) offenbar schon tot gewesen war, als Monsieur Chef, Kommissar Stig Stigman, sie angerufen hatte, konnten sie sich genauso gut Zeit lassen.

»Er wird nur sauer, wenn wir ihn anrufen und sagen, dass wir im Straßengraben gelandet sind«, erklärte er, und Eva Backman nickte.

»Ich habe nicht vor, im Straßengraben zu landen. Haben wir irgendwelche Details bekommen?«

Barbarotti dachte nach.

»Wenn ich mich richtig erinnere, zwei. Das Opfer ist anscheinend erschlagen worden, und sein Bruder hat angerufen und es gemeldet.«

»Erschlagen?«

»Ja, Schlag auf den Kopf. Stumpfer Gegenstand.«

»In der Nacht?«

Barbarotti zuckte mit den Schultern.

»Anzunehmen. Wäre ja seltsam, wenn sie ihn länger liegen gelassen hätten.«

»Sie? Wer sind sie?«

»Keine Ahnung. Ein paar Verwandte, glaube ich.«

»Die gemeinsam Weihnachten feiern, obwohl man das nicht darf?«

»Die Leute hören in letzter Zeit nicht mehr auf die Empfehlungen der Gesundheitsbehörde, das wissen wir doch. Und dann …«

»Ja?«

»Dann kommt es eben, wie es kommt.«

»Aber Ludvig Rute ist doch nicht an Corona gestorben?«

»Nein, da hast du wohl recht«, gab Barbarotti zu. »Das Virus ist heimtückisch wie der Teufel, aber ich habe bisher nicht gehört, dass es uns mit stumpfen Gegenständen erschlägt.«

»Zumindest noch nicht«, sagte Eva Backman und tätschelte sein Knie. »Sollen wir sagen, dass der Täter gestanden hat, bevor wir wieder zurückfahren?«

»Eine Gnade, die ein stilles Gebet wert ist«, erwiderte Barbarotti. »Entschuldige meinen unerschütterlichen Pessimismus.«

Es war Viertel nach zwölf, als sie abbogen und vor der alten Schule von Sillingbo parkten, einem lang gestreckten, gelb gestrichenen Holzhaus mit zwei Etagen.

Dort standen bereits mehrere Autos, vier schneebedeckte und zwei saubere. Allem Anschein nach waren das Team der Spurensicherung und Gerichtsmediziner Helmers bereits eingetroffen. Außerdem ein junger Polizeianwärter namens Bratt, der mit den Kriminaltechnikern gekommen sein musste und nun auf die Treppe hinaustrat und sie grüßte.

»Wie sieht es aus?«, fragte Barbarotti. »Ach übrigens, frohe Weihnachten.«

»Frohe Weihnachten«, sagte Bratt. »Das Opfer liegt in der Galerie. Aber wir sind erst vor zehn Minuten angekommen, viel mehr weiß ich also auch nicht. Ich bin bei Helmers mitgefahren, Stigman hat das organisiert.«

»Ausgezeichnet«, sagte Eva Backman.

»Viele Leute im Haus?«, erkundigte sich Barbarotti.

»Sechs und die Leiche«, antwortete Bratt. »Ich habe sie im Esszimmer versammelt. Die Leiche liegt noch in der Galerie.«

»Gut, dass du den Toten nicht bewegt hast«, sagte Barbarotti.

Im Eingangsflur begegneten sie dem Arzt, Vidmar Helmers, der bereits Plastikhandschuhe und einen weißen Kittel angezogen hatte. Er war Mitte dreißig und noch recht neu. Barbarotti hatte bislang nur einmal dienstlich mit ihm zu tun gehabt, es war um eine Messerstecherei mit tödlichem Ausgang gegangen, und Helmers hatte einen guten Eindruck auf ihn gemacht. Andererseits hatte es sich um sechzehn Messerstiche gehandelt, die mit anderen Worten schwer zu übersehen gewesen wären.

Sie nickten einander zu und wünschten sich ein frohes Fest. Helmers erklärte, er habe nur einen Blick auf den Toten geworfen, stehe nun aber im Begriff, den Körper eingehender zu studieren. Nicht zu vergessen den Kopf.

Barbarotti und Backman begleiteten ihn in das Zimmer, in dem der berühmte Künstler Ludvig Rute seinen letzten Atemzug getan hatte. Er lag ausgestreckt auf dem Bauch neben einem länglich schmalen Tisch mit acht Stühlen und hatte die Arme an den Körper angelegt, als hätte er sich im Fallen nicht darum geschert, sich abzustützen, weil er bereits tot war. Er war mit einer Art Morgenmantel in Orange und Blau bekleidet, vermutlich fußlang, aber das dünne Gewand war ein Stück hochgerutscht und entblößte den größeren Teil von zwei mageren, nahezu kreideweißen Beinen, auf denen bereits die ersten dunkleren Flecken sichtbar waren. Der Kopf war ein wenig nach links gedreht, und im hinteren Teil des schütter behaarten Scheitels sah man eine kräftige Schwellung, bedeckt von dem, was logischerweise geronnenes Blut sein musste. Eine größere Menge derselben Körperflüssigkeit war außerdem auf die breiten Bodendielen geflossen, weshalb Barbarotti annahm, dass der stumpfe Gegenstand vielleicht doch nicht so stumpf gewesen war. Eher ein Feuerhaken als eine Bratpfanne.

Ansonsten war der große Raum eine gute Wahl für einen Künstler, um darin seine Tage zu beschließen. Die Wände hingen voller Gemälde, vom Boden bis zur Decke; in unterschiedlichen Größen, mit wechselnden Motiven und mit Sicherheit annähernd hundert Stück. Die große Menge lässt die einzelnen Werke nicht gut zur Wirkung kommen, dachte

Barbarotti und fragte Eva Backman anschließend, ob sie an Spinatsuppe dachte.

Sie nickte. Es war eine alte Marotte, die sie einfach nicht loswurde. Wenn sie eine Leiche betrachtete, was leider des Öfteren zu ihren Arbeitsaufgaben gehörte, tauchte unweigerlich das Bild eines Tellers Spinatsuppe in ihrem Kopf auf. Weder sie noch Barbarotti hatten eine Erklärung für dieses Phänomen, und den Gedanken, einen Therapeuten aufzusuchen, lehnte sie vehement ab.

»Hast du genug gesehen?«

»Wenn ich ein paar Bilder machen darf, nur als Gedächtnisstütze.«

Er schoss einige Fotos mit dem Handy, während der professionelle Polizeifotograf, ein gewisser Kurt Hamrin, Namensvetter des legendären Fußballspielers, danebenstand und mit einem skeptischen Lächeln zusah.

Als Barbarotti fertig war, wünschten sie der Spurensicherung und Doktor Helmers viel Glück und begaben sich quer durch den Flur zum Esszimmer. Polizeianwärter Bratt fragte, ob sie ihn dort benötigten, aber Backman erklärte, er könne sich im Flur nützlicher machen, indem er die Haustür im Auge behielt. Sillingbo war ein fast ausgestorbenes Dorf, aber man wusste nie, wer auftauchte. Journalisten zum Beispiel, oder gewöhnliche Sterbliche mit einer Flora von Accounts bei den sozialen Medien. Frische Tatorte besaßen häufig die Fähigkeit, die düstere Botschaft ihrer Existenz zu verbreiten wie ein ... nun, fast so wie ein Virus. Und zu ein paar ungestörten Stunden, ehe das, was hier passiert war, an die Öffentlichkeit drang, sagt man nicht Nein, dachte Eva Backman und öffnete die Doppeltüren zu dem Raum, der also unter der später etablierten Bezeichnung *Esszimmer* lief. Denn zu der Zeit, als dies eine Schule war, dürfte es kein Esszimmer gegeben haben, dachte sie zudem. Vermutlich war das Haus Anfang des vorigen Jahrhunderts erbaut worden, vielleicht auch Ende des vorletzten; wenn die Kinder zwischen Buchstaben und Einmaleins überhaupt etwas zu essen bekommen hatten, dürfte es sich um mitgebrachte Butterbrote und Milch gehandelt haben.

Doch nun schrieb man Weihnachten 2020, und die Zeiten hatten sich geändert. Das halbe Dutzend Menschen, das um den großen Esstisch versammelt saß, bestand aus Erwachsenen, aber der ihnen gemeinsame Ausdruck, falls es so etwas gab, lag nicht weit von einer Gruppe Schulkinder entfernt, die auf die Standpauke des Rektors wartete, weil sie zufällig das Fahrrad der Lehrerin in den Fluss geworfen oder das Plumpsklo in Brand gesteckt hatten.

Es war Kommissar Barbarotti, dem dies durch den Kopf ging, nicht seine Kollegin und Partnerin. Jedenfalls glaubte er, dass er es allein dachte. Er räusperte sich, stellte sich vor, erklärte, dass das ganze Haus als Tatort zu betrachten sei, und forderte sämtliche Anwesenden auf, Kommissarin Backman, die schon mit Stift und Notizblock bereitstand, ihre Namen und Kontaktinformationen zu geben.

Während dieser Prozedur blieb er bewusst stumm. Es war eine bewährte Methode; Menschen, die etwas auf dem Gewissen hatten, fiel es in der Regel schwer, still zu bleiben. Zumindest solange es keine Berufsverbrecher waren, diese Individuen waren normalerweise ausgesprochen gut darin, ihren Mund zu halten. Man bekam höchstens ein *Kein Kommentar* oder *Ich erinnere mich nicht* aus ihnen heraus.

Diese Gruppe sah allerdings nicht besonders kriminell aus. Sie bestand aus vier Frauen und zwei Männern. Die beiden Männer und zwei der Frauen zwischen fünfzig und sechzig, schätzte Barbarotti. Die zwei anderen Frauen bedeutend jünger, sogar unter dreißig. Alle sechs sahen mitgenommen aus, und wenn Barbarotti recht sah, waren sie sehr kooperativ, als Eva Backman die Runde machte und die geforderten Informationen einsammelte. Sie sprachen leise, zwei von ihnen fast schon flüsternd, mit zurückhaltenden Gesten und gesenkten Blicken. Es stand außer Frage, dass das, was Ludvig Rute in einem anderen Teil des Hauses in den Nachtstunden zugestoßen war, eine Art kollektiven Schock ausgelöst hatte. Wie bei einem Unglück, bei dem einige ihr Leben verloren hatten, während andere überlebten und sich dafür schämten.

Oder, dachte Barbarotti, der ein eingefleischter Skeptiker war, das war genau der Eindruck, den sie vermitteln wollten. Außerdem war das Opfer in dem Raum mit den vielen Gemälden nicht in ein Unglück verwickelt worden, wenn man *Mord* nicht in diese Kategorie packen wollte. *Totschlag* war wohl ebenfalls keine völlig ausgeschlossene Bezeichnung, aber auch ohne sich über die näheren Umstände des Verbrechens im Klaren zu sein, neigte er zu einer überlegten Tat. *Premeditated murder,* wie die suggestive englische Bezeichnung lautete; manchmal bildete er sich ein, dass er nur wegen dieses Ausdrucks Polizist geworden war … nachdem er in jungen Jahren eine große Menge englischer und amerikanischer Krimis konsumiert hatte. Obwohl *vorsätzlicher Mord* auch nicht schlecht klang.

Ich bin wirr, stellte er fest. Und der ungekrönte Meister der voreiligen Schlussfolgerungen. Aber jetzt hatte Eva Backman das Einsammeln der Informationen abgeschlossen und gab ihm das Zeichen zu übernehmen. Er stand auf und ließ den Blick einige Sekunden über die Gruppe schweifen, ehe er innerlich ein sehr kurzes Gebet sprach und das Wort ergriff.

»Wie Sie sicher wissen, ist Ludvig Rute umgebracht worden. Mein Name ist Gunnar Barbarotti. Wie meine Kollegin Eva Backman bin ich Kriminalkommissar. Unsere Aufgabe ist es zu ermitteln, was passiert ist, und einen Täter zu finden. Unsere erste Maßnahme wird sein, jeden von Ihnen als Zeugen zu vernehmen, jeden für sich, hier und jetzt. Drei werden von mir vernommen, drei von Kommissarin Backman. Gibt es zwei Zimmer im Haus, in denen wir uns aufhalten können?«

Es wurden Blicke gewechselt, und am Ende antwortete ihm eine der jüngeren Frauen.

»In der oberen Etage gibt es ein leeres Zimmer. Dann haben wir noch die Galerie, aber die ist vielleicht weniger geeignet, weil … und dann dieses und die Küche.«

»Wir nehmen die obere Etage und die Küche«, entschied Barbarotti. »Wir möchten, dass alle, die nicht vernommen werden, hierbleiben. Wir möchten außerdem, dass Sie nicht miteinander reden, Polizeianwärter Bratt wird gewährleisten, dass es so abläuft. Gibt es Fragen?«

Wieder wurden Blicke gewechselt, dann wollte dieselbe junge Frau wissen, ob es möglich sei, mit den Vernehmungen fünfzehn Minuten zu warten, damit man Kaffee kochen und ein paar Brote zubereiten konnte. Die Polizisten wollten vielleicht auch etwas haben?

Barbarotti dachte einen Moment über ihren Vorschlag nach und nickte dann zustimmend.

»Okay. Fünfzehn Minuten.«

Die junge Frau verließ in Begleitung von Kommissarin Backman den Raum.

# 10

Keine scharfen Fragen.

Das war die Grundregel; heute ging es darum zu sondieren, sich ein allgemeines Bild zu verschaffen, höchstens über etwas von Belang zu stolpern. Eva Backman zog das lange Streichholz und bekam das Zimmer in der oberen Etage. Sie beschloss, mit den Männern in der Versammlung zu beginnen, ohne dass sie und Barbarotti sich deswegen absprechen mussten. Es gab etwas an der Kombination Polizistin-männlicher Informant, das verglichen mit Mann und Mann besser funktionierte. Ob es umgekehrt auch einen Vorteil bedeutete, darüber ließ sich streiten. Auch darüber, wer in dem Fall im Vorteil war.

Als Erster war Lars Rute an der Reihe, der jüngste der Brüder.

Sie hatte das Gefühl, ihn zu kennen, aber wahrscheinlich kannte sie nur den Typ. Ein leicht übergewichtiger Mann von gut fünfzig Jahren. Schüttere, kurz geschnittene Haare, müder Blick und heruntergezogene Mundwinkel. Schlechte Körperhaltung, der Mann hatte sicher nie einen Fuß in ein Fitnessstudio gesetzt. Das Zimmer, in dem sie sich aufhielten, war mit einem großzügigen Bett, einem kleinen Tisch sowie zwei einfachen Sesseln eingerichtet. Sie wählte den einen und schaltete eine Stehlampe ein, die den anderen beschien. Startete das Aufnahmegerät und bat Lars Rute, Platz zu nehmen und zu erzählen, warum er sich in Sillingbo befand. Er setzte sich schwer und seufzte genauso schwer.

»Wir sind einer Einladung meines Bruders gefolgt. Ich und meine Frau, die Sie unten gesehen haben. Meines Bruders, der also …«

Er verstummte.

»Ludvig Rute ist also Ihr Bruder?«, fragte Eva Backman. Ich hätte *war* sagen sollen, dachte sie.

Lars Rute nickte.

»Ja, mein ältester Bruder.«

»Und Sie sind mehrere Geschwister?«

»Ja, mein Bruder Leif und meine Schwester Louise, sie sind auch hier.«

»Sie feiern also Weihnachten zusammen. Ist das eine Tradition?«

Lars Rute schüttelte den Kopf.

»Überhaupt nicht. Es ist … es war wirklich eine absolute Ausnahme. Wir sehen uns sonst nie. Leider, muss man wohl sagen.«

»Und warum ist es dann dieses Weihnachten dazu gekommen?«

Lars Rute strich sich mit der Hand über das Kinn und zuckte mit den Schultern.

»Ich weiß es nicht genau. Es war … ja, es war wirklich eine große Überraschung für meine Frau und mich, dass wir eingeladen wurden. Meine Frau ist die Dame in dem roten Kleid, der Sie unten begegnet sind … Ellen.«

Eva Backman machte sich Notizen. Nicht, weil es nötig gewesen wäre, sondern um Lars Rute die Möglichkeit zu geben, von sich aus weiterzusprechen.

Was er auch tat, aber erst, nachdem er einen Schluck Wasser getrunken und sich den Mund umständlich mit dem

Handrücken abgewischt hatte, vielleicht eine Art fehlgeleiteter Pandemiereflex.

»Nun, es kam auch ziemlich plötzlich. Nur ein paar Tage vor Heiligabend, aber weil er anscheinend krank war, beschlossen wir herzufahren. Wir hatten eigentlich vorgehabt, allein zu feiern, wie es ja auch empfohlen wurde … wegen Corona. Wir haben eine Tochter in London, die natürlich nicht nach Hause kommen konnte. Es ist wirklich keine gute Zeit. Und jetzt … das hier. Jemand hat ihn also erschlagen … oder?«

»Es sieht ganz danach aus«, antwortete Eva Backman. »Was denken Sie, haben Sie eine Idee, wer Ihren Bruder getötet haben könnte?«

»Ich?«, platzte Lars Rute heraus. »Woher soll ich das wissen? Es muss irgendein Irrer gewesen sein, der eingebrochen ist und dabei erwischt wurde … also von ihm.«

»Ein Irrer?«

»Ja … ja, natürlich. Wie soll es denn sonst dazu gekommen sein?«

»Wir kommen darauf zurück. Und welches Interesse soll ein Irrer daran gehabt haben, in das Haus einzudringen?«

Lars Rute legte ein Bein über das andere und betrachtete sie blinzelnd.

»Ich verstehe nicht so viel von Irren.«

»Das mag sein«, erwiderte Eva Backman trocken. »Machen Sie einfach einen Vorschlag.«

»Die Gemälde.«

»Die Gemälde?«

»Es fehlen zwei. Ist das der Polizei nicht aufgefallen?«

Und wie hätten wir das auf die Schnelle merken sollen?, dachte Eva Backman.

»Nein, ehrlich gesagt nicht«, sagte sie. »Das ist also Ihre Theorie? Könnten Sie das bitte etwas näher erläutern?«

»Da gibt es nichts zu erläutern«, erklärte Lars Rute mit einem leichten Schnauben. »Ein Dieb ist eingebrochen, um Bilder zu stehlen. Er wird von meinem Bruder ertappt und erschlägt ihn … die fehlenden Bilder sind beide von ihm gemalt worden. Ich weiß nicht, wie viel sie wert sind, aber es geht bestimmt um ziemlich viel Geld.«

Eva Backman machte sich Notizen und dachte nach.

»Ich verstehe, was Sie sagen. Aber wenn wir diese Theorie erst einmal beiseitelassen, wie ist das Verhältnis zwischen Ihnen und Ihren Geschwistern?«

»Wie meinen Sie das?«, fragte Lars Rute.

»Mögen Sie sich? Treffen Sie sich häufig?«

»Wir treffen uns eigentlich nie. Das hier ist eine Ausnahme gewesen.«

»Wie kommt es? Dass Sie sich nicht sehen.«

Lars Rute zuckte wieder mit den Schultern.

»Es hat sich einfach so ergeben. Wir haben wohl nicht viel gemeinsam … außerdem wohnen wir ziemlich weit auseinander. Ludvig lebt … lebte … ja da unten in Frankreich. Leif in Sundsvall und Louise in Stockholm.«

»Und Sie in Oskarshamn?«

»Ja. Meine Frau kommt von da.«

»Und welchen Grund gab es dafür, dass Ludvig Sie eingeladen hat? Wenn Sie sich sonst nie trafen?«

Lars Rute lehnte sich zurück und seufzte.

»Ich weiß es nicht genau. Er war ziemlich krank und wollte uns sehen, bevor … nun, bevor es zu spät wäre. Und jetzt … ja, jetzt ist es zu spät. Das ist doch verdammt noch mal nicht normal, wenn man es recht bedenkt.«

Nein, dachte Eva Backman. Da hast du wohl recht. Normal ist das nicht. Sie blätterte ihren Notizblock um und setzte an einem anderen Punkt an.

»Wie ist es Ihnen denn so zusammen ergangen?«

»Gut«, antwortete Lars Rute kurz angebunden. »Es ist nett gewesen.«

»Was haben Sie gemacht?«

»Gemacht?«

»Ja, was haben Sie so getrieben?«

Er zögerte einen Augenblick und wechselte die Stellung auf seinem Sessel.

»Wir haben gegessen und sind zusammengesessen. Haben uns unterhalten. Die anderen sind ja auch erst vorgestern gekommen.«

»Wen meinen Sie mit ›die anderen‹?«

»Leif … und Louise mit ihrer Tochter. Leif ist erst am Abend gekommen. Es ist also nur … ja, eigentlich nur ein Abend und ein Tag gewesen.«

»Ich verstehe. Aber Sie und Ihre Frau sind schon einen Tag vorher hier gewesen?«

»Ja, am Dienstag.«

»Und Catherine, Ludvigs Partnerin, sind Sie ihr vorher schon einmal begegnet?«

»Nein, noch nie. Aber sie ist nett, ich habe ihr in der Küche geholfen … ich kenne mich mit so etwas aus. Hatte zu Hause in Oskarshamn zwei Gaststätten, aber die sind wegen der Pandemie den Bach hinuntergegangen … oder besser gesagt, es ist mir gelungen, sie zu verkaufen. Es hätte schlimmer kommen können.«

Eva Backman dachte einige Sekunden nach. Oder gab vor nachzudenken.

»Ist Ihnen bekannt, ob die anderen Geschwister sich häufiger trafen?«

Lars Rute schüttelte den Kopf.

»Nein, ich glaube nicht, dass sie sich treffen. Irgendwie hat es bei uns nie so etwas wie einen familiären Zusammenhalt gegeben.«

»Mögen Sie sich nicht?«

»Nein, das ist es nicht. Es ist wirklich nett gewesen, sich hier zu sehen, der Meinung sind wir sicher alle. Bis jetzt ... wie zum Teufel kann so etwas passieren? Ich bin geschockt, und damit stehe ich nicht allein.«

»Sie haben gegessen und geredet, sagen Sie?«

»Ja, das ist es doch, was man tut, wenn man sich trifft. Wir haben auch guten Wein getrunken, Ludvig und Catherine hatten ein paar Kisten aus Frankreich mitgebracht.«

»Worüber haben Sie geredet?«

»Worüber wir geredet haben? Über alles zwischen Himmel und Erde ... und über die Pandemie natürlich. Aber ich verstehe nicht, warum Sie so etwas wissen wollen.«

»Ich stelle Routinefragen«, erwiderte Eva Backman und fragte sich, wie oft sie diese Worte in all den Jahren als Polizistin schon ausgesprochen hatte. »Übrigens, wann haben Sie Ihre Geschwister zuletzt gesehen ... oder einen von ihnen?«

»Louise und ich haben uns ein paarmal getroffen. Bei Ludvig und Leif ist es lange her.«

»Wie lange?«

»Zwanzig Jahre vielleicht, ich erinnere mich nicht genau.«

Nein, dachte Eva Backman. Von Geschwisterliebe kann man hier wohl eher nicht sprechen, da hatte er recht. Sie tat eine Weile so, als machte sie sich Notizen, aber Lars Rute schwieg.

»Warum machen Sie sich Notizen, wenn Sie ohnehin alles aufnehmen?«, fragte er schließlich.

»Aus alter Gewohnheit«, antwortete Eva Backman. »Dann waren Sie also nicht zerstritten, Sie und Ihre Geschwister?«

»Das habe ich doch schon gesagt. Wir sind nicht zerstritten. Aber es steht nirgendwo geschrieben, dass man sich ständig mit seiner Familie treffen muss.«

Jetzt klang er endlich gereizt, und sie fragte sich, warum es so lange gedauert hatte. Aber Lars Rute war vielleicht einer dieser seltenen Mitbürger, die Respekt vor Gesetzeshütern hatten. Es gibt viele Arten von Menschen.

»Und den gestrigen Abend, Heiligabend, wie haben Sie den verbracht?«

»Wir haben keine Weihnachtsgeschenke ausgetauscht, wenn Sie das meinen. Wir haben lange und gut gegessen. Französisch, nicht schwedisch … Catherine und Linn haben vor allem in der Küche gestanden. Aber geschmeckt hat es vorzüglich, ganz vorzüglich.«

»Wann hat sich die Runde aufgelöst?«

»Gegen Mitternacht.«

»Sind alle gleichzeitig aufgebrochen?«

»Ja. Die Mädchen haben sich um den Abwasch gekümmert.«

»Die Mädchen?«

»Catherine und Linn.«

»Ich verstehe. Dann sind Sie und Ihre Frau also kurz nach zwölf im Bett gewesen. Ist in der Nacht etwas Besonderes passiert?«

»Mein Bruder ist ermordet worden.«

Gute Antwort, dachte Eva Backman. Auf eine bescheuerte Frage.

»Ich meinte eher, ob Sie irgendwann in der Nacht wach geworden sind. Ob Ihnen zum Beispiel etwas Ungewöhnliches aufgefallen ist.«

»Ich habe geschlafen wie ein Stein«, erklärte Lars Rute. »Habe noch nie Schlafprobleme gehabt.«

»Und heute Morgen?«

»Ellen hat mich geweckt und mir erzählt, was passiert ist.«

»Wie hatte sie davon erfahren?«

»Sie ist davon geweckt geworden, dass Catherine geschrien hat. Und ist zur Galerie hinuntergelaufen. Linn war auch da … anscheinend. Na ja, danach müssen Sie die anderen fragen.«

»Wie viel Uhr war es, als Sie geweckt wurden?«

»Kurz nach halb neun.«

»Und Ihre Frau hat Ihnen erzählt, was passiert ist?«

»Ja, das hat sie natürlich. Sie war völlig aufgelöst.«

»Wissen Sie noch, was sie genau gesagt hat?«

»Ich denke schon. Ludvig ist tot, hat sie gesagt … oder gerufen. Es ist verrückt, er ist in der Galerie erschlagen worden.«

»Was haben Sie dann getan?«

»Was ich getan habe? Als Erstes habe ich versucht, sie zu beruhigen, danach bin ich nach unten gegangen. Also zur Galerie … die anderen waren schon da. Es herrschte eine gewisse Panik, ich glaube, Catherine war ohnmächtig geworden. Oder jedenfalls fast, sie saß auf einem Stuhl und war völlig weggetreten.«

»Haben Sie sich Ludvig angesehen?«

»Nur aus der Distanz. Leif hatte nachgeprüft, ob er noch lebte … kein Wunder, es war ja alles voller Blut.«

Er trank wieder etwas Wasser, und Eva Backman stellte fest, dass seine Hand zitterte, ziemlich stark sogar. Es gab Anzeichen dafür, dass er kurz davor war, einen verzögerten Schock zu erleiden, deshalb beschloss sie, die Vernehmung abzuschließen.

»Danke für Ihre Antworten«, sagte sie und stellte das Aufnahmegerät ab. »Sie werden sicher verstehen, dass wir mehrmals mit Ihnen sprechen müssen. Wir gehen jetzt zum Esszimmer zurück, und ich möchte, dass Sie dort bleiben und auf weitere Anweisungen warten.«

Lars Rute nickte.

»Werden wir abreisen können?«

Eva Backman erklärte, dass es vermutlich eine Weile dauern werde, man ihnen jedoch zu einem späteren Zeitpunkt Bescheid geben werde.

Und damit gingen sie gemeinsam ins Esszimmer hinunter, wo eine sehr gedämpfte Gruppe saß und unter der Aufsicht von Kriminalanwärter Bratt wartete. Durch das Fenster sah sie, dass zwei weitere Polizeiwagen eingetroffen waren, und am anderen Ende des Flurs waren die Türen zu dem Raum, der *Galerie* hieß, sorgsam geschlossen worden.

Die Mühlen mahlen, dachte sie und gab Leif Rute zu verstehen, dass er sie für die nächste Befragung nach oben begleiten sollte.

# 11

Catherine Fryxell hatte etwas, das Gunnar Barbarotti nicht zu fassen bekam.

Andererseits ging es ihm bei Frauen oft so, vor allem, wenn sie jung und schön waren. Als nebelte ihr Anblick seinen Verstand ein. Als legte sich etwas dazwischen, das irgendwie störte und dazu führte, dass er nicht mehr klar denken konnte, und er fragte sich, ob es sich nicht in Wahrheit so verhielt, dass alle Männer mit diesem Problem zu kämpfen hatten, wenn es um das schöne Geschlecht ging. Als Feminist bin ich so was von daneben, stellte er düster fest. Aber so was von. Dies waren jedoch nur flüchtige Reflexionen in der einleitenden Phase des Gesprächs, und es war bei Weitem nicht das erste Mal, dass er sie anstellte. Dass weibliche Einfalt – jedenfalls zeitweilig – von Schönheit übertüncht werden konnte, war nichts Neues. Einfältige Männer waren wesentlich einfacher zu erfassen.

Catherine war alles andere als einfältig. Obwohl es sie schockiert haben musste, was passiert war, berichtete sie detailliert von ihrer Beziehung mit dem bedeutend älteren Künstler Ludvig Rute. Wie sie sich über gemeinsame Bekannte in Nizza kennengelernt hatten, wie er sie als Modell für eine Serie von Gemälden engagieren wollte und sie sein Angebot angenommen hatte, weil … nun, weil sie sich zufällig in einer solchen Lebensphase befunden hatte.

Wenn der Kommissar verstand?

Der Kommissar versicherte ihr, dass er verstand.

Und dann war es gekommen, wie es gekommen war. Von außen betrachtet keine besonders originelle Geschichte, aber für Catherine hatte sie alles andere als das Oberflächliche und Erwartbare bedeutet. Die Liebe kann eine unberechenbare Kraft sein, das hatten sie die gut fünf Jahre mit Ludvig gelehrt. Aber diese privaten Dinge waren vielleicht nicht das, worüber der Herr Kommissar mehr erfahren wollte?

»Ein bisschen Hintergrundwissen kann nie schaden«, bemerkte Barbarotti neutral. »Und mir ist klar, dass sie wahrscheinlich unter Schock stehen … auch wenn Sie sich erstaunlich gut im Griff haben.«

»Danke«, erwiderte Catherine. »Ja, ich fühle mich, als würde ich träumen und nur darauf warten aufzuwachen.«

»Sie sind leider wach«, sagte Barbarotti.

»Das habe ich mir gedacht. Aber es geht nicht nur darum, dass Ludvig tot ist, es geht um die ganze Situation an diesem Ort und in diesen Tagen.«

»Mhm?«, sagte Barbarotti.

»Ja, es ist alles so seltsam gewesen. Ich weiß nicht, ob Sie es wissen, aber das Haus gehört meinem Vater, und ich bin hier seit Kindheitstagen des Öfteren gewesen. Natürlich meistens im Sommer, aber als Ludvig jetzt unbedingt mitten im Winter herfahren wollte, habe ich natürlich Ja gesagt. Er ist ja … ich meine, er *war* ja sterbenskrank … bevor er starb … was rede ich denn da?«

Sie schluchzte auf, fing sich aber wieder.

»Ich meine, deshalb sind wir hergekommen. Weil Ludvig seine Geschwister treffen wollte, er wollte sie noch einmal sehen, bevor es zu spät war.«

»Aber Sie sagen, dass Sie dabei ein seltsames Gefühl hatten?«

Sie schwieg einen Augenblick, ehe sie antwortete.

»Ja. Obwohl es vielleicht seltsamer gewesen wäre, wenn es nicht seltsam gewesen wäre. Ich bin diesen Menschen, die seine nächsten Angehörigen sind, ja nie begegnet. Außer Leif, er hat uns vor ein paar Jahren an der Côte d'Azur besucht. Nur kurz, und ich habe bestimmt kaum mehr als fünfundzwanzig Worte mit ihm gewechselt ... wir hatten damals eine Reihe anderer Leute zu Besuch. Jedenfalls hätte ich mich auf dieses Arrangement sicher niemals eingelassen, wenn Ludvig nicht schwerkrank gewesen wäre.«

»Worum handelte es sich?«, fragte Barbarotti. »Ich meine die Krankheit.«

»Krebs. Der gestreut hatte und nicht behandelbar war. Zum Beispiel in die Leber.«

Barbarotti nickte.

»Aber normalerweise hatte er keinen Kontakt zu seinen Geschwistern, habe ich das richtig verstanden?«

»Sie haben sich nie getroffen. Auch nicht, bevor ich auf der Bildfläche aufgetaucht bin.«

»Und dass ihm das jetzt so wichtig war, das lag also an ...?«

Sie dachte wieder einen Moment nach.

»Ich habe viel darüber nachgedacht, aber ich bin mir nur sicher, dass es mit seinem Glauben zusammenhing.«

»Seinem Glauben?«

»Ja. Er ist in diesem letzten Jahr tiefgläubig geworden. Im Grunde, seitdem er über seine Krankheit Bescheid wusste. Aber er ist nicht religiös gewesen, das Wort hat er gehasst, und ich finde auch, dass es da einen Unterschied gibt. Zwischen Religion und Glaube.«

Dem schließe ich mich an, dachte Barbarotti und bedeutete ihr fortzufahren. Sie musterte ihn einige Sekunden, taxierend, wenn ihn nicht alles täuschte. Er versuchte, wie jemand auszusehen, der alles gesehen und gehört und das meiste verstanden hatte.

»Ich weiß nicht, wie ich es ausdrücken soll, aber es wurde immer mehr zu einer Art Kampf … einem Kampf zwischen ihm und Gott. Er hat täglich mehrere Stunden damit verbracht zu beten und mit unserem Herrgott zu sprechen. So hat er sich immer ausgedrückt, wenn er sich zurückziehen musste. Verzeih mir, Catherine, aber ich muss ein Gespräch mit unserem Herrgott führen. Und das wurde dann …«

»Ja?«

Sie zögerte, aber nur einen Augenblick.

»Ich wollte sagen, dass das mehr und mehr zu einer Qual für ihn wurde. Ich finde kein besseres Wort dafür. Aber ich kann es nicht erklären, er hat mich nie in seine Gebete und Gespräche eingeweiht … und ich wollte wohl auch gar nicht eingeweiht werden. Es war sein Kampf, ich blieb außen vor.«

Sie schluchzte. Oder ein Zittern durchlief sie, ein Schauer, als würde sie frieren, und Barbarotti dachte, dass der Glaube so viele Gesichter hatte. Wie die Trauer und die Liebe. Man nahm diese Worte und Begriffe oft so schablonenhaft in den Mund, ohne über die individuelle Wirklichkeit oder Vieldeutigkeit zu reflektieren. Aber er beschloss, das Thema nicht weiter zu verfolgen. Ludvig Rute hatte mit seinem Glauben und seinem Gott gerungen, das musste fürs Erste reichen.

»Ich werde mehrere Male mit Ihnen sprechen müssen«, sagte er stattdessen. »Im Moment möchte ich nur wissen, ob Sie mir erzählen können, was sich heute Morgen abgespielt hat, nachdem Sie entdeckt hatten, was passiert ist. Schaffen Sie das?«

Sie nickte. Zog ein Taschentuch heraus und schnäuzte sich.

»Entschuldigen Sie. Sicher, ich kann es zumindest versuchen. Wo soll ich anfangen?«

»Vielleicht schon gestern Abend?«, schlug Barbarotti vor. »Wann sind Sie und Ludvig zum Beispiel ins Bett gegangen?«

»Wir haben getrennte Zimmer, das wissen Sie vielleicht. So ist es seit ... ja, schon seit ein paar Monaten. Ludvig wollte es so.«

»Das kommt vor«, sagte Barbarotti.

»Hier im Haus liegen unsere Zimmer nebeneinander ... oben. Es gibt eine Verbindungstür, sodass wir dennoch in Kontakt sind ... könnte man sagen. Worüber sollte ich etwas sagen?«

Sie fängt an, den Faden zu verlieren, dachte Barbarotti. Es ist schwerer für sie, als ihr bewusst ist.

»Um wie viel Uhr sind Sie gestern ins Bett gegangen? Sie und Ludvig.«

Sie dachte einige Sekunden nach.

»Ludvig so gegen zwölf, als sich die Runde im Esszimmer auflöste. Wir hatten dort eine Art Weihnachtsessen gehabt. Linn und ich sind noch unten geblieben und haben uns um den Abwasch gekümmert. Das hat ungefähr eine Stunde gedauert.«

»Und danach sind Sie ins Bett gegangen?«

»Ja, ich wollte eigentlich noch nach Ludvig sehen, habe es dann aber gelassen. Ich dachte, dass es dumm wäre, ihn zu wecken, sollte er schon schlafen. Ich ... ich bereue, dass ich nicht zu ihm gegangen bin.«

»Ich verstehe, dass das schwer für Sie ist. Waren Sie diese Nacht irgendwann wach?«

»Nein, ich habe ziemlich tief geschlafen. Ich hatte ein paar Gläser Wein getrunken, dann ist das bei mir so.«

»Ich verstehe. Und was ist heute Morgen passiert? Es tut mir leid, dass ich Sie bitten muss, alles so detailliert wie möglich zu erzählen.«

»Ich hatte mir das Handy auf halb acht gestellt, bin aber noch ein paar Minuten liegen geblieben. Anschließend bin ich hinübergegangen, um nach Ludvig zu sehen ... er war nicht da. Ich habe mich natürlich gefragt, warum er aufgestanden ist, ohne zu mir hereinzukommen ... das sah ihm nicht ähnlich. Deshalb ... ja, deshalb habe ich gedacht, dass er vielleicht auf der Toilette ist, es gibt zwei da oben. Aber da war er auch nicht. Danach bin ich nach unten gegangen, außer mir schien kein anderer im Haus wach zu sein, und ... und ich bin in die Galerie gegangen und ... habe ihn gefunden.«

Dann konnte sie nicht mehr. Sie fiel nach vorn über den Küchentisch, legte die Arme über den Kopf und wurde plötzlich von Tränen geschüttelt. Barbarotti wünschte, er hätte ihr mit etwas Tröstlichem beistehen können, aber das Einzige, was er zustande brachte, war eine unbeholfene Hand auf ihrem Rücken. Und Schweigen.

Nach einigen Sekunden richtete sie sich auf, wischte sich die Tränen aus dem Gesicht und bat um Entschuldigung.

»Ich habe ihn geliebt. Ich habe gewusst, dass er bald sterben wird. Aber doch nicht so.«

»Was glauben Sie, was passiert ist?«

Sie breitete die Hände in einer ratlosen Geste aus.

»Ein Einbrecher ... und dann hat Ludvig ihn entdeckt. Wie soll es sonst dazu gekommen sein?«

Gute Frage, dachte Barbarotti, beschloss aber, im Moment keine denkbaren Antworten zu präsentieren. Es würde weitere Vernehmungen geben, es war besser, jeden in der Gruppe eine erste Version seiner Erlebnisse und Gedanken wiedergeben zu lassen, ehe es Zeit wurde, in die Tiefe zu gehen. Es war keine durchdachte Strategie, aber sie hatten ja beschlossen, mit schärferen Fragen zu warten. Manchmal musste man sich auf sein Fingerspitzengefühl verlassen … und auf dieses so häufig Beschworene, das man Intuition nannte. Er dankte Catherine Fryxell für das Gespräch und begleitete sie ins Esszimmer, wo, überwacht von Polizeianwärter Bratt, düstere Grabesstille herrschte.

Er wandte sich Louise Rute zu, die den anderen den Rücken zukehrte und aus dem Fenster sah, wo es weiter schneite, und bat sie, ihm zu einem kurzen Gespräch in die Küche zu folgen.

»Gespräch?«, sagte Louise Rute fragend und betrachtete ihn skeptisch. »Sie meinen wohl Verhör?«

»Wie wir es nennen, ist nicht so wichtig«, antwortete Barbarotti. »Was Sie sagen, ist von Bedeutung.«

»Vergessen Sie nicht das *Wie*«, sagte Louise Rute und stand auf. »Das gehörte mit zum Ersten, was man uns in der Schauspielausbildung eingebläut hat. *Wie* man etwas sagt, ist genauso wichtig, wie das, *was* man sagt.«

»Dann sind Sie Schauspielerin?«

»Stimmt. Außerdem bin ich zu allem Überfluss verkatert, deshalb hoffe ich, dass Sie nett zu mir sind.«

»Ich tue, was ich kann«, versprach Barbarotti.

# 12

Die Befragung der sechs Personen dauerte eine ganze Weile, und als Barbarotti und Backman sich zu einer kurzen Beratung zurückzogen, war es bereits halb vier.

In der Zwischenzeit waren weitere Funktionäre des Verbrechens eingetroffen, zum Beispiel zwei Polizeianwärter namens Brännström und Kornuszewski, sowie ein Trio Kriminaltechniker, unter anderem ein gewisser Clemens Tijk, von dem das Gerücht ging, er habe bei mehr als zehntausend Menschen DNA-Proben genommen. Kommissar Stigman hatte sich gemeldet und erklärt, er wolle mit Barbarotti und Backman sprechen, sobald sie mit *den grundlegenden Maßnahmen* fertig waren, und als sie gerade die Tür zu Backmans Vernehmungszimmer in der oberen Etage hinter sich geschlossen hatten, rief er erneut an.

»Drangehen?«, fragte Barbarotti.

Seine Kollegin und Partnerin dachte zwei Sekunden nach.

»Besser, wir bringen es hinter uns.«

Barbarotti nickte und nahm das Gespräch an.

»Zusammenfassung, bitte«, setzte Stigman an. »Es reicht, wenn ich eine Zusammenfassung bekomme.«

»Wir haben mit allen Beteiligten gesprochen«, sagte Barbarotti. »Sechs Personen. Damit sind wir vor fünf Minuten fertig geworden. Die Leute von der Spurensicherung sind mit dem Opfer beschäftigt, und Tijk nimmt DNA-Proben.«

»Steht jemand unter Verdacht?«

»Nein.«

»Wonach sieht es aus?«

»Mord.«

»Motiv?«

»Keine Ahnung.«

»Habt ihr mit dem Arzt geredet? Wer ist es eigentlich?«

»Helmers. Wir haben noch nicht mit ihm gesprochen.«

Stig Stigman murrte etwas, das Barbarotti nicht verstand.

»Verflucht noch mal«, sagte er dann, bedeutend artikulierter. »So ein verfluchter Mist. Ludvig Rute ist doch ein großer Mann. Das ist er wirklich … ein großer Mann.«

»War«, korrigierte Barbarotti ihn. »Er ist tot.«

»Häng dich nicht an Kleinigkeiten auf«, gab Stigman zurück. »Die Frage ist, was wir jetzt tun. Könnte jemand aus der Truppe, mit der ihr gesprochen habt, es getan haben?«

»Entweder das oder jemand anderes«, sagte Barbarotti.

»Danke für die Aufklärung. Das wird eine große Sache in den Medien werden, aber das dürfte euch vielleicht klar sein. Ich werde in ein paar Stunden mit der Nachricht an die Öffentlichkeit gehen, es gibt ein Riesenspektakel, wenn wir versuchen, es unter den Teppich zu kehren. Ein Mordsspektakel. Und dann haben wir noch das Coronaproblem. Begreifst du die Komplikation?«

»Nicht wirklich«, gestand Barbarotti. »Klär mich auf.«

»Pandemie, Pandemie«, meckerte Stigman. »Es geht also um sechs Personen? Ein halbes Dutzend?«

»Richtig«, erwiderte Barbarotti. »Mit dem Toten sieben.«

»Sie müssen dableiben. Unterliegen vorläufig einem Reiseverbot. Es wäre wünschenswert, wenn wir sie irgendwo hier in Kymlinge einquartieren könnten, sehr wünschenswert, aber …«

»Aber es ist Weihnachten, und ein Virus wütet«, ergänzte Barbarotti. »Du meinst also, dass sie hierbleiben sollen? Am Tatort?«

»Vorläufig«, verdeutlichte Stigman. »Ich sagte vorläufig. Es ist eine Notlösung. Wenn du einen besseren Vorschlag hast, bitte. Bitte sehr.«

»Es funktioniert vielleicht nicht, sie vorläufig festzunehmen«, sagte Barbarotti.

»Nein, das tut es verdammt noch mal nicht«, entschied Stigman. »Die beste Alternative ist, dass sie zumindest bis morgen oder übermorgen bleiben, wo sie sind. Außerdem, nun außerdem habe ich beschlossen, dass ... hm.«

»Ich verstehe. *Say no more.* Du möchtest, dass Backman und ich hierbleiben und die Stellung halten. Habe ich recht?«

»Exakt. Guter Vorschlag.«

»Ein wenig unorthodox, könnte man meinen.«

»Wenn du eine bessere Lösung weißt, hast du die Erlaubnis, sie mir darzulegen«, sagte Stigman. »Ich habe mit der Staatsanwältin gesprochen, sie ist einverstanden. Ich warte fünf Sekunden. Auf deine alternative Lösung.«

Barbarotti wartete auch fünf Sekunden. Dann erklärte er, dass sie es wohl so machen mussten, weil es in der alten Schule von Sillingbo zufällig ein freies Zimmer gab.

»Es gibt nur ein Doppelbett, aber da es hier ja um Kommissarin Backman und meine Wenigkeit geht ...«

»Danke, eure Beziehung ist mir bekannt«, unterbrach Stigman ihn. »Na also, dann haben wir dieses Detail geklärt. Ich erwarte einen Bericht, sobald Helmers und die Spurensicherung fertig sind. Bericht an mich, gibt es etwas, das ich über die Lage wissen sollte? Ich meine die Lage im Allgemeinen.«

»Wir haben alles unter Kontrolle«, antwortete Barbarotti. »Wir melden uns.«

Dann beendete er das Gespräch.

»Wir bleiben hier«, sagte er.

»Habe ich mitbekommen«, sagte Eva Backman. »Schön, so ein Kurzurlaub. Ich habe noch keinen Hunger, aber denkst du, wir sollten zusammen mit diesem Haufen zu Abend essen?«

»Wir checken Trip Advisor oder wie das heißt«, schlug Barbarotti vor. »Die können uns sicher ein paar gute Restaurants in Sillingbo empfehlen.«

»Auf jeden Fall«, stimmte Eva Backman ihm zu. »Es gibt hier immerhin fast zehn Häuser.«

Gerichtsmediziner Helmers rollte die Plastikhandschuhe von seinen Händen und kratzte sich an den Bartstoppeln.

»Nicht besonders kompliziert«, stellte er fest. »Also der Todesfall an sich. Ludvig Rute hat einen harten … sehr harten … Schlag auf den Kopf bekommen. Von hinten, Teile des Schädelknochens sind ins Gehirn eingedrungen und haben massive Schäden verursacht, die praktisch sofort zum Tod führten.«

»Die Waffe?«, fragte Barbarotti.

»Metall, vermutlich Eisen«, fuhr Helmers fort. »Etwas kantig, etwas rostig, die Wunde ist länglich, knapp zehn Zentimeter lang. Es könnte ein altes Eisenrohr gewesen sein.«

»Danke«, sagte Barbarotti. »Ich nehme an, dass es nicht mehr am Tatort liegt.«

»Richtig. Es sei denn, die Leute von der Spurensicherung haben es versteckt.«

»Ich werde sie kontrollieren«, sagte Barbarotti. »Und der Zeitpunkt?«

»Zwischen drei und sechs Uhr nachts.«

»Und der Körper ist nicht bewegt worden?«

»Äußerst unwahrscheinlich. Nein, er ist exakt dort gefallen, wo er jetzt liegt.«

»Schön«, sagte Barbarotti.

»Ja, das ist es«, sagte Helmers und sah müde aus.

»Ich meine damit, dass bei der Frage, wie es sich abgespielt hat, nicht alles unklar ist«, sagte Barbarotti.

»Ich verstehe, was du meinst«, erwiderte Helmers. »Möchtet ihr euch die Leiche noch einmal anschauen, ehe wir sie zur Obduktion mitnehmen?«

»Warte noch eine halbe Stunde, damit wir vorher mit der Spurensicherung reden können«, sagte Backman.

»Okay«, meinte Helmers. »Kann man hier in der Zwischenzeit einen Kaffee und ein Brot bekommen?«

»Geh rein und rede mit Bratt«, sagte Barbarotti.

»Super«, sagte Helmers. »Na dann, weiterhin frohes Fest.«

Der Chef der Spurensicherung hieß Bo W. Nilsson und konstruierte nebenberuflich Kreuzworträtsel unter der Signatur BoW. Barbarotti kannte ihn seit dreißig Jahren und hatte ihn sich immer als einen Menschen vorgestellt, der sein morgendliches Müsli abzählte, ehe er es aß.

Mit anderen Worten, ein hervorragender Staubsauger an einem Tatort.

Jetzt breitete er allerdings die Hände aus.

»Es gibt nicht viel zu sagen.«

»Kannst du wenigstens ein bisschen was sagen?«, bat Barbarotti ihn.

»Wenn du darauf bestehst«, sagte BoW. »Wir haben fünfzig Beutel mit Proben von allem Möglichen. Tijk hat DNA-Proben genommen, wir schicken sie ein und bekommen zur rechten Zeit DNA-Antworten. Fingerabdrücke haben wir auch, aber alle sechs sind ja vorher in der Galerie gewesen, was diese Gruppe angeht, wird das also nicht viel bringen. Beim Fußboden handelt es sich um einen Holzboden, wir haben ihn gründlich abgesucht, und alles liegt in Beuteln, jetzt können wir nicht viel mehr tun, als auf die Analysen zu warten. Keine deutlichen Fußabdrücke, ob es Partikel des Täters am Opfer gibt, wissen wir erst, wenn wir die Ergebnisse der Proben durchgegangen sind. Aber die beiden müssen natürlich auch nicht in Kontakt gewesen sein, die Chancen dürften also eher schlecht stehen. Kaum Fingerabdrücke auf der Klinke; wenn man eine Tür öffnet, benutzt man die Fingerkuppen nicht.«

Das ist mir bekannt, dachte Barbarotti.

»Und Ludvig Rutes Zimmer?«

»Alle üblichen Maßnahmen sind ergriffen worden. Lustigerweise hatte er keinen Computer.«

»Ja, das habe ich gehört«, sagte Barbarotti. »Und im Freien? Falls sich ein Fremder Zugang zum Haus verschafft hat?«

»Es hat acht Stunden geschneit«, rief BoW ihm ins Gedächtnis. »Und es schneit immer noch. Willst du, dass wir den Schnee wegschaufeln und nach Fußabdrücken suchen?«

»Das wäre toll«, entgegnete Barbarotti. »Ist aber vielleicht undurchführbar. Und auf der Treppe zur Tür?«

»Haben wir gecheckt«, seufzte BoW. »Es mag welche gegeben haben, aber es sind einige Leute hereingetrampelt … und wieder hinaus. Polizisten und so.«

»Tatsächlich?«, sagte Barbarotti. »Und die Hintertür? Es gibt eine, aber ich weiß nicht, ob sie abgeschlossen war.«

»Genauso unverschlossen wie alles andere. Jemand könnte dort ein- und ausgegangen sein. Aber keine Fußabdrücke auf dem Boden. Negativ.«

Tja, das kann man wohl sagen, dachte Barbarotti und dankte Kriminaltechniker Nilsson für seine Arbeit.

Negativ.

Während Barbarotti mit Helmers und BoW sprach, hatte Eva Backman die betroffenen sechs Personen über die Lage informiert. Dass man ein Reiseverbot für sie verhängt hatte und sie bis auf Weiteres im Haus bleiben sollten. Die Nachricht hatte keine größeren Einwände ausgelöst; schließlich war Weihnachten, und keiner hatte in den nächsten Tagen irgendwelche Pläne oder Verpflichtungen. Im Übrigen waren ohnehin alle Reisen und die meisten Aktivitäten unter dem eiskalten Stern der Pandemie geächtet. Außerdem hatte keiner die Absicht gehabt, Sillingbo vor dem zweiten Weihnachtstag zu verlassen.

Backman hatte zudem erklärt, die Polizei habe keinen Verdächtigen für die grauenhafte Tat in der Galerie, aber bei dem Täter müsse es sich nicht unbedingt um einen Außenstehenden handeln. Diese Behauptung war mit einer gewissen Bestürzung aufgenommen worden; das war zu erwarten gewesen, und sie versuchte hastig, die Reaktionen daraufhin zu analysieren, ob sie intuitiv spürte, dass etwas falsch klang.

Es biss allerdings niemand an. Zunächst herrschte einige Sekunden Stille, während man erst sie verständnislos anstarrte, danach einander, ehe man protestierte. *Sie meinen doch nicht etwa, dass? Was sagen Sie denn da? Deuten Sie etwa an, dass jemand von uns …?*

Und so weiter. Am weitschweifigsten vorgetragen von Leif Rute.

»Wenn Sie tatsächlich einen von uns anklagen, unseren Bruder getötet zu haben, verliere ich jeglichen Respekt vor der Polizei. Ein Unbekannter ist ins Haus eingedrungen, hat zwei Bilder gestohlen und ist dabei erwischt worden. Er hat Ludvig erschlagen und ist geflohen.«

»Genau«, hatte seine Schwester Louise ergänzt. »Simpler kann es ja kaum sein. Wir verbitten uns diese Art von Beschuldigungen.«

Eva Backman hatte entgegnet, sie beschuldige niemanden wegen irgendetwas, aber man könne eben auch nichts ausschließen. Das sei normale Ermittlungsarbeit, man halte sich an die Vorschriften, sie hoffe, dass man Verständnis dafür habe. Wenn man ein wenig nachdenke.

Sie ergänzte, dass der fremde Gemäldedieb selbstverständlich ein möglicher Täter war, vielleicht sogar der wahrscheinliche, aber dass weder sie noch ihre Kollegen die Angewohnheit hatten, voreilige Schlüsse zu ziehen.

»Aber warum verbietet man uns abzureisen?«, hatte Ellen Rute Fredin gefragt. »Ist das nicht ein bisschen übertrieben?«

»In erster Linie, weil wir mit jedem von Ihnen noch ausführlicher sprechen müssen«, hatte Backman abgewehrt und war dazu übergegangen, sie über eher praktische Fragen zu informieren.

Dass sie selbst und Kommissar Barbarotti fürs Erste vor Ort bleiben würden. Ein Befehl von höchster Stelle, da war nichts zu machen.

»Aber wo wollen Sie denn schlafen?«, erkundigte sich Louise Rute. »Werden Sie auf dem Hof zelten oder was?«

»Wir werden das freie Zimmer in der oberen Etage beziehen«, erläuterte Eva Backman und gestattete sich ein Lächeln, von dem sie hoffte, dass es entwaffnend war. »Es ist zufällig so, dass wir seit sieben Jahren zusammenleben. Hm.«

»Das ist ja ein …«, sagte jemand, unklar wer, und jemand anderes lachte auf.

»Aber Sie werden unbehelligt von uns zu Abend essen dürfen«, ergänzte Backman. »Catherine ist einverstanden, dass Barbarotti und ich das Essen auf unser Zimmer bekommen. Haben Sie irgendwelche Fragen?«

»Eine«, sagte Leif Rute. »Was passiert jetzt ... mit Ludvig?«

»Die Leiche wird in die Gerichtsmedizin von Kymlinge überführt«, erklärte Eva Backman trocken. »Sollte jemand von Ihnen weitere Fragen haben oder uns etwas mitteilen wollen, stehen wir Ihnen jederzeit zur Verfügung. Die Galerie ist geschlossen und darf nicht betreten werden ... aus verständlichen Gründen. Ansonsten dürfen Sie sich frei bewegen, aber Sillingbo nicht verlassen.«

Da es keine weiteren Fragen oder Einwände gab, bedankte sie sich für die Aufmerksamkeit und begab sich zum provisorischen Hauptquartier in der oberen Etage.

# 13

»Kurz und gut und wie dem auch sei«, sagte Barbarotti. »Was sagen wir zur Lage?«

Eva Backman streifte ihre Schuhe ab und legte sich aufs Bett.

»Ja, mein Gott. Das hier ist wirklich einmalig.«

»Mich erinnert es an alte englische Krimis«, meinte Barbarotti. »Eine Leiche in einer Galerie in einem verschneiten Haus auf dem platten Land. Zwei Bullen eingesperrt mit sechs verdächtigen Verwandten. Man erlebt jedenfalls eine Menge in unserem Job.«

»Glaubst du das? Glaubst du, dass es einer von ihnen gewesen ist?«

»Ich glaube nichts«, antwortete Barbarotti und sank in einen der Sessel. »Nicht einmal, wenn ich es versuche. Und du?«

Eva Backman dachte nach.

»Nicht wirklich. Die Geschichte mit dem Gemäldedieb ist nur so verdammt einfältig. Dass zwei Bilder fehlen, beweist ja nicht viel. Sie hätten wenigstens die Türen abschließen können.«

»Wir sind auf dem Land. Hier schließt man keine Türen ab. Nicht einmal in der heutigen Zeit.«

»Nein, offensichtlich nicht. Aber wie war das jetzt mit den Gemälden? Beide gemalt vom toten Künstler höchstpersönlich. Die übrigen achtzig, oder wie viele es sein mögen, sind nicht annähernd so wertvoll, habe ich das richtig verstanden?«

»Ich denke schon«, sagte Barbarotti. »Das behaupten jedenfalls sowohl Catherine als auch Louise. Aber Louise hat es bestimmt von Catherine. Die Bilder, die da unten noch hängen, sind ein paar Tausend pro Stück wert, die verschwundenen ungefähr hundertmal so viel. Eine seltsame Sammlung, muss man sagen.«

»Vielleicht nicht ganz so schlau, einen Haufen wertvoller Kunstwerke an einem Ort wie diesem aufzuhängen?«, sagte Eva Backman. »Mit unabgeschlossenen Türen und so weiter. Aber die zwei verschwundenen waren doch versichert, oder? Und Catherines Vater gehört das Haus ... und die Bilder gehören ihm auch?«

Barbarotti nickte.

»Sieht ganz so aus. Aber lass uns die Kunst fürs Erste vergessen, was hältst du von der Bande?«

Eva Backman zuckte mit den Schultern.

»Ich weiß nicht. Ich brauche ein bisschen Zeit, um meine Eindrücke zu verdauen.«

»Geht mir genauso. Aber wirken sie nicht, als wären sie gegen ihren Willen hergekommen? Drei Brüder und eine Schwester, die sich normalerweise niemals sehen, und dann sollen sie sich auf einmal ein ganzes Weihnachten lang vertragen. Plus eine Frau und eine Tochter. Und eine Halbfranzösin. Während einer Pandemie. Und warum? Gib zu, dass das eine verdammt gute Frage ist.«

Eva Backman rückte die Kissen unter ihrem Kopf zurecht und starrte eine Weile an die Decke.

»Sicher, das ist eine gute Frage. Aber wir haben ja einige Antworten darauf bekommen, nicht?«

»Befehl des großen Bruders?«

»Ja. In dem Punkt sind sie sich einig. Und dann stirbt der große Bruder … der ohnehin sterbenskrank war. Ich möchte einen Glühwein. Eine große Tasse mit einem ordentlichen Schuss.«

»Ich glaube, wir haben keinen mitgenommen?«

»Der Alkladen im Dorf?«

»Geschlossen. Es ist der erste Weihnachtstag.«

Eva Backman seufzte.

»Irgendetwas ist immer. Aber im Ernst, es ist doch eigenartig, dass der große Künstler seine Geschwister überhaupt zu sich eingeladen hat. Sie scheinen es ja selbst nicht richtig zu verstehen, jedenfalls meine zwei nicht. Er war sterbenskrank und wollte eine Art Versöhnung erreichen … okay, aber reicht das?«

»Sein Erbe verteilen?«

»Nicht auszuschließen.«

»Er muss einiges besessen haben.«

»Ja«, sagte Eva Backman. »Wahrscheinlich.«

»Direkte Erben gibt es keine«, sagte Barbarotti. »Wenn sie gewusst haben, dass er nicht mehr lange zu leben hat, gab es vielleicht gute Gründe, seiner Bitte zu entsprechen.«

Er stand aus dem Sessel auf, stellte sich ans Fenster und betrachtete das Schneetreiben, das mit unverminderter Intensität weiterging. Eigentlich ganz schön, dass man nicht nach Hause fahren muss, dachte er. Wenn man von dem Mord absah, konnte man die Situation fast wie einen kurzen Aufenthalt in einer Pension betrachten … ein alternatives Weihnachtsfest im Schatten der Pandemie. An der Umrahmung war jedenfalls nichts auszusetzen, und die Schneeflocken, die im Moment fielen, waren so groß wie Wollhandschuhe. Wie man in seiner Kindheit zu sagen pflegte, und vielleicht auch in späteren Kindheiten.

»Versöhnung«, erinnerte ihn Eva Backman vom Bett aus. »Wir vergessen das Erbe vorerst, auch wenn es im Hintergrund eventuell eine Rolle gespielt hat.«

»Geld ist natürlich kein Motiv, das man anführen möchte«, stimmte Barbarotti ihr zu. »Versöhnung hört sich deutlich besser an. Aber wenn es darum ging, blieb sie von Ludvigs Seite etwas im Dunkeln.«

»Eine erzwungene Versöhnung vielleicht?«

»Das klingt nicht schön.«

»Nein. Catherine dürfte die Einzige sein, die es wissen sollte, aber sie scheint auch keine Ahnung zu haben. Er hat mit seinem Gott gekämpft, sagt sie. Als müsste er den richtigen Weg in den Himmel finden, ehe es so weit ist. Das ist nicht mein Gott, aber ich kann es nachvollziehen. Oder es mir zumindest vorstellen.«

»Wir werden den Abend damit verbringen müssen, uns anzuhören, was sie zu sagen hatten«, sagte Eva Backman. »Ich habe jedenfalls das Gefühl, dass keiner an unsere Tür klopfen und ein Geständnis ablegen wird.«

»Wahrscheinlich nicht. Hast du Lust, dich bei Stigman zu melden?«

Eva Backman dachte nach.

»Ich finde, wir lassen ihn anrufen. Wir können es immer darauf schieben, dass wir alle Hände voll zu tun haben. Uns die Aufnahmen anhören müssen und was noch alles.«

»Du hast recht, zwei Tassen Glühwein wären jetzt eine feine Sache«, sagte Barbarotti seufzend. »Als Ergänzung zum Zuhören, meine ich.«

Sie zogen erneut Lose, und als Erste war Ellen Rute Fredin an der Reihe, mit der Barbarotti gesprochen hatte. Eva Backman fand, dass ihre Darstellung gut zu dem passte, was ihr

Mann Lars zu sagen hatte. Zumindest am Anfang. Die Einladung hatte beide sehr überrascht, sie waren in dem Glauben von Oskarshamn nach Sillingbo gefahren, dass nur sie selbst, der ältere Bruder Ludvig und seine »Lebensgefährtin« anwesend wären. Ellen war dem berühmten Maler nie zuvor begegnet und hatte sich wesentlich mehr darauf gefreut als Lars, der dem Ganzen einigermaßen skeptisch gegenüberstand. Dass dann auch die anderen Geschwister auftauchten, war völlig überraschend und wegen der Pandemie auch ein wenig unerwünscht gewesen. Aber die gesellige Runde war nett gewesen, ihr hatte besonders der zweite Bruder gefallen, Leif, mit dem sie sich angeregt unterhalten hatte.

An Heiligabend hatte sie am Vormittag allein einen längeren Spaziergang gemacht, bei dem sie einem gewissen Gudmar Lagesson begegnet war, der sie in sein Haus im Dorf eingeladen hatte. Es stellte sich heraus, dass Gudmar praktisch alles wusste, sowohl über Sillingbo als auch über die alte Schule. Er hatte sein ganzes Leben in dem Dorf gewohnt, hatte als Schreiner und Bauarbeiter auf Montage gearbeitet, war aber mittlerweile in Rente. Er besaß etwas Wald und hatte mit seiner Frau Bozena, die aus Polen stammte, in den Sechzigerjahren jedoch mit ihren Eltern vor den Kommunisten geflohen war, drei Kinder, die das heimische Nest verlassen hatten.

»Sie kann gut erzählen, diese Ellen«, sagte Eva Backman.

»Ein echtes Talent«, erwiderte Barbarotti. »Aber interessant ist, dass sich das Ehepaar Lagesson um das Haus hier kümmert.«

Denn so war es offensichtlich. Ellen war eine ganze Weile bei ihnen gewesen. Kaffee und Safrangebäck waren mit der Zeit durch Weihnachtsschinken, Kartoffelauflauf und zwei Gläser selbst gebrautes Bier ergänzt worden. Wenn sie schon einmal Besuch an Heiligabend hatten – Kinder und Enkelkinder hatten natürlich Reiseverbot, so war es nun einmal in diesen Zeiten. Gudmar erzählte unter anderem, dass er die zweite Klasse beendet hatte, als die Schule 1958 geschlossen wurde. Danach hatte sie leer und verlassen gestanden, bis Rickard Fryxell sie Anfang der Achtzigerjahre gekauft hatte, und nach einer umfassenden Renovierung, an der sich Gudmar fleißig beteiligt hatte, waren Bozena und er eine Art Hausmeisterehepaar geworden und hatten während der Zeit des Jahres, in der niemand das Haus bewohnte, dafür gesorgt, dass alles seine Ordnung hatte.

Man wollte ja zum Beispiel den Spuk in Schach halten.

Eva Backman drückte auf die Pausentaste.

»Den Spuk?«

»Ja, anscheinend erzählt man sich hier so etwas«, sagte Barbarotti. »Aber Ellen wusste schon Bescheid, weil Ludvig am Vorabend davon erzählt hatte. Vor über hundert Jahren ist hier eine Lehrerin ermordet worden, und ihre inzwischen ebenfalls verstorbene Tochter, die dabei war, als es passierte, soll nun nachts herumlaufen und spuken … ausgerechnet da ist mit der Aufnahme etwas schiefgegangen. Ich gehe etwas weiter.«

»Okay«, sagte Eva Backman. »Ich glaube ohnehin nicht an Gespenster.«

Barbarotti schaltete die Aufnahme wieder ein, und Ellen berichtete kurz vom Weihnachtsessen, das französisch gewesen war, vielleicht ein bisschen sehr französisch. Aber wie gesagt, nett. Sie und ihr Mann waren kurz nach Mitternacht ins Bett gegangen, sie war in der Nacht einmal auf der Toilette gewesen, hatte aber nicht auf die Uhr gesehen und war am Morgen von Catherines Schrei in der Galerie geweckt worden. Sie hatte sich dorthin begeben, um nachzusehen, was los war, und das Furchtbare mit eigenen Augen gesehen. Nach einem Moment des Schocks und der Verwirrung war sie nach oben zurückgekehrt und hatte ihren Ehemann Lars geweckt, der immer tief und fest schlief wie ein altes Schwein.

Hatte sie in der Nacht irgendwelche Geräusche gehört?

Nein. Aber sie hatte auch ihre Ohren verstöpselt, da ihr Gatte schnarchte.

Irgendwelche Beobachtungen, die für die Polizei von Nutzen sein konnten?

Keine.

Eine Idee, wer der Täter sein könnte?

Dieser Bilderdieb natürlich.

Barbarotti schaltete ab.

»Das nächste Mal musst du sie übernehmen. Wollen wir nicht einfach tauschen? Morgen Vormittag vielleicht … ich hoffe, wir bekommen Verstärkung.«

»Hauptsache, wir können vorher etwas essen und schlafen. Und ein bisschen spekulieren.«

»Es ist nicht verboten zu spekulieren. Aber vorher hören wir uns die anderen an, oder?«

»Natürlich.«

Es dauerte eine gute Stunde, sich die restlichen Aussagen anzuhören, und als sie gerade fertig geworden waren, klopften Catherine und Linn an die Tür und lieferten zwei Tabletts mit Essen. *The show must go on,* dachte Barbarotti, aber man sah, dass Catherine geweint hatte.

»Fisch«, erklärte sie. »Seezunge à la meunière, es war sein Leibgericht. Aber ich habe die Soße nicht richtig hinbekommen. Ich bin zu traurig, ohne Linn hätten Sie hungern müssen.«

»Dazu ein wenig Hummercreme und ein paar Käsestücke«, ergänzte Linn. »Ein Weißwein aus dem Elsass, er soll wohl etwas Besonderes sein. Ich hoffe, es schmeckt. Ich komme dann später mit Kaffee.«

»Weißt du was«, sagte Eva Backman, als die jungen Frauen die Tür hinter sich geschlossen hatten. »Das gehört wirklich zum Absurdesten, was ich jemals erlebt habe. Die Witwe des Mordopfers serviert uns ein Essen für Feinschmecker ... sag jetzt nicht, dass sie nur eine Vernunftbeziehung hatten.«

»Ich glaube, sie hatten mehr als das«, erwiderte Barbarotti kryptisch. »Lass sie uns ruhig die Witwe nennen. Und sicher, es ist absurd, aber ich finde, wir sollten Nachsicht walten lassen. *Bon appétit, ma chérie* ... oder wie das heißt? Und eine ganze Flasche, hier wird nicht geknausert.«

»Nein, aber es könnte als passive Bestechung interpretiert werden oder so ähnlich ... was mir völlig egal ist.«

»Es weiß doch eh jeder, dass die Polizei in diesem Land durch und durch korrupt ist«, sagte Barbarotti. »Prost.«

»Alle Namen beginnen mit dem gleichen Buchstaben«, bemerkte er, als auch Kaffee und einige Schokoladentrüffeln verzehrt waren. »Ist dir das aufgefallen?«

»Mit L, ich weiß«, sagte Eva Backman. »Ludvig, Leif, Lars und Louise ... und Louise hat ihre Tochter Linn getauft, es zieht sich also durch die Generationen. Ist das nicht reichlich albern?«

»Vielleicht hießen ihre Eltern ja Lucidor und Lucinda«, schlug Barbarotti vor. »Aber ich glaube ehrlich gesagt nicht, dass der Buchstabe in diesem Mordfall eine große Rolle spielt.«

»Was glaubst du dann?«, erkundigte sich Eva Backman. »Genauer gesagt.«

»Ich denke an etwas, das Louise gesagt hat«, antwortete Barbarotti. »Ich weiß nicht, ob es dir aufgefallen ist, als wir uns ihre Aussage angehört haben?«

»*Shoot*«, sagte Eva Backman.

»Okay. Sie sagt Folgendes: *Ich bin niemals schlau aus ihm geworden, vielleicht war es das, was er wollte.*«

»Ja, das ist mir nicht entgangen«, sagte Eva Backman. »Aber dann nimmt sie es zurück, nicht wahr?«

»Ja, sie sagt etwas in der Art wie: *Nein, das kann nicht sein. Aber er hat immer etwas von einer* drama queen *gehabt, das war es wohl, was mich an ihm geärgert hat.*«

»Aber sie hat ihn doch jahrelang nicht gesehen.«

»Ja, sie denkt wohl eher daran, wie es war, als sie Kinder und jung waren. Obwohl man sich fragt, wie oft sie sich damals eigentlich gesehen haben. Er war ja viel älter als sie.«

Eva Backman schwieg einen Moment und runzelte die Stirn.

»Wir sollten uns eine halbwegs durchdachte Strategie einfallen lassen, wenn wir morgen wieder mit ihnen reden«, sagte sie. »Ich habe irgendwie das Gefühl, dass sie uns etwas verheimlichen. Oder zumindest einige von ihnen. Es muss nicht unbedingt etwas mit seinem Tod zu tun haben, aber wenn wir nicht an diesen verdammten Kunstdieb glauben, muss es logischerweise …«

»… einer von ihnen gewesen sein, der ihn erschlagen hat«, beendete Barbarotti den Satz. »Wie sieht es aus, findest du nicht auch, dass die Trüffeln ein wenig nach Bittermandeln geschmeckt haben?«

Eva Backman lachte.

»Jetzt ist der Herr Kommissar in seinen alten englischen Krimi eingezogen.«

Barbarotti kam zu keiner Antwort, weil sein Handy klingelte.

»Der Chef«, sagte er, ohne die Nummer zu kontrollieren. »Du oder ich?«

»Es ist dein Handy«, entgegnete Backman.

Aber es war gar nicht ihr Chef. Barbarotti lauschte, warf *Ja klar, ja klar, ich verstehe, geht in Ordnung* ein und wünschte eine gute Nacht.

»Und?«, sagte Eva Backman. »Das klang jetzt nicht wie unser großer Heerführer.«

»Es war Catherine«, sagte Barbarotti und wirkte nachdenklich. »Sie schläft diese Nacht bei Gudmar und Bozena Lagesson. Sie ist besorgt, das kann man ja verstehen. Ich habe ihr gesagt, dass das in Ordnung ist.«

Eva Backman dachte nach und nickte.

»Glaubst du, sie macht sich Sorgen, dass …?«

Sie beendete die Frage nicht, es war deutlich zu sehen, dass in Barbarottis Kopf der gleiche Gedanke aufgetaucht war.

»Wenn diese Nacht etwas passiert, werden wir beide gefeuert«, sagte er. »Habe ich recht?«

»Stigman auch«, erklärte Eva Backman mit einem schiefen Lächeln. »Dann sind wir jedenfalls in guter Gesellschaft.«

Und zwei Sekunden später rief er höchstpersönlich an.

Es dauerte eine Weile, Stigman ins Bild zu setzen, und noch eine Weile, bis Stigman sie ins Bild gesetzt hatte. Die Nachricht war an die Medien herausgegangen und auf den Internetseiten der Zeitungen bereits Sprengstoff. *Bekannter schwedischer Künstler tot. Die Polizei geht von einem Mord aus.* Und ähnliches in dieser Art. Stigman hatte persönlich mit Rundfunk und Fernsehen, mit Boulevardblättern und Tageszeitungen gesprochen, sogar mit zwei französischen, weil Ludvig Rute seit langer Zeit an der Côte d'Azur lebte. Stigman hatte sich bei der Frage, wo die Tat geschehen war, bedeckt gehalten, aber es würde wahrscheinlich trotzdem durchsickern. Wenn am nächsten Tag trotz Weihnachten, Virus und Schneewehen, Journalisten auftauchten, würde man sich einfach an die Vorschriften halten müssen. Freundlich, aber bestimmt. Auf die Pressemitteilung verweisen, die bereits hinausgegangen war, sowie auf eine neue, die am Nachmittag des zweiten Weihnachtstages folgen sollte. Und auf das vereinbarte Stillschweigen. Zum Stand der Ermittlungen, alles vorschriftsmäßig. Wie gesagt. Verstanden?

Barbarotti versicherte ihm, dass er verstanden hatte.

Stigman hatte außerdem mit Rickard Fryxell gesprochen, dem Besitzer des Hauses in Sillingbo und Catherines Vater. Er war schockiert und hatte vor, so schnell wie möglich herzukommen, und sei es nur, um für seine Tochter da zu sein. Die gesammelten Reisebeschränkungen der ganzen Welt würden ihn nicht aufhalten können.

*»Money talks«*, erklärte Stigman verbissen und übersetzte sicherheitshalber. »Das Geld spricht.«

Was die sechs Personen in Sillingbo anging, konnte man, solange sie nicht zu sehr rebellierten, das Reiseverbot auf den zweiten Weihnachtstag ausdehnen, aber ab dem siebenundzwanzigsten Dezember, also Sonntag, würde es heikler werden. Und diese Entscheidung zu treffen, war Aufgabe der Staatsanwältin.

Aber der zweite Weihnachtstag war für qualifizierte Ermittlungsarbeit vorgesehen. Die Inspektoren Lindhagen und Kavafis würden um neun Uhr in Sillingbo eintreffen, anschließend mussten sie nur noch zusehen, dass sie den Fall zu einem Ende brachten. Einen schärferen Ton anschlagen, den Fall lösen.

Hatten Barbarotti und Backman irgendwelche Fragen?

Nein, keiner der Kommissare in der alten Schule von Sillingbo hatte irgendwelche Fragen.

»Also gut«, bemerkte Stig Stigman abschließend. »Vernehmen, vernehmen, vernehmen!«

»Ich glaube, ich verstehe, was du meinst«, sagte Barbarotti.

»Wir gehen ins Bett«, schlug Eva Backman vor, als die Besprechung vorbei war. »Es ist zehn Uhr, und morgen ist auch noch ein Tag.«

»Ein anderer Tag«, sagte Barbarotti.

»Wie kommst du nur auf so etwas?«, sagte Eva Backman.

# 14

»Ich habe eine Theorie«, sagte Inspektor Lindhagen. »Es handelt sich hier aller Wahrscheinlichkeit nach nicht um eine Abrechnung zwischen verfeindeten kriminellen Clans.«

»Das deckt sich mit meiner und Backmans Auffassung«, sagte Barbarotti. »Aber viel weiter sind wir bisher nicht gekommen.«

Es war Viertel vor zehn am Vormittag des zweiten Weihnachtstages. Die Betten im Schlafzimmer der Kommissare waren gemacht, und das Zimmer war zum Hauptquartier hochgestuft worden. Die Inspektoren waren genauso vor Ort wie vier Polizeianwärter. Von letzterem Quartett hatten sie momentan zwei am und vor dem eigentlichen Tatort platziert, also der Galerie, und die beiden hatten keine genauer definierten Aufgaben, außer für Ordnung zu sorgen und zur Verfügung zu stehen. Das andere Paar, Kornuszewski und Brännström, war gerade losgezogen, um die Dorfbewohner zu befragen, falls sich welche finden ließen. Es hieß, dass es außer dem Ehepaar Lagesson nur einen festen Einwohner gab, einen fünfundachtzigjährigen Herrn namens Karl Klinga, der jedoch seit Anfang Dezember in Kymlinge im Krankenhaus lag. Covid oder nicht Covid, das war unklar.

Soweit es sich beurteilen ließ, waren in der Nacht keine Unregelmäßigkeiten aufgetreten. Beim Frühstück im Esszimmer (bereitgestellt von Lars und Linn Rute) hatte Barbarotti darüber informiert, was an diesem Tag auf der Tagesordnung stand. Nämlich, dass man jeden Einzelnen der sechs (plus Gudmar und Bozena Lagesson) zu komplettierenden Zeugenvernehmungen bitten würde. Mittagspause zwischen zwölf und vierzehn Uhr, darüber hinaus eine gemeinsame Information durch die Polizei um neunzehn Uhr im Esszimmer. Ort der Vernehmungen: zum einen das Hauptquartier in der oberen Etage, zum anderen der Bus, den die Polizei auf dem Hof zur Verfügung gestellt hatte und in dem die Fahrer Pettersson und Persson auf Fahrer- und Beifahrersitz saßen und lustige Clips auf YouTube austauschten.

Zwei Ermittler bei jeder Vernehmung. Zwischen den Gesprächen war es den Zeugen erlaubt, sich frei zu bewegen, aber falls der eine oder andere Journalist auftauchen sollte (was allerdings bisher nicht der Fall war), wurden sie alle gebeten zu schweigen.

Letzteres war ein Appell. Oder auf Coronaschwedisch: eine Empfehlung. Das galt auch für eventuelle Handykontakte.

»Scheißegal, ob sie miteinander reden«, sagte Lindhagen. »Habt ihr euch das so gedacht? Weil sie ohnehin alle Zeit der Welt hatten, sich abzusprechen?«

»In gewisser Weise«, sagte Eva Backman. »Aber wir haben auch keine rechtliche Handhabe, sie voneinander zu trennen und zu isolieren. Keiner von ihnen steht unter Verdacht, sie sind nur verpflichtet, uns für Vernehmungen zur Verfügung zu stehen, das ist alles. Wenn jemand wegwill, können wir ihn … oder sie … im Grunde nicht abhalten.«

»Aber unsere Theorie lautet, dass einer aus der Gruppe schuldig ist?«, fragte Kavafis.

»Der Täter könnte sehr wohl ein Außenstehender gewesen sein«, sagte Eva Backman.

»Ehrlich gesagt haben wir keine Theorie«, ergänzte Barbarotti. »Aber wir hoffen, heute Abend eine zu haben. Lindhagen und ich sitzen im Bus. Backman und Kavafis hier. Okay?«

»Okay«, sagte Lindhagen. »Wir haben uns die Gespräche von gestern angehört, sodass wir so gut wie auf Los stehen.«

»Gut, dann sind wir auf einer Linie«, erklärte Eva Backman.

Drei Sekunden stillen Nachdenkens schwebten durch den Raum.

»Immerhin schneit es nicht mehr«, sagte Kavafis, der griechische Wurzeln hatte und niemals Tretschlitten gefahren oder Ski gelaufen war.

»In zwei Tagen ist ein halber Meter heruntergekommen«, sagte Lindhagen, der von Gotland stammte und zu Übertreibungen neigte. »Das reicht mir völlig.«

Barbarotti warf einen Blick auf seine Notizen. »Wir gehen davon aus, Louise und Leif Rute vor dem Mittagessen abzuhaken … und das Ehepaar Lagesson. Gutes Gelingen, ich hoffe, alle werden einen netten zweiten Weihnachtstag haben.«

»Wir lösen den Fall und bringen den Mörder heute Abend nach Kymlinge«, sagte Lindhagen.

Bozena Lagesson war als Erste draußen im Bus. Sie war eine kleine, zierliche Frau Mitte siebzig, die ihnen trotz aller neuen Grußregeln die Hand gab, und Barbarotti dachte, dass sie zu gleichen Teilen aus Leder und Zwergbirke konstruiert zu sein schien.

Und Wärme, ergänzte er, als sie sich hingesetzt hatten und sie ein flüchtiges Lächeln abgefeuert hatte. Es gab etwas Starkes und Unbeugsames in ihrem Gesicht, vielleicht waren das Eigenschaften, die erforderlich waren, wenn man den größten Teil seines Lebens an einem Ort wie Sillingbo verbrachte. Kinder großziehen, Schnee schaufeln und so weiter und so fort.

Er stellte sich und Inspektor Lindhagen vor und dankte ihr dafür, dass sie sich Zeit für sie nahm.

»Ich habe immer Zeit für die Polizei«, erwiderte Bozena. »Außerdem hat man ja wohl auch keine Wahl.«

»Da haben Sie recht«, sagte Barbarotti. »Nun, Sie wissen, was passiert ist?«

»Ja. Es ist schrecklich. Wir sind Ludvig Rute oft begegnet. Er war bei Fryxells häufig zu Gast. Wie kann jemand ihm nur so etwas antun wollen?«

»Das fragen wir uns auch«, sagte Barbarotti. »Wir haben gehört, dass Sie und Ihr Mann so etwas wie Hausmeister für das Haus sind, wenn es leer steht, ist das richtig?«

»O ja«, antwortete Bozena. »Man kann Häuser nicht einfach leer stehen lassen, sonst bricht früher oder später jemand ein. Ich oder Gudmar schauen mindestens einmal in der Woche nach dem Rechten, wenn keiner da ist. Lassen ein paar Lampen an und so. Und es hat tatsächlich noch nie einen Einbruch gegeben … bis jetzt.«

Es verstrichen einige Sekunden, ehe sie die beiden letzten Worte ergänzte, und Barbarotti fragte sich, wie sorgsam sie diese abgewogen hatte.

»Sie beziehen sich auf das, was Ludvig Rute zugestoßen ist?«

»Ja, natürlich. Noch dazu an Weihnachten. Es ist so furchtbar, dass es mir … wie sagt man … kalt den Rücken hinunterläuft. Haben Sie den, der das getan hat, geschnappt?«

»Leider nicht«, sagte Barbarotti. »Wie sieht es aus, wissen Sie, ob im Dorf in letzter Zeit mal eingebrochen wurde?«

Bozena Lagesson schüttelte nachdrücklich den Kopf. »Huh, nein. Es ist hier sehr friedlich. Bei einigen der Norweger ist vor ein paar Jahren eingebrochen worden, es waren Jugendliche, die sie später erwischt haben … in einem anderen Dorf, als sie dort das Gleiche vorhatten.«

»Norweger?«, fragte Lindhagen.

»Ja. Die Hälfte der Häuser in Sillingbo gehört Norwegern … tatsächlich genau die Hälfte. Mehrere von ihnen sind normalerweise Weihnachten hier, aber es ist ja verboten, die Grenze zu überqueren … Was sind das nur für Zeiten, in denen wir leben. Es gefällt uns wirklich, dass sie hierherkommen, unsere norwegischen Freunde … wir besuchen uns dann immer gegenseitig. Ein Glas Wein und Waffeln und so … aber dieses Jahr also nicht, es ist wirklich schade.«

»Ja, weiß Gott«, sagte Lindhagen. »Aber die Gäste, die jetzt im Haus wohnen, wie gut kennen Sie und Ihr Mann sie?«

Bozena breitete die Hände aus.

»Wir kennen nur Catherine … und den armen Ludvig, natürlich. Aber war das nicht eine Art Familientreffen?«

»Das stimmt«, sagte Barbarotti. »Und Catherine kennen Sie am besten?«

»O ja«, antwortete Bozena. »Wir kannten sie schon, als sie noch ein Kind war. Sie ist ja Fryxells Tochter. Sie ist seit ihrer Geburt sicher jedes Jahr hier gewesen … mehrere Male. Wir haben ja drei eigene Kinder, aber Katinka ist für uns fast so etwas wie eine zusätzliche Tochter … ja, wir nennen sie Katinka.«

»Und sie hat diese Nacht bei Ihnen geschlafen?«

»Ja, das arme Mädchen ist völlig aufgelöst. Kein Wunder. Sie …«

»Ja?«

»Sie wusste natürlich, dass Ludvig bald sterben würde, aber doch nicht so. Das wollte ich sagen.«

Sie biss sich auf die Unterlippe, und ein neuer Ausdruck legte sich auf ihr Gesicht. Als säße sie dort und würde Für und Wider abwägen. Als könnte sie sich nicht entscheiden, ob sie reden oder schweigen sollte. Er wartete und tat so, als machte er sich in dem Block, der vor ihm auf dem Tisch lag, eine Notiz. Lindhagen kannte das schon und schwieg ebenfalls.

»Nun ja, ich frage mich …«, sagte sie schließlich. »Wir haben uns gestern Abend länger mit Catherine unterhalten, und Gudmar und ich denken darüber nach, was sich hier eigentlich abgespielt hat, als Ludvig Rute erschlagen wurde. Ich meine, ist wirklich jemand eingebrochen, um Bilder zu stehlen? Das klingt so … ach, ich weiß nicht recht.«

»Reden Sie weiter«, bat Barbarotti sie.

Sie atmete tief durch.

»Ich meine, warum in aller Welt sollte jemand die Gelegenheit ergreifen, wenn das Haus voller Leute ist? Schließlich steht es fast das ganze Jahr leer, es gibt zwar eine Alarmanlage, deren Signal zu uns geht, aber Gudmar und ich brauchen trotzdem ein paar Minuten, um vor Ort zu sein … und die Diebe wissen ja nicht, dass wir anrücken, oder? Wie auch immer, sie würden es bestimmt ins Haus und wieder hinaus schaffen, ehe wir da sind. Zumindest, wenn sie sich nur zwei Gemälde schnappen wollen … Katinka hat erzählt, dass zwei verschwunden sind.«

Barbarotti nickte.

»Ich verstehe, was Sie meinen. Ziehen Sie irgendwelche Schlussfolgerungen aus Ihrer Argumentation?«

Bozena Lagesson schwieg lange. Ließ einen bekümmerten Blick zwischen den Polizisten hin und her wandern, ehe sie sich räusperte und erklärte:

»Das ist doch recht eindeutig. Wenn es keinen Bilderdieb gab, muss es einer der Gäste im Haus getan haben.«

Barbarotti wartete, aber es kam nicht mehr.

»Das glauben Sie?«

»Das glaubt Katinka.«

Sie setzten die Vernehmung von Bozena Lagesson noch eine Zeitlang fort, sahen aber von weiteren Spekulationen über einen möglichen Täter ab. Es war klar geworden, wohin die Eheleute tendierten; ihre Meinung basierte vor allem auf Catherines Sorge, aber auch auf den Ansichten des Paares darüber, wie wahrscheinlich beziehungsweise unwahrscheinlich es ihnen vorkam, dass Diebe auf die Idee verfielen, in ein Haus voller Menschen einzubrechen.

Stattdessen fragten sie die alte Frau nach diversen Umständen im Dorf, nach dem Schulhaus und Ludvig Rute, der Sillingbo zwar einige Male besucht hatte, den aber weder Gudmar noch Bozena besonders gut kannten. Nicht wie Rickard und Catherine Fryxell, die sie als gute Freunde betrachteten. Bozena hoffte außerdem, dass es Rickard gelingen würde, die weite Reise aus Frankreich hierher zu machen, um für seine Tochter da sein zu können.

Sie war zwar mittlerweile dreißig, aber eine Tochter ist und bleibt eine Tochter, und was geschehen war, hatte sie tief erschüttert. Auch wenn sie versuchte, Haltung zu wahren und ihre Sorge nicht zu zeigen.

Auf die Frage, wie Bozena die Beziehung zwischen Catherine und dem wesentlich älteren Künstler sah, vertrat sie lediglich die Ansicht, dass die Liebe sowohl ewig als auch blind sei.

»Wahrlich«, bemerkte Inspektor Lindhagen, als sie allein im Bus waren. »Die Schlinge zieht sich zu.«

*»Don't jump to conclusions«,* warnte Barbarotti ihn.

*»It's all in the family«,* sagte Lindhagen. »Um mit Shakespeare zu sprechen.«

»Hm«, sagte Barbarotti. »Wir werden ja sehen, was wir heute Abend sagen. Es wäre auch ganz interessant, wenn wir die Frage des Motivs im Hinterkopf behalten könnten, während wir unsere intelligenten Fragen stellen. Oder was meinst du?«

»Geld«, sagte Lindhagen, nachdem er einen Augenblick nachgedacht hatte. »Was ist eigentlich mit dem Erbe? Er muss doch einiges besessen haben, oder irre ich mich.«

»Eine *Menge* besessen haben sogar«, meinte Barbarotti.

»Millionen und Abermillionen«, sagte Lindhagen.

Barbarotti nickte.

»Wahrscheinlich. Und keine direkten Erben, du verstehst, was das bedeutet?«

»Ich denke schon«, antwortete Lindhagen. »Er könnte sein Geld allem Möglichen vermacht haben. Der Restaurierung von fünfzehn mittelalterlichen Kirchen in Ungarn, einem Fond für einarmige Bildhauer oder etwas in der Art.«

»Oder Catherine«, ergänzte Barbarotti. »Sie waren nicht verheiratet, wenn sie etwas bekommen soll, ist ein Testament erforderlich. Wenn er keins gemacht hat, bekommen seine Geschwister alles. Obwohl sie keine direkten Nachkommen sind. Ludvig Rute war nach wie vor schwedischer Staatsbürger, es gelten also die schwedischen Gesetze.«

»Ist doch klar, dass es ein Testament gibt«, sagte Lindhagen. »Immerhin hat er seit einem Jahr im Wartezimmer des Todes gesessen. In irgendeiner Anwaltskanzlei an der Côte d'Azur liegt mit Sicherheit ein entsprechendes Dokument.«

»Vermutlich«, sagte Barbarotti. »Und wenn es so ist, dürfte es bald auftauchen. Dass er tot ist, kann kaum jemand entgangen sein.«

»Oder es gibt wesentlich näher ein entsprechendes Papier«, schlug Lindhagen vor. »Das er aus gegebenem Anlass verfasst und auf den Tag vor Heiligabend datiert hat.«

»Aus gegebenem Anlass?«, fragte Barbarotti. »Und was legt der Herr Inspektor in diesen abgenutzten Begriff?«

Aber Lindhagen schüttelte nur den Kopf.

»Das bleibt abzuwarten. Wer ist als Nächstes an der Reihe?«

Barbarotti sah auf seinen Block.

»Leif Rute, mittlerweile der älteste der Brüder.«

»Der Älteste unter den noch lebenden«, stimmte Lindhagen ihm mit einer Grimasse zu, die eventuell ein Lächeln sein sollte. »Harte Bandagen?«

»Aber immer«, sagte Barbarotti.

# 15

Eva Backman fand, dass Louise Rute wirklich unfassbar müde aussah, als sie zur verabredeten Zeit um elf Uhr in dem schlichten Hauptquartier auftauchte.

»Ich habe hundsmiserabel geschlafen«, erklärte sie auch wenig überraschend. »Aber da bin ich vielleicht nicht die Einzige, oder?«

Backman ignorierte die Frage und stellte Inspektor Kavafis vor. Das hatte Barbarotti zwar schon während der Besprechung im Esszimmer getan, aber sie wiederholte es aus Höflichkeit.

»Mir ist klar, dass heute andere Saiten aufgezogen werden«, sagte Louise Rute. »Wenn Sie zwei gegen eine sind.«

»Was meinen Sie damit?«, erkundigte sich Backman.

»Nichts«, antwortete Louise Rute. »Ich bin nur so müde, dass mir alles Mögliche über die Lippen kommt.«

»Wir wollen versuchen, uns an die Fakten zu halten«, sagte Backman. »Das lohnt sich in der Regel.«

»Die Wahrheit ist meine Richtschnur«, erwiderte Louise Rute. »Nur, dass Sie es wissen.«

Himmel hilf, dachte Kommissarin Backman.

Sie hielten sich an die hastig verabredete Taktik und begannen mit ungefähr zehn unschuldigen Fragen, ehe Kavafis den ersten Haken mit Köder auswarf.

»Es soll Heiligabend am Vormittag ein Treffen der Geschwister gegeben haben. Was ist da besprochen worden?«

Louise Rute hob eine Augenbraue und richtete sich auf ihrem Stuhl ein wenig auf.

»Woher wissen Sie das?«

Die Information hatten sie eine Stunde vorher von Gudmar Lagesson erhalten. Er war als Erster im Hauptquartier an der Reihe gewesen und hatte die Information über das Treffen an Heiligabend wiederum von Catherine erhalten – einer Catherine, die sich entschieden hatte, bei ihren alten Freunden zu übernachten, statt in dem Haus zu schlafen, in dem ihr *Lebensgefährte* ermordet worden war.

»Es spielt keine Rolle, woher wir das wissen«, antwortete Backman. »Aber wir würden gerne erfahren, worum es bei dem Treffen ging.«

Louise Rute zögerte, aber nur einen Moment.

»Ludvig hat die Initiative dazu ergriffen. Ich glaube, es war als der Versuch einer Versöhnung gedacht.«

»Einer Versöhnung?«, sagte Kavafis. »Was musste den gesühnt werden?«

Louise unterdrückte ein Gähnen.

»Alles Mögliche.«

»Zum Beispiel?«

»Zum Beispiel, dass wir nie in die Nähe von so etwas wie Geschwisterliebe gekommen sind.«

»Könnten Sie das bitte ein wenig ausführen?«, bat Eva Backman sie.

Louise Rute seufzte und wirkte resigniert.

»Ja, was zum Teufel soll ich sagen? Es war, wie es war in dieser bedauernswerten Familie. Wir hätten genauso gut von Anfang an Fremde sein können. Es hat nie funktioniert, wir mögen uns einfach nicht besonders und haben nichts gemeinsam … na ja, außer, dass wir zufällig dieselben Eltern hatten.«

»Klingt traurig«, sagte Kavafis.

»Ja, natürlich ist das traurig. Aber man hat sich daran gewöhnt. Und dass einem der Kontakt zu seinen Geschwistern nichts bringt, ist ehrlich gesagt kein Weltuntergang. Zumindest nicht, seit man erwachsen geworden ist. Aber wenn man sich dem Ende seines Lebenswegs nähert, empfindet man es vielleicht wieder als schwierig … anscheinend. Deshalb wollte er wohl um Entschuldigung bitten.«

»Wer wollte um Entschuldigung bitten?«

»Ludvig natürlich. »Diese mangelnde Einigkeit … oder wie man es nennen soll … ist irgendwie von oben gekommen. Er ist der Älteste gewesen und hat uns von Anfang an wie den letzten Dreck behandelt. Und mit dem Tod in Reichweite scheint er das eingesehen zu haben. Das dürfte der Sinn bei … nun, bei dieser ganzen Veranstaltung gewesen sein. Dass wir hierherkommen und uns Weihnachten vertragen und ihm vergeben.«

»Aber Sie hatten die Möglichkeit, die Einladung auszuschlagen?«

Louise Rute seufzte wieder.

»Ich nehme es an.«

»Sie nehmen es an?«

»Ja, gut, natürlich hätten wir es lassen können. Aber ich dachte, was soll's, und Linn fand, dass es spannend sein könnte. Wir hatten keine Pläne für Weihnachten, außer allein zu Hause herumzusitzen, außerdem dachten wir, es ginge nur um uns und sie. Wir waren überrascht, dass Leif und Lars auch hier waren … total überrascht.«

»Stimmt, wir haben verstanden, dass die Einladungen ein

wenig zweideutig waren«, sagte Backman. »Was denken Sie, warum dies so war?«

»Keine Ahnung«, sagte Louise Rute und gähnte erneut.

Backman musste daran denken, dass man manchmal nicht nur gähnte, weil man müde war, sondern auch, weil man nervös war. Zumindest hatte sie das irgendwo gelesen; sie machte sich innerlich eine Notiz, um mit Barbarotti darüber zu sprechen.

»Lassen Sie uns auf das Treffen in der Galerie zurückkommen«, sagte sie. »Können Sie mir erzählen, was passiert ist?«

Louise Rute schien nachzudenken.

»Es ist beschissen gelaufen«, sagte sie schließlich. »Verzeihen Sie meine Ausdrucksweise.«

»Erzählen Sie.«

»Da gibt es nichts zu erzählen. Ludvig fing damit an zu bedauern, dass die Beziehung zwischen uns Geschwistern all die Jahre so schlecht gewesen sei, und deutete an … wohlgemerkt, *deutete an* … dass ein Teil der Schuld dafür bei ihm gelegen habe … wohlgemerkt, *ein Teil*. Das klang durch und durch verlogen, und ich glaube, das haben wir anderen sofort gemerkt. Er behauptete, dass er um Verzeihung bitten und sich mit uns aussöhnen wolle, aber im Grunde wollte er nur hören, dass er nie etwas falsch gemacht hat und ein richtiges Prachtexemplar von einem großen Bruder gewesen ist. Tja, und dann haben wir angefangen, uns über eine Menge alten Mist zu streiten, sowohl mit Ludvig als auch untereinander … ich habe wirklich keine Lust, in die Details zu gehen. Es hatte jedenfalls nicht das Geringste damit zu tun, dass er gestorben ist.«

»Woher wollen Sie das wissen?«

Louise Rute zuckte mit den Schultern.

»Weil ich es weiß.«

»Das ist eine richtig miese Antwort«, schaltete sich Inspektor Kavafis ein. »Ich denke, das ist Ihnen selbst klar.«

»Mag sein«, sagte Louise Rute. »Es gibt keine guten Antworten über dieses Scheißtreffen.«

»Darum geht es bei der Frage nicht«, erwiderte Kavafis. »Sie haben behauptet, Sie wüssten, dass das, was bei dem Treffen in der Galerie passiert ist, nichts mit dem Mord an Ihrem Bruder zu tun hat.«

Louise schwieg und stierte den Inspektor an.

»Und die Frage lautet entsprechend, woher Sie das wissen wollen«, präzisierte Kavafis. »Möchten Sie uns eine bessere Antwort geben?«

»Worauf wollen Sie hinaus?«, fragte Louise Rute gereizt. »Glauben Sie, dass einer von uns ihn erschlagen hat? Ist es das, was die Polizei sich einbildet?«

»Wir bilden uns bis auf Weiteres gar nichts ein«, erklärte Eva Backman geduldig. »Aber Ihr Bruder ist ermordet worden, in diesem Fall ermitteln wir. Dann glauben Sie also an die Geschichte von dem Kunstdieb?«

»Ich glaube gar nichts«, sagte Louise Rute. »Hören Sie. Ludvig war sterbenskrank und in eine Art religiöse Krise geraten. Er brauchte unsere Vergebung, um eine Eintrittskarte für den Himmel zu bekommen … was weiß ich, aber darauf lief das Ganze hinaus. Deshalb sind wir hier, aber die Sache ist gründlich schiefgegangen … wie ich eben schon gesagt habe, so einfach kann man sich keine Vergebung für alte Sünden erkaufen. Vielleicht von unserem Herrgott, aber nicht von seinen Geschwistern, die man während deren ganzer Kindheit unterdrückt hat. Aber von uns hat ihn keiner erschlagen. Mein Gott, er wäre doch ohnehin bald gestorben, welchen Grund sollte es denn dafür gegeben haben?«

Gute Frage, dachte Backman und machte sich innerlich eine weitere Notiz, denn vielleicht mussten sie die Antwort auf genau diese Frage finden. Sie warf Kavafis einen kurzen Blick zu, der ihren Wink sofort verstand.

»Geld«, sagte er. »Haben Sie eine Vorstellung davon, wie groß das Vermögen Ihres Bruders ist?«

»Nicht die geringste«, antwortete Louise Rute. »Warum fragen Sie?«

»Weil es vermutlich ein Erbe zu verteilen gibt.«

Louise Rute schwieg.

»Und es keine direkten Erben gibt.«

»Aha?«, sagte Louise Rute und wand sich auf ihrem Platz. »Sie meinen also, dass wir ihn erschlagen haben, um an sein Geld heranzukommen? Statt ein paar Wochen auf einen natürlichen Tod zu warten?«

Ein leichter Punkt für sie, dachte Eva Backman und gab Kavafis ein Zeichen weiterzumachen. Der Inspektor blätterte in seinem Notizblock und simulierte einen Augenblick des Nachdenkens.

»Haben Sie bei dem Treffen über das Erbe gesprochen?«

»Mit keinem Wort.«

»Haben Sie und Ihre Geschwister irgendwann über das Erbe gesprochen, seit Sie hier sind?«

»Nein.«

»War der Gedanke an das Erbe für Sie ein Grund, überhaupt hierherzukommen?«

»Nein.«

»Haben Sie und Ihre Tochter über das Erbe gesprochen, als Sie hier gewesen sind oder in der letzten Zeit?«

»Nein.«

Drei einfache Verneinungen, hielt Backman fest. Waren das auch drei einfache Lügen? Gab es eine Abmachung zwischen den Geschwistern? Eine Abmachung dazu, wie sie bestimmte vorhersehbare Fragen der Polizei beantworten würden? Egal, wie man es drehte und wendete, sie hatten genügend Zeit gehabt, Strategien zu entwickeln, ziemlich viel Zeit.

Aber nicht endlos viel.

»Wie kommt es, dass keiner von Ihnen dieses Treffen in der Galerie erwähnt hat, als wir gestern mit Ihnen gesprochen haben?«, fragte sie.

»Darauf hatten wir uns geeinigt«, kam die Antwort wie aus der Pistole geschossen.

»Und warum?«

»Weil es unangenehm gewesen ist und es darüber nichts zu sagen gibt. Es hatte keine Bedeutung für das, was mit Ludvig passiert ist.«

»Ja, ich höre, dass Sie das behaupten. Aber ich verstehe nicht, wie Sie sich da so sicher sein können.«

»Was die Polizei versteht und nicht versteht, ist nicht mein Problem«, entgegnete Louise und gähnte zum Gott weiß wievielten Mal. War sie nur müde und gleichgültig, oder war es ein Zeichen für bloß liegende Nerven?

Jedenfalls konnte es nicht schaden, ihren Beruf nicht zu vergessen, wenn man ihre Aussagen und ihr Auftreten bewerten wollte.

Schauspielerin. Mit Sicherheit arbeitslos, wenn man bedachte, wie es in diesem kulturell toten Pandemiejahr ausgesehen hatte.

Aber ihre schauspielerischen Fähigkeiten besaß sie natürlich noch.

Sie machten eine Zeitlang weiter. Stellten eine Reihe neuer Fragen und wiederholten einige alte in leicht abgewandelter Form, aber Louise Rute blieb bei ihrer Linie. Sie und ihre

Tochter waren auf Gedeih und Verderb nach Sillingbo gereist. Sie hatten gewusst, dass Ludvig sterbenskrank war, aber keine Vorstellung davon gehabt, was sie erwarten würde. Das Treffen in der Galerie war unschön verlaufen, und die Geschwister hatten sich darauf geeinigt, es gegenüber der Polizei nicht zu erwähnen, da es ohne jede Bedeutung für die Ermittlungen war.

Wann hatten sie sich darauf geeinigt?

Am Morgen, nachdem man Ludvig tot aufgefunden hatte.

Wer hatte das angeregt?

Niemand Bestimmtes.

War ihnen nicht klar, dass es ohnehin herauskommen würde?

Vielleicht, aber das spielte auch keine Rolle.

Das Erbe? Das mögliche Testament?

Dazu gab es nichts zu sagen. Es hatte nie auf der Tagesordnung gestanden.

»Was das Erbe angeht, lügt sie«, erklärte Inspektor Kavafis, als Louise Rute sie verlassen hatte. »Ich sehe es ihr an, wenn wir wollen, können wir sie an der Stelle knacken.«

»Gut möglich«, sagte Eva Backman. »Aber lass uns erst mal schauen, was die anderen zu sagen haben. Eilig entstandene Abmachungen haben die Tendenz, früher oder später nicht mehr zu gelten. Außerdem sitzen ja nicht alle sechs im selben Boot, wenn du verstehst, was ich meine?«

»Du meinst, dass wir drei Geschwister unseres Opfers haben … und drei andere?«

»Exakt«, sagte Backman. »Drei Frauen, die nicht die gleichen Blutsbande haben wie die Schwester und die beiden Brüder. Eine Schwägerin, eine Nichte und eine … wie war das noch … eine Lebensgefährtin. Was denkst du, wer von ihnen wird die meisten und besten Antworten auf unsere Fragen haben?«

Kavafis dachte zwei Sekunden nach.

»Die Lebensgefährtin natürlich … Catherine. Schließlich muss Ludvig mit ihr über das Treffen gesprochen haben. Aber …«

»Aber?«

»Das muss ja auch den Geschwistern bewusst sein. Wenn sie in einem Punkt lügen, laufen sie offensichtlich Gefahr, dass Catherine sie entlarvt. Sie ist gewissermaßen eine Verlängerung von Ludvig, und das dürfte ihnen bewusst sein.«

»Vollkommen richtig«, sagte Eva Backman und sah auf die Uhr. »Das macht das Bild komplizierter. So oder so werden wir nach dem Mittagessen hören, was sie uns zu sagen hat.«

»Interessant«, sagte Inspektor Kavafis, und man sah ihm an, dass er es wirklich meinte.

# 16

Der Nachmittag des zweiten Weihnachtstages verlief nach Plan.

Zumindest oberflächlich betrachtet und wenn man nicht allzu große Ansprüche an den Plan stellte. Die Vernehmungen wurden wie vorgesehen im Hauptquartier und im Bus durchgeführt, die Polizeianwärter Kornuszewski und Brännström durchsuchten das Dorf nach möglichen Zeugen, fanden aber nur ein verschrecktes Paar aus dem norwegischen Halden. Die beiden hatten an Heiligabend die Grenze überschritten, obwohl es verboten war, und saßen nun in ihrem Ferienhaus und bereuten es. Beobachtungen, die über das Wetter und das Polizeiaufgebot hinausgingen, hatten sie nicht gemacht, weil sie kaum einen Fuß vor die Tür gesetzt hatten. Sie hofften, dass ihr Streich keine diplomatische Krise zwischen den Nachbarländern auslösen würde.

War es nicht so, dass die Pest im vierzehnten Jahrhundert aus Norwegen nach Schweden kam?, dachte Barbarotti, als er über die Grenzüberschreitung informiert wurde, beschloss aber, dass Paar aus Halden dennoch in Ruhe zu lassen, zumindest vorerst.

Gegen drei tauchte der erste Journalist in Begleitung eines Fotografen auf. Die beiden wurden gebührend empfangen, freundlich, aber bestimmt, durften fünfzig Worte mit Barbarotti wechseln, machten hundert Bilder und fuhren wieder nach Hause. Die Prozedur wiederholte sich zwei Stunden später mit dem Paar eines anderen Boulevardblatts, aber keiner schien besonders traurig zu sein, Sillingbo und die laufenden Mordermittlungen ihrem jeweiligen Schicksal zu überlassen. Schließlich war noch Weihnachten, und man muss nicht immer am richtigen Ort sein, um zu schildern und zu vermitteln, was sich in der Welt abspielt. Doch, in der Welt vielleicht schon, aber nicht unbedingt in Sillingbo.

Gegen achtzehn Uhr, als die Zeugenvernehmungen abgeschlossen waren, führte Barbarotti ein kürzeres Telefonat mit Staatsanwältin Ebba Bengtsson-Ståhle. Da es keinen Tatverdächtigen gab, weder einen dringenden noch einen weniger dringenden, wurde beschlossen, dass das Ermittlungsverfahren weiter von der Polizei geleitet werden sollte. Genauer gesagt von Kommissar Barbarotti, das hatte auch früher schon gut funktioniert und war bereits mit Monsieur Chef aka Stig Stigman abgesprochen worden.

Um neunzehn Uhr versammelten sich alle Beteiligten (ausgenommen das Ehepaar Lagesson, die norwegischen Grenzüberschreiter sowie Pettersson und Persson, die noch immer YouTube-Clips schauten und die Wärme im Bus regulierten) zu einem Informationstreffen im Esszimmer. Eva Backman notierte, dass sich die Kräfteverhältnisse verschoben hatten, wozu eine solche Beobachtung auch immer gut sein sollte. Jedenfalls standen nun acht Polizisten (zwei Kommissare, zwei Inspektoren, vier Polizeianwärter) lediglich sechs in das Drama verwickelten Personen (drei Geschwister, drei weitere Anwesende) gegenüber.

*Drama*?, dachte sie und fragte sich, warum ihr gerade dieses Wort in den Sinn gekommen war? Sie sahen sich hier doch kein Theaterstück an, auch wenn der Rahmen zweifellos theatrale Qualitäten hatte. Mehr als zwanzig Jahre waren vergangen, seit sie in London *The Mousetrap* gesehen hatte, aber es fiel ihr nicht schwer, die Ähnlichkeiten zu erkennen.

Barbarotti teilte den Anwesenden kurz mit, dass die Ermittlungen planmäßig weitergingen und die Zeugenvernehmungen vorläufig abgeschlossen seien (treffende Formulierung: *vorläufig abgeschlossen*), aber alle damit rechnen müssten, erneut befragt zu werden. Man warte noch auf die Ergebnisse aus dem Nationalen Forensischen Institut zu sichergestellten und dorthin geschickten Indizien, aber bisher gebe es für den Mord an Ludvig Rute keinen Tatverdächtigen.

Es stehe somit jedem von ihnen frei, die alte Schule von Sillingbo zu verlassen, und damit übergab er das Wort an Catherine Fryxell, für einige praktische Informationen.

Catherine rückte ihre Baskenmütze gerade, heute schwarz, und erklärte – mit bewundernswerter Stringenz, fand Backman –, dass es um zwanzig Uhr Abendessen und um neun Uhr am folgenden Morgen Frühstück gebe, die Küche nach diesen Mahlzeiten jedoch geschlossen bleibe. Sie fügte hinzu, es sei nett und interessant gewesen, sie alle zu treffen, aber das Furchtbare, das Ludvig zugestoßen sei, habe ihr natürlich jede Freude genommen.

Sie fügte *nicht* hinzu, dass sie auch in der kommenden Nacht bei Gudmar und Bozena Lagesson schlafen würde, wohl aber, dass die Kommissare Barbarotti und Backman sowie die Inspektoren Lindhagen und Kavafis noch eine Zeitlang vor Ort sein würden.

»Ist doch toll, dass wir Abendessen und Frühstück bekommen«, kommentierte Lindhagen, als die Besprechung vorbei war. »Und im Bus übernachten! Der reinste Urlaub, schnarchst du, Kavafis?«

»Nur, wenn ich schlafe«, antwortete Kavafis.

»Wir haben noch ein paar Stunden für Überlegungen, ehe es Zeit wird zu schnarchen«, stellte Barbarotti klar. »Vergesst das nicht.«

»Ja, ja«, sagte Lindhagen und seufzte. »Aber vorher ein französisches Abendessen im Esszimmer, alles hat seine Zeit. Und zumindest ich analysiere besser, wenn ich mir ein oder zwei Gläser Wein gegönnt habe.«

»Soll ich darüber mit Stigman sprechen oder lieber nicht?«, erkundigte sich Barbarotti und sah auf die Uhr. »Er ruft mich in fünf Minuten an.«

»Was Stigman nicht weiß, macht Stigman nicht heiß«, entgegnete Lindhagen.

Noch ein Tag an diesem Ort, und das Ganze läuft völlig aus dem Ruder, dachte Eva Backman.

Das französische Abendessen begann französisch mit einer Zwiebelsuppe, ging anschließend jedoch mit einem Meeresfrüchterisotto italienisch weiter und bog mit einem schwedischen Moltebeereneis auf die Zielgerade. In der Küche arbeiteten Catherine und Linn, und da an diesem Abend des zweiten Weihnachtstages auch vier Kriminalpolizisten im Esszimmer saßen – wegen Corona und anderem an einem separaten Tisch –, gab zudem der frühere Gastronom Lars Rute ein Gastspiel an den Kochtöpfen.

Wegen der herrschenden Umstände kam es zu keiner wirklichen Tischkonversation, und Barbarotti dachte, wenn der verstorbene Künstler Ludvig Rute bereits in seinem Himmel angekommen wäre und auf die Gesellschaft herabblicken könnte, hätte er die bedrückte Stimmung und das Schweigen vielleicht als ein Zeichen der Trauer und des Verlusts wahrgenommen, nachdem er sie alle so unerwartet und brutal verlassen hatte.

Was wohl kaum mit der Wirklichkeit übereinstimmte. Zum einen glaubte Barbarotti nicht, dass das Mordopfer auf seiner Himmelfahrt bereits so weit gekommen war, zum anderen schätzte er, dass es für das schweigende Kauen und das vorsichtige Nippen an Weingläsern ganz andere Gründe gab als den Respekt vor einem verlorenen Verwandten. Nach den neuerlichen Vernehmungen konnte es niemandem entgangen sein, dass die Polizei erhebliche Zweifel an dem vermeintlichen Gemäldedieb hegte. Die Lippen zu versiegeln, war deshalb sicherlich die beste Taktik, ganz unabhängig davon, was sich in der Weihnachtszeit tatsächlich in der Galerie abgespielt hatte.

Selbst Inspektor Lindhagen hielt den Mund, was äußerst ungewöhnlich war. Barbarotti dachte, auch wenn das Essen köstlich schmeckt, wird der Gesamteindruck von der unnatürlichen Stille geschmälert. Lieber eine fröhliche Bratwurst als einen depressiven Kaisergranat.

Als die vier Ermittler sich etwas später nach der Mahlzeit zum Analysieren und zu Überlegungen in Petterssons und Perssons Polizeibus zurückgezogen hatten, war Lindhagen dagegen umso gesprächiger.

»Wenn wir nicht gerade mit einem oder mehreren Mördern diniert haben, bin ich ein Strauß«, begann er. »Ein fleischiges Tier mit einem bemerkenswert kleinen Gehirn im Verhältnis zum Körpergewicht, falls das nicht jedem bekannt sein sollte.«

Barbarotti nickte sachkundig, kam aber zu keinem Kommentar, weil Lindhagen schon weitersprach.

»Die Frage lautet eigentlich nur, *wer*, Einzahl oder Mehrzahl, von ihnen darin verwickelt ist. *Sleeping with the enemy* ist noch untertrieben. Sagt mir jetzt nicht, dass ich dafür keine

Belege habe, denn das ist mir verdammt bewusst. Die Beweislage ist so dünn wie ein Glas Salzwasser im Toten Meer. Danke für eure Geduld und weiterhin frohe Weihnachten.«

»Danke gleichfalls«, sagte Barbarotti. »Pettersson kommt in fünf Minuten mit einer Kanne Kaffee. Es ist zehn Uhr, aber wir müssen die Lage … und die Vernehmungen besprechen. Person für Person, oder was meint ihr?«

»Wir haben nicht genug Zeit, um uns die Vernehmungen gemeinsam anzuhören«, sagte Eva Backman.

»Schön«, sagte Lindhagen.

»Mag sein. Jedenfalls müssen heute Abend Zusammenfassungen reichen. Kavafis und ich möchten gern mit Catherine anfangen, sie hat ja sozusagen eine ganz eigene Position in diesem Haufen und hat das Opfer besser gekannt als jeder andere. Zumindest so, wie er in letzter Zeit war. Was meint ihr?«

»Schieß los«, sagte Lindhagen. »Ich bin echt gespannt auf die Frage des Motivs und auf *Cui bono* oder wie das heißt …?«

»Wem zum Vorteil?«, übersetzte Kavafis. »Oder in diesem Fall: Wer hat etwas davon, dass Ludvig Rute tot ist?«

»Exakt«, sagte Barbarotti. »Eine wirklich wichtige Frage. Aber lasst uns hören, was die Lebensgefährtin zu sagen hat.«

»Danke«, sagte Eva Backman. »Erstens scheint Catherine der gleichen Auffassung zu sein wie du, Lindhagen. Sie gibt nicht offen zu, dass sie es so sieht, aber es wird trotzdem deutlich. Sie hat den Verdacht, dass einer der anderen Ludvig erschlagen hat, und sie hat Angst. Gleichzeitig ist sie darauf bedacht, nicht zu zeigen, was sie in ihrem tiefsten Inneren glaubt und fühlt. Sie ist gleichzeitig stark und zerbrechlich, aber leider kann nicht einmal sie erklären, worum es bei diesen Tagen in Sillingbo ging. Warum Ludvig seine Geschwister unbedingt zusammenbringen wollte.«

»Merkwürdig«, warf Lindhagen ein. »Verdammt merkwürdig sogar.«

»Zweifellos«, stimmte Eva Backman ihm zu. »Ludvig Rute war im letzten halben Jahr verschlossen und schwierig, sagt Catherine. Er hat bis zuletzt mit seinem Gott und seinem Glauben gerungen und hat sie an seinem Kampf nicht teilhaben lassen. Natürlich hatten die beiden eine sehr spezielle Beziehung, er war immerhin dreißig Jahre älter als sie, und vielleicht wären sie nicht zusammengeblieben, wenn er mit dem Leben davongekommen wäre ... aber das ist meine persönliche Einschätzung. Catherine redet nicht eine Sekunde schlecht über ihn, gibt aber zu, dass die letzte Zeit kompliziert war und sie sich ausgeschlossen fühlte.«

»Sie wollte mit ihm leiden, durfte es aber nicht«, ergänzte Kavafis. »So hat sie sich wörtlich ausgedrückt, und sie hatte offenbar schon begonnen, seinen Tod zu betrauern, noch ehe er eingetreten war. Aber zu der Frage, welchen Sinn das Treffen der Geschwister hatte, kann sie also nichts sagen. Außer, dass es sich eventuell um einen Versuch gehandelt hat, sich zu versöhnen.«

»Wir haben die Frage des Erbes angesprochen«, fuhr Eva Backman fort. »Ob sie glaube, dass es bei der Zusammenkunft in der Galerie darum gegangen sein könnte. Sie wusste es nicht und wollte nicht raten, aber dass in dem Raum etwas gründlich schiefgegangen sein muss, ist ihrer Meinung nach völlig klar. Die Frage ist nur, was.«

»Und diese verdammten Geschwister sind einfach nicht zu fassen«, schnaubte Lindhagen. »Dieses Gelaber von einer Versöhnung, die schiefgegangen ist, glaubt doch kein Mensch. Ich gehe jede Wette ein, dass es sehr wohl um das Erbe gegangen ist. Vielleicht hat er ihnen schlicht und ergreifend erzählt, dass er sie enterbt und sein ganzes Geld einem Kinderheim in Guatemala vermacht.«

»Aber in dem Fall, dass er vorhatte, es zu tun«, wandte Kavafis ein. »Denn wenn es bereits geregelt gewesen wäre, war ja nichts damit gewonnen, ihn zu töten. Oder?«

»Wir dürfen nicht vergessen, dass man jemanden auch aus blinder Wut heraus erschlagen kann, vergesst das nicht«, sagte Lindhagen. »Wenn man es recht bedenkt, gehört das wohl zu den häufigsten Motiven überhaupt.«

»Mag sein«, sagte Eva Backman. »Aber in diesem Fall wohl kaum. Wenn es bei dem Treffen um Geld gegangen ist, dann um das, wovon Kavafis gesprochen hat. Ludvig Rute wurde getötet, weil man ihn daran hindern wollte ... nun, sie zu enterben.«

»Wenn es um das Erbe ging, müssen wir wohl ein Testament abwarten«, sagte Barbarotti nach einigen Sekunden Stille. »Wenn es eins gibt, wird es in den nächsten Tagen auftauchen. Unabhängig davon, ob sich das Dokument in Frankreich oder Schweden befindet. Aber ich bezweifle, dass die Frage der Erbschaft das entscheidende Detail ist. Die Geschwister mögen gekommen sein, weil sie Geld gewittert haben, aber das bedeutet noch lange nicht, dass das auch Ludvigs Anliegen war.«

»In Ordnung, aber was war dann sein Anliegen?«, protestierte Lindhagen. »Nicht einmal Catherine kann diese Frage beantworten, was in meinen Augen ... oder Ohren ziemlich seltsam ist. Wusste er es überhaupt selbst? Religiöse Grübeleien können einen irre machen, es wäre nicht das erste Mal.«

»Hm«, sagte Barbarotti, der selbst ein völlig anderes, jedoch nicht unkompliziertes Verhältnis zu unserem Herrgott hatte. »Es kann dennoch ein Wahnsinn mit Methode sein, das sollten wir im Kopf behalten.«

Wieder wurde es eine ganze Weile still, so als würde jeder in dem Kriminalquartett die Gelegenheit nutzen, seinen eigenen Wahnsinn zu durchdenken. Oder regte sich etwas anderes in den erfahrenen Ermittlerschädeln?

»Entschuldigt, eine ganz andere Frage«, sagte Kavafis schließlich. »Wenn wir einen unbekannten Täter ausschließen wollen ... ist in der Galerie irgendetwas gesichert worden, was darauf hindeutet, dass jemand von außen eingedrungen ist? Ich meine, es dürfte wenig wahrscheinlich sein, dass ein Einbrecher sich die Schuhe auszieht, bevor er das Haus betritt.«

»Ich habe BoW gefragt«, antwortete Barbarotti, »aber er konnte mir dazu nichts Genaues sagen. Es gab auf jeden Fall keine deutlichen Abdrücke. Er hat versprochen, sich zu melden, sobald die Analyse der Proben vorliegt, er hat also auch schon daran gedacht. Aber zurück zu den Geschwistern. Vielleicht können wir Catherine fürs Erste außer Acht lassen und uns mit den Brüdern beschäftigen. Nein, ach was, zuerst die Damen ...«

Backman und Kavafis berichteten kurz über die Vernehmung von Louise Rute. Beschrieben ihre leichte Arroganz und vehemente Distanzierung von dem Gedanken, dass eines der Geschwister in die Sache verwickelt sein könnte. Sowie über ihre Behauptung, dass das Treffen in der Galerie unschön verlaufen war, aber absolut nichts mit Ludvigs Tod zu tun hatte.

»Da ist was faul«, sagte Lindhagen.

»Sie hat während der Vernehmung mindestens zehnmal gegähnt«, ergänzte Backman.

»Was hat das mit der Sache zu tun?«, erkundigte sich Lindhagen.

»Die Nerven«, sagte Kavafis.

»Aha?«, sagte Lindhagen. »Also ich gähne, weil ich müde bin. Oder gelangweilt.«

»Wenn man unschuldig ist, kann es einem schnell passieren, dass man sich bei einer Vernehmung langweilt«, meinte Barbarotti und schaffte es, selbst ein Gähnen zu unterdrücken. »Noch etwas über Louise Rute?«

»Das soll reichen«, antwortete Eva Backman. »Ich finde, wir sollten uns heute Abend auf die weiteren Geschwister konzentrieren. Es ist schon elf. Die Tochter und die Ehefrau können bis morgen warten … und Frau Lagesson. Gehen wir zu den Brüdern über, ganz kurz nur.«

Barbarotti nickte.

»Also gut, Leif und Lars Rute … tja, hier im Bus ist eigentlich nichts Sensationelles herausgekommen, oder was meinst du, Meisterdetektiv Lindhagen?«

»Danke der Nachfrage«, antwortete Lindhagen. »Nein, nichts, was der Aussage ihrer Schwester widerspricht, wenn ich es richtig sehe. Beide Brüder behaupten, dass das Treffen an Heiligabend unschön war, es kam nie zu der Versöhnung, die Ludvig möglicherweise angestrebt hatte. Aber auch hier: keine Details, sie redeten über alten Ärger und beschimpften sich gegenseitig, aber nichts davon hatte auch nur das Geringste mit dem zu tun, was sich fünfzehn Stunden später am selben Ort abgespielt hat … oder wie viel Zeit dazwischen gelegen hat. Ja, das ist es, was diese Witzbolde behauptet haben. Ich habe das Gefühl, dass sie sich abgesprochen haben, erst recht, wenn man hinzufügt, was ihr Schwesterherz zu sagen hatte.«

»Wir sollten das im Kopf behalten«, sagte Barbarotti. »Für die Erbfrage gilt im Übrigen das Gleiche. Keiner der Brüder Rute hatte auch nur einen Gedanken an Geld verschwendet, als sie sich hierher begaben. Ludvig war wahrscheinlich sterbenskrank, sie fühlten sich verpflichtet zu kommen … mehr oder weniger und trotz allem, was gewesen war. Aber ich bin der gleichen Meinung wie Eva, wir hören uns die Aufnahmen morgen in aller Ruhe an. Heute Abend werden wir keine Lösungen finden.«

»Eine letzte Frage«, sagte Lindhagen. »Auch wenn wir mit der Tochter und der Ehefrau noch warten, können wir doch etwas über sie sagen. Wir hatten ja Linn im Bus, und sie wirkte so ratlos wie erwartet. Wie war es mit Ehefrau Ellen? Stach da etwas heraus?«

Eva Backman schüttelte den Kopf.

»Nein, nichts … wenn es eine Form von Abmachung gibt, gilt sie vielleicht nur für die drei Geschwister. Aber das ist nur eine Vermutung, denn es kann natürlich wirklich so sein, dass … nun, dass diese Menschen alle lügen. Was ist, wenn hier ein halbes Dutzend sitzt und sich insgeheim ins Fäustchen lacht?«

»Wunderbar, dass du uns diesen Gedanken mitgibst«, sagte Lindhagen und zog eine Grimasse. »So haben wir etwas, was uns diese Nacht viel Freude bereiten wird.«

»Gern geschehen«, sagte Eva Backman und stand auf. »Schlaft gut, träumt was Schönes.«

# 17

Um halb zwölf am siebenundzwanzigsten Dezember, der in diesem Jahr auf einen Sonntag fiel, verließen die letzten beiden Rutes – Louise mit ihrer Tochter Linn – die alte Schule von Sillingbo. Die Brüder Leif und Lars (einschließlich Ehefrau Ellen) waren bereits eine Stunde zuvor aufgebrochen, gerade Leif hatte ja eine lange Fahrt vor sich, und sämtliche Abschiedszeremonien waren auf ein Minimum reduziert worden. Angesichts der herrschenden Umstände und dessen, was vorgefallen war.

Auf der Treppe standen noch Catherine Fryxell, Gudmar Lagesson, die Kommissare Backman und Barbarotti sowie Inspektor Kavafis. Leichter Schneefall hatte soeben eingesetzt, und Barbarotti erkannte, wenn irgendwo im Wald ein blutbeflecktes Eisenrohr lag, würde es dort noch länger unangetastet und unentdeckt liegen bleiben. Aber was sich im Schnee verbirgt, kommt bekanntlich im Schneematsch ans Licht.

Eine fromme Hoffnung, dachte er und wandte sich an Inspektor Kavafis. »Du wolltest dir das Zimmer anschauen. Jetzt haben wir die Gelegenheit dazu.«

Erik Kavafis' große Ambitionen passten gut zu seiner Kompetenz. Es war eigentlich nur eine Frage der Zeit, bis er die Polizei von Kymlinge verlassen und in der Hierarchie aufsteigen würde. In Göteborg oder Stockholm vermutlich.

Oder warum nicht bei Interpol? Aber er war wie immer auf die Gegenwart und die laufenden Ermittlungen konzentriert.

Barbarotti hegte den Verdacht, dass Kavafis seinen Kollegen nicht hundertprozentig vertraute und aus diesem Grund darum gebeten hatte, das Zimmer inspizieren zu dürfen, das Ludvig Rute in dem alten Schulhaus bis zu seinem Tod am frühen Morgen des ersten Weihnachtstages bewohnt hatte. Backman und Barbarotti waren Weihnachten mit Cheftechniker Bo W. Nilsson vor Ort gewesen, der dort ohne großen Enthusiasmus einige Proben gesichert hatte.

Was sie festgestellt hatten, war mehr oder weniger das Gleiche, was Kavafis jetzt feststellte.

»Spartanisch. Und es ist nichts angerührt worden, seit er es verlassen hat?«

»Abgeschlossen und unangetastet«, bestätigte Barbarotti. »Wir wollten seinen Computer und sein Handy beschlagnahmen, aber er besaß weder das eine noch das andere.«

»Unzeitgemäß«, sagte Kavafis.

»Sehr«, stimmte Barbarotti ihm zu. »Aber manche Leute werden so, wenn sie sich dem Tod nähern. Das weniger Wichtige wird noch weniger wichtig, das liegt in der Natur der Sache.«

»Ich verstehe«, versicherte Kavafis. »Kein Tagebuch oder irgendwelche Notizen?«

Barbarotti schüttelte den Kopf.

»Nein. Catherine sagt, dass er sogar aufgehört hat zu malen. Er sprach mit Gott, und dafür brauchte er keine Notizen. Bevor sie beschlossen hatten, hierher zu fahren, sprach er davon, ins Kloster zu gehen. Das Asketische scheint eine gewisse Anziehungskraft auf ihn ausgeübt zu haben ... Wobei man vielleicht von einem mit Wein und Gänseleber vollgepackten Jaguar absehen muss.«

»Interessant«, sagte Kavafis, und man sah ihm an, dass er das wirklich fand. Als … ja, als würde der Weg, einen Täter zu finden, in den Grübeleien des Opfers vor seinem Tod beginnen.

Und vielleicht stimmt das ja auch, dachte Barbarotti. Sollten wir dort suchen? Aber *wie*? Wie geht man vor, um in die tiefsten Beweggründe eines sterbenden und später toten Künstlers einzudringen?

Bizarre Frage. Ebenso gut konnte man sich wohl dafür entscheiden, dass dieses Gespenst Hagsjö das Eisenrohr in Händen hielt … oder was immer Ludvig Rute den Garaus gemacht hatte.

»Reicht es?«, fragte er, und Kavafis nickte.

»Eigenartig«, gab der ambitionierte Inspektor mit einer Falte in der Stirn zu. »Eine wirklich eigenartige Geschichte ist das. Findet der Herr Kommissar das nicht auch?«

Er hatte sich noch nicht ganz die Unart abgewöhnt, Barbarottis Dienstbezeichnung zu benutzen, und Barbarotti hatte aufgegeben, es ihm abzugewöhnen.

»Allerdings«, erwiderte er. »Sollten wir den Fall vor Neujahr lösen, würde mich das sehr überraschen.«

»Diese Geschichte über Ester Hagsjö und ihre Mutter, die können wir doch sicher zu den Akten legen, oder?«

»Ja, lass uns das tun«, sagte Barbarotti. »Zumindest vorerst.«

Merkwürdig, dass er ausgerechnet danach gefragt hat, dachte er.

Während Barbarotti und Kavafis Ludvig Rutes Zimmer in der oberen Etage inspizierten, wechselte Eva Backman einige letzte Worte mit Catherine. Sie hatte ihre Sachen gepackt und stand im Begriff, zu Gudmar Lagesson zu ziehen. Sie wollte noch ein paar Tage in Sillingbo bleiben und auf ihren Vater warten, der anscheinend eine Flugverbindung von Nizza nach Göteborg aufgetan hatte und am nächsten Tag ankommen sollte. Vermutlich würden sie noch einige Tage bleiben, ehe sie sich in den Jaguar setzen und die komplizierte Rückreise durch halb Europa antreten würden.

»Es kann durchaus sein, dass wir noch einmal mit Ihnen sprechen möchten«, erklärte Eva Backman. »Bevor Sie zurückfahren. Mir ist bewusst, dass es eine aufreibende Zeit für Sie gewesen ist, aber wir wollen diese traurige Geschichte ja zu einem Ende führen. Sie kannten Ludvig letzten Endes am besten, und es kommt vor, dass einem wichtige Dinge erst einfallen, wenn der Schock nachlässt ... verstehen Sie, was ich meine?«

Catherine nickte.

»Ja, ja, natürlich ... wir werden sicher noch ein wenig bleiben, Vater und ich. Sie haben ja meine Nummer.«

»Ich rufe Sie so oder so übermorgen an«, versprach Eva Backman. »Ich hoffe, Sie kommen ein wenig zur Ruhe nach all dem, was gewesen ist ... und wenn Ihnen etwas einfällt, das wir wissen sollten, möchte ich, dass Sie sich bei uns melden.«

»Selbstverständlich«, erwiderte Catherine Fryxell, rückte ihre weiterhin schwarze Baskenmütze gerade und versuchte ein missglücktes Lächeln.

Eine Stunde später waren auch die Kommissare auf dem Heimweg. Es schneite mehr oder weniger genauso wie zwei Tage zuvor, als sie durch das Schneetreiben in die andere Richtung gefahren waren. Barbarotti saß am Steuer, Eva Backman auf dem Beifahrersitz. Es wurde nicht viel gesagt, weil sie sich die Aufnahmen der gestrigen Vernehmungen anhörten.

Erst Ellen Rute Fredin, danach Linn Rute.

Die Erstgenannte war sehr gesprächig, die Zweite wesentlich zurückhaltender. Barbarotti stellte fest, dass ihm das Zurückhaltende lieber war. Er entsann sich einer alten Zeile aus einem Philosophiebuch im Gymnasium. *Wovon man nicht sprechen kann, darüber muss man schweigen.* Und fragte sich, wie man am besten eine Lüge kaschierte: mit Wortkaskaden oder mit Schweigen?

Doch das war vermutlich eine unberechtigte Frage. Es gab keinen Grund zu glauben, dass eine der beiden Zeuginnen eine Lüge zu verbergen hatte. Keinen *offensichtlichen* Grund, ergänzte er als Vorbehalt. Der Schlüssel zu diesem Fall lag bei dem Geschwistertrio; obwohl es nicht besonders viele konkrete Hinweise gab, konnte man das zumindest voraussetzen, oder?

Andererseits bestand natürlich die Möglichkeit, dass eine Tochter oder Ehefrau das eine oder andere aufschnappte … oder es schon getan hatte, und wenn das der Fall war, gab es vielleicht Gründe, Ellen Rute Fredin und Linn Rute nicht so leichtfertig abzutun. Oder?

Ich argumentiere wie eine Wetterfahne, dachte Barbarotti düster. Drehe mich beim kleinsten Windhauch hierhin und dorthin.

»Glaubst du, eine dieser Frauen hat etwas beizutragen?«, fragte er, als nur noch wenige Minuten von Vernehmung Nummer zwei blieben und es noch zehn Kilometer bis Kymlinge waren.

»Wenn sie nichts wissen, müssen sie sich zumindest Gedanken machen«, sagte Eva Backman. »Vielleicht fangen sie auch an, Fragen zu stellen, sobald sie sichereren Boden unter den Füßen haben. Es könnte sich lohnen, in ein paar Tagen noch einmal Kontakt zu ihnen aufzunehmen.«

»Gute Idee«, sagte Barbarotti, und dann hörten sie auf, weil Monsieur Chef anrief.

»Du hast gesagt, dass es in Nizza einen Anwalt gibt«, begann er.

»Es gibt bestimmt mehrere«, erwiderte Barbarotti.

»Lass den Unsinn. Du hast behauptet, diese junge Dame Catherine hätte einen Namen erwähnt. Von Rutes Anwalt, meine ich. In Nizza. Ich denke an das Testament. Kommst du mit, das Testament?«

»Ich komme mit«, bestätigte Barbarotti und bat Stigman, einen Moment zu warten, während Eva Backman die Information heraussuchte. Sie fand die Angaben und hielt sie hoch, damit Barbarotti sie lesen konnte, ohne von der Straße abzukommen.

»Gaston Lefèfre«, sagte er. »Die Kanzlei heißt Sinclair, Didier & Lefèfre, soll ich buchstabieren?«

»Schick es mir«, sagte Stigman. »An mich. Jetzt, danke.«

»Selbstverständlich«, sagte Barbarotti und beendete das Gespräch.

»Apropos Testament«, sagte Eva Backman.

»Ja?«

»Wenn Stigman vor dir den Löffel abgibt, wirst du nichts erben.«

»Da dürfest du recht haben«, erwiderte Barbarotti. »Aber damit werde ich wohl leben müssen.«

Auch an diesem Sonntag wurde es Abend. Nach einer zweistündigen Besprechung der Lage im Präsidium – unter der Leitung von Kommissar Stigman und in Anwesenheit von Kriminaltechniker BoW, Doktor Helmers und sogar Kurt Hamrin, der per Video zugeschaltet war – sowie einem fünfzehnminütigen Covidtest (bei beiden negativ, was positiv war), konnten Barbarotti und Backman in die Villa Pickford am Ufer des Sees Kymmen heimkehren. Mittlerweile war es halb acht Uhr abends, und sie rundeten den langen Tag mit einem übrig gebliebenen Weihnachtsbier sowie Knäckebrot mit Weihnachtsschinken und Hausmachersenf ab.

»Lecker«, sagte Barbarotti und begann unverzüglich, sich noch ein Brot zu machen. »Wenn ich eines Tages hingerichtet werde, ist es durchaus möglich, dass ich mich als Henkersmahlzeit hierfür entscheide.«

»Da brauchst du dir gar keine Hoffnungen zu machen«, sagte Eva Backman. »Du wirst niemals hingerichtet. Du bist nicht schwarz und lebst nicht in Texas. Wollen wir fernsehen oder über Sillingbo reden?«

Barbarotti dachte einen Moment nach.

»Es läuft bestimmt nur Mist«, sagte er dann.

Und so rundeten sie den Tag zusätzlich noch mit Sillingbo ab.

»Können wir es so machen, dass du erzählst, wie sich das Ganze abgespielt hat und warum?«, schlug Barbarotti vor, als sie sich im Erker zum See niedergelassen hatten. »Nur kurz, damit ich die Lage klar vor Augen habe.«

Eva Backman trank einen Schluck Tee und dachte nach.

»Sicher«, sagte sie. »Unter dem Vorbehalt, dass ich alles falsch verstanden haben könnte.«

»Das Risiko besteht immer«, erwiderte Barbarotti. »Fang an, du hast drei Minuten.«

»Danke, Herr Kommissar«, sagte Eva Backman und holte tief Luft. »Also von Anfang an. Der weltberühmte Maler Ludvig Rute sitzt sterbenskrank in seinem schicken Haus oberhalb von Nizza. Aus bestimmten Gründen … oder vielleicht auch nur aus einem … will er vor seinem Tod seine Geschwister noch einmal sehen. Er und seine junge Partnerin Catherine Fryxell begeben sich mitten in der Pandemie von ihrem Haus in Frankreich zu einem Haus in Sillingbo, Schweden. Das Haus gehört Catherines Vater Rickard Fryxell. Kurzfristig werden seine Geschwister eingeladen, Weihnachten in Sillingbo zu feiern. Alle drei nehmen die Einladung an und tauchen kurz vor Heiligabend dort auf. Hinzu kommen zwei Begleiterinnen, Lars Rutes Frau und Louise Rutes Tochter. Es kann nicht schaden, darauf hinzuweisen, dass keiner von ihnen erfahren hat, dass auch die anderen Geschwister anwesend sein werden. Außerdem muss darauf hingewiesen werden, dass Ludvig Rute in einer religiösen Krise steckt. Bist du noch wach?«

»Ich bin wach«, versicherte Barbarotti. »Guter Anfang, mach weiter!«

»Okay. An Heiligabend findet auf Ludvigs Initiative am Vormittag ein Treffen in der Gemäldegalerie statt, die sich in dem Haus befindet. Daran nehmen nur die vier Geschwister teil, und es passiert etwas. Keiner will erzählen, was genau, außer, dass sie sich gestritten haben und es unschön war. Es erscheint naheliegend, dass sie uns etwas verschweigen, und am frühen Morgen des ersten Weihnachtstages wird Ludvig Rute am Ort dieses Treffens erschlagen … also in der Galerie. Die Mordwaffe: ein Eisenrohr oder etwas Ähnliches. Die Leiche wird gegen acht Uhr morgens von Catherine entdeckt. Die Polizei ist ein paar Stunden später vor Ort und macht einen hervorragenden Job, hm. Zwei Gemälde von Ludvig Rutes Hand und die einzigen, die in der Sammlung einen größeren Wert haben, sind verschwunden, und es wird geltend gemacht … oder zumindest *angedeutet* … dass ein Gemäldedieb den großen Künstler getötet hat … äh … weil er von diesem auf frischer Tat ertappt wurde. Fertig!«

Barbarotti sah auf die Uhr.

»Du hast noch eine Minute. Kannst du mir vielleicht auch erzählen, wer der Mörder ist, wenn du schon einmal in Schwung bist? Und wir den Bilderdieb ausschließen.«

Eva Backman lachte auf. Allerdings einigermaßen freudlos.

»Wenn mich jemand zwingen würde ... zum Beispiel mein vorwitziger Mann ... würde ich sagen, dass es eines der drei Geschwister gewesen ist, und die beiden anderen es wissen. Wie im *Mord im Orientexpress* ... aber nur ein bisschen. Bist du jetzt zufrieden?«

»Halbwegs«, antwortete Barbarotti und bekam ein Zierkissen mit drei roten Elchen an den Kopf. »Ich habe noch eine Frage: Was sollen wir tun, um voranzukommen?«

Eva Backman seufzte.

»Im Moment habe ich keine guten Ideen, aber das mag daran liegen, dass ich ein bisschen müde bin. Was hältst du davon, einfach abzuwarten?«

»Du meinst, wir sollen nichts tun?«

»Nicht ganz. Aber wir sollten erst etwas technische Unterstützung haben, stell dir vor, es gibt fremde DNA am Opfer ... und so weiter. Plus das Testament, es ist ja wirklich wichtig, wie es mit dem Erbe aussieht, oder?«

»Da hast du recht«, sagte Barbarotti. »Außerdem ...«

»Außerdem?«

»... blieb diesem Geschwistertrio nicht viel Zeit, um zu planen, daran habe ich gedacht. Wenn wir davon ausgehen, dass ihr Treffen in der Galerie tatsächlich der Auslöser für den Mord war, blieb ihnen dafür nur ein Nachmittag und Abend. Sie müssen es eilig gehabt haben, und wenn man in Eile ist, wird man schlampig ... das ist selbst mir schon passiert.«

»Das gibt's ja gar nicht«, sagte Eva Backman. »Aber es stimmt, dass sie wenig Zeit hatten. Vor allem, wenn wir voraussetzen, dass die drei anderen nicht beteiligt waren ...«

»Ich setze hundert Kronen darauf, dass wir Catherine auf jeden Fall ausschließen können.«

»Da halte ich nicht dagegen«, sagte Backman. »Bleiben zwei.«

»Ja, Ellen Rute Fredin und Linn Rute«, bestätigte Barbarotti seufzend. »Okay, du hast recht. Lass uns abwarten und schauen, wie die Dinge sich entwickeln. Könnten ein paar überraschende Vernehmungen in einer Woche oder zwei eine gute Taktik sein?«

»Du meinst, dass wir uns nach Oskarshamn, Stockholm und ... was war es noch ... Sundsvall begeben sollen? Obwohl man nicht einmal seine Mutter in Kumla besuchen darf?«

»Daran habe ich nicht gedacht«, sagte Barbarotti. »Nett, dass wir wenigstens nach Sillingbo durften.«

»Nicht wahr. Aber wir müssen schon noch ein paar Worte mit Frau Fryxell wechseln, ehe sie nach Nizza verschwindet.«

»Absolut«, sagte Barbarotti. »Ich glaube nicht, dass Stigman erfreut ist, wenn wir nach Neujahr an die Côte d'Azur fahren wollen ... apropos Reisen. Nein, genug geschwafelt, jetzt gehen wir zu Bett.«

»Das tun wir«, erwiderte Eva Backman. »Übrigens, es kann doch wohl nicht sein, dass die Geschwister den Mord schon geplant hatten, bevor sie nach Sillingbo kamen? Oder dass einer von ihnen sich entsprechend vorbereitet hatte?«

Barbarotti kratzte sich am Kopf.

»Darüber muss ich nachdenken, während ich schlafe. Wenn mir eine Antwort einfällt, erfährst du es morgen früh.«

# 18

Die Tage zwischen den Jahren bestanden in diesem Pandemiejahr aus gewöhnlichen Werktagen, und auch wenn Schweden während dieser kalendarischen Auszeit im Kalender in einem traditionellen Dämmerzustand versunken lag, herrschte in dem, was die Medien den *Rutemord* getauft hatten, kein völliger Stillstand. Eine Bezeichnung übrigens, die ein wenig missverständlich war, zumindest, wenn man zufällig von der Insel Gotland stammte und wusste, dass Rute in erster Linie der Name eines nördlich gelegenen Kirchspiels auf der schönsten aller Inseln war.

Aber die meisten Menschen, selbst die meisten Schweden, stammen nicht von Gotland.

Allerdings wurde relativ wenig über den Mord an dem großen Maler berichtet. Worüber in den Zeitungen geschrieben und in Funk und Fernsehen gesprochen wurde, war Covid-19, Covid-19, Covid-19 und nochmals Covid-19 – und über das mögliche Licht am Ende des Tunnels, *Impfstoff* genannt. Nie zuvor war so viel Impfstoff in so kurzer Zeit von verschiedenen Pharmaunternehmen auf der Welt entwickelt worden, und nie zuvor würden so viele Menschen in so kurzer Zeit ihre Spritze bekommen, wie sie im ersten Halbjahr 2021 injiziert werden sollte. So sah zumindest der Generalplan aus.

Allerdings gab es auch noch anderes, was in den Medien auf Aufmerksamkeit pochte. Zum Beispiel die erwartbaren

Komplikationen, wenn England in wenigen Tagen aus der EU fiel … in unfassbar kurzer Zeit war dennoch eine Art Handelsabkommen zustande gekommen, keiner begriff, wie, und noch weniger Menschen verstanden, was es bedeutete. Darüber hinaus pflügte man sich weiter durch den Fortsetzungsroman Donald Trump, in diesen Tagen kurz vor dem Jahreswechsel stand vor allem die Frage auf der Tagesordnung, wie der Despot im Weißen Haus sich verhalten würde, wenn es für ihn am zwanzigsten Januar Zeit wurde auszuziehen. Er hatte ja wohl nicht vor, kampflos aufzugeben? Barbarotti dachte des Öfteren über all diese leicht zu täuschenden Amerikaner nach, die einen offensichtlich rassistischen Irren unterstützten, und darüber, ob es das letzte Kapitel in der kurzen Geschichte der Demokratie war, das gerade geschrieben wurde. Die Welt war generell ins Wanken geraten, und unter allen mehr oder weniger lebensbedrohlichen Turbulenzen lauerte die schlimmste von allen: der Klimawandel. Die Katastrophe der Katastrophen.

Dass Ludvig Rutes Tod dadurch im Nachrichtenstrom etwas in den Hintergrund geriet, war somit nicht weiter verwunderlich. Noch mehr in den Hintergrund geriet er, weil die offizielle Haltung der Polizei war, dass er bei einem Handgemenge mit einem unbekannten Einbrecher getötet worden war. Es war eine bequeme und praktisch motivierte Position. Die Ermittlungen konnten einigermaßen ungestört weitergehen, ein Umstand, den alle beteiligten Beamten zu schätzen wussten. Jedenfalls solange man nicht die Hilfe des GDÖs benötigte – des Großen Detektivs Öffentlichkeit. Aber kam Zeit, kam Rat.

Und völliger Stillstand herrschte wie gesagt nicht. Bereits am Montag, den achtundzwanzigsten Dezember, tauchte am Nachmittag über eine schwedische Anwaltskanzlei in Stockholm das sehnlichst erwartete Testament von Sinclair, Didier & Lefèfre in Nizza auf.

Barbarotti, Backman und Kavafis waren anwesend, als das eingescannte Dokument im Polizeipräsidium von Kymlinge eintraf. Es war handschriftlich verfasst, eine halbe Seite lang, unterzeichnet und am fünfundzwanzigsten November 2020 notariell beglaubigt worden. Also nur einen knappen Monat zuvor, wahrscheinlich ein paar Tage, bevor Ludvig Rute und Catherine Fryxell sich in den Jaguar setzten und die Fahrt nach Schweden antraten.

»Sollte er später etwas geschrieben haben, muss er es in Sillingbo getan haben«, stellte Barbarotti fest. »Wie hoch stehen die Chancen dafür?«

»Schwer zu sagen«, antwortete Inspektor Kavafis. »Aber ich würde schätzen gleich null.«

Der letzte Wille des großen Malers war deutlich und klar. Seiner Lebensgefährtin Catherine Fryxell vermachte er die Villa in Peillon mit dem gesamten Inventar, einschließlich drei Autos und zwölf größerer Gemälde sowie fünfhunderttausend Euro. Die gleiche Summe zuzüglich einer kleinen Anzahl von Aktien in zwei verschiedenen *Art Foundations* gingen an seinen guten Freund Rickard Fryxell. Das restliche Vermögen sollte zu gleichen Teilen unter den Geschwistern Leif, Lars und Louise Rute aufgeteilt werden.

»Das ist ja ein Ding«, entfuhr es Eva Backman. »Dann wissen wir Bescheid.«

»Aber wenn man ein Mörder ist, hat man sein Erbrecht verwirkt, oder?«, merkte Kavafis an.

»Ich denke schon«, sagte Barbarotti. »Das müssen wir klären. Außerdem wird es erst richtig verzwickt, wenn mehrere in den Mord verwickelt sind. Zum Beispiel drei Geschwister, die in einem Testament genannt werden.«

»Ich habe das Gefühl, dass wir den Ereignissen ein wenig vorausgreifen«, meinte Eva Backman. »Es wäre nicht verkehrt, wenn wir das eine oder andere beweisen könnten, ehe wir Personen beschuldigen.«

»Da hast du recht«, gab Barbarotti zu. »Außerdem haben wir uns ja darauf geeinigt, es langsam anzugehen.«

»Entschuldigt«, sagte Kavafis. »Ich glaube, ich war nicht dabei, als diese Abmachung getroffen wurde. Aber egal, haben wir eine Ahnung, wie groß sein Vermögen war? Ich meine, wie viel bleibt für die Geschwister übrig?«

»Keine Ahnung«, sagte Barbarotti.

»Eine ganze Menge«, sagte Eva Backman.

»Danke, dann weiß ich Bescheid«, sagte Kavafis und gestattete sich ein flüchtiges Lächeln.

»Aber ein Motiv bleibt natürlich«, bemerkte Eva Backman fünf Minuten später, als sie und Barbarotti sich in ihr Arbeitszimmer zurückgezogen hatten. »Er könnte damit gedroht haben, ein neues Testament aufzusetzen und sie zu enterben. Was ein glasklarer Grund gewesen wäre, ihn umzubringen.«

»Hm«, sagte Barbarotti.

»Was bedeutet *hm*?«

»Es kann alles Mögliche bedeuten«, antwortete Barbarotti. »Aber im Moment bedeutet es, dass sie eine Art Wahl gehabt haben müssen … wenn das stimmt.«

»Ah ja?«

»Ja, er kann seine Geschwister doch nicht nur zusammengetrommelt haben, um ihnen zu sagen, dass sie rein gar nichts erben werden? Was wäre damit gewonnen gewesen? Wahrscheinlich hat er sie vor eine Wahl gestellt. Wenn ihr *das* tut … und so weiter … rühre ich das Testament nicht an.

Aber wenn ihr euch entscheidet, *das* zu tun, gibt es kein Geld. Kommst du mit?«

Eva Backman nickte.

»Ich komme mit. Und es gibt ehrlich gesagt noch eine weitere Variante. Was ist, wenn er ein Testament dabeihatte, das auf ein paar Tage später datiert war, als das, was wir gerade gelesen haben? Unterschrieben und beglaubigt … und das er verbrennen oder nicht verbrennen konnte, abhängig davon … na ja, was du gerade gesagt hast. Abhängig davon, wie sie sich entschieden.«

»Hagel und Granaten«, sagte Barbarotti, der in einer schlechten Phase seines Lebens etwa fünfzig Repliken aus *Tim und Struppi* auswendig gelernt hatte, insbesondere die Kapitän Haddocks. »Ein Dokument, das in diesem Moment bei Gudmar Lagesson liegt, der die Anweisung erhalten hat, damit nach Neujahr bei uns vorbeizukommen, falls … nein, jetzt ist mir schlecht. Kann das Corona sein?«

»Du simulierst«, sagte Eva Backman. »Und noch etwas, ich habe plötzlich das Gefühl, dass es hier gar nicht um das Erbe und das Testament geht.«

»Das Gefühl?«, sagte Barbarotti.

»Intuition, haben wir darüber nicht gesprochen?«

»Jetzt gehen wir Kaffee trinken«, sagte Barbarotti.

Außer Ludvig Rutes Testament trafen zwischen den Jahren auch aktualisierte Berichte der Spurensicherung und der Gerichtsmedizin ein. Die Todesursache wurde bestätigt, ergänzt um einige Informationen darüber, wie Ludvig Rutes Schädelknochen in sein Gehirn eingedrungen waren, einschließlich gewisser Winkelangaben, die etwas über die Körpergröße des Mörders hätten sagen können, es aber nicht taten, sowie ein präzisierter Zeitpunkt für die Minute des Todes: irgendwann zwischen drei und fünf Uhr am Morgen des ersten Weihnachtstages. Die Kriminaltechniker hatten noch keine Ergebnisse der eingeschickten Proben erhalten und teilten lediglich mit, dass bisher Spuren des Menschen fehlten, der dem berühmten Künstler zum Verhängnis geworden war. Die betreffende Person hatte offenbar keinen Körperkontakt mit seinem Opfer gehabt, wodurch das Vorkommen von DNA als höchst fraglich eingeschätzt wurde. Des Weiteren deutete nichts darauf hin, dass »besagter Mörder unmittelbar vor der Tat außerhalb des Hauses gewesen war, sofern dieser sich nicht die Zeit genommen hat, seine Schuhe auszuziehen, ehe er die Galerie betrat und dort sein Opfer erschlug«.

Um BoW zu zitieren, der sich gern ein wenig umständlich ausdrückte; man nahm allgemein an, dass es mit seiner Nebentätigkeit als Kreuzworträtselkonstrukteur zusammenhing.

Am Mittwochmorgen, dem Tag vor Silvester, rief Catherine Fryxell an und teilte mit, sie und ihr Vater hätten vor, am Nachmittag die lange Rückreise nach Frankreich anzutreten. Sie wollte wissen, ob Barbarotti oder Backman sie vorher noch einmal treffen wollten. Sie hätten das ja halbwegs verabredet, und man würde ohnehin über Kymlinge fahren.

Barbarotti erklärte, dass Kommissarin Backman und er sie gern noch einmal sprechen wollten, und kurz nach drei rief der Empfang an und erklärte, eine junge Dame mit schwarzer Baskenmütze sei gekommen.

Es war eine sehr gefasste Catherine Fryxell, die in einem der Besprechungsräume in der vierten Etage Platz nahm. Sie war blass und ungeschminkt und sah trauriger und ernster aus, als sie es während der Tage, an denen sie ihr in Sillingbo begegnet waren, je getan hatte.

Es ist in ihr angekommen, dachte Barbarotti. Der Schock und der Stress haben nachgelassen, und sie begreift allmählich, was passiert ist.

»Danke, dass Sie sich die Zeit nehmen«, sagte er. »Wie fühlen Sie sich?«

Sie betrachtete ihn und Backman einige Sekunden, bevor sie antwortete. Taxierend, schien es.

»Ich fühle mich, als wäre ich aus einem Albtraum erwacht. Aber ich habe auch einen etwas besseren Überblick. Es wurde leichter, als Sie fort waren und mein Vater kam.«

»Wo ist Ihr Vater jetzt?«, fragte Backman.

Sie zuckte leicht mit den Schultern.

»Er sitzt unten im Wagen und wartet oder macht einen Spaziergang. Ich habe ihm versprochen, in spätestens einer Stunde zurück zu sein, wir übernachten in Malmö.«

»Ich verstehe«, sagte Barbarotti. »Wir wollen Sie nicht zu lange aufhalten, lassen Sie uns deshalb direkt darüber sprechen, was des Pudels Kern ist. Welches Bild haben Sie jetzt, mit ein paar Tagen Abstand, davon, was sich abgespielt hat? Fühlen Sie sich frei, was auch immer anzusprechen.«

»Danke«, sagte Catherine und trank einen Schluck Wasser. »Also, das alles geht mir natürlich ständig durch den Kopf, und ich kann einfach zu keinem anderen Schluss kommen, als dass ... als dass einer von ihnen es getan haben muss. Einer von Ludvigs verfluchten Verwandten hat Ludvig erschlagen, und wer immer es getan hat, muss dafür einen Grund gehabt haben.«

Es war das erste Mal, dass Barbarotti sie fluchen hörte, was immer das bedeuten mochte. Er bat sie fortzufahren.

»Ich begreife erst jetzt, im Nachhinein, wie viel Angst ich gehabt haben muss«, sagte sie. »Aber ich habe die Angst irgendwie nicht an mich rangelassen. Zum Glück konnte ich bei Gudmar und Bozena übernachten. Und als alle abgereist waren, am Sonntag … ja, ich habe den ganzen Abend und die halbe Nacht geweint.«

»Das haben Sie sicher gebraucht«, sagte Eva Backman. »Es ist seltsam, wie wir unsere Reaktionen verschieben können, wenn es sein muss.«

»Genau«, sagte Catherine. »Wenn es nötig ist, geht es. Und ich hatte wirklich das Gefühl, dass es nötig war, ich musste mich zusammenreißen. Wie dem auch sei, ich möchte mit Ihnen eigentlich nicht darüber sprechen, wie es mir geht. Es gibt wichtigere Dinge … ich will verstehen, was passiert ist. Und warum … vielleicht vor allem das: *Warum*? Darüber habe ich mir jetzt ein paar Tage lang den Kopf zerbrochen.«

»Wir auch«, sagte Eva Backman. »Zu welchem Schluss sind Sie gekommen?«

Catherine zögerte, aber nur einen Moment.

»Es muss mit ihrem Treffen zusammenhängen«, sagte sie. »Als Ludvig in der Galerie mit seinen Geschwistern geredet hat. Als es vorbei war, sahen sie wirklich wie gelähmt aus.«

»Wie gelähmt?«, sagte Barbarotti.

»Ja, mehr oder weniger. Ludvig konnte so … unnachgiebig sein? Ja, genau, unnachgiebig. Früher war das anders, aber seit er in dieser Krise mit seinem Glauben und seinem Gott steckte, gab es irgendwie nur einen Weg. Keine Kompromisse, er musste das Richtige tun … das sagte er mir immer wieder, und jedes Mal mit einem *Entschuldige* am Anfang: Entschuldige, Catherine, aber ich habe keine andere Wahl, ich habe nur einen Weg, ich darf nicht von ihm abweichen … ja, so ungefähr.«

»Streng«, sagte Barbarotti.

»Sehr. Aber auch ehrlich … in gewisser Weise *rein*. Ich habe das respektiert.«

»Und Sie meinen, das hatte eine Bedeutung für das, was passiert ist?«, fragte Eva Backman. »Seine … *Rigorosität*?«

Catherine nickte.

»Ja, genau das meine ich. Es gab zwischen Ludvig und seinen Geschwistern etwas, das nicht geklärt war, und für ihn war es zwingend notwendig, dass es zu einer Einigung kam. Ich glaube nicht einmal, dass er offen für eine Diskussion und unterschiedliche Meinungen war, er musste sie dahin bringen, das zu tun, was er wollte. Darum drehte sich alles, und deshalb hat ihn jemand umgebracht. Lieber das, als sich seinem Willen zu beugen. Leider …«

»Ja?«

»Leider habe ich keine Ahnung, was diese ungeklärte Sache war. Aber wenn ich zurückdenke, haben wir das Thema mehrfach berührt, wenn wir uns unterhielten. *Ich muss sie dazu bringen, es zu verstehen*, konnte er dann zum Beispiel sagen.«

»Ich muss sie dazu bringen, es zu verstehen?«

»Ja. In leicht unterschiedlichen Formulierungen …«

»Und was mussten seine Geschwister verstehen?«

Catherine breitete in einer resignierten Geste die Hände aus.

»Ich weiß es nicht. Er hat es mir nie erzählt, weil … weil er es nicht konnte. Als wäre es eine Vereinbarung zwischen ihm und Gott.«

»Ich glaube, ich verstehe«, sagte Barbarotti. »Solche Vereinbarungen können ziemlich bindend sein.«

»Offensichtlich«, sagte Catherine seufzend.

»Wir haben uns Gedanken über sein Testament gemacht«, sagte Eva Backman nach einer kurzen Pause. »Glauben Sie, dass es eine Bedeutung bei dem hatte, was passierte?«

Catherine schüttelte den Kopf.

»Nein. Ich habe es gelesen, er hat es mir gezeigt, bevor wir nach Schweden gefahren sind. Sie werden eine schöne Stange Geld erben, sodass ich nicht verstehe, worüber sie sich beklagen könnten … sie haben sich doch nicht nahegestanden. Oder besser gesagt, gar keine Verbindung zueinander gehabt. Wenn ich es richtig verstanden habe, haben sie sich zum ersten Mal seit fünfundzwanzig Jahren wieder alle vier getroffen.«

»Seit einem Vierteljahrhundert?«, sagte Barbarotti.

»Ja. An Ihrer Stelle würde ich jedenfalls dieses Trio unter Druck setzen. Sie müssen doch wissen, worum es ging, alle drei, wahrscheinlich wissen sie auch, wer ihn umgebracht hat, und es reicht ja schon, wenn einer von ihnen … wie soll ich es sagen? Zerbröselt?«

Zerbröselt?, dachte Barbarotti. Ja, darauf liefen in der Tat viele Vernehmungen hinaus. Dass die Lüge zerbröselte und eine Wahrheit entblößte.

»Wir werden sie unter Druck setzen«, versicherte er. »Aber wir warten noch auf Antworten von der Wissenschaft. Es kann nicht schaden, Indizienbeweise zu haben, das sieht man in unseren Gerichten ganz gern.«

»Machen Sie sich da irgendwelche Hoffnungen?«, fragte Catherine mit einem Hauch von Ironie. »Dass der Mörder Spuren hinterlassen hat?«

»Keine großen«, gestand Eva Backman. »Aber man weiß nie. Und ich bin ganz Ihrer Meinung, man gewinnt den Eindruck, dass das Motiv das entscheidende Puzzleteil ist. Warum ist Ludvig Rute gestorben … nur kurze Zeit, bevor er ohnehin eines natürlichen Todes gestorben wäre?«

»Exakt. So sehe ich das auch. Und … nun, das war dann wohl alles, nicht? Ich hoffe wirklich, dass es Ihnen gelingt herauszufinden, was in dieser Nacht passiert ist, und Sie dürfen sich jederzeit bei mir melden, wenn Sie glauben, dass ich Ihnen irgendwie behilflich sein kann.«

Und da keiner der Kommissare etwas hinzuzufügen hatte, dankten sie Catherine Fryxell dafür, dass sie gekommen war, und wünschten ihr eine sichere Heimreise.

Von dem Zimmer, in dem sie gesessen hatten, hatte man Aussicht auf den Besucherparkplatz des Präsidiums, und Backman und Barbarotti standen beide am Fenster und sahen zu, als die Lebensgefährtin des Ermordeten zu ihrem Vater in den wartenden grünen Jaguar stieg.

Zum weiteren Transport durch ein pandemiegeschütteltes Europa an die Côte d'Azur – aber vor allem: fort von einem kleinen Dorf in Schweden und einem Weihnachtsfest, das sich zu etwas entwickelt hatte, das niemand vorhersehen konnte.

Oder das zumindest einer hatte vorhersehen können?

# III.

## 27. Dezember – 18. Januar

# 19

## LARS

Sven-Gunnar Fredin bekam nie einen Sohn, wohl aber drei Töchter. Bei der Geburt von Nummer drei erlitt seine Frau Gunilla einen so umfassenden Blutverlust, dass sie am Tag nach der Entbindung im Krankenhaus verstarb.

Das war im Mai 1970. Die Neugeborene erhielt den Namen Jenny. Ihre beiden älteren Schwestern hießen Erika und Ellen, zwei beziehungsweise fünf Jahre alt.

Es war frühzeitig Ellen, die daheim mithelfen musste. Zwar besorgte ihr Vater Sven-Gunnar sowohl Kindermädchen als auch Haushälterinnen, aber weil Ellen die Älteste war, wurde ihr dennoch die Verantwortung für alles Mögliche übertragen. Vor allem für ihre jüngeren Schwestern, eine Aufgabe, die ihre gesamte Kindheit und Jugend andauerte.

Vielleicht lag es daran, dass Ellen ihre Schwestern Erika und Jenny mit der Zeit nicht sonderlich gut leiden konnte. Als Erwachsene sprach sie mehrmals mit einer Therapeutin über das Thema, die es für sehr gut möglich hielt, dass es sich so verhielt. Und es gut fand, dass Ellen das Thema ansprach und sich dessen bewusst war. Kinder, die zu viel Verantwortung übernehmen mussten, litten als Erwachsene häufig darunter, das war in der therapeutischen Welt bekannt.

Ein zusätzliches Problem, das in der Pubertät auftauchte, bestand darin, dass die beiden jüngeren Schwestern verdammt hübsch wurden. Ellen war alles andere als hässlich, aber mit diesen beiden kleinen Schönheiten konnte sie nicht mithalten, die wurden früh von schmachtenden, pickeligen Schuljungen umschwärmt – von nah und fern, aber vor allem aus Oskarshamn, wo die Familie in einem freistehenden Haus mit sechs Zimmern im wohlhabenden Vorort Saltvik wohnte.

Vater Sven-Gunnar besaß ein Restaurant, Fridolins Ecke, und das schon seit den Fünfzigerjahren. Er liebte seine Töchter, so gut er nur konnte, bedauerte jedoch, dass er nie einen Sohn bekommen hatte, der die Gaststätte übernehmen konnte, wenn für ihn die Zeit gekommen war, sich zurückzuziehen. Eine Frau kann kein Lokal führen; Sven-Gunnar Fredin blickte mit einigermaßen wohlwollenden Augen auf die Emanzipation, aber es gab Grenzen.

Die Lösung des Problems hätte natürlich darin bestanden, dass eine seiner Töchter einen netten Mann fand, am liebsten Ellen, der er am meisten vertraute. Im Grunde vertraute er weder Erika noch Jenny, sie waren zu albern und oberflächlich, wie es so häufig der Fall ist, wenn die Schönheit zu einer übermächtigen Bürde und die daraus resultierende Aufmerksamkeit zu groß wird.

Die beiden jüngeren Töchter wurden dann auch leichte Opfer von geleckten Vertretern des männlichen Geschlechts. Sven-Gunnar Fredin drückte sich gern so aus, benutzte das Wort »geleckt« sogar, als er auf Erikas Hochzeit eine Rede hielt. Aber da war er ein wenig betrunken und *shit happens*; auf Jennys Hochzeit, die nur ein Jahr später stattfand, hielt er keine Rede. Hielt nur im Stillen fest, wenn die Bräute nicht ein bisschen zu früh schwanger geworden wären, hätten sie möglicherweise genügend Zeit gehabt, bessere Männer zu finden.

Im Übrigen waren Erika und Jenny fünf Jahre später geschieden, und zu der Zeit hatte ihre große Schwester einen Mann kennengelernt, der einen Funken Charakterfestigkeit zu besitzen schien und in den Sven-Gunnar Fredin all seine Hoffnung setzte. Mittlerweile war er einiges über sechzig und sehnte sich nach einem angenehmen Leben als Rentner.

Der fragliche Mann hieß Lars Rute, war alles andere als geleckt, und nach ein paar langen, nächtlichen Gesprächen mit Drinks und deutschen Minisalamis, von Mann zu Mann, stand fest, dass er bereit war, Fridolins Ecke zu übernehmen und das Restaurant in der vorgegebenen Richtung weiterzuführen. Er hatte zwar keine Erfahrung in der Gastronomie, aber eine kaufmännische Ausbildung und war gewillt zu lernen.

Ellen Fredin und Lars Rute knüpften im April 1996 das Band der Ehe, und Sven-Gunnar Fredin seufzte erleichtert auf. Ungefähr ein halbes Jahr später seufzte er erneut – ein letztes Mal, an Bord eines Flugzeugs ins spanische Alicante, wo er gerade eine Wohnung gekauft und sich auf viele schöne Jahre in der Sonne Spaniens gefreut hatte.

Die Ehe zwischen Ellen Fredin und Lars Rute nahm ihren Lauf. Im März 1997 wurde ihr erstes und einziges Kind, die Tochter Lisa, geboren; zwei Jahre später hätte es ein zweites Kind geben können, aber Ellen erlitt im vierten Monat eine Fehlgeburt.

Parallel zu Sven-Gunnar Fredins Umzug nach Spanien und seinem unerwarteten Ableben hatte das frisch vermählte Paar das Haus in Saltvik übernommen (nachdem sie die albernen Schwestern ausbezahlt hatten), und weil es in einem der attraktivsten Wohnviertel Oskarshamns stand, wohnten sie fünfundzwanzig Jahre später immer noch dort. Man sollte keine Veränderungen um der Veränderung willen hinterherjagen.

Irgendwann um die Jahrtausendwende erkannte Lars Rute, dass er seine Frau nicht liebte und vermutlich nie geliebt hatte. Er konnte sich allerdings nicht erinnern, jemals verliebt gewesen zu sein, jedenfalls nicht nach dem Ende der Mittelstufe, weshalb er annahm, dass es mit seinem Charakter zu tun hatte. Er war gern in der Nähe schöner Frauen, sowohl Gästen im Restaurant als auch jungen Frauen, die dort arbeiteten, aber das war es dann auch. Ihm gingen niemals irgendwelche verbotenen Gedanken durch den Kopf, und wenn es doch einmal passierte, blieb es genau dabei: bei Gedanken. Wäre ich eine Glühbirne, würde ich es auf höchstens fünfundzwanzig Watt bringen, pflegte er von Zeit zu Zeit zu denken.

Doch damit ließ sich leben.

Wie Ellen es aushielt, mit ihm zu leben, war eine ganz andere Frage, sie hatte ihn am Anfang ihrer Ehe umgetrieben. Aber vielleicht hatte sie sich nicht aus Liebe für ihn entschieden, sondern um der Sicherheit willen; bei ihm herrschte Ordnung, und obwohl er niemals einen Gedanken daran verschwendet hatte, Gastronom zu werden, bevor sie sich (auf der griechischen Insel Paros) kennenlernten, erwies er sich als ein überaus fähiger Chef für Fridolins Ecke, so fähig, dass man bereits ein paar Jahre später Fridolins Bruder eröffnete, als zwei Häuserblocks entfernt ein perfektes Lokal frei wurde. Ellen kümmerte sich in beiden Gaststätten um die Buchführung, und Jahr für Jahr, bis zu der verfluchten Coronazeit, liefen die Etablissements mit anständigem Gewinn. Keine Millionenbeträge, aber genug, um gut über die Runden zu kommen und dafür zu sorgen, dass Lisa einen guten Start ins Leben bekam.

Die Sorge, dass ihre Ehe dennoch nicht halten würde, verblasste mit den Jahren und erhielt im Laufe der Zeit umgekehrte Vorzeichen. Es ging nicht mehr darum, wie Ellen es auf Dauer mit Lars aushalten würde, sondern wie Lars es mit Ellen aushalten sollte, was besonders deutlich wurde, als Lisa Abitur machte, das Elternhaus verließ und nach London zog.

Aha?, dachte Lars Rute, als der Umzugswagen abgefahren war. Das war also das. Wie viele Jahre muss man noch durchstehen? Auf diese Art.

Ganz zu schweigen von den Monaten und Tagen.

Dann kam die Pandemie. Fridolins Ecke und der Bruder hielten ein halbes Jahr durch, dann wurden beide unter Wert an einen steinreichen Libanesen verkauft. Zu seiner heimlichen Verwunderung erkannte Lars, dass er nicht so um die Gaststätten trauerte, wie er sich das einzubilden versuchte. Jedenfalls nach einer gewissen Zeit nicht mehr. Ein Gedanke begann in seinem Kopf zu sprießen, der Gedanke, dass dies eine offene Tür zu etwas Neuem sein konnte. Seine Ehe mit Ellen lief seit vielen Jahren im Leerlauf. Ihr einziges Kind lebte im Ausland, er hatte keinen Job und war im Grunde für nichts anderes verantwortlich als sich selbst. Wenn er für einige Monate zu einer Urlaubsreise auf die Westindischen Inseln oder in die Südsee aufbrach, würde darunter niemand leiden (mit dem Vorbehalt, dass er warten musste, bis die Pandemie vorbei war). Es gab reichlich libanesisches Geld und darüber hinaus andere Einkünfte, vielleicht nicht so viele, dass er und Ellen bis ans Lebensende über die Runden kommen würden, aber die finanzielle Lage war wirklich kein Grund zur Besorgnis.

Und dann: Weihnachten in Sillingbo. Der Tropfen, der das Fass zum Überlaufen brachte.

Schon im Auto, auf dem Heimweg nach Oskarshamn, stand für Lars Rute fest, dass etwas passieren musste. Weil etwas passiert war, das sich nicht ignorieren ließ.

Dies war eine einfache – vielleicht kindisch einfache – Art, es auszudrücken, aber es stand völlig außer Frage, dass sein Leben an einem Scheideweg stand. Es gab einen Gedanken, der Lars seit einigen Jahren umtrieb, und der besagte, dass Lars in seinem ganzen Leben im Grunde nicht eine einzige Entscheidung getroffen hatte. Die Dinge waren ihm über den Weg gelaufen, das eine oder andere hatte sich ergeben, jemand hatte ihm etwas vorgeschlagen, und er hatte sich dem Willen des Betreffenden unterworfen. Eines Schulkameraden. Einer Schwester oder eines Bruders.

Ja, haargenau so sah es aus. Ein Lehrer hatte ihm mögliche Studiengänge aufgezeigt. Eine Frau auf einem Balkon auf einer griechischen Insel hatte ihn zu einem Glas Retsina eingeladen, und nun war er seit einem knappen Vierteljahrhundert mit ihr verheiratet. Ihr Vater hatte ihn, nicht zu vergessen, mit einem Restaurant, einem Haus in einer Kleinstadt, einem Beruf und einer Art gesellschaftlichen Position versehen.

Du bist eine Memme, Lars Rute, dachte er manchmal, wenn diese Umstände in seinem Kopf randalierten. Eine Memme mit Glück. Aber du könntest dich nicht einmal vor deiner Hinrichtung für eine letzte Mahlzeit entscheiden, ohne den Henker nach Tipps zu fragen. Dabei bist du fast dein halbes Leben Gastwirt gewesen. Verdammt.

Doch jetzt, im Auto in der Winterdunkelheit, auf dem Weg quer durch das pandemiegelähmte Schweden – und nachdem er versehentlich ein Wort zu viel gesagt hatte, da drückte der

Schuh –, reifte nach und nach etwas anderes in seinem Inneren. Vielleicht weil es plötzlich notwendig geworden war, vielleicht aber auch, weil das Maß einfach voll war. Der freie Wille schrie nach Nahrung, die Zeit der Kompromisse und der Nachgiebigkeit war vorbei, steh deinen Mann … oder wie auch immer man das Elend in Worte fassen sollte. Auf der Fahrt nach Sillingbo hatte er festgestellt, dass er auf praktisch alles wütend war, und ehrlich gesagt war er das wohl schon lange gewesen. Auch bevor der Libanese auf der Bildfläche aufgetaucht war.

Ein griesgrämiger, unzufriedener, alter Sack von knapp vierundfünfzig Jahren, der keinem Menschen Freude bereitete. Sich selbst am allerwenigsten.

»Und, was ist denn jetzt an Heiligabend in der Galerie passiert?«, fragte Ellen und zog die Ohrstöpsel heraus. »Etwas, das mit einer alten Geschichte zusammenhängt … jetzt sei nicht so stur, wer A sagt, muss auch B sagen.«

Er verfluchte sich dafür, dass er sich verplappert hatte. *Eine alte Geschichte*, warum hatte er das gesagt? Aber es war schwierig, den Mund zu halten, wenn man zu jeder Zeit und Unzeit vollgelabert wurde.

Sie waren wieder auf der Höhe von Jönköping, diesmal jedoch mit der Kühlerhaube nach Osten, und es war das vierte oder fünfte Mal, dass sie das Thema ansprach, seit sie an dem alten Schulhaus losgefahren waren und ihm etwas herausgerutscht war. Wie hielt sie das nur durch, kapierte sie nicht, dass er nicht vorhatte, auch nur ein Wort mehr zu sagen? Glaubte sie tatsächlich, dass steter Tropfen den Stein höhlte, wenn sie weiter in regelmäßigen Abständen tropfte?

Er biss die Zähne zusammen. *Eine alte Geschichte*, war das vielleicht trotz allem nicht weiter schlimm? Würde sie am Ende aufgeben, wenn er nur so klug war, ab jetzt den

Mund zu halten? Er erklärte, es sei Zeit zu tanken, und fuhr auf eine Shell-Tankstelle.

»Bring mir einen Kaffee und eine Zimtschnecke mit«, sagte Ellen. »Laktosefreie Milch, wenn sie haben. Und vergiss nicht, die Maske anzuziehen.«

Wenn du schwarze besorgst, überlege ich es mir vielleicht, dachte Lars Rute und begann an dem klemmenden Tankdeckel zu zerren.

Aber sie gab nicht auf. An den Tagen bis Neujahr schnüffelte Ellen weiter herum, und Lars Rute wurde ernsthaft klar, dass er gefährlich lebte. Seine Frau dachte offensichtlich nicht daran, die Sache auf sich beruhen zu lassen. Sie hatte sich in den Kopf gesetzt herauszufinden, was in Sillingbo passiert war. Sowie das Übel an der Wurzel zu packen: *diese alte Geschichte*.

Und die Verlockung, ausnahmsweise eine bewusste Entscheidung zu treffen, setzte sich in ihm fest. Herr über sein Schicksal und seine Zukunft zu werden. Auch wenn ich in dreißig Jahren in einem Altersheim sterbe, dachte Lars Rute, ist der Weg dorthin von einer gewissen Bedeutung.

Im Übrigen stand er bereits jetzt, an diesen milden, windigen Tagen zwischen den Jahren am Scheideweg. Ob er es wollte oder nicht. Nicht zu handeln war auch eine Handlung.

Was alles in allem dazu führte, dass er zum ersten Mal, seitdem er sich das Rauchen abgewöhnt hatte, an Silvester einen Vorsatz für das neue Jahr fasste.

# 20

## ELLEN

Sie war hin und her gerissen zwischen zwei Wünschen. Eine Eselin zwischen Heuhaufen.

Möglicherweise ein schlechtes Bild, denn das Heu war in keinem der beiden Haufen besonders gut. Und dann war man ja nicht hin und her gerissen. Sie strich die Eselin und entschied sich für *Waagschalen*. Was immer dieser Wechsel bedeuten sollte?

In der einen lag jedenfalls die Scheidung. Die Ehe mit Lars hatte fast ein Vierteljahrhundert gehalten, was mindestens zehn Jahre zu viel waren. In der letzten Zeit, den Monaten nach dem Verlust ihrer Restaurants, hatte sie darüber mehrfach mit ihrer Freundin Sabina gesprochen. Sie waren zusammen in die Schule gegangen und immer in Verbindung geblieben; Sabina war glücklich geschieden mit flügge gewordenen Zwillingen und unterstützte ihre Idee, Lars Rute den Laufpass zu geben, von ganzem Herzen. Männer hatten, wie alles andere auf der Welt, ein Verfallsdatum. Mitte Dezember hatten sie sich darauf geeinigt, dass Ellen bis nach den Feiertagen warten sollte, aber sobald das neue Jahr begonnen hatte, gab es keinen Grund mehr, noch länger zu warten.

»Ich feiere meine Scheidung am sechsten Januar«, hatte

Sabina erklärt. »Ich lade dich zu Hummer und Schampus ein, wenn du die Sache bis dahin geregelt hast.«

Doch der sechste Januar kam und ging ohne Feierlichkeiten, was zum Teil daran lag, dass Sabina sich bei einem erkälteten Enkelkind angesteckt hatte (kein Covid, nur fast), aber auch daran, dass Ellen nicht in die Gänge gekommen war. Halb und völlig verrückte Anhänger Donald Trumps kamen dagegen in Washington mächtig in die Gänge, als sie das Kapitol stürmten, aber dieses makabre Ereignis hatte nicht das Geringste mit Ellens Unschlüssigkeit zu tun.

In der anderen Waagschale lag nämlich ihre angeborene Neugier. Das war zumindest die Entschuldigung, die sie ihrer Freundin einige Tage später, an einem Samstagnachmittag mit Wein und Knabbereien im Stallarvägen, präsentierte, als sich der Enkelschnupfen zurückgezogen hatte und Lars Rute bei seinem Freund Hugo Söderberg vor dem Fernseher saß und das Trabrennen verfolgte.

»Wenn ich anfange, mit Lars über eine Scheidung zu reden, werde ich nie erfahren, was in Sillingbo passiert ist«, erklärte sie düster. »Und diese *alte Geschichte* wird für immer begraben sein. Sag jetzt nicht, dass du das nicht verstehst.«

Sabina dachte nach.

»Die Polizei«, erwiderte sie. »Meinst du nicht, dass die Polizei den Mord aufklären wird? Also ohne, dass du dich einmischst?«

Ellen schnaubte.

»Es sind mehr als zwei Wochen vergangen. Sie scheinen nicht einen Schritt weitergekommen zu sein.«

»Hm«, sagte Sabina. »Also, ich habe den Fall in der Zeitung verfolgt. Offenbar suchen sie seit Weihnachten nach den Bildern und der Waffe, bislang ohne Erfolg. Aber das werden sie bestimmt bald haben, Erfolg. Deutet das nicht darauf hin, dass …?«

»Was?«, sagte Ellen. »Was meinst du mit *Deutet das nicht darauf hin …?*«

»… dass es doch ein Bilderdieb war, der ihn umgebracht hat. Jedenfalls eine seltsame Art, sein Leben auszuhauchen. Man malt zwei Bilder, erwischt einen Schurken, der sie stiehlt, und wird erschlagen.«

»Ich glaube nicht, dass es sich so abgespielt hat«, entgegnete Ellen.

»Ah ja?«

»Sie hatten mindestens einen halben Tag Zeit, die Mordwaffe und die Gemälde loszuwerden. Es fließt zum Beispiel ein breiter Fluss durch das Dorf, und Gemälde brennen doch sicher, oder?«

»*Sie*?«, sagte Sabina. »Und wer sind *sie*?«

»Das habe ich dir doch schon gesagt«, sagte Ellen. »Alles dreht sich um diese verdammten Geschwister. Ich weiß nicht, wer von ihnen dem großen Bruder den Schädel eingeschlagen hat, aber die drei stecken unter einer Decke. Und das liegt an dem, was Heiligabend in der Galerie passiert ist … und das liegt wiederum an *dieser alten Geschichte.*«

»Schon gut, ich habe verstanden, dass du das glaubst. Aber hast du irgendeinen Beweis dafür, dass es tatsächlich so gewesen ist? Und dass es so eine alte Geschichte gibt?«

»Beweise«, sagte Ellen seufzend. »Wie soll ich denn dafür Beweise haben können? Sie schweigen alle wie ein Grab, es war reiner Zufall, dass mein Lars im Auto damit herausrückte … dass sie bei ihrem Treffen über etwas gesprochen haben, das lange zurückliegt. Und ich habe mir geschworen, der Sache auf den Grund zu gehen. Immerhin geht es hier um einen Mord, verstehst du?«

»Danke, das verstehe ich«, erwiderte Sabina und trank einen Schluck Wein. »Aber was ist dein Plan? Es bringt vielleicht nichts, Lars zu belabern, vor allem, wenn du vorhast, dich von ihm scheiden zu lassen. Es wäre vermutlich etwas anderes, wenn du ihn irgendwie bezirzen, deine weiblichen Reize einsetzen könntest …«

»Lars bezirzen!«, platzte Ellen heraus und verdrehte die Augen. »Für weiblichen Charme ist er in etwa so empfänglich wie ein Toter oder Schwuler. Zumindest, was mich betrifft.«

»Männer werden so«, stellte Sabina nüchtern fest. »Sie können im Grunde nichts dafür. Also, was ist dein Plan?«

Ellen trank etwas Wein und schwieg eine Weile.

»Na?«, sagte Sabina. »Ich sehe dir doch an, dass du dir etwas überlegt hast.«

»Sieht man das?«

»Ja. Vergiss nicht, dass ich dich schon kannte, als du noch Windeln getragen hast.«

Ellen gab auf.

»Also schön. So, wie ich es sehe, gibt es zwei Möglichkeiten. Entweder mache ich mich an die beiden anderen ran, oder ich gehe zur Polizei.«

»Zur Polizei?«, sagte Sabina und schüttelte den Kopf. »Darüber kannst du doch nicht mit der Polizei reden? Stell dir vor, Lars hat es getan. Es ist eine Sache, sich scheiden zu lassen, eine ganz andere, seinen eigenen Mann ans Messer zu liefern.«

»Da gebe ich dir recht«, sagte Ellen und nickte. »Deshalb habe ich vor, bei seinen Geschwistern anzufangen.«

»Du willst sie zur Rede stellen? Sie dazu bringen, dir zu erzählen, was Lars dir verschweigt?«

»Genau.«

»Viel Glück«, sagte Sabina. »Also, ich glaube, dass es ein Bilderdieb war.«

Sie nahm die Sache noch am selben Abend in Angriff, nachdem Sabina gegangen war. Lars war noch nicht von Hugo und den Pferden zurückgekommen. Vielleicht hatten die beiden gewonnen und daraufhin beschlossen, in aller Bescheidenheit ein wenig zu feiern. In dem Fall bei Hugo daheim, dachte Ellen, Ausgehen war im Schatten von Corona ja mehr oder weniger verpönt. Wie auch immer, am besten schmiedete sie das Eisen, solange es noch heiß war; sie fühlte sich noch immer etwas gestärkt vom nachmittäglichen Wein, und nach einem weiteren Glas und kurzer innerer Einkehr suchte sie Louises Nummer heraus und rief sie an.

»Ja, Louise Rute.«

Ellen schluckte und merkte, dass sie nervös war.

»Hallo, Louise. Hier ist Ellen aus Oskarshamn. Wie geht es euch?«

*Oskarshamn* war eine bessere Präzisierung als *deine Schwägerin*, und sie war froh, dass sie ihr auf die Schnelle eingefallen war. Aber es bedurfte einer Präzisierung, denn wenn Louise mehrere Ellens kannte, musste sie so nicht fragen, welche von ihnen anrief.

»Hallo, Ellen.«

Nicht mehr. Kurz und ohne Enthusiasmus.

»Entschuldige, dass ich dich störe, aber mir will da etwas nicht aus dem Kopf. Es hat mit Sillingbo zu tun … natürlich.«

»Aha?«

»Es geht um etwas, das Lars gesagt hat …«

»Aha?«

Ich hätte das ein bisschen besser planen sollen, dachte Ellen, aber das fiel ihr reichlich spät ein. Der verdammte Wein.

»Das Treffen, das ihr dort hattet«, fuhr sie fort. »Lars hat gesagt, dass es dabei um etwas ging, was vor langer Zeit passiert ist, und dass … na ja, dass es irgendwie die Ursache für das Ganze gewesen ist.«

»Die Ursache für das Ganze?«, entgegnete Louise nach einer kurzen Pause. »Was in aller Welt meinst du damit?«

Jetzt mehr als kurz. Fast schon aggressiv.

»Deshalb rufe ich an«, sagte Ellen. »Lars will mir nicht mehr sagen, aber ich mache mir Sorgen, dass …«

Ihr fiel keine Fortsetzung ein, und Louise schwieg am anderen Ende. Es verstrichen einige Sekunden, die sich eiskalt anfühlten, fand Ellen. Eiskalt und feindselig. Sie verfluchte sich dafür, sich selbst in diese Situation gebracht zu haben, und am Ende fiel ihr nichts Besseres ein als:

»Ich habe mich nur gefragt, worum es ging. Es kommt mir so seltsam vor, dass Ludvig auf die Art gestorben ist, und die Polizei kommt ja anscheinend keinen Schritt weiter.«

»Es tut mir leid, dass ich dir da nicht weiterhelfen kann«, sagte Louise. »Ich habe ehrlich gesagt keine Ahnung, wovon du redest, und bin gerade ein wenig in Eile. Danke für deinen Anruf.«

»Ich danke dir«, erwiderte Ellen, beendete das Gespräch und warf einen Blick auf das Display. Genau sechzig Sekunden. Eine ziemlich vergeudete Minute.

Sie sah auf die Uhr. Fast zwanzig nach neun. Sie überlegte kurz, warum Lars noch nicht zu Hause war. Die Übertragung der Trabrennen endete in der Regel gegen sechs, und selbst wenn er und Hugo sich ein Glas gegönnt hatten, um zu feiern, dass sie ein paar Kronen gewonnen hatten, fiel es Ellen schwer zu glauben, dass sich das so in die Länge ziehen konnte. Hatten sie als Einzige alle Rennen richtig getippt, oder was war hier los? Hatten sie eine Million gewonnen?

Was Lars trieb, war allerdings ihre geringste Sorge. Am meisten ärgerte sie und machte sie kribbelig, dass sie die Chance vertan hatte, mehr über *die alte Geschichte* herauszufinden. Aber mit etwas Distanz zu dem peinlichen Telefonat mit Louise dachte sie, dass es letztlich vielleicht doch keine so hoffnungslose Niete gewesen war. War die schnodderige Haltung ihrer Schwägerin nicht vielmehr ein Zeichen dafür, dass es eine solche Geschichte tatsächlich gab? Und dass sie eine entscheidende Rolle dabei gespielt hatte, was Weihnachten mit Ludvig Rute passiert war? Er war wegen irgendetwas erschlagen worden, was sich irgendwann vor langer Zeit ereignet hatte, Gott allein wusste, was und wann und wo. Eines seiner drei Geschwister hatte ihn mitten in der Nacht in die Galerie hinuntergelockt …

Und so weiter. Sie schauderte, als sie das Ganze auf einmal klar und deutlich vor ihrem inneren Auge zu sehen meinte. Wie Leif, oder Louise, oder ihr eigener, unbeholfener Lars, ein Eisenrohr auf den Schädel seines großen Bruders krachen ließ, um …

Ja, um was? Was wäre passiert, wenn Ludvig Rute am Morgen des ersten Weihnachtstages nicht tot gewesen wäre?

Als Ellen Rute Fredin in ihrer Analyse so weit gekommen war, beschloss sie, die Polizei anzurufen.

Aber vorher noch ein kleines Glas Wein und ein Moment gründlichen Nachdenkens. Nicht noch einmal das gleiche missglückte Telefonat.

Dieser schlichte Plan wurde allerdings dadurch unterbrochen, dass ihr Handy klingelte. Die Nummer sagte ihr nichts, und sie zögerte einen Moment, ehe sie sich meldete.

»Ja, hallo?«

Sicherheitshalber, ohne ihren Namen zu nennen. Der Anrufer vergewisserte sich jedoch sofort, dass sie es war. Bedauerte die späte Störung und erläuterte sein Anliegen.

»Oje«, erwiderte Ellen. »Ich verstehe. Ja, ich komme sofort.«

# 21

Vor der heutigen Besprechung hatte Gunnar Barbarotti im Internet eine ganze Minute lang die Schlagzeile einer Zeitung angestarrt und sowohl über die Formulierung als auch ihren Inhalt nachgedacht.

**Polizeichef flog auf die Kanaren –<br>bekam einen Golfball an den Kopf**

Ich werde es nicht schaffen, dachte er. Ich werde in schallendes Gelächter ausbrechen, wenn ich ihn sehe, und dann wird man mich feuern.

Der Mann, um den es ging, war Kommissar Stig Stigman, der durch göttliche Vorsehung für den Fauxpas bestraft worden war, den er sich geleistet hatte. Man sollte über Weihnachten und Neujahr keine unnötigen Reisen machen, das war allen Schweden von mindestens zehn verschiedenen Behörden eingeschärft worden, bei denen die Pandemie und die Verbreitung des Virus auf der Tagesordnung standen. Entscheidend war, dass jeder einzelne Bürger Verantwortung übernahm – für das Wohl des Landes, für das Wohl aller, jung und stark, alt und gebrechlich, *Solidarität* war das Schlüsselwort. Bleibt zu Hause!

Manche Politiker waren dennoch verreist, zu Skiorten und Sandstränden, und dafür in der Presse angeprangert worden;

der Premierminister war losgezogen und hatte unnötigerweise ein Weihnachtsgeschenk gekauft und daraufhin fünfzigtausend Wähler verloren, und in Kymlinge war also die Polizeiführung in den Fettnapf getreten. Dass der betreffende Kommissar sich nicht selbst auf dem Golfplatz aufgehalten hatte, sondern dass ihn eine verirrte Kugel auf einem Bürgersteig getroffen hatte, nach einem extrem schiefen Abschlag eines hart schlagenden Russen, spielte in diesem Zusammenhang keine Rolle. Es ging um Gran Canaria. Dort sollte man sich als Schwede nicht aufhalten. Unter gar keinen Umständen.

Er hatte tatsächlich eine Beule auf der Stirn, stellte Barbarotti fest, als sie im Besprechungsraum in der vierten Etage Platz genommen hatten. Bedeckt von einem großen hellblauen Pflaster, so auffällig, dass es die Blicke der Anwesenden anzog wie ein Klecks Sirup einen Schwarm Fliegen.

Doch nun ging es nicht um fragwürdige Reisen oder Golfballbeulen. Die Versammelten waren, außer Monsieur Chef und Barbarotti, Eva Backman sowie die Inspektoren Lindhagen, Toivonen und Kavafis. Zehn Tage waren im neuen Jahr vergangen, sogar das Dreikönigsfest war überstanden, und es gab kein Licht in dem langen Tunnel, der Januar hieß. Jedenfalls konnte Gunnar Barbarotti keines entdecken.

Wenn überhaupt, dann die Beule.

»Der Mord an Ludvig Rute«, sagte Stigman einleitend und bewahrte Barbarotti mit diesen Worten vor dem gefährlichen schallenden Gelächter. »Mehr als zwei Wochen sind vergangen, und die Ermittlung steht so still wie eine Pyramide. Eine Pyramide, berichtigt mich, wenn ich mich irre.«

»Korrekt«, sagte Barbarotti nach einigen Sekunden Stille. »Oder wie das Hirn eines besoffenen Neonazi. Es gibt keinen einzigen Indizienbeweis, und niemand hat sich bei uns gemeldet und die Tat gestanden.«

»Bedauerlich«, sagte Stigman. »Mindestens zwölf Polizisten stiefelten eine Woche lang herum auf der Suche nach Spuren. Erfolglos. Keine Mordwaffe und keine Gemälde. Was ist mit den Fahrzeugen der Verwandten? Wie gründlich seid ihr da eigentlich vorgegangen? Ich spreche über die Fahrzeuge. Die Autos!«

»Sehr gründlich«, antwortete Barbarotti. »Aber angesichts der Lage haben wir sie nicht beschlagnahmt. Es erschien uns nicht gerechtfertigt. Wir haben keinen Verdächtigen, und es ist durchaus möglich, dass es sich so abgespielt hat, wie die Medien es sich einbilden. Ein oder mehrere Gemäldediebe, die vom Künstler persönlich ertappt wurden.«

»Gemäldediebe«, murrte Stigman. »Wer es glaubt, wird selig.«

»Es ist doch super, dass sie so denken«, warf Lindhagen ein. »Es wäre wesentlich schlimmer, wenn sie anfingen, die Geschwister an den Pranger zu stellen, oder nicht?«

»Ja, lasst uns nach außen an dieser Version festhalten«, stimmte Eva Backman ihm zu. »Eine Hetzkampagne gegen die Geschwister würde unsere Arbeit sicher nicht erleichtern.«

»Und welche Art von Arbeit meint die Frau Kommissarin damit?«, erkundigte sich Stigman. »Was macht ihr ganz konkret? Ihr gebt euch ja wohl hoffentlich nicht mit diesem höchst unwahrscheinlichen Kunstdieb zufrieden? Ich unterstreiche: höchst unwahrscheinlichen!«

»Wir geben uns nie zufrieden«, sagte Barbarotti.

»Na, da ist ja erfreulich«, erwiderte Stigman. »Also?«

»Hm«, erdreistete sich Inspektor Kavafis und holte ein Blatt heraus. »Ich habe hier eine Liste über ergänzende Vernehmungen, die wir in den nächsten Tagen durchführen wollen. Das ist mit einigen Reisen verbunden, und wir setzen voraus, dass der Chef unseren Plan absegnet.«

Stigman tastete behutsam die Beule ab.

»Wer soll vernommen werden, und wer soll durchs Land fahren? Es gibt hier vor Ort eine Menge Arbeit, darauf muss ich ja wohl nicht hinweisen, oder? Außerdem sind wir mitten in einer Pandemie, falls das irgendwem entgangen sein sollte.«

Wie willst du es haben, dachte Barbarotti, sollen wir den Fall jetzt lösen oder nicht?

»Ich bleibe hier und kümmere mich um die Heimatfront«, erläuterte Toivonen. »Das wird wie am Seilchen laufen.«

»Schnürchen«, sagte Eva Backman. »Nicht Seilchen.«

»Danke für die Information«, erwiderte Toivonen.

Kommissar Stigman schien eine Sekunde lang zu schielen.

»Und?«, sagte er und glotzte Kavafis an. »Und?«

»Wir stellen uns zwei Duos vor«, ergriff Barbarotti das Wort. »Eva und ich übernehmen Oskarshamn und Stockholm, will sagen Lars und Louise Rute. Kavafis und Lindhagen fahren nach Sundsvall, wo Leif Rute wohnt.«

»Hm«, sagte Stigman. »Und was glauben wir? Wir wollen natürlich nicht spekulieren, aber auf der Basis welcher Theorien arbeiten wir?«

»Es gibt mehrere«, erklärte Eva Backman. »Eine davon lautet, dass seine Brüder und seine Schwester hinter dem Mord stecken … einer von ihnen oder zwei oder alle drei. Um diese Theorie zu testen, führen wir die Vernehmungen durch.«

»Die Dame an der Côte d'Azur?«, fragte Stigman. »Ihr habt ja wohl nicht vor, zu ihr zu fahren? Es gibt Grenzen.«

»Nicht in dieser Phase der Ermittlungen«, sagte Barbarotti. Er hat durch den Golfball etwas gelernt, dachte er.

»Das Hausmeisterehepaar kommt ebenfalls für ein neues Gespräch infrage«, ergänzte Kavafis. »Aber zuerst die Geschwister.«

»Ja, ja«, sagte Stigman, befingerte erneut die Beule und blätterte in seinem Kalender. »Einverstanden. Drei Tage, nicht mehr. Zwei Autos, Bericht am Freitag … Freitagnachmittag. Noch etwas?«

»Es gibt einen interessanten Aspekt, was die Handynutzung angeht«, merkte Toivonen an. »Ich habe mir das heute Morgen angesehen. Es gibt kein einziges Gespräch der Geschwister untereinander, nachdem sie Sillingbo verlassen haben. Ihr Bruder wurde ermordet, und kein einziges Telefonat in zwei Wochen. Verdammt merkwürdig, wenn ihr mich fragt.«

»Das deutet worauf hin?«, fragte Stigman nach einer kurzen Pause. »Worauf deutet das hin?«

»Auf eine Abmachung«, sagte Toivonen. »Sie glauben, dass sie abgehört werden, und haben Angst, sich zu verplappern.«

»Möglich«, sagte Barbarotti. »Sogar wahrscheinlich. Aber wir dürfen nicht vergessen, dass Geschwisterliebe bei dieser Bande noch nie hoch im Kurs stand.«

»Er wird doch beerdigt werden?«, fragte Kavafis. »Ich meine, dann werden sie ja wohl kommen?«

»Das kann noch etwas dauern«, sagte Eva Backman. »Eigentlich ist es so gedacht, dass wir zuerst den Mörder finden.«

»Ja, seht zu, dass ihr das tut«, bemerkte Stigman abschließend. »Wir wollen nichts zur Statistik über ungelöste Morde in diesem Land beitragen. Damit sollen sie sich in den Großstädten herumschlagen. Fragen?«

Keine Fragen.

»Und, was sagen Sie, Herr Einstein?«, erkundigte sich Eva Backman fünf Minuten später, als sie die Tür ihres Arbeitszimmers hinter sich geschlossen hatten.

»Ich habe vor allem an seine Beule gedacht«, gestand Einstein/Barbarotti. »Aber Toivonen hat recht. Es ist wirklich eigenartig, dass sie so überhaupt keinen Kontakt miteinander pflegen, nach allem, was passiert ist.«

»Wenn sie sich abgesprochen haben, werden sie sich einfach neue Handys besorgt haben«, sagte Eva Backman. »Prepaid, schade, dass es das immer noch gibt. Es handelt sich hier jedenfalls nicht um einen kriminellen Clan, der verschlüsselte Mails nutzt, oder?«

»Ich denke nicht«, antwortete Barbarotti. »Aber einer von ihnen hat den Bruder aus dem Weg geschafft, ich bin bereit, zwei Kronen darauf zu setzen. Und dafür muss es einen sehr guten Grund gegeben haben.«

Eva Backman zuckte mit den Schultern.

»Haben wir das nicht die ganze Zeit gewusst? Es geht um das Motiv, um nichts sonst. Warum waren sie gezwungen, ihren Bruder umzubringen? Auch wenn es nur einer von ihnen getan hat, können die anderen beiden damit einverstanden gewesen sein. Es nervt mich, dass es so selbstverständlich und gleichzeitig so schwer ist, richtigzuliegen.«

»Du glaubst nicht an den Bilderdieb?«

»Nicht eine Sekunde. Du?«

»Eine halbe vielleicht.«

Es klopfte an der Tür, und Toivonen lugte herein.

»Ich habe was vergessen, was vielleicht interessant sein könnte. Was die Handynutzung angeht, meine ich. Wollt ihr es hören?«

»Natürlich wollen wir das«, sagte Eva Backman.

»Wenn du darauf bestehst«, sagte Barbarotti.

Toivonen hob einen Stapel Mappen von einem Stuhl und setzte sich.

»Nun, es gibt ein Telefonat, das vielleicht von Interesse sein könnte. Ellen Rute … Fredin heißt sie anscheinend auch noch … hat ihre Schwägerin Louise in Stockholm angerufen. Vorgestern Abend, nur für eine Minute. Es könnte natürlich um das Rezept für eine Torte oder was auch immer gegangen sein. Nur, dass ihr es wisst … ja, das war alles.«

»Danke«, sagte Barbarotti. »Oskarshamn ruft Stockholm an. Das werden wir uns merken, es gibt abgesehen von den Geschwistern ja tatsächlich noch andere Beteiligte bei dem Ganzen.«

»Du denkst an Ellen Rute und die junge Linn?«, sagte Toivonen.

»Ich denke an alle, die im Schulhaus anwesend waren«, sagte Barbarotti.

»Die Geliebte und das Hausmeisterehepaar?«, sagte Toivonen.

»Wir werden sie jedenfalls nicht vergessen«, sagte Barbarotti. »Und wir haben Vernehmungen mit Rute Fredin in Oskarshamn und Linn in Stockholm eingeplant. Auch wenn sie nicht dem inneren Zirkel angehören, könnten sie das eine oder andere aufgeschnappt haben.«

»Sie könnten sehr wohl beteiligt gewesen sein«, meinte Eva Backman. »Diese Möglichkeit sollten wir nicht ausschließen.«

»Das werden wir auch nicht«, stimmte Barbarotti ihr zu.

»Na dann«, meinte Toivonen und stand auf. »Dann regelt ihr das, damit Monsieur Chef euch neue spannende Aufträge geben kann, sobald ihr zurück seid. Eine üble Beule hat er da übrigens. Man fragt sich, ob er auch innerlich getroffen wurde. Ich fand, dass er ein bisschen verloren wirkte.«

»Golfspieler sollten einen Helm tragen«, sagte Barbarotti. »Der Meinung bin ich schon immer gewesen.«

»Aber er hat ja gar nicht Golf gespielt«, entgegnete Eva Backman.

»Man könnte es stattdessen vielleicht mit Tischtennisbällen versuchen«, schlug Toivonen vor. »Aber alles, was mit Sport zu tun hat, ist mir im Grunde vollkommen egal. Da lobe ich mir das Fliegenfischen.«

»Ist das kein Sport?«, fragte Eva Backman.

»Es ist eine Religion«, antwortete Toivonen und verließ den Raum.

# 22

## LINN

Es tut sich was.

Gestern rief mich Dieter an und hielt um meine Hand an.

Mehr oder weniger jedenfalls. Er möchte, dass ich zu ihm nach München ziehe und wir noch einmal anständig von vorn anfangen. Wir haben uns lange unterhalten, und ich habe ihm angehört, dass er es ernst meint. Dass er nicht nur einsam und traurig ist; er hat alles sorgfältig durchdacht und erklärt, er liebe mich und dass er mit mir leben wolle und es dazu eigentlich nie eine Alternative gegeben habe. Hätte sein Vater nicht den Unfall gehabt, wäre er in Stockholm geblieben und niemals nach München zurückgekehrt.

Mir war bewusst, was mit *Alternative* gemeint war, und ich fragte ihn, ob er da unten möglicherweise in einer Beziehung gewesen sei, die gerade zu Ende gegangen sei, und er gab es sofort zu.

Aber es habe nur einen Monat gehalten, und er habe Schluss gemacht. Ich tischte ihm auf, dass ich mich ein paarmal mit einem Typen getroffen hätte, nur damit es ein Gegengewicht gab, und Dieter meinte, das sei vielleicht der Sinn des Ganzen gewesen. Der *tiefere* Sinn. Also, dass wir eine Zeitlang getrennt waren, jedenfalls war es für ihn so gewesen. Mitte Dezember hatte er seine kurze Affäre beendet, und nun sehnte er sich danach, mich wiedersehen zu dürfen und nie wieder ziehen zu lassen.

Ich konnte nicht anders, als ihm zu glauben. Da war irgendwie nichts Einschmeichelndes und keine Verzweiflung in unserem Gespräch; obwohl es um die Liebe und das Leben ging, blieben wir von Anfang bis Ende bei einem besonnenen Ton und redeten über eine Stunde. Natürlich ging es viel um den Unfall und seinen Vater; er hat eine Verletzung an der Wirbelsäule erlitten und wird für den Rest seines Lebens im Rollstuhl sitzen. Deshalb möchte Dieter München nicht verlassen, er ist wie ich Einzelkind und will verfügbar sein. Es ist zwar nicht so, dass er seinen Vater pflegen muss, aber seine Mutter hat die Sache ziemlich fertiggemacht, und ... nun, es ist einfach Unterstützung in der Nähe erforderlich. Ich habe beide Elternteile kennengelernt, als sie ihn im vorletzten Sommer in Stockholm besuchten, und fand sie sehr nett, deshalb glaube ich nicht, dass es ein Problem sein wird, in ihrer Nähe zu wohnen. Sie sind wohlhabend, besitzen eine Menge Immobilien, was auch bedeutet, dass Dieter schon in einer großen Dreizimmerwohnung fast mitten in der Stadt wohnt.

Ich muss also nur die Koffer packen, mir eine Bescheinigung besorgen, dass ich über Antikörper verfüge, einen Flug buchen und bei ihm einziehen. Wir haben uns darauf geeinigt, dass ich ein paar Tage darüber nachdenke, oder so lange, wie ich brauche, und ihn anschließend anrufe. Ihn aber nicht anrufe, ohne ihm meine Entscheidung mitzuteilen.

Kurz bevor wir auflegten, sagte Dieter, dass er mich liebe und es ernst meine.

Ich erwiderte, dass ich ihn liebe und verstanden habe, dass es ihm ernst sei.

Ich weiß nicht. Es ist so verlockend, einfach Ja zu sagen und alles hinter mir zu lassen. Neu anzufangen.

Mit *alles* meine ich im Grunde nur meine Mutter und das, was Weihnachten passiert ist. Aber vielleicht ist das ja auch gar nicht so wenig.

Es ist etwas passiert, und es hat sich etwas verändert. Wirklich völlig verändert, so kommt es mir jedenfalls vor. Vielleicht waren die Tage im kleinsten Dorf der Welt und der Mord an Onkel Ludvig eines dieser Ereignisse, auf die man im Nachhinein als ein *Vorher* und *Nachher* zurückblickt. Wie 9/11 oder der Mauerfall in Berlin. Aber als die Mauer fiel, war ich noch nicht geboren, und als die Flugzeuge ins World Trade Center flogen, war ich fünf, ich habe also nur darüber gelesen und davon gehört. Und was Weihnachten geschehen ist, betrifft natürlich nur die private Ebene; Sillingbo ist nichts, was den Gang der Geschichte verändern wird. Aber vielleicht ist es ein Wendepunkt für diese verrückte Familie.

Jedenfalls erkenne ich Mutter nicht mehr wieder. Das macht mir wohl die größte Sorge, und deshalb zögere ich, was Dieter und München betrifft. Ich bilde mir ein, dass sie mich braucht, auch wenn das nichts ist, was sie zum Ausdruck bringt. Wirklich nicht, und vielleicht ist es sogar umgekehrt – ist es für uns an der Zeit, getrennte Wege zu gehen. Ich liebe meine Mutter, aber das heißt nicht, dass unsere Beziehung einfach ist. Wir haben jetzt mehr als vier Monate unter einem Dach gewohnt; es hing vor allem mit unserer miserablen finanziellen Lage zusammen, dass ich bei ihr einzog (und ein bisschen auch mit den Folgen meiner Coronainfektion), aber ich werde am Anfang mit Dieters Hilfe über die Runden kommen, und Mutter dürfte sich darauf freuen können, was sie von Onkel Ludvig erbt.

Eigentlich, also eigentlich ist es kein praktisches Problem, nach München zu ziehen; Mutter würde sagen, dass sie mich schrecklich vermissen wird, aber ich glaube nicht, dass sie wirklich so empfindet. Wir reden nicht mehr offen miteinander, denn sobald ich sie darauf anspreche, was Weihnachten passiert ist, bittet sie mich aufzuhören. Mit ihr und ihren Geschwistern ist etwas richtig faul, sie macht sich nicht einmal die Mühe, es zu leugnen, wenn ich sie darauf hinweise. Aber darüber reden? Keine Chance. *Du wirst dich damit abfinden müssen, dass ich darüber nicht spreche*, sagt sie. *Glaub mir, es ist besser so.*

Basta. Was bedeutet, dass die Frage, die in der tiefsten Schicht meines Bewusstseins tickt, liegen bleiben muss, wo sie liegt. Ich kann sie nicht zur Sprache bringen, bei Mutter nicht und natürlich auch bei keinem anderen: *Hat einer von euch Ludvig erschlagen?*

Könnte es sein, dass ich mit einer Mörderin zusammenlebe? Die Frage ist so makaber, dass ich darüber fast schon wieder lachen kann. Andererseits trinkt Mutter jeden Tag Wein; keine Riesenmengen, aber zwei, drei Gläser sind es schon. Warum tut sie das? Um sich zu betäuben? So war es jedenfalls nicht, bevor wir am Tag vor Heiligabend zu dieser irren Reise aufgebrochen sind.

Je mehr ich darüber nachdenke, desto seltsamer kommt mir das alles vor. Ich glaube, diese fünf Tage, oder wie viele es auch waren, sind die seltsamsten in meinem ganzen Leben gewesen.

Und das werde ich auch in fünfundzwanzig Jahren noch so sehen.

Aber zurück zu Dieter. Was zum Teufel soll ich tun?

Mit jeder Stunde, die vergeht, seit wir geredet haben, tendiere ich mehr zu München. Mein Deutsch ist gar nicht mal so übel, aber wenn ich da unten lebe und die Sprache ein Jahr lang lerne, kann ich mir dort vielleicht meine schwedischen Punkte in Psychologie anerkennen lassen und mein Studium fortsetzen. Was hält mich – außer Mutter – eigentlich in Schweden?

Wenn ich ehrlich sein soll, nicht viel. Ein paar Freunde, natürlich. Gute und schlechte Gewohnheiten und eine kleine Liebe zu Stockholm vielleicht. Aber das wiegt alles relativ leicht, jedenfalls fällt es mir schwer zu glauben, dass ich besonders viel vermissen werde. Dass ich es bereuen und mich heimsehnen werde. Ich bin in München gewesen und mag die Stadt, und allein schon die Tatsache, sich damit mitten in Europa zu befinden, ist natürlich unglaublich attraktiv. Eine Stunde bis zu den Alpen, noch eine Stunde, und man ist in Italien, nein, manchmal kapiere ich nicht, warum ich überhaupt zögere. Erst recht, weil ich Dieter wirklich noch liebe.

Ist es also nur Mutter, die mich zurückhält? Ich glaube schon, aber wenn man fast fünfundzwanzig ist, wird es vielleicht Zeit, die Nabelschnur zu durchtrennen.

Und der Mord an Onkel Ludvig?

Tja, es ist jedenfalls nicht meine Aufgabe, ihn aufzuklären. Aber morgen stehen neue Vernehmungen an. Mutter und ich sollen zur Polizei kommen, wir werden in getrennten Zimmern sitzen und jede von einem Kriminalpolizisten befragt werden, ich glaube, es sind die, die wir in Sillingbo getroffen haben. Ich habe keine Ahnung, was sie eigentlich wollen, alles, was ich weiß, habe ich schon mindestens dreimal erzählt. Aber vielleicht ist in den vergangenen Wochen etwas Neues aufgetaucht, Indizien, DNA und so.

Ich bin nervös, merke aber, dass ich es nicht wegen mir

bin, sondern weil ich mich frage, wie es für Mutter laufen wird.

Aber was auch immer passiert, ich glaube, sobald die Polizei uns gehen lässt, werde ich mich bei Dieter melden.

Und im Grunde habe ich mich längst entschieden. Man hat nur ein Leben.

# 23

Die Verhöre von Louise und Linn Rute wurden in zwei kleinen Büros der Polizeiwache in der Torkel Knutssonsgatan im Stadtteil Södermalm durchgeführt. Barbarotti übernahm die Mutter, während Eva Backman mit der Tochter sprach; sie hatten über ihre Vorgehensweise gesprochen und waren zu dem Schluss gekommen, dass diese Mannschaftsaufstellung die beste sein würde. Ohne eigentlich zu wissen, warum.

Geplant war, einen Haufen Fragen durchzukauen, von denen die meisten schon während der Tage in Sillingbo beantwortet worden waren – aber als sie dann angefangen hatten, spürte Barbarotti relativ schnell, dass er auch diesmal keinen Schritt weiterkommen würde. Die Theorie, wonach die Geschwister in irgendeiner Form hinter Ludvig Rutes Tod steckten, wurde weder bekräftigt noch geschwächt. Louise war nicht besonders kooperativ, was aber ebenso gut daran liegen konnte, dass sie die Polizei satthatte, wie daran, dass sie schuldig war. Außerdem hatte sie beschlossen, einen pandemiekonformen blutroten Mundschutz zu tragen, der in Kombination mit einer großen, braun getönten Brille dazu führte, dass sie einem ungefähr so zugänglich vorkam wie eine Sphinx oder Greta Garbo. Als er versuchsweise in den Beziehungen zwischen den Geschwistern zu wühlen begann, hieß es nur, dass die schon immer schlecht gewesen waren, diese simple Tatsache aber beim besten Willen nichts mit dem Mord an dem einen von ihnen zu tun hatte, und was das Treffen in der Galerie anging, erhielt er nur die gleichen ausweichenden Antworten, die sie ihnen bereits früher präsentiert hatte. Es war um alten Groll gegangen, um Konflikte, die für das, was sich in den frühen Stunden des ersten Weihnachtstags am selben Ort abgespielt hatte, völlig irrelevant waren.

Wie konnte sie sich da so sicher sein?

Weil man manche Dinge einfach wusste.

Konnte sie das näher erklären?

Nein, Herr Kommissar, das war nicht nötig.

Und was glaubte sie, wie sich der Mord an ihrem Bruder abgespielt hatte?

Es war nicht ihre Sache, darüber zu spekulieren, aber da er sie erneut danach fragte, wollte sie vorschlagen, dass die Polizei lieber die Person finden sollte, die in die alte Schule von Sillingbo eingebrochen war und zwei wertvolle Gemälde gestohlen hatte.

Meinte sie wirklich, dass eine solche Lösung besonders wahrscheinlich war?

Ja, natürlich. Aber es war Aufgabe der Polizei, eine Lösung und einen Mörder zu finden, nicht die ihre.

Und so weiter und so fort.

Als das Ganze vorbei war und er die Aufnahme gestoppt und Louise Rute das Zimmer verlassen hatte, dachte er, dass er sich wie ein Boxer fühlte, der über fünfzehn Runden gegangen war, jede von ihnen nach Punkten verloren hatte und nun in seiner Ringecke saß und auf das unausweichliche Urteil wartete.

Tatsächlich wartete er jedoch auf keinen Punktrichter, sondern auf seine Kollegin und Geliebte Eva Backman, die sich noch mit Linn Rute im Nebenzimmer befand. Er konnte ihre Stimmen durch die Wand als schwaches Murmeln hören und fand, dass es sich nach zwei Frauen anhörte, die im besten Einvernehmen miteinander plauderten, und konnte sich des Eindrucks nicht verwehren, dass es besser gewesen wäre, wenn Kommissarin Backman sich beider, Mutter und Tochter, angenommen hätte.

Er dachte daran, wie viele Verhöre er in seinen mehr als dreißig Jahren als Ermittler geführt hatte. Mit Sicherheit Hunderte und Aberhunderte, und es wäre interessant zu wissen, wie viele von ihnen wirklich eine Rolle gespielt, wie viele wirklich den Ausgang der jeweiligen Ermittlung beeinflusst hatten. Wahrscheinlich war der Prozentsatz nicht besonders hoch, aber andererseits funktionierten viele Verhöre auch nach dem Ausschlussprinzip. Es ging darum, den Befragten von einem Verdacht freizusprechen – oder, wenn es sich um eine Zeugenaussage handelte, einen Beklagten freizusprechen.

Die Vernehmung Louise Rutes fiel offiziell in die letzte Kategorie, aber die Abgrenzung erschien willkürlich. Die Schwester des Mordopfers war nicht darüber in Kenntnis gesetzt worden, dass sie unter Verdacht stand, auch keiner ihrer Brüder, aber war der unausgesprochene Zweck ihrer Reisen nach Stockholm, Oskarshamn und Sundsvall nicht, Informationen zu erlangen, die es berechtigt erscheinen ließen, sie von einem solchen Verdacht zu unterrichten?

Zweifellos, dachte Barbarotti, während das gedämpfte Frauengeplauder auf der anderen Seite der Wand weiterging, denn dies war eindeutig ein Fall der Kategorie, bei der man eine Lösung zu sehen glaubte, der Weg zu einer Bestätigung derselben jedoch verschlungen und unwegsam war.

Was wahrlich nichts Neues war.

Er lehnte sich auf seinem Stuhl zurück, faltete die Hände, schloss die Augen und richtete ein Gebet gen Himmel, das mit Sicherheit unbeantwortet bleiben würde, das er aber dennoch gern registriert und ins himmlische Protokoll aufgenommen sehen wollte.

Lieber Vater unser, Du, der Du alles hörst, alles siehst und das meiste weißt, ist es nicht so, dass das Leben des kranken Ludvig Rute von einem seiner Geschwister ausgelöscht wurde, noch ehe der erste Weihnachtstag graute? Du musst nicht antworten, aber wenn ich völlig auf dem Holzweg bin, wäre ein Zeichen oder ein kleiner Schubser in die richtige Richtung schön. Du verstehst, was ich meine. Wie immer sende ich meine wärmsten Grüße an Marianne. Wir sehen uns irgendwann, früher oder später. Amen.

Es kam wie erwartet keine vernehmliche Antwort, aber scharrende Stühle im Nebenzimmer deuteten an, dass die Vernehmung mit Linn Rute abgeschlossen war und es Zeit wurde, die düstere Polizeiwache von Södermalm zu verlassen.

»Punkte auf einer Skala von eins bis zehn?«, fragte Eva Backman, als sie draußen auf der Straße waren.

»Zwei«, antwortete Barbarotti. »Gerade so. Und bei dir?«

Eva Backman zuckte mit den Schultern.

»Etwas besser … fünf oder sechs. Lass uns das Ganze auf dem Weg nach Oskarshamn anhören. Aber in zwei Punkten bin ich mir ziemlich sicher. Linn Rute hat mit dem Mord nichts zu tun, und sie weiß auch nicht, was passiert ist.«

»Hm«, sagte Barbarotti. »Hört sich für mich eher nach einer sieben oder acht an. Wir können sie ausschließen … aber das hatten wir vielleicht schon vorher getan?«

»Der Gedanke, dass sie ihren Onkel erschlagen haben könnte, ist mir tatsächlich nie gekommen«, erklärte Eva

Backman. »Aber sie ist ja eine aufmerksame junge Frau, die mit ihrer Mutter zusammenwohnt.«

»Ich habe das Gefühl, dass du kurz davor bist, mir etwas Wichtiges mitzuteilen«, sagte Barbarotti. »Oder irre ich mich?«

Eva Backman antwortete nicht. Sie hakte sich bei ihm ein, und sie gingen los.

»Wo haben wir das Auto abgestellt?«

»Es steht da vorn«, antwortete Barbarotti und zeigte die Wollmar Yxkullsgatan hinab. »Jetzt zier dich nicht. Sie wohnt bei ihrer Mutter, wie soll man das deuten?«

»Im Grunde geht es nur um ein einziges, winziges Detail«, meinte Eva Backman.

»Das Universum besteht aus Details«, sagte Barbarotti.

»Ach wirklich? Nun, wir haben uns doch darüber unterhalten, wie seltsam es ist, dass es kommunikationsmäßig zwischen den Geschwistern so still geblieben ist, nachdem sie Sillingbo verlassen haben … oder jedenfalls, dass sie sich anscheinend nicht auf dem Handy angerufen haben. Ich habe Linn nie direkt danach gefragt, ob sie den Verdacht hat, ihre Mutter oder ihre Verwandten könnten in die Sache verwickelt sein, so hatten wir es ja auch abgesprochen, aber sie konnte ihre Überlegungen einfach nicht für sich behalten. Wenn sie wirklich Dreck am Stecken haben, wie man so sagt, hätten sie vielleicht besser daran getan, sie einzuweihen und auf ihre Solidarität zu vertrauen … oder was meinst du?«

»Gut möglich«, sagte Barbarotti und schloss den Wagen auf.

»Fahr du zuerst«, sagte Eva Backman. »Wir können nach einer netten Kaffeepause an einer Tanke auf halber Strecke tauschen.«

Barbarotti nickte und setzte sich auf den Fahrersitz.

»Rede weiter. Wenn wir annehmen, dass alle drei in den Mord verwickelt sind und sie beschlossen haben, die junge Linn aus der Sache herauszuhalten, wo stehen wir dann? Was ist das für ein Detail, das dir aufgefallen ist?«

»Bist du sicher, dass du nicht erst die ganze Aufnahme hören willst?«

Barbarotti ließ den Wagen an und schaffte es, sich aus der Parklücke zu manövrieren.

»Ich will mir nichts anhören. Jedenfalls nicht, bevor wir aus der Stadt sind und du mir erzählt hast, auf was für einen Fund du gestoßen bist.«

Eva Backman lachte.

»Fund ist zu viel gesagt, aber okay. Linn hat zufällig etwas mitgekriegt, als ihre Mutter telefoniert hat. Wahrscheinlich hat sie dazu ein Prepaidhandy benutzt, da könnte Toivonen recht haben. Jedenfalls ist Linn eines Abends nach Hause gekommen, ohne dass Louise es gemerkt hat, und gehört hat sie daraufhin: *Diese verdammte Geschichte* und *Wir können es nicht abstreiten, falls sie …* tja, das ist alles.«

»Was?«, platzte Barbarotti heraus. »*Diese verdammte Geschichte* und …?«

»*Wir können es nicht abstreiten, falls sie …*«, wiederholte Eva Backman. »Und in dem Moment entdeckt die Mutter, dass ihre Tochter heimgekehrt ist, und bricht das Gespräch ab. Fahr nicht gegen das Taxi da.«

»Käme mir niemals in den Sinn«, sagte Barbarotti und bremste rechtzeitig. »Mit wem hat sie gesprochen?«

»Keine Ahnung.«

»Es könnte auch um ein gestohlenes Auto gegangen sein.«

»Ich weiß nicht …«

»Oder um jemanden, der auf einer vereisten Stelle ausgerutscht ist.«

»Wohl kaum. Es könnte um ziemlich vieles gegangen sein. Aber …«

»Aber?«

»Aber das glaube ich nicht.«

»Gut«, sagte Barbarotti. »Ich verlasse mich auf dein Urteilsvermögen. Und um was ging es dann?«

»Um eine verdammte Geschichte.«

»Da stimme ich dir zu.«

»Die etwas mit dem Mord an Ludvig Rute zu tun hat.«

»Mhm? Nehmen wir an, wir säßen in einem Gerichtssaal, wie würdest du diese Schlussfolgerung begründen?«

»Ich würde nicht einmal versuchen, sie zu begründen. Aber wir sitzen hier nicht in einem Gerichtssaal, wir sitzen in einem Auto und spekulieren.«

»Ja, gut«, sagte Barbarotti. »Da hast du recht. Aber für mich darfst du es trotzdem begründen.«

»Danke«, sagte Eva Backman. »Erstens können wir festhalten, dass Louise Rute für dieses Gespräch nicht ihr gewöhnliches Handy benutzt hat. Wieso nicht?«

»Sie hat sich dieses Handy nur besorgt, um mit ihren Geschwistern sprechen zu können. Okay, es ist denkbar, dass einer ihrer Brüder am anderen Ende der Leitung war.«

»Nicht bloß denkbar. Wahrscheinlich.«

»Also gut, einverstanden. Und weiter?«

»Sie reden über etwas, das nicht ans Licht kommen darf, das nicht für die Ohren anderer bestimmt ist. Deshalb bricht Louise das Gespräch ab, sobald ihr klar wird, dass Linn nach Hause gekommen ist.«

»Denkbar.«

»Wahrscheinlich. Wenn es sich also um etwas Heikles handelt, ist es dann nicht ganz logisch anzunehmen, dass es etwas mit dem Mord an ihrem Bruder zu tun hat?«

»Nicht auszuschließen«, erwiderte Barbarotti.

»Sei nicht albern. Die Sache ist glasklar, und genauso klar ist, dass es um etwas geht, das sich früher abgespielt hat und von … nun, von entscheidender Bedeutung für Ludvig Rutes endgültiges Schicksal war.«

»Ha, ha«, sagte Barbarotti. »Das gefällt mir. *Ludvig Rutes endgültiges Schicksal.* Gut!«

»Vergiss die Poesie«, sagte Eva Backman. »Gib mir lieber recht, dass es da einen Zusammenhang gibt.«

Barbarotti schwieg eine Weile. Eva Backman ließ ihn nachdenken.

»Es soll also ein länger zurückliegendes Ereignis geben, das die Wurzel allen Übels ist«, sagte er schließlich. »Wie war noch der zweite Teil von dem, was Linn belauscht hat?«

»*Wir können es nicht abstreiten, falls sie …*«

»Interessant«, sagte Barbarotti. »Das könnte bedeuten, wenn wir auf dieses Ereignis stoßen, können sie nicht leugnen … ja, was? Dass es stattgefunden hat?«

»Ich weiß nicht. Vielleicht. Aber es wäre so oder so eine feine Sache, wenn wir einkreisen könnten, worauf Louise Rute sich bezogen hat. Und man hat schon das Gefühl, dass es eine Gelegenheit gewesen sein muss, bei der alle vier Geschwister zugegen waren. Oder nicht?«

Barbarotti dachte wieder nach und spürte, dass die Fäden zu dieser Schlussfolgerung fast schon unanständig dünn waren. Andererseits gab es nichts, was wirklich dagegensprach, und wenn man bedachte, dass es der einzige Faden war, in dessen Besitz sie derzeit waren, konnte man … nun, zumindest versuchen, seine Haltbarkeit zu untersuchen? In Ermangelung vernünftigerer Pläne.

»Ich bin einverstanden«, sagte er. »Du bist listiger als ein Fuchs, meine Liebe.«

»Finde ich auch«, sagte Eva Backman und lächelte. »Allerdings glaube ich nicht, dass Füchse besonders listig sind.«

»Stimmt, ich habe auch gehört, dass sie ein wenig überschätzt werden«, erwiderte Barbarotti. »Aber versuch doch bitte, mir wenigstens diese Frage zu beantworten: Warum erzählt Linn Rute dir das? Ihr muss doch klar sein, dass es ihre Mutter verdächtig erscheinen lässt.«

»Das ist ihr nicht bewusst gewesen«, antwortete Eva Backman, nachdem sie einen Augenblick überlegt hatte. »Das hängt mit meiner sublimen Vernehmungstechnik zusammen.«

»Sicher, du kannst mich mal …«, sagte Barbarotti.

»Nicht, wenn du am Steuer sitzt«, sagte Eva Backman.

Die Fahrt nach Oskarshamn dauerte einschließlich Benzin und Hamburger in der Nähe von Norrköping gut vier Stunden, und dreieinhalb davon wurden von Schneeregen begleitet.

Außerdem von zwei langen Verhören auf Band, erst Barbarottis Zwei-Punkte-Gespräch, danach Eva Backmans Sechs-oder-sieben-Punkte-Vorstellung. Sie schlief während des zweiten ein, also konnte Barbarotti genauso gut die ganze Strecke fahren.

Sensationen waren dünn gesät. Abgesehen von der Erwähnung *dieser verdammten Geschichte* entdeckte Barbarotti nichts, was in der Vernehmung von Tochter Rute herausstach, und was sein eigenes Gespräch mit der Mutter betraf, fand Eva Backman, dass er trotz allem eine drei oder vier bekommen konnte. Er hegte den dringenden Verdacht, dass sie es sagte, um nett zu ihm zu sein.

Sie checkten gegen sechs in einem Best-Western-Hotel ein, und das Erste, was passierte, als sie ihr Zimmer bezogen hatten, war ein Anruf Toivonens aus Kymlinge.

»Habt ihr es schon gehört?«, erkundigte er sich.

»Was gehört?«, fragte Barbarotti.

»Lars Rutes Frau ist verschwunden.«

»Was?«, sagte Barbarotti.

»Anscheinend ist sie schon seit zwei Tagen weg … vielleicht auch drei. Sie ist heute Nachmittag als vermisst gemeldet worden. Toll, was?«

»Ganz toll«, sagte Barbarotti und kniff sich ins Ohrläppchen, eine bewährte Methode, um sich zu vergewissern, dass man wach war.

# 24

In den ersten Stunden ihrer langen Autofahrt von Kymlinge nach Sundsvall debattierten die Inspektoren Lindhagen und Kavafis über Inseln.

Erik Kavafis, der in Schweden geboren war, seine Wurzeln aber in Thessaloniki und auf Kreta hatte, war der Ansicht, dass die griechische Inselwelt alles enthielt, was ein Mensch sich nur wünschen konnte und wovon er träumte. Ingemar Lindhagen war im Norden von Gotland aufgewachsen und meinte, dass man all das, wofür man in der Ägäis herumkutschieren musste, um es zu suchen, bequem auf einer einzigen Insel in der Ostsee gesammelt vorfand. Warum sich bis zum fernen Mittelmeer begeben, wenn man vom Stockholmer Flughafen in vierzig Minuten nach Visby fliegen konnte?

Und so weiter.

Erst nach der Pause in Höhe von Arboga gingen sie dazu über, den Fall zu diskutieren – den Grund dafür, dass sie im Schatten der Pandemie mit dem Auto durch halb Schweden fuhren statt zu fliegen –, und es war Lindhagen, der auf Grund seines höheren Lebensalters (siebenundfünfzig Jahre im Vergleich zu sechsunddreißig) das Kommando übernahm.

»Ich überlasse dir die Vernehmung«, erklärte er. »So ist es besser, ich sitze schweigend daneben und analysiere, du kannst etwas Training in Situationen wie dieser gebrauchen.«

»Situationen wie dieser?«, sagte Kavafis. »Was meinst du damit?«

»Du wirst einen Mörder vernehmen, darum geht es.«

»Du meinst, dass … dass Leif Rute seinen Bruder getötet hat?«

»Ja, das meine ich.«

»Und woher weißt du das?«

»Ich habe es mir erschlossen.«

Inspektor Kavafis überlegte hastig, ob Lindhagen noch alle Tassen im Schrank hatte. Er hatte nicht besonders oft mit ihm zusammengearbeitet, und er klang gelinde gesagt seltsam.

»Tatsächlich?«, sagte er. »Und auf welche Weise? Wie hast du dir das erschlossen?«

»Hm«, sagte Lindhagen und steckte sich zwei Halspastillen in den Mund. »Es war ehrlich gesagt nicht besonders schwer.«

Er hielt seinem Kollegen die Schachtel hin, der jedoch den Kopf schüttelte.

»Red weiter.«

»Gern«, sagte Lindhagen. »Aber zuerst möchte ich dich auf das Besondere der Situation hinweisen: zu wissen, dass man mit dem Täter höchstpersönlich redet … ohne dass dieser weiß, dass man es weiß. Das verlangt gewissermaßen eine besondere Handhabung der Fragen.«

»Das kann ich mir vorstellen«, sagte Kavafis. »Das ist jetzt nichts wirklich Neues für mich, aber ich nehme an, du wirst mir ein wenig auf die Sprünge helfen, bevor wir loslegen?«

»Selbstverständlich«, sagte Lindhagen.

»Der Ordnung halber möchte ich trotzdem wissen, wie du zu dem Schluss gekommen bist, dass der Mörder Leif Rute heißt.«

»Die Ausschlussmethode«, antwortete Lindhagen.

»Aha?«

»Es kann kein anderer gewesen sein«, verdeutlichte Lindhagen. »Hör zu. Wenn wir als Erstes einen Täter ausschließen, der von außen gekommen ist … zum Beispiel, weil es nicht den geringsten Anhaltspunkt eines Eindringlings in die Schule gegeben hat, zum Beispiel, weil es keinerlei Fußspuren gab, die darauf hingedeutet hätten … bedeutet das, wir haben eine Gruppe von Verdächtigen, die sechs Personen umfasst. Die sich an Weihnachten im Haus aufgehalten hat. Einverstanden?«

»Okay, der Argumentation zuliebe«, sagte Kavafis.

»Die drei Geschwister des Opfers und drei weitere Personen«, fuhr Lindhagen inspiriert fort. »Mit einem gut gezielten Messerstich schließe ich jetzt die drei anderen aus. Bleiben die drei Geschwister.«

»Schön«, sagte Kavafis. »Ist es eventuell möglich, diesen Messerstich zu begründen?«

»Ich bin allen sechs begegnet«, antwortete Lndhagen. »Die drei anderen, das sind, wie du weißt, eine Geliebte, eine Ehefrau und eine Tochter. Keiner von ihnen war bei dem Treffen an Heiligabend dabei, als das Motiv für den Mord das Licht der Welt erblickte. Keiner von ihnen ist zudem darüber informiert worden, was sich hinter verschlossenen Türen abgespielt hat. Ich habe mit allen dreien gesprochen, das hast du sicher auch getan, und es gibt nichts, was dafür spricht, dass sie mehr wissen, als sie sagen. Ergo …«

»Ergo bleiben zwei Brüder und eine Schwester des Opfers«, beendete Kavafis den Satz. »Es gibt Einwände, aber okay. Warum ausgerechnet Bruder Leif?«

»Die anderen zwei kann man ausschließen, weil sie bewacht wurden.«

»Bewacht?«

»Yes. Im selben Zimmer wie Louise schlief ihre Tochter Linn. Bei Bruder Lars schlummerte seine Gattin Ellen. Nur Leif schlief allein und konnte sich in der Nacht unbemerkt hinausschleichen. *Q.E.D.*«

»Hä? Q …?«

»*Quod erat demonstrandum*. Das ist Norwegisch und bedeutet *Was zu beweisen war*.«

»Man lernt doch täglich etwas dazu«, sagte Kavafis. »Können wir in Sundsvall einen Staatsanwalt anrufen und dafür sorgen, dass er verhaftet wird?«

»Von mir aus gern«, erwiderte Lindhagen. »Aber es gibt da leider einen kleinen Haken.«

»Ich ahnte es«, sagte Kavafis. »Erzähl.«

»Unsere Gerichte mögen die Ausschlussmethode nicht. Wenn zwei Menschen auf einer kleinen Insel leben … zum Beispiel in der griechischen Inselwelt, von der du so schwärmst … und der eine der beiden erwürgt aufgefunden wird, darf man trotzdem nicht einfach den Schluss ziehen, dass der andere Typ es getan hat. Aber das ist dir sicher bekannt?«

»Nur zu gut«, sagte Kavafis seufzend. »Die Logik des Aristoteles gilt nicht mehr.«

»Hm?«, sagte Lindhagen. »Wenn ich mich richtig erinnere, lebte er nicht auf Gotland.«

»Du erinnerst dich richtig«, sagte Kavafis. »Mein Vater liebte Aristoteles, redete ständig über ihn. A oder Nicht-A.«

»Jetzt komme ich nicht mehr ganz mit«, gestand Lindhagen.

»Es reicht nicht zu beweisen, dass kein anderer als A schuldig sein kann. Man muss trotzdem beweisen, dass es A war, der es getan hat … verstehst du?«

»Klar und deutlich«, sagte Lindhagen. »Aber jetzt muss ich pinkeln. Such bitte einen Parkplatz.«

»Du hättest doch pinkeln können, als wir Kaffee trinken waren«, sagte Kavafis.

»Da war ich damit beschäftigt, Kaffee zu trinken«, entgegnete Lindhagen.

Es wird Zeit, dass ich mich auf eine Stelle in Göteborg oder Stockholm bewerbe, dachte Inspektor Kavafis.

»Aber wie soll ich deiner Meinung nach mit Leif Rute umgehen?«, fragte er dennoch eine Reihe schweigender Kilometer später. »Wenn ich fragen darf?«

»Fragen darf man immer«, antwortete Lindhagen und warf zwei weitere Halspastillen ein. »Die Grundregel lautet, dass Mister Rute nicht glauben darf, dass wir ihn im Verdacht haben. Er erwartet vermutlich, dass wir das tun und ihn in die Mangel nehmen, aber wir werden die umgekehrte Methode anwenden.«

»Netter Bulle und leicht dämlich?«, sagte Kavafis.

»Genau. Wir werden ihn fast um Entschuldigung dafür bitten, dass wir ihn noch einmal vernehmen müssen, und sorgen dafür, dass er sich sicher und geborgen fühlt. Stellen eine Menge Fragen, die ihn zu dem Glauben verleiten, dass wir hinter einem Gemäldedieb her sind. Je mehr er redet und spekuliert, desto besser. Lass ihn von seinem toten Bruder erzählen und vorsichtig auch von den Beziehungen der Geschwister untereinander. Wenn du das Gespräch in diesem Stil eine Stunde lang in Gang halten kannst, ist es gut. Und dann ...«

»Ja?«

»Dann schalte ich mich ein und schieße aus der Hüfte.«

Kavafis schwieg einen Moment.

»Ich bin einverstanden«, sagte er dann. »Es könnte funktionieren.«

»Wir wollen es hoffen«, sagte Lindhagen. »Heute Abend stellen wir ein Arsenal von hundert netten Fragen zusammen, damit du eine Liste hast, an die du dich halten kannst. Wie weit ist es noch?«

»Ungefähr eine Stunde.«

»Gut«, sagte Lindhagen. »Ich finde es schön, dass wir im Knaust übernachten, das ist ein altes Hotel mit Stil. Es sind die kleinen Freuden, die dieser Job einem trotz allem bietet.«

Inspektor Kavafis lächelte grimmig und fuhr schneller.

# 25

Das Polizeipräsidium in Oskarshamn lag in der Slottsgatan und sah aus, wie solche Polizeigebäude in schwedischen Kleinstädten immer aussehen.

Der ehemalige Restaurantbesitzer Lars Rute sah dagegen ganz und gar nicht aus, wie er immer aussah. Sein Teint war graulila verfärbt, und er war unrasiert, schien eine Woche nicht geschlafen oder sich gewaschen zu haben, und die Kleider – braunes Jackett, braunes Hemd, braune Hose – hingen wie Lumpen an einer Vogelscheuche. Seinen Atemzügen nach zu urteilen hätte man ihn an ein Beatmungsgerät anschließen sollen, aber weder Barbarotti noch Backman waren ausgebildete Ärzte, sodass dies warten musste. Stattdessen schaltete Backman das Aufnahmegerät ein und ging die Formalia durch. Lars Rute bestätigte, wer er war, und bat um ein Glas Wasser.

»Wir sind hier, um einige ergänzende Informationen dazu einzuholen, was an Weihnachten in Sillingbo passiert ist«, begann Barbarotti. »Aber wir fangen mit Ihrer Frau an, Ellen Rute Fredin, die Sie als vermisst gemeldet haben. Können Sie uns bitte in groben Zügen erzählen, was geschehen ist?«

»Das habe ich doch schon getan«, antwortete Lars Rute mit müder Stimme. »Der Polizei hier im Haus.«

»Dann gehen wir es noch einmal durch«, sagte Barbarotti.

»Muss das wirklich sein?«

»Ja, das muss sein.«

Lars Rute trank einen Schluck Wasser und wischte sich den Mund mit dem Ärmel seines Jacketts ab.

»Sie ist seit Samstag nicht zu Hause gewesen. Ich habe gedacht … ach, ich weiß nicht, was ich gedacht habe … aber gestern habe ich dann hier angerufen und sie als vermisst gemeldet.«

»Gestern war Dienstag«, sagte Barbarotti. »Sie haben drei Tage gewartet. Warum?«

Lars Rute schüttelte den Kopf.

»Ich weiß nicht. Ich habe wohl gedacht, sie würde zurückkommen.«

»Hat sie eine Nachricht hinterlassen, dass sie weg sein würde?«

»Nein.«

»Keine SMS oder Mail?«

»Nein, nichts.«

»Wie war die Lage, als sie verschwand?«

»Hä?«

»Wie war die Lage, als sie verschwand?«

»Ich verstehe die Frage nicht.«

»Ist sie von zu Hause verschwunden oder …?«

»Ich weiß es nicht genau. Ja, das ist sie wahrscheinlich, aber ich war nicht daheim.«

»Können Sie uns erzählen, was Sie am Samstag gemacht haben? Sowohl Ihre Frau als auch Sie selbst?«

Lars Rute seufzte und trank erneut etwas Wasser.

»Ich war am Nachmittag und Abend bei einem Bekannten. Ellen hatte Besuch von einer Freundin.«

»Ich nehme an, die Polizei hat die Namen und Kontaktinformationen bekommen?«

»Ja, das haben sie seit gestern alles.«

»Gut. Um wie viel Uhr haben Sie Ihre Frau am Samstag zuletzt gesehen?«

»So um drei … als ich zu Hugo ging.«

»Hugo? Mit dem Sie den Nachmittag und Abend verbracht haben?«

»Hugo Söderberg, ja.«

»Und was haben Sie gemacht?«

»Wir haben Trabrennen geguckt. Wir spielen samstags immer Trabrenn-Toto.«

»Wann sind Sie nach Hause gekommen?«

»Kurz nach halb zehn. Das war ungewöhnlich spät. Wir haben ein paar tausend Kronen gewonnen und uns mehrere Gläser Bier gegönnt.«

»Und als Sie nach Hause kamen …?«

»Da war Ellen nicht da.«

»Ich verstehe.«

Barbarotti bat Backman mit einem Kopfnicken weiterzumachen.

»Als Sie gegen halb zehn zurückkamen, war Ihre Frau also nicht zu Hause? Was haben Sie da gedacht?«

Lars Rute zuckte mit den Schultern.

»Keine Ahnung. Vermutlich, dass sie und Sabina etwas trinken gegangen sind.«

»Sind die Lokale in dieser Stadt geöffnet?«

»Daran habe ich nicht gedacht. Sie waren wohl zu ihr nach Hause gegangen … oder gefahren, sie wohnt etwas näher zur Stadt hin.«

»Sabina ist die Freundin?«

»Ja.«

»Wie sah es bei Ihnen aus, als Sie nach Hause gekommen sind?«

»Wie meinen Sie das?«

»Ist Ihnen etwas Ungewöhnliches aufgefallen?«

»Nein … nein, ist es nicht.«

»War das Licht an?«

»Ja … ein paar Lampen. Aber wir machen nie alle aus.«

»Gab es irgendwelche Anzeichen dafür, dass Ihre Frau aufgebrochen war?«

»Aufgebrochen?«

»Für etwas längere Zeit.«

»Nein … nein, das glaube ich nicht.«

»Gibt es etwas, das Sie erst später entdeckt haben?«

»Nein, was sollte das sein?«

»Hat zum Beispiel ein Koffer gefehlt?«

»Sie meinen, dass sie …?«

»Sprechen Sie weiter.«

»Dass sie ihre Sachen gepackt und gegangen sein könnte?«

»Ja. Hat es dafür irgendwelche Anzeichen gegeben?«

»Nein, nein …«

Lars Rute schüttelte erneut den Kopf, und Eva Backman griff einen anderen Faden auf.

»Können Sie mir ein wenig von Ihrer Beziehung erzählen?«

»Was wollen Sie wissen?«

»Wie es Ihnen miteinander ging und so.«

»Es war wohl wie üblich. Es ging uns … wie es uns eben ging.«

»Das verstehe ich nicht. Was soll das heißen, dass es Ihnen ging, wie es Ihnen eben ging?«

Lars Rute rieb sich die Schläfen und blickte zur Decke.

»Ich weiß nicht, was ich sagen soll. Ich begreife einfach nicht, wo sie hin ist. Ich habe nächtelang nicht geschlafen.«

»Ich sehe, dass Sie müde sind. Aber wir müssen versuchen,

das hier durchzuziehen. Sie wollen doch, dass wir Ihre Frau finden?«

»Ja, natürlich will ich das.«

»Möchten Sie eine Tasse Kaffee?«

»Ja, bitte.«

»Sie kommt gleich. Aber vorher möchte ich gerne etwas mehr über Ihre Ehe erfahren. Wie lange sind Sie verheiratet?«

»Ungefähr fünfundzwanzig Jahre.«

»Eine Tochter, die aus dem Haus ist, wenn ich mich an unser Gespräch an Weihnachten richtig erinnere?«

»Ja, das stimmt.«

»Haben Sie und Ellen in der letzten Zeit gut harmoniert … wenn man an Corona und so denkt?«

Lars Rute schloss die Augen und atmete mehrmals tief durch. Für einen Moment bildete Barbarotti sich ein, dass er eingeschlafen war. Aber die rot unterlaufenen Augen gingen wieder auf, und sein müder Blick wanderte zwischen den beiden Fragestellern hin und her.

»Es könnte sein, dass sie sich scheiden lassen wollte … ich weiß es nicht. Und nein, uns ging es nicht so gut.«

»Hat sie von Scheidung gesprochen?«

»Nicht direkt. Eher … verklausuliert, könnte man vielleicht sagen. Es gibt einfach nicht mehr so viel, was uns verbindet. Die Restaurants sind weg, und Lisa lebt in England … aber es will mir einfach nicht in den Kopf, wie sie einfach so verschwinden kann.«

»Wie sieht es aus«, schaltete sich Barbarotti ein, »gibt es in Ihren Augen einen Zusammenhang zwischen ihrem Verschwinden und der Tatsache, dass sie sich scheiden lassen wollte?«

Lars Rute zögerte.

»Vielleicht … jetzt nachdem … aber warum sollte sie ohne

ein Wort wegbleiben? Ich verstehe nicht, welchen Sinn das haben soll, das sieht ihr gar nicht ähnlich. Und Sabina hat auch nichts von ihr gehört … ich glaube, nein, ich weiß nicht, was ich glauben soll.«

»Sie haben sich mit ihrer Freundin in Verbindung gesetzt?«

»Ja, natürlich habe ich mit Sabina gesprochen. Ich habe auch mit Lisa in London geredet, keiner der beiden hat etwas von Ellen gehört. Mein Gott, was ist bloß passiert? Ich weiß nicht, ob ich weitermachen kann …«

Er lehnte den Kopf in die Hände, die Ellbogen auf die Knie gestützt, aber im selben Moment ging die Tür auf und ein Polizist namens Jungstedt trat mit einem klappernden Kaffeetablett ein. Stellte es auf den Tisch, grüßte zackig und verschwand wieder.

Elegant, dachte Barbarotti. Eine Filmkomödie aus den Fünfzigern, siebte Klappe.

Das Gespräch ging in ähnlicher Weise weiter. Ein übermüdeter und verwirrter Lars Rute versuchte, nicht die Fassung zu verlieren und die Umstände rund um das Unfassbare zu schildern, das sich zugetragen hatte. Nach einer vierteljahrhundertlangen Ehe, in guten wie in schlechten Zeiten, aber meistens weder das eine noch das andere, hatte seine Frau sich ohne die geringste Vorwarnung in Luft aufgelöst. Was den Verdacht anging, dass möglicherweise eine Scheidung bevorstand, gelang es ihm nicht, mehr vorzubringen, als er bereits gesagt hatte; eventuell ließ sich heraushören, dass ihm der Gedanke, getrennte Wege zu gehen, nicht völlig fremd war. Es wäre keine Katastrophe gewesen, sie hatten einander etwa ein Drittel ihrer jeweiligen Leben geschenkt, vielleicht war es sinnvoll, dass jeder im letzten Drittel für sich blieb.

Aber das war eigentlich gar nicht das Problem. Das Problem war, was sich ereignet hatte. Ellen Rute Fredin hatte keinen Grund gehabt, nur wegen einer vielleicht bevorstehenden Trennung fortzugehen. Schließlich waren sie erwachsene Leute, und um sie herum ließen sich ständig Leute scheiden.

Also warum? Hielt sie sich freiwillig fern, oder war ihr etwas zugestoßen?

Je mehr Fragen gestellt wurden und je mehr andeutende Antworten Lars Rute über die Lippen kamen, desto deutlicher zeichnete sich ab, dass es um Alternative zwei ging. Irgendetwas musste passiert sein, Ellen war nicht freiwillig verschwunden.

Als sie so weit gekommen waren, wandten Barbarotti und Backman sich ihrem eigentlichen Anliegen zu: dem Mord an Ludvig Rute in der alten Schule von Sillingbo am Morgen des ersten Weihnachtstages, und nach einer ermüdenden, aber bewussten Wiederholung diverser alter Fragen, kam man schließlich zu den Worten, die Linn Rute einem Telefonat zwischen ihrer Mutter und einer anderen Person entnommen hatte.

»Ach übrigens, dieses Treffen in der Galerie«, sagte Eva Backman. »Soweit wir wissen, ging es dabei vor allem um eine Geschichte, die vor ziemlich langer Zeit passiert ist. Was ist das für eine Geschichte?«

Lars Rute zuckte zusammen, als wäre er von einer Tarantel gestochen worden. Barbarotti fand es schade, dass man die Vernehmung nicht filmte, denn Rutes Reaktion war unmissverständlich. Die Erwähnung *einer Geschichte* kam für ihn völlig überraschend; es ließ sich nicht bezweifeln, dass ihn Eva Backmans sorgsam platzierte Frage aus der Fassung gebracht hatte und er unfähig war, dies zu verbergen.

Eine oder zwei Sekunden, aber das reichte völlig. Dass er anschließend herausbrachte, er wisse nicht, was Backman meine, spielte keine Rolle. Barbarotti hatte es gesehen, und Eva Backman hatte es auch gesehen.

Es *gab* eine alte Geschichte. Und darin lag das Motiv verborgen.

Das Motiv dafür, dass Ludvig Rute an Weihnachten ermordet worden war.

Da gibt es nicht den Hauch eines Zweifels, dachte Barbarotti und war sich ziemlich sicher, dass Eva Backman das Gleiche durch den Kopf ging.

Dennoch warf sie ihm noch eine Frage hin.

»Übrigens meine ich mich erinnern zu können, dass während der Tage in Sillingbo erwähnt wurde … dass Sie und Ihre Geschwister sich vorher viele Jahre nicht gesehen hatten. Wir könnten die Antwort natürlich heraussuchen, aber vielleicht geben Sie uns ja Auskunft darüber?«

»Äh …?«, sagte Lars Rute.

»Wann haben Sie Ihre drei Geschwister, abgesehen von Sillingbo, zuletzt gesehen … daran erinnern Sie sich doch bestimmt?«

Lars Rute zögerte und schien den Tränen nahe.

»Ja, das ist schon eine ganze Weile her«, brachte er heraus. »Aber da muss ich nachdenken … es könnte in den Neunzigern gewesen sein. Ich weiß, dass wir uns an Mittsommer getroffen haben, aber in welchem Jahr das war … nein, keine Ahnung.«

»Sie haben gemeinsam Mittsommer gefeiert?«, fragte Barbarotti.

»Ja …«

»Wo waren Sie?«

Lars Rute rieb sich erneut die Schläfen.

»Ich weiß nicht mehr, wo das war, aber Ludvig hatte für den Sommer ein Haus gemietet … irgendwo in Mittelschweden auf dem Land, es lag an einem See. Aber fragen Sie Louise oder Leif, sie erinnern sich bestimmt besser als ich. Wissen Sie …«

»Ja?«, sagte Barbarotti.

»Mein Kopf ist so müde, dass ich einfach nicht mehr kann. Meine Frau ist verschwunden, und ich habe seit Samstag nicht geschlafen …«

»Okay, wir machen Schluss«, sagte Eva Backman. »Aber es kann sein, dass wir an einem anderen Tag mit weiteren Fragen auf Sie zukommen. Gehen Sie nach Hause und legen Sie sich hin.«

»Danke«, sagte Lars Rute und erhob sich auf wackeligen Beinen. »Ich hoffe, Sie finden Ellen, das ist im Moment das Einzige, was zählt.«

»Wir tun, was wir können«, versprach Barbarotti. »Und Sie melden sich bitte bei der Polizei, wenn Ihnen noch etwas einfällt.«

»Natürlich, das mache ich«, murmelte Lars Rute und torkelte aus dem Raum.

»Zwei Fragen zu Zusammenhängen«, sagte Barbarotti etwas später, als sie wieder im Auto saßen. »Bist du bereit?«

»Allzeit bereit«, antwortete Eva Backman.

»Gut. Frage eins: Gibt es einen Zusammenhang zwischen *einer alten Geschichte* und einem gewissen Mittsommerfest in den Neunzigerjahren? Irgendwo in Mittelschweden an einem See.«

»Sechzig zu vierzig, dass es den gibt.«

»Ich komme auf siebzig zu dreißig, aber das lässt sich nach oben oder unten korrigieren. Frage zwei: Gibt es einen Zusammenhang zwischen dem Mord an Ludvig Rute und Ellen Rute Fredins Verschwinden?«

»Warum in aller Welt sollte es den geben?«, fragte Eva Backman.

»Das frage ich mich auch«, antwortete Barbarotti. »Aber warum sollte es ihn *nicht* geben?«

»Darüber werden wir wohl noch etwas nachdenken müssen«, meinte Eva Backman. »Jetzt fahren wir erst einmal zu Sabina Rask-Fredlund.«

# 26

Das Hotel Knaust entsprach etwa zur Hälfte den Erwartungen Inspektor Lindhagens. Die berühmte Treppe hatte Stil, auch das Zimmer hatte Stil, zumindest halbwegs, aus dem Rahmen fiel dagegen das Essen. Wegen Corona war das reguläre Restaurant geschlossen, sodass die weitgereisten Ermittler sich etwas aus dem Pub im selben Gebäude holen mussten: etwas Vegetarisches für Kavafis, Schweinefilet für Lindhagen. Beide Gerichte wurden im Zimmer des Letztgenannten zusammen mit zwei Flaschen Bier und zwei Flaschen Mineralwasser verzehrt.

»Du bist also ein Gesundheitsapostel«, konstatierte Lindhagen.

»Ich mag weder Bier noch Schwein«, erwiderte Kavafis.

»Du wirst sehen, du kannst trotzdem noch ein paar Jahre leben«, sagte Lindhagen.

Mehr wurde zu dem Thema nicht gesagt. Stattdessen beschäftigte man sich mit dem Fragenkatalog für den morgigen Tag; den wohlwollenden Erkundigungen, die Leif Rute in illusorischer Sicherheit wiegen und veranlassen sollten, etwas zu viel zu sagen.

Bevor Lindhagen sich einschaltete und aus der Hüfte scharf schoss, was immer das bedeuten mochte und dabei herauskommen würde. Kavafis war jedenfalls zu allem bereit, und um acht Uhr war die Planung abgeschlossen.

Da klingelte Lindhagens Handy.

Er warf einen Blick auf das Display und runzelte die Stirn.

»Barbarotti. Was ist denn jetzt wieder los?«

»Schalt ihn auf laut«, bat Kavafis, was Lindhagen auch tat.

»Ich habe dir einige SMS geschickt«, begann Barbarotti. »Hast du sie gelesen?«

»Leider nicht«, gestand Lindhagen. »Wir hatten viel zu tun.«

»Aber die Vernehmung mit Leif Rute ist doch erst morgen?«

»Eine Vernehmung ohne Planung ist wie eine Rudertour ohne Ruder.«

»Kluge Worte«, sagte Barbarotti. »Aber es gibt ein paar Dinge, die ihr wissen solltet, ehe ihr es mit Bruder Leif zu tun bekommt. Hör zu.«

»Kavafis hört mit«, sagte Lindhagen. »Wir sind ganz Ohr.«

»Gut«, sagte Barbarotti. »Erstens diese Geschichte.«

»Darüber haben wir gestern gesprochen«, sagte Lindhagen.

»Das weiß ich«, erwiderte Barbarotti. »Aber jetzt haben wir von Bruder Lars in Oskarshamn eine Bestätigung für sie bekommen. Zumindest so etwas Ähnliches wie eine Bestätigung, zwischen den Geschwistern muss vor langer Zeit etwas vorgefallen sein, und es ist gut möglich, dass sie sich bei der Gelegenheit zum letzten Mal für lange Zeit gesehen haben.«

»Vor Sillingbo.«

»Ja, vor Sillingbo. Jedenfalls sollten wir diese Spur im Auge behalten, es könnte sein, dass es um ein Mittsommerfest irgendwann in den Neunzigerjahren geht.«

*»Those were the days«,* sagte Lindhagen.

»Mag sein. Aber Lars Rute gibt diese Verbindung nicht zu. Er tut so, als würde er nicht wissen, dass es ein Ereignis gibt, das für den Mord an Ludvig von Bedeutung ist, aber in dem Punkt lügt er, da sind Eva und ich uns einig. Du verstehst natürlich, dass das vorerst nur etwas ist, worüber wir spekulieren.«

»Keine Sorge, das ist schon in Ordnung«, sagte Lindhagen. »Die Spekulation ist die Mutter der Wahrheit.«

»Wieder kluge Worte«, sagte Barbarotti.

»Danke. Du möchtest, dass Kavafis und ich den Weg zu einem Mittsommerfest in den Neunzigern finden ... mithilfe von Leif in Sundsvall. Kein Problem. Zum Teufel, ich glaube, des Pudels Kern kommt immer näher.«

»Nicht auszuschließen«, meinte Barbarotti. »Und diese kleine Ergänzung, die wir dank Tochter Linn in Stockholm und einem mitgehörten Telefongespräch beizutragen haben ... du erinnerst dich?«

»Irgendetwas dazu, dass sie es angeblich nicht abstreiten können?«

»Genau. Das könnte bedeuten, dass sie im Zweifelsfall zugeben werden, dass sie sich in den Neunzigerjahren einmal gesehen haben ... vielleicht zu diesem Mittsommerfest ... aber nicht eingestehen werden, dass damals irgendetwas Traumatisches passiert ist.«

»Etwas Traumatisches?«, sagte Lindhagen.

»*Dramatisches* klingt vielleicht besser. Aber vermutlich haben sie sich seither nicht mehr getroffen, und wir nehmen an, dass ... nun, dass das Motiv für den Mord genau hier vergraben liegt.«

»Interessant«, sagte Lindhagen. »Was an Mittsommer vergraben wird, kommt an Weihnachten ans Tageslicht.«

»Ich meine mich zu erinnern, dass einer von ihnen erwähnt hat ... als wir in Sillingbo mit ihnen gesprochen haben, meine ich ... dass sie sich seit fünfundzwanzig Jahren nicht mehr gesehen haben. Ich habe vergessen, wer das war, aber wenn es stimmt, können wir uns vielleicht ein Jahr rauf oder runter auf 1995 einschießen.«

»Grandiose Detektivarbeit«, stellte Lindhagen nach einer kurzen Denkpause fest. »Kavafis und ich finden ein Mittsommerfest in dieser Zeit, und dann ist die Sache bald geritzt. Gibt es noch etwas?«

»Lars Rutes Frau ist verschwunden«, sagte Barbarotti.

»Was sagst du da?«, fragte Lindhagen.

»Ich habe es dir in der SMS geschrieben«, meinte Barbarotti. »Aber du liest ja keine SMS.«

»Ich lese alle meine SMS«, protestierte Lindhagen. »Aber vielleicht nicht immer zwei Sekunden, nachdem sie eingegangen sind. Aber was zum Teufel hat das zu bedeuten, dass ... dass die Ehefrau in Oskarshamn verschwunden ist? Nimmst du mich auf den Arm?«

»Überhaupt nicht«, versicherte Barbarotti. »Sie ist seit Samstag nicht mehr gesehen worden. Bitte sehr, Bahn frei für Spekulationen.«

»Gib mir ein paar Details«, bat Lindhagen.

»Wir haben keine Details«, sagte Barbarotti. »Fürs Erste wird sich die Polizei in Oskarshamn darum kümmern müssen. Eva und ich haben mit einer Freundin von ihr gesprochen, aber das hat nicht viel gebracht.«

»Einer Freundin von Frau Rute?«

»Nein, von Königin Silvia. Wir reden, wenn ihr in Sundsvall fertig seid und wir wieder zu Hause sind. Aber erwähnt das mit Ellen nicht, wenn ihr mit Leif sprecht.«

»Okay«, sagte Lindhagen. »Ist das alles, was du zu sagen hast?«

»Im Moment, ja. Ich muss erst gründlich darüber nachdenken, was ich glauben soll.«

»Aber hängt das irgendwie zusammen ... ich meine Ellen Rute und Sillingbo? Davon musst du dir doch ein Bild gemacht haben?«

»Ich kann im Moment nicht mehr klar denken«, sagte Barbarotti. »Meldet euch, wenn ihr mit Bruder Leif fertig seid. *Over and out.*«

»Okay«, sagte Lindhagen seufzend. »Vorbei und aus.«

Barbarottis Anruf führte zu einer zusätzlichen Stunde Diskussion in Inspektor Lindhagens Zimmer. Kavafis dachte, dass seine beiden älteren Kollegen im Laufe der Jahre möglicherweise etwas zu viel Schweinefleisch und Bier konsumiert hatten, aber gleichzeitig blitzten bei beiden manchmal Scharfsinn und Weisheit auf. Das galt im Übrigen auch für Eva Backman, aber das war etwas anderes. Seit einem guten Jahr lebte Kavafis erstmals in einem geregelten Dasein mit einer Frau zusammen, einer gewissen Helena, die, abgesehen davon, dass sie so schön war wie ihre griechische Vorgängerin, eine Art von Klugheit zu besitzen schien, die bedeutete, dass ... ja, dass sie mühelos mehrere Schritte in einem Denkprozess überspringen konnte und trotzdem auf beiden Beinen in der absolut richtigen Schlussfolgerung landete. Seine eigene Schlussfolgerung hinsichtlich dieses regelmäßig wiederkehrenden Phänomens lautete, dass es sich bei dem, was *Intuition* genannt wurde, in erster Linie um eine weibliche Eigenschaft handelte.

Allerdings waren weder Barbarotti noch Lindhagen Frauen, aber es gab ja immer Ausnahmen, die die Regel bestätigten.

Jedenfalls kam es zu einer Wiederholung und Analyse der Neuigkeiten aus Oskarshamn, und unter Lindhagens Leitung zu einem Jonglieren mit Fragen, Theorien, Vermutungen und reinen Dummheiten, und als Kavafis endlich gegen halb zehn in sein Zimmer zurückkehren konnte, spürte er, dass er sich nach einem wirksamen Gegengift sehnte, zum Beispiel nach einem gewissen stringenten und greifbaren Gegenstand, der das genaue Gegenteil von Intuition war und im Allgemeinen *Indiz* genannt wurde.

Außerdem sehnte er sich nach Helena, weshalb er sie anrief und erklärte, er liebe sie mehr als alles andere auf der Welt.

»Ihr Griechen müsst wirklich immer übertreiben«, erwiderte sie. »Aber in diesem Fall ist das okay. Ich liebe dich auch, aber ich muss morgen früh raus und gehe jetzt zu Bett. Küsschen.«

Und dank dieses kurzen Telefonats konnte Kriminalinspektor Erik Kavafis auch ohne Wiegenlied schlafen.

# 27

Gunnar Barbarotti konnte nicht schlafen.

Das war wenig überraschend, obwohl er in der Schlafgleichung viele Stunden im Minus lag. Der Körper war todmüde, aber sein Gehirn rotierte; es war nicht das erste Mal, dass ihn diese unbalancierte Unsitte ereilte, und um Viertel vor eins schlich er sich aus dem Schlafzimmer, zog Wollsocken und seinen ausgefransten Bademantel an, kochte sich eine Tasse Tee und setzte sich in den zum See hin gelegenen Erker. Den Ort im Haus, an dem er viele wache Stunden des Tages verbrachte, und wo es möglich war, sich über so manches klar zu werden. Manchmal jedenfalls.

Und mit Sicherheit, wenn Eva Backman im zweiten Sessel saß, was sie in dieser Nacht jedoch leider nicht tat. Sie schlief den Schlaf der Gerechten, oder was für eine Art von Schlaf es war, aber er war auf jeden Fall tief und wohlverdient, das ließ sich nicht leugnen.

An Evas Schädel ist nichts auszusetzen, stellte er fest und trank einen Schluck Tee, die alte Kugel, die ich mit mir herumtrage, könnte dagegen eine Feinjustierung vertragen.

Aber wenn er hier schon einmal saß und in die Winterdunkelheit hinaussah, konnte er ebenso gut versuchen, genau das zu tun: zu justieren, was sich justieren ließ.

Will sagen, im Fall Rute, denn darum ging es bei der Rotation in seinem Schädel. Um die seltsamen Geschwister.

Oder waren sie gar nicht so seltsam? Sah es bei den meisten Leuten so aus? Er hatte viele Male darüber nachgedacht, dass Menschen ganz normal wirken konnten und scheinbar gut funktionierten, wenn man ihnen flüchtig in einem Geschäft, einem Zug oder auf einer Konferenz begegnete, aber sobald man sie tiefergreifend kennenlernte, wenn sie zu *Individuen* wurden, sah es manchmal völlig anders aus. Jeder hatte sein Päckchen zu tragen, wie man so sagte; die beliebte Leiterin einer Kita konnte durchaus einmal im Monat von ihrem Mann misshandelt werden, und warum sollte ein Dozent für industrielles Design seinen Cousin in Motala nicht mit Gift ermordet haben? Nur als Beispiel.

Oder es liegt an meinem Job, dachte Barbarotti. Ich treffe zu viele Menschen mit Leichen im Keller, das gehört zur Arbeitsbeschreibung eines ermittelnden Bullen.

Aber weg damit. Es war unbestritten die Mühe wert, sich Gedanken über die Geschwister Rute zu machen, die jeder für sich vielleicht gar nicht so dysfunktional waren, aber als Quartett schien eine dunkle Wolke über ihnen zu hängen.

Oder ein dunkles Geheimnis? Sie hatten dieselben Eltern und waren zumindest materiell in etwa in den gleichen Verhältnissen aufgewachsen. Aber irgendetwas war ganz offensichtlich schiefgegangen. Es schien ihr kleinster gemeinsamer Nenner zu sein, dass sie sich gegenseitig nicht ausstehen konnten.

Und so war es anscheinend schon immer gewesen. Vielleicht hatten die drei, die noch lebten, eins gemeinsam: am wenigsten konnten sie ihren großen Bruder leiden. Er, der zur großen Berühmtheit der Familie aufgestiegen war. Der exzentrische Künstler Ludvig Rute, dessen Gemälde für schier fantastische Summen in alle Welt verkauft wurden, der nun aber in Erwartung seiner Beerdigung in einem Kellerlager ruhte. Der große Bruder hatte bereits als Kind die Rolle des aufgeblasenen Malerfürsten und Tyrannen gespielt, was im Laufe der Jahre nicht besser geworden war. Und am Ende war er ermordet worden.

Oder?, fragte sich Barbarotti und trank einen Schluck Tee. War das nicht eine korrekte Beschreibung der Lage? Zumindest aus dem Blickwinkel eines halbwegs eingeweihten Beobachters.

Also aus seinem.

Sobald ich zu einer Schlussfolgerung gelange, fange ich an, sie zu bezweifeln, dachte er. Ist das jetzt eine Stärke oder eine Schwäche?

Er merkte, dass er Gefahr lief, in selbstkritischen Sinnlosigkeiten stecken zu bleiben, und beschloss stattdessen, über den Besuch und die Gespräche in Oskarshamn nachzudenken.

Lars Rute und Sabina Rask-Fredlund.

Er ließ der Frau den Vortritt. Ellens Freundin hatte sie in ihrer Wohnung nur ein paar Häuserblocks von der Slottsgatan empfangen. Sie hatte sich geweigert, ins Präsidium zu kommen, weil sie sicher war, dass dort Corona in den Wänden saß.

Sie stellte sich als eine durchtrainierte Frau Mitte fünfzig heraus, hatte in einer Stunde ihre Online-Yogastunde und hoffte, dass die Befragung in diesem Zeitrahmen erledigt werden konnte. Barbarotti hatte ihr versprochen, es zu versuchen; wenn sie klare und wahrheitsgemäße Antworten gab, sollte es kein Problem sein.

»Warum sollte ich lügen?«, fragte Sabina. »Möchten Sie einen Kaffee?«

Sie hatten jegliche Verpflegung dankend abgelehnt und gesagt, dass es selbstverständlich keinen Grund gab zu lügen, wenn man eine weiße Weste hatte.

»Eine reinere Weste als meine gibt es gar nicht«, hatte Sabina ihnen versichert. »Aber dass Ellen verschwunden ist, ist das Unverständlichste, was ich jemals erlebt habe. Aber darüber habe ich schon ziemlich lange mit der hiesigen Polizei gesprochen.«

Eva Backman hatte daraufhin erklärt, das sei ihnen bekannt, aber sie müssten sie dennoch bitten, von Samstag zu erzählen. Sabina hatte ein gewisses Verständnis dafür zum Ausdruck gebracht und mitgeteilt, es sei mehr oder weniger eine Tradition, dass die Freundinnen sich samstagnachmittags trafen, abwechselnd bei der einen oder der anderen. Sie tranken ein Glas Wein zu ein paar Leckereien und plauderten oder unterhielten sich ernsthaft, meistens beides. An dem betreffenden Tag, dem neunten Januar, hatten sie sich erstmals nach den Feiertagen gesehen, es hatte also viel Gesprächsstoff gegeben. Vor allem, wenn man bedachte, was Ellen an Weihnachten erlebt hatte, auch wenn vieles davon schon vorher am Telefon abgehandelt worden war. Ein Mord war schließlich ein Mord und nichts Alltägliches.

Dem stimmten Barbarotti und Backman zu. Backman fragte, worüber man an diesem Nachmittag bei Ellen noch gesprochen hatte, und an dieser Stelle hatte Sabina einen Augenblick gezögert – ehe sie enthüllte, dass man sich unter anderem darüber ausgetauscht hatte, ob es für Ellen Rute nicht langsam Zeit wurde, sich scheiden zu lassen.

Die Ehe im einundzwanzigsten Jahrhundert, hatte Barbarotti gedacht und dachte es auch jetzt, in seinem heimischen Erker. Der Gatte sitzt bei einem guten Freund und schaut

Trabrennen, während die Ehefrau Besuch von einer Freundin bekommt und die Scheidung plant.

Dann lief es also nicht so gut zwischen den Eheleuten Rute, hatte er sich erkundigt.

Sabina hatte damit gekontert, dass Lars Rute ein siebtklassiger Langweiler war.

Wie viele Klassen gibt es, wollte Barbarotti wissen.

Sieben, hatte Sabina lachend geantwortet, womit das Thema abgehakt war. Stattdessen war man zu Ellens Verschwinden übergegangen. Sabina hatte ihre Freundin kurz nach acht am Samstagabend in einem Taxi verlassen, weil Lars gegen halb neun zu Hause erwartet wurde und sie keine Lust hatte, ihm zu begegnen.

Das war, traurig, aber wahr, das letzte Mal, dass sie Ellen Rute Fredin gesehen oder von ihr gehört hatte. Dass der Ehemann erst gegen halb zehn heimgekehrt war, hatte sie erst von der Polizei erfahren, aber es war ganz offensichtlich so, dass Ellen irgendwann in diesen Stunden verschwunden sein musste. Zwischen acht Uhr und einundzwanzig Uhr dreißig.

Was in aller Welt war passiert?

Fragte sich Sabina Rask-Fredlund.

Fragten sich die Kommissare Barbarotti und Backman.

Völlig ausgeschlossen war der Freundin zufolge nur, dass Ellen sich aus freien Stücken fernhielt. Etwas so Idiotisches würde sie sich nie und nimmer einfallen lassen. Nicht, ohne ihrer treuesten Freundin zumindest einen kleinen Hinweis zu geben. Sie kannten sich seit vierzig Jahren. Welchen Grund sollte sie haben, einfach abzuhauen?

Überhaupt keinen. Nicht einmal den Hauch eines Grunds.

Also totale Übereinstimmung, dachte Barbarotti. Ellen Rute Fredin war etwas zugestoßen. Möglicherweise hatte sie, warum auch immer, irgendwann während des kritischen Zeitraums das Haus verlassen. Der Polizei in Oskarshamn zufolge deutete bei ihr daheim im Stallarbacken nichts auf Unregelmäßigkeiten hin, auch ihrem Mann war nichts Besonderes aufgefallen, als er gegen halb zehn von seinen Trabrennen mit Bier zurückgekehrt war.

Entführt? Von einem Auto überfahren? Von einer Bande schlecht gelaunter Jugendlicher umgebracht?

Auf jeden Fall: der Körper beseitigt. Menschenraub?

Ein Rätsel, hielt Barbarotti fest und sah auf die Uhr.

Zwanzig nach eins. Zurück zum Mord an Ludvig Rute.

Ungefähr in der Mitte des Gesprächs mit Sabina Rask-Fredlund hatte Eva Backman die Frage gestellt, ob Ellen am Samstag vielleicht ein besonderes Ereignis erwähnt hatte – und da biss Sabina endlich an.

O ja, hatte sie geantwortet. Das hatte Ellen tatsächlich getan. Sie hegte nämlich den Verdacht, dass die Geschwister in den Mord verwickelt waren und gar kein Gemäldedieb existierte. Außerdem hatte sich ihr Ehemann Lars verplappert und etwas darüber gesagt, dass alles mit *dieser verdammten Geschichte* zusammenhänge.

Das war allerdings schon alles. Ellen hatte keine Ahnung, welche Geschichte er gemeint hatte, und es war ihr nicht gelungen, Lars auch nur ein weiteres Wort über die Sache zu entlocken.

Dennoch, dachte Barbarotti, tief in seinen nächtlichen Analysesessel gesunken, dennoch kann man vermutlich zwei Dinge festhalten.

Erstens: Es gab tatsächlich ein Ereignis als Auslöser dafür, was in Sillingbo passiert war, und dass es also bei dem Treffen an Heiligabend um dieses Ereignis gegangen war, erschien sehr wahrscheinlich … dass es auch die Ursache für den Mord war, erschien vielleicht nicht ganz so wahrscheinlich, wirkte aber recht naheliegend.

Oder?, fragte sich Barbarotti mit der ihm eigenen Unschlüssigkeit. War das nicht etwas, das an eine heiße Spur erinnerte?

Aber zweitens: Man konnte mit haushoher Wahrscheinlichkeit davon ausgehen, dass keines der drei Geschwister auch nur ansatzweise den Mund aufmachen würde, wenn die Polizei anfinge, nach diesem Ereignis zu fragen. Sie würden das Treffen zugeben, aber nicht, was damals passiert war. Lars Rute war im Polizeipräsidium von der Frage überrumpelt worden; dass er anschließend log, war sowohl Barbarottis als auch Backmans subjektiver Eindruck gewesen, was als Beweis natürlich vollkommen nutzlos war.

Aber wir *wissen* es, dachte Barbarotti. Das ist das Wichtige. Uns ist klar, dass etwas vergraben wurde, und wir werden den Spaten in ein gewisses Mittsommerfest in den Neunzigerjahren stechen. Das könnte völlig danebengehen, aber das wird sich ja zeigen.

Bevor er ins Bett gegangen war, nur um anschließend nicht schlafen zu können, hatte er Lindhagen in Sundsvall noch eine SMS geschickt. Eine kurze Anweisung nur, und die Antwort war umgehend eingetroffen:

*Selbstverständlich, wird gemacht. Gib zu, dass ich ein vorbildlicher SMS-Leser bin.*

Gab es gute Gründe, gewisse Hoffnungen in die Kollegen zu setzen? Lindhagen und Kavafis waren eine gute Kombination, sozusagen ein grober Klotz und ein Schachgroßmeister. Gar nicht so leicht, gegen ein solches Paar eine funktionierende Verteidigung zu finden. Wenn man etwas zu verteidigen hatte.

So viel dazu, dachte Barbarotti und gähnte.

Und Ellen Rute Fredin?

Er trank die letzten Schlucke Tee und schaltete das Licht aus. Saß still und starrte längere Zeit in die Januarnacht hinaus. Gedanken und Szenarien kamen und gingen, und der Uhrzeiger passierte halb zwei. Schließlich führte er ein kurzes Gespräch mit unserem Herrgott und bat um einen schlichten Rat.

Lass die Polizei in Oskarshamn ihren Job machen, schlug unser Herrgott vor.

# 28

Die Vernehmung von Leif Rute war für neun Uhr angesetzt, und um zehn nach acht rief die Polizei von Sundsvall bei den beiden eigens angereisten Ermittlern an, als sie gerade in einem spärlich besuchten Speisesaal frühstückten.

»Er kann nicht kommen«, lautete die Botschaft eines Inspektor Hillerström.

»Was zum …?«, erwiderte Lindhagen.

»Er hat vor zwei Minuten angerufen, er habe Symptome, die Corona sein könnten.«

»Er lügt«, sagte Lindhagen.

»Gut möglich«, sagte Hillerström. »Aber was können wir da machen?«

»Ich bekomme graue Haare«, meinte Lindhagen.

»Eine Befragung am Bildschirm ist okay für ihn.«

»Am Bildschirm?«

»Ja, es war sein Vorschlag. Ich habe ihm gesagt, dass ich euch frage und mich wieder bei ihm melde.«

»Ich hasse das«, sagte Lindhagen.

»Ich auch«, erklärte Hillerström. »Dann fahrt ihr lieber wieder nach Hause?«

»Siebenhundert Kilometer mal zwei«, sagte Lindhagen. »Zwei vergeudete Tage.«

»Ihr könnt es hier auf der Wache erledigen. Wir haben eine neue Kaffeemaschine.«

»Wir hätten genauso gut in Kymlinge bleiben können.«

»Vollkommen richtig«, sagte Hillerström. »Ich hoffe für euch, dass ihr gerne Auto fahrt.«

»Wir lieben es, Auto zu fahren. Aber wenn wir schon einmal da sind … verdammt.«

»Müsst ihr erst mit einem Chef sprechen?«, erkundigte sich Hillerström.

»Auf gar keinen Fall«, antwortete Lindhagen. »Wir sind in einer halben Stunde bei euch. Sagt unserem Opfer, er soll sich bereithalten.«

»Schön, dann sehen wir uns gleich«, sagte Hillerström.

»Das Gebäck zum Kaffee bringen wir aus dem Hotel mit«, erklärte Lindhagen abschließend. »Darum braucht ihr euch nicht zu kümmern.«

Die Verbindung funktionierte tadellos. Leif Rute saß zu Hause an einem Schreibtisch und versuchte, verschnupft auszusehen. Schal um den Hals, eine Teetasse neben sich, ein gut gefülltes Bücherregal im Hintergrund. Inspektor Kavafis setzte ein Headset auf und nahm vor dem Kameraauge des Computers Platz. Lindhagen, sauer wie eine unreife Zitrone, platzierte sich außer Sichtweite, aber so, dass er mithören und die Vorstellung beaufsichtigen konnte.

Kavafis gelang es, eine formelle, aber freundliche Stimmlage zu finden, und erklärte, worum es ging, wie viel Uhr es war und wer anwesend war. Leif Rute erklärte seinerseits, dass es ihm leidtue, bei der Polizei nicht körperlich präsent zu sein, es aber unverzeihlich gewesen wäre, angesichts der hohen Infektionszahlen im Land und mit Rücksicht auf die Gesundheit des Polizeicorps ein derartiges Risiko einzugehen. Lindhagen zeigte ihm abseits des Bildschirms den Stinkefinger.

Nach diesen Präludien legte Kavafis wie geplant los. Keines der Geschwister stand unter Verdacht. Es wurde keine irgendwie geartete *Geschichte* erwähnt, Letzteres in Übereinstimmung mit Barbarottis SMS vom Vorabend – weil die Sache sicher schon die Runde gemacht und auch Leif Rute erreicht hatte, dass also seinem kleinen Bruder Lars versehentlich etwas herausgerutscht war. Also ließ man den großen Bruder lieber glauben, dass die Polizei sich nicht für dieses Detail interessierte. Man lullte ihn ein und gaukelte ihm vor, dass man bei den Ermittlungen tatsächlich von einem Kunstdieb ausging.

Es funktionierte. Zumindest, soweit Lindhagen und Kavafis es beurteilen konnten. Man ließ Leif Rute über mögliche diverse Beobachtungen Auskunft geben, die er während der Zeit in Sillingbo gemacht hatte, über fremde Menschen, unbekannte Autos, diskrete Besuche und andere Nebensächlichkeiten berichten.

Außerdem sollte er seine Ansichten über die Beziehungen zwischen den Geschwistern, zu dem Treffen in der Galerie, zu Catherine und der Zuverlässigkeit oder Unzuverlässigkeit des Hausmeisterehepaars kundtun ... und dann, nach einer ganzen Weile peripheren Geplauders in diesem Stil, kam die einzige Frage von wirklicher Bedeutung:

»Es ist natürlich traurig, dass es so enden musste, gerade wo Sie und Ihre Geschwister sich zum ersten Mal nach so langer Zeit wieder getroffen haben. Wie lange liegt es eigentlich zurück, dass Sie sich zu viert gesehen haben?«

»Oje, alle vier?«, antwortete Leif Rute. »Ich würde schätzen, dass es irgendwann in den Neunzigern gewesen sein muss.«

»Ja, richtig«, sagte Kavafis. »Einer der anderen erwähnte ein Mittsommerfest vor fünfundzwanzig Jahren. Kommt das hin?«

Leif Rute simulierte Nachdenklichkeit, ehe er zustimmend nickte.

»Das könnte stimmen. Ich habe die anderen in der letzten Zeit mehrmals unabhängig voneinander gesehen, aber nein, wir alle vier sind wohl seit diesem Mittsommerfest nicht mehr zusammen gewesen.«

»Also 1995?«, fragte Kavafis.

»Gut möglich …«

»Und organisiert hatte das damals Ludvig?«

»Ja … ja genau, das war Ludvig. Er hatte für den Sommer ein Haus gemietet, ich weiß nicht mehr, wo … irgendwo im Landesinneren, ein paar Stunden von Stockholm entfernt, wo ich damals gewohnt habe, ich bin mit dem Auto hingefahren. Aber wo genau? Gute Frage.«

Verdammt, murmelte Lindhagen, hoffentlich außer Hörweite.

Mehr bekam Kavafis nicht aus ihm heraus. *Mittsommer 1995* … vermutlich. *Mittelschweden* … so vage, wie es nur ging. Aber vielleicht reichte das auch; wenn drei Geschwister darauf beharrten, dass ihnen sowohl die Jahreszahl als auch die geografische Erinnerung entfallen waren, machten sie sich verdächtig. Das sollte ihnen eigentlich klar sein, erst recht, wenn sie wirklich etwas zu verbergen hatten.

Und das hatten sie.

Dachte Inspektor Lindhagen im Hintergrund.

Im Vordergrund gelang es Kavafis, das Gespräch in die Länge zu ziehen, denn es glich tatsächlich eher einer Unterhaltung als einer Vernehmung, bis die verabredete Stunde vorbei war. Dann bedankte er sich und überließ seinen Platz Inspektor Lindhagen, der sich mit einem schweren Seufzer und herabgezogenen Mundwinkeln vor dem Computer niederließ.

»Es gibt eine ganz andere Theorie, zu der ich gerne Ihre Meinung hören würde«, begann er. »Sind Sie bereit?«

»Äh ... ja?«, antwortete Leif Rute, sichtlich überrumpelt.

»Dass es gar keinen Gemäldedieb gibt.«

»Ich verstehe nicht ganz.«

»Die Person, die Ihren Bruder ermordet hat, ist von innen gekommen. Hat sich bereits im Haus aufgehalten.«

»Wie meinen Sie das?«, fragte Leif Rute und richtete sich auf seinem Stuhl auf.

»Das ist doch ziemlich offensichtlich, wie ich das meine«, antwortete Lindhagen gereizt. »Dass jemand von euch sechsen der Mörder ist.«

»Uns sechsen ...?«, sagte Leif Rute und sah völlig verständnislos aus. Beugte sich näher zum Bildschirm vor, lehnte sich dann wieder zurück. Lindhagen wartete einige taktische Sekunden.

»Waren Sie dort nicht zu sechst?«, fragte er anschließend.

»Wir waren zu sechst«, bestätigte Leif Rute nach einer kurzen Pause des Kopfrechnens. »Wollen Sie etwa andeuten, dass jemand von uns ...?«

»Ich habe gesagt, dass es eine Theorie ist«, sagte Lindhagen. »Können Sie nicht zwischen einer Andeutung und einer Theorie unterscheiden?«

»Das ist völlig ausgeschlossen«, erklärte Leif Rute. »Warum in aller Welt sollte jemand von uns Ludvig das Leben nehmen wollen? Er hatte uns doch eingeladen, mit ihm Weihnachten zu feiern und ...«

Er fand keine Fortsetzung.

»Wollen Sie damit sagen, wenn er Sie nicht eingeladen hätte, hätten Sie ihn erschlagen können?«, fragte Lindhagen.

»Natürlich nicht. Aber ich verbitte mir Unterstellungen dieser Art.«

»Wie können Sie sich so sicher sein?«

»Sicher? Wie meinen Sie das?«

»Hören Sie«, knurrte Lindhagen und lehnte sich so nah zum Kameraauge vor, dass sein Gesicht auf Leif Rutes Bildschirm vermutlich nicht mehr vollständig zu sehen war; so war es zumindest gedacht. »Sie kennen die anderen fünf doch gar nicht. Ihre Geschwister haben Sie seit einer Ewigkeit nicht mehr gesehen. Catherine Fryxell und Ellen und Linn Rute haben Sie im Grunde gar nicht gekannt. Woher wollen Sie wissen, wozu die anderen, die sich mit Ihnen Weihnachten in diesem Haus aufgehalten haben, fähig oder nicht fähig sind?«

Leif Rute schwieg.

»Haben Sie nichts zu sagen? Soll ich mir notieren, dass Sie die Frage nicht beantworten können? Oder wollen? Diese simple Frage … also, woher wollen Sie das wissen?«

»Ich finde es nur höchst unwahrscheinlich«, antwortete Leif Rute. »Es gab keine Veranlassung, nein, ich lasse mich nicht darauf ein, dass Sie hier solche …«

»Solche was?«

»Solche völlig aus der Luft gegriffenen Behauptungen auftischen.«

»Und wenn ich Ihnen mitteile, dass es nicht ein einziges Anzeichen … *nicht ein einziges* … dafür gibt, dass jemand im besagten Zeitraum von außen in das Haus eingedrungen ist, was sagen Sie dann?«

»Ich sage, dass es nicht meine Aufgabe ist, einen Mordfall zu lösen. Und ich finde, das geht jetzt wirklich zu weit.«

»Wenn Sie meinen«, sagte Lindhagen. »Ich halte fest, dass der Zeuge nicht bereit ist, weitere Fragen zu beantworten.«

»Das habe ich nicht gesagt«, protestierte Leif Rute. »Ich habe *vorgeschlagen*, die Vernehmung abzubrechen, weil …

der ermittelnde Beamte sich darin ergeht, Fragen voller Unterstellungen zu stellen.«

»Ich ergehe mich in gar nichts und unterstelle auch nichts«, entgegnete Lindhagen.

»Entschuldigung. Ich habe nur gemeint, dass …«

»Ich werde auf Sie zurückkommen«, unterbrach Lindhagen ihn und lehnte sich mit vor der Brust verschränkten Armen zurück. »Sehen Sie jetzt lieber zu, dass Sie medizinisch betreut werden.«

»Hä?«, meinte Leif Rute.

»Haben Sie nicht Corona? Damit ist nicht zu spaßen.«

Er klickte ein rotes Symbol an und beendete die Verbindung. Anschließend wandte er sich breit grinsend Inspektor Kavafis zu.

»Was denkst du?«

»Ich weiß nicht, was ich sagen soll«, entgegnete Kavafis.

# 29

Da sowohl Kommissar Stigman als auch Inspektor Toivonen mit Personen in Kontakt gekommen waren, die Corona hatten, fand auch die Koordinierungsbesprechung in Kymlinge am Freitag per Videokonferenz statt. Weder Barbarotti noch Backman hatten etwas dagegen, zu Hause zu sitzen, aber zumindest Barbarotti fragte sich, ob es so auch in Zukunft aussehen würde. Ob man den größten Teil seiner verbleibenden Berufsjahre an einem Bildschirm in der Villa Pickford verbringen würde oder ob die Dinge mit der Zeit zu dem zurückkehren würden, was man im Allgemeinen *die Normalität* nannte.

Manche behaupteten, bereits im Herbst werde alles wieder wie gewohnt ablaufen, sobald der Impfstoff das verdammte Virus in die Knie gezwungen hätte, andere meinten, die Coronaepidemie habe die Welt und die Art der Menschen, zu arbeiten und zu leben, für immer verändert. Barbarotti hatte dazu keine Meinung; es reichte, dass alle anderen eine zu haben schienen. Nicht nur zur Zukunft, sondern auch über Covid-19 und darüber, wie missglückt der Umgang der Behörden mit dem Virus gewesen war. Größtenteils vereinfachende, felsenfest formulierte Antworten auf ungeheuer komplexe Fragen, fand Barbarotti. Die Leute fühlten sich offenbar gut, wenn sie sich einer Sache ganz sicher waren. Man soll kein Fleisch essen. Muslime sind Terroristen. Tottenham ist am besten, und Frauen können nicht Auto fahren. Und Ähnliches in dieser Art. Aber jetzt tauchte Monsieur Chef in einem kleinen Kästchen auf dem Bildschirm auf – mit Beule und allem –, und die Vorstellung konnte beginnen.

»Seid ihr da?«, fragte er einleitend. »Sind alle da?«

Alle – also Barbarotti, Backman, Kavafis, Lindhagen und Toivonen – bestätigten der Reihe nach, dass sie auf ihren jeweiligen Bildschirmen Kommissar Stigman sehen und hören konnten.

»Ausgezeichnet«, sagte Stigman. »Ich möchte von jedem Einzelnen von euch einen vollständigen Bericht erhalten, ausgenommen Toivonen, der in den letzten Tagen nicht am Fall Rute gearbeitet hat. Barbarotti, du leitest die Ermittlungen, du fängst an. Bitte, beginne, ich nehme alles auf, ich will darauf zurückgreifen und es analysieren können.«

Er hat zu Hause nicht genug zu tun, dachte Barbarotti, bedankte sich aber höflich und berichtete von den Vernehmungen in Stockholm und Oskarshamn. Mit Louise und Linn Rute, mit dem schlaflosen und verwirrten Lars und von der merkwürdigen Tatsache, dass seine Ehefrau verschwunden war. Von der Schlussfolgerung, zu der Eva Backman und er gekommen waren, dass es nämlich eine alte Geschichte gab, die eine entscheidende Rolle unter den Geschwistern spielte. Sowie, dass sich dieses Ereignis eventuell während eines Mittsommerfestes Mitte der Neunzigerjahre, schätzungsweise 1995, abgespielt hatte.

»*Irgendeine, eventuell* und *schätzungsweise*«, kommentierte Stigman. »Nicht gerade klar wie ein Gebirgsbach.«

»Stimmt«, sagte Barbarotti. »Nicht einmal wie Kloßbrühe. Aber wenn wir an der Annahme festhalten, dass der Mord an Ludvig Rute eine interne Familienangelegenheit gewesen ist, haben wir dennoch … äh … eine Fahrtrichtung.«

»Eine Fahrtrichtung?«, murrte Stigman. »Ist ein Fahnder im Mordfall Olof Palme auf meinem Bildschirm aufgetaucht, oder was ist hier los? Wo fand dieses wahrscheinliche Mittsommerfest statt? Wo haben sie sich herumgetrieben?«

Eva Backman eilte ihm zur Hilfe.

»Das wissen wir nicht. Wir schauen es uns gerade an.«

»Könnte man sie möglicherweise fragen?«

»Ganz so einfach ist das nicht«, sagte Backman.

»Und warum nicht?«, fragte Stigman. »Warum nicht?«

»Weil es für uns von Nutzen sein könnte, sie nicht zu offensichtlich anzugehen«, erläuterte Barbarotti geduldig.

»Entschuldigt bitte«, fiel Inspektor Lindhagen ihm ins Wort. »Ich möchte behaupten, dass wir einen Hauptverdächtigen haben, aber die Beweislage ist unter aller Kritik. Es hat keinen Sinn, ihn zu verhaften, ehe wir das Motiv ermittelt haben ... so wie es jetzt aussieht, würde kein Staatsanwalt Anklage erheben.«

»Und wer ist dieser Hauptverdächtige?«, fragte Stigman.

»Leif Rute«, sagte Lindhagen. »Zumindest meiner Meinung nach.«

»Und warum gerade er?«

»Die Ausschlussmethode?«

»Nutzlose Methode«, erwiderte Stigman. »Nutzlos.«

»Ich weiß«, sagte Lindhagen. »Aber gut.«

»Nutzlos und gut sind unterschiedliche Dinge«, sagte Stigman.

»Oje«, meinte Lindhagen.

»Ich glaube, Lindhagen hat recht«, erklärte Barbarotti.

»Arbeitest du mit der gleichen Methode?«, fragte Stigman.

»Im Großen und Ganzen«, sagte Barbarotti. »Leif Rute war der Einzige, der in der Schule von Sillingbo allein in seinem Zimmer schlief … wobei wir davon ausgehen, dass eine Tochter und eine Ehefrau nicht im Fokus von uns stehen.«

»Ich bin nicht beeindruckt«, sagte Stigman. »Überhaupt nicht beeindruckt.«

»Es ist nie meine Absicht gewesen zu beeindrucken«, sagte Lindhagen.

»Entschuldigt bitte einen Moment«, schaltete sich Toivonen ein. »Es hört sich fast so an, als würdet ihr wie Runeberg reden.«

»Runeberg?«, sagte Stigman.

»Das ist eine finnische Redewendung, die ungefähr bedeutet, dass man dummes Zeug redet. Darf ich euch an ein kurzes Handygespräch erinnern?«

»Warum nicht«, sagte Stigman seufzend und tastete seine Beule ab. »Wer hat wen angerufen?«

»Ellen Rute Fredin hat Louise Rute angerufen«, antwortete Toivonen. »Am letzten Samstag, um einundzwanzig Uhr zwölf. Das Gespräch dauerte ziemlich genau eine Minute.«

Es wurde für einige Augenblicke still. Barbarotti kam dazu, einem Haufen zerstreuter Gedanken nachzuhängen, ehe Eva Backman an seiner Seite zu einer Schlussfolgerung gelangte.

»Das hatte ich vergessen«, erklärte sie. »Du hast es natürlich erwähnt.«

»Das dürfte jedenfalls bedeuten, dass sie nicht Bescheid weiß.«

»Wer weiß nicht Bescheid?«, fragte Stigman.

»Unsere Ehefrau Ellen in Oskarshamn«, sagte Eva Backman. »Wenn sie tatsächlich ihr normales Handy benutzt und Louise auf ihrem normalen Telefon angerufen hat … und so muss es ja gewesen sein, da sich der Anruf zurückverfolgen ließ.«

»Stimmt genau«, sagte Toivonen.

»Eine Frage«, warf Kavafis ein. »Wann hat die Tochter in Stockholm gehört, wie ihre Mutter über diese Geschichte gesprochen hat?«

»Am Samstag«, sagte Barbarotti. »Samstagabend. Dann haben wir einen ziemlich wahrscheinlichen Ablauf, oder?«

»Ziemlich wahrscheinlich?«, sagte Stigman. »Es wäre schön, wenn wir zur Abwechslung mal etwas *sehr* Wahrscheinliches hätten.«

»Ich würde beinahe so weit gehen, dies zu behaupten«, fuhr Barbarotti fort. »Also folgendermaßen. Ellen Rute hat das aufgeschnappt, was ihr Mann versehentlich über *diese Geschichte* erwähnt hat. Sie will der Sache nachgehen und ruft Louise in Stockholm an, die sie *vermutlich* ... entschuldigt das Wort ... auflaufen lässt. Danach ruft Louise einen ihrer Brüder an ... *vermutlich* Leif, bitte nochmals um Entschuldigung ... und erzählt ihm, dass Ellen sich bei ihr gemeldet hat. Ihre Tochter Linn kommt zur Tür herein und hört zufällig zwei Sätze. Das hängt miteinander zusammen, und danach ...«

»Danach?«, sagte Stigman. »Danach?«

»Danach verschwindet Ellen in Oskarshamn.«

Es wurde wieder still. Barbarotti und Eva Backman konnten die Mienen ihrer Kollegen auf dem Bildschirm beobachten, und Barbarotti fand, dass sie alle den Gesichtsausdruck zeigten, der typisch für einen Neunjährigen ist, der fast gelernt hat, das Wort *intelligent* zu buchstabieren. Oder einen Esel, dem allmählich dämmert, dass er kein Pferd ist.

Woher kommen all diese Bilder?, dachte er. Noch eine gute Frage, aber für die Ermittlung nicht relevant.

»Kompliziert«, sagte Stigman, mit Sicherheit in Bezug auf Ellen Rute Fredin, nicht wegen Barbarottis Bildern. »Außerordentlich kompliziert. Aber weiter jetzt. Lindhagen und Kavafis, lasst hören!«

Die Videokonferenz dauerte noch eine Weile. Kavafis und Lindhagen berichteten über ihre Vernehmung in Sundsvall, für die sie völlig unnötig eintausendvierhundert Kilometer zurückgelegt hatten.

»Allein schon, dass er die Chuzpe besessen hat, uns am selben Tag abzusagen, deutet darauf hin, dass er ein Mörder ist«, meinte Lindhagen, ohne für diese Ansicht viel Gehör zu finden. »Jedenfalls geriet er gründlich aus dem Konzept, als wir von Samthandschuhen zu Boxhandschuhen gewechselt haben. Und ich denke, dass 1995 das Jahr war, in dem dieses Mittsommerfest stattfand. Weiß der Teufel, was damals passiert ist ... oder ob überhaupt etwas passiert ist ... aber wir müssen der Sache unbedingt nachgehen. Bruder Leif behauptet, sich nicht erinnern zu können, wo sie damals waren, das müssen wir also herausfinden.«

»Aber wie?«, erkundigte sich Stigman. »Wie sollen wir das herausfinden?«

»Eine berechtigte Frage«, erwiderte Lindhagen. »Alle drei Geschwister scheinen in diesem speziellen Punkt Gedächtnislücken zu haben.«

»Daumenschrauben?«, fragte Toivonen.

»Nein«, sagte Barbarotti. »Nicht bevor wir offen aussprechen, dass wir sie im Verdacht haben.«

»Entschuldigt«, sagte Kavafis. »Aber apropos Daumenschrauben könnte es sein, dass Lindhagens Boxhandschuhe in Sundsvall ziemlich deutlich nach Verdächtigungen rochen. Sie müssen doch ohnehin darauf vorbereitet sein, dass wir ihnen den Gemäldedieb nicht so ohne Weiteres abkaufen.«

»Erst recht, wenn sie schuldig sind«, ergänzte Eva Backman. »Dann sind sie garantiert vorbereitet. Aber wir haben viel zu wenig in der Hand, um sie ernsthaft unter Druck setzen zu können. Wir müssen nach dem Motiv suchen und die Stelle … oder besser gesagt die *einzige* Stelle, um danach zu suchen, ist Mittsommer 1995. Darin sind wir uns einig, oder?«

Auf dem Bildschirm wurde zustimmend genickt und gebrummt.

»Und dann stellt sich natürlich noch die Frage, was mit Ellen in Oskarshamn ist«, fuhr Backman fort. »Vorerst ist das eigentlich nicht unser Fall, aber es wäre schon ziemlich seltsam, wenn ihr Verschwinden nichts mit dem anderen zu tun hätte.«

»Soll Lars Rute sie umgebracht haben?«, fragte Toivonen.

»Das ist eine Möglichkeit«, erklärte Barbarotti. »Lasst uns jedenfalls hoffen, dass sie bald irgendwo auftaucht. Tot oder lebendig. Oder wenigstens ein paar Blutflecken oder etwas anderes Substantielles. Aber wir lassen die Beamten in Oskarshamn noch ein paar Tage in Ruhe weiterarbeiten, ich halte Kontakt zu ihnen.«

Kommissar Stigman hatte ungewöhnlich lange geschwiegen, und Barbarotti nahm vorläufig an, dass es an seiner Beule lag. Dass er unter den Folgen des kanarisch-russischen Golfballs litt, und nun entschuldigte er sich damit, dass er eine andere wichtige Videokonferenz hatte, und bat Barbarotti, einen Plan für die weitere Arbeit in *dieser bedauerlichen Angelegenheit* zu entwickeln – und ihn im Anschluss darüber zu informieren, welche Maßnahmen in den nächsten Tagen ergriffen werden mussten. Kavafis war ausgenommen, er wurde an anderer Stelle gebraucht.

Danach verschwand Monsieur Chef vom Bildschirm.

Barbarotti dachte drei Sekunden nach, ehe er den anderen mitteilte, dass er etwas Zeit zum Nachdenken benötigte und sich im Laufe des Tages bei jedem Einzelnen von ihnen mit präzisen Anweisungen melden würde.

»Gut«, sagte Lindhagen. »Ruf mich an, wenn du Hilfe benötigst.«

»Versprochen«, sagte Barbarotti.

Und damit war die freitägliche Videokonferenz beendet.

Da es weder schneite, regnete noch stürmte, machten sie einen langen Spaziergang rund um den See Kymmen und arbeiteten dabei die Richtlinien aus, die Stigman gefordert hatte. Dies erwies sich als leichter und zugleich schwerer als erwartet, zumindest formulierte Eva Backman das Problem bereits nach ein paar hundert Metern ungefähr so.

»Das ist doch ein Kinderspiel. Wir müssen nur herausfinden, wo die Geschwister Rute vor einem Vierteljahrhundert Mittsommer gefeiert haben, und dann ermitteln, was damals passiert ist. Du musst mir nur noch erklären, wie wir das anstellen sollen.«

»Lass mich einen Moment darüber nachdenken«, erwiderte Barbarotti, und nach weiteren fünfzehnhundert Metern trug dieses Denken Früchte.

»Sorgsen«, sagte er. »Ich glaube, ich rufe ihn mal an. Er ist gut in so etwas.«

»Er ist krankgeschrieben«, rief Eva Backman ihm ins Gedächtnis.

»Gerade deshalb«, sagte Barbarotti. »Vielleicht will er ja etwas zu tun haben, was er von zu Hause erledigen kann? Du und ich können ja parallel jeder für sich an dem Thema arbeiten.«

»Was ist mit Kavafis? Er ist noch besser.«

»Mag sein, aber Stigman hat ihn abgezogen.«

»Stimmt, ja. Okay, du und ich und Sorgsen. Da kann nichts schiefgehen.«

Inspektor Sorgsen, der eigentlich Borgsen hieß, wegen seiner melancholischen Ausstrahlung aber »sorgsen« (wie »traurig«) genannt wurde, hatte sich Mitte November mit Corona angesteckt und gehörte zu den Menschen, denen das Virus schwer zugesetzt hatte. Mehr als eine Woche hatte er im Krankenhaus gelegen, und zwei Monate später litt er immer noch unter den Folgen. Müdigkeit, Gliederschmerzen, eingeschränkter Geruchs- und Geschmackssinn – soweit die Kollegen im Präsidium wussten.

Als Barbarotti ihn etwas später an diesem Freitag anrief, klang der krankgeschriebene Inspektor anfangs noch düsterer als sonst, aber als ihm das eigentliche Anliegen des Telefonats präsentiert wurde, hellte sich seine Stimmung ein wenig auf. Sorgsen war mit Inspektor Kavafis sicher derjenige unter ihnen, der seine Arbeit besonders ernst nahm. Nicht, dass die anderen leichtfertig mit den Fällen umgegangen wären, in denen sie ermittelten, aber wenn es hundert Steine umzudrehen galt, drehte Sorgsen auch noch den einhundertersten und einhundertzweiten um.

Barbarottis Vermutung, dass er sich nach Arbeit sehnte, erwies sich somit als vollkommen richtig.

»Du machst so viel, wie du willst und kannst«, sagte er, nachdem er die Lage in groben Zügen erläutert hatte. »Und zwar völlig *off-the-record,* ich werde Stigman gegenüber nicht erwähnen, dass du beteiligt bist, sonst flippt er völlig aus. Aber du verstehst, worum es geht, und tust es nur, wenn du Lust dazu hast?«

Sorgsen war einverstanden. Er verstand die Bedingungen

und bat Barbarotti, ihm sämtliche Details zu mailen und sich keine allzu großen Hoffnungen zu machen.

»Ich rufe dich an, weil ich weiß, dass du für diese Art von Problemen der Beste bist«, hielt Barbarotti dagegen.

»Du übertreibst, aber vielen Dank«, sagte Sorgsen. »Ich fange mit dem Toten an, ihr beschäftigt euch mit denen, die noch leben, sollen wir es so machen?«

»Das tun wir«, sagte Barbarotti. »Wir hören voneinander, sobald wir etwas finden.«

»Grüß Backman und die anderen«, sagte Sorgsen.

# 30

Der düsterste Tag des Jahres, der dritte Montag im Januar, der in den englischsprachigen Ländern auch *gloomsday* genannt wird, fiel in diesem Jahr auf den achtzehnten, aber weder Barbarotti noch Backman waren übertrieben niedergeschlagen, als sie frühstückten und dabei auf einen diagonal triefenden Niederschlag hinausblickten, der aus etwa einem Drittel Schnee, einem Drittel Regen, sowie fünf Dritteln windiger Bosheit zu bestehen schien.

»Wenn es so gedacht ist, dass man in dieser Jahreszeit wach sein muss, sollte man zumindest nicht aus dem Haus gehen«, bemerkte Eva Backman.

»Wir müssen nicht zur Arbeit fahren«, sagte Barbarotti. »Die Pandemie hat auch ihre guten Seiten.«

»Das darf man weder sagen noch denken«, erwiderte Eva Backman.

»Ich nehme alles zurück«, sagte Barbarotti. »Aber wenn man es sich nicht leisten kann, auf die südliche Halbkugel zu reisen, kann man genauso gut arbeiten. Wer will an einem solchen Tag schon wandern gehen?«

Sie hatten einige Stunden des Wochenendes der Arbeit gewidmet. An ihren Bildschirmen gesessen, diskutiert und telefoniert, und das Ergebnis war ihnen vielleicht nicht direkt als Erfolg, aber jedenfalls auch nicht als sinnlos erschienen. Drei der vier Geschwister Rute waren unter die Lupe genommen worden, so gut es ging, also *die, die noch lebten,* um mit Sorgsens Worten zu sprechen – mit einem besonderen Schwerpunkt darauf, wo sie im Sommer 1995 in ihrem Leben gestanden hatten.

Louise Rute war damals sechsundzwanzig gewesen, und da bereits einige Jahre im Schauspielfach hinter ihr lagen, war es einfach gewesen, Informationen zu ihr zu finden. Sie hatte, seit sie achtzehn war, auf der Bühne oder vor einer Kamera gestanden. Hatte 1993 bis 1995 ein Engagement als feste Freie am Schauspielhaus Stockholm gehabt und vorher mit kleineren Theatergruppen in Stockholm gearbeitet. Außerdem hatte sie in zehn verschiedenen schwedischen Filmproduktionen (kleinere Rollen in fünf, tragende in fünf) sowie zwei ausländischen Produktionen mitgewirkt, einer dänischen und einer amerikanischen.

In der letztgenannten, dem Hollywoodfilm *Mrs Murphy agonizes,* war Louise im Vorsommer 1995 engagiert gewesen. Gedreht hatte man im Mai und Juni in Kalifornien und Oregon, und offensichtlich war sie mindestens drei Wochen drüben gewesen. Vielleicht auch länger. Dank eines Kollegen beim Los Angeles Police Department hatte Barbarotti am Sonntagabend kurz vor Mitternacht die gesicherte Information erhalten, dass der sechzehnte Juni ihr letzter Drehtag gewesen war, was bedeutete, dass Louise Rute genügend Zeit geblieben war, um rechtzeitig zu einem traditionellen Mittsommerfest irgendwo in ihrem Heimatland zurückzukehren. Die Theorie, dass die gemeinsame Feier der Geschwister 1995 stattgefunden hatte, blieb also weiter plausibel.

Im Internet gab es zahlreiche Fotos von Louise Rute. Sowohl in Film- und Theaterrollen als auch privatere Aufnahmen – häufig war sie auch in festlicher Gesellschaft mit mehr oder weniger prominenten Personen unterwegs. Auffallend oft sah man sie in Begleitung diverser Männer, fröhlich lächelnd und mit einem Glas in der Hand. Ohne die Bildunterschriften zu lesen, die in den meisten Fällen fehlten, konnte Eva Backman viele dieser Männer identifizieren, und sie erkannte, dass Louise Rute in Prominentenkreisen eine umschwärmte junge Dame gewesen war. Im Winter 94/95, also in den Monaten vor ihrem Hollywoodabenteuer, war es vor allem ein bestimmter Herr gewesen, mit dem sie regelmäßig auftauchte, ein dunkelhaariger Mann Mitte dreißig mit einem zwischen hässlich und attraktiv changierenden Äußeren und einem scharfen, leicht überlegenen Blick. Backman meinte ihn zu erkennen, kam aber nicht auf seinen Namen. Es stellte sich heraus, dass Barbarotti einen weißen Fleck in der Größe des Pazifiks hatte, wenn es um schwedische Schauspieler ging, sodass er keine große Hilfe war.

Was die Brüder Leif und Lars Rute anging, waren die Informationen aus nachvollziehbaren Gründen spärlicher gesät. Leif, der 1995 zweiunddreißig wurde, war damals alleinstehend, frisch promoviert mit einer Abhandlung über Wittgenstein, Frege und Russell und wohnte im Stockholmer Stadtteil Vasastan. Er hatte eine zeitlich begrenzte Stelle als Dozent für theoretische Philosophie an der Universität Uppsala inne und war Besitzer eines Bugattis, der früher Prinz Bertil gehört hatte. Es gab in der Zeitung *Dagens Nyheter* ein Bild von dem Wagen und Leif, das anlässlich seiner Promotion im Monat Mai entstanden war.

Der jüngste Bruder Lars war eindeutig der unspektakulärste unter den Geschwistern. In den Jahren 1993 bis 1996 arbeitete er als Sachbearbeiter bei einer größeren Versicherung, eine Stelle, die er offenbar behielt, bis er Ellen Fredin heiratete, woraufhin er umsattelte und Gastwirt in Oskarshamn wurde. Im Sommer 1995 war er neunundzwanzig

Jahre alt, ledig und unter einer Adresse im Stadtteil Fålhagen in Uppsala gemeldet, der Stadt, in der alle vier Geschwister Rute geboren und aufgewachsen waren.

Blieb das Juwel in der Krone. Ludvig Ferdinand Rute, der berühmte Porträt- und Landschaftsmaler, der in der Kunstszene bereits als Dreißigjähriger ein großer und geachteter Name war, sowohl in Schweden als auch im Ausland. Im Sommer 1995 war er vierunddreißig, und fünfundzwanzigeinhalb Jahre später, einen knappen Monat nach seinem Tod, lag er auf dem Schreibtisch des krankgeschriebenen und nachweislich traurigen Kriminalinspektors Karl Borgsen. Bildlich gesprochen.

Es dauerte bis zum Abend des Düstermontags, ehe Sorgsen sich in der Villa Pickford meldete, aber was er zu erzählen hatte, war dafür umso interessanter.

Wie im Falle seiner Schwester gab es auch von Ludvig zahlreiche Fotos, und es wurde häufig über ihn geschrieben, aber Sorgsen hatte trotz seiner Rekonvaleszenz verstanden, wo man nach dem entscheidenden Detail suchen musste, und nach einem geduldigen Überfliegen diverser Klatschspalten in schwedischen Provinzzeitungen hatte er es gefunden.

In der *Nerikes Allehanda* vom 30. Mai 1995.

Schlagzeile: **Der Künstler Ludvig Rute wählt Närke für seinen Sommeraufenthalt**

Bild: Ein Künstler mit Strohhut in einem verknitterten Leinenanzug. Den Arm um eine zwanzig Zentimeter kleinere, dunkelhaarige Frau mit asiatischen Zügen gelegt, auch sie in Leinen gekleidet, aber nicht verknittert. Beide schön und lächelnd. Im Hintergrund eine Steinmauer, ein heller Dachgiebel und ein weißer Kastanienbaum in voller Blüte.

Einleitender Absatz: *Der berühmte Künstler Ludvig Rute und seine japanische Freundin Kyoko Sakamoto lassen sich für den Sommer in Brevens bruk nieder. Bis Ende August haben sie die Casa Sotterhill gemietet und beabsichtigen, Motive aus der schönen Landschaft rund um den See Sottern im südöstlichen Närke zu malen. Frau Sakamoto ist ebenfalls Künstlerin, fertigt im Gegensatz zu Rute jedoch vor allem Aquarelle an.*

Der Fließtext bestand aus einer guten halben Seite mit verschiedenen fröhlichen und positiven Aussagen des Künstlerpaars. Abschließend erklärt die begeisterte Japanerin, dass sie die schwedische Natur und insbesondere die wogenden Gefilde rund um Brevens bruk liebt.

»Man fragt sich, was *wogende Gefilde* auf Japanisch oder Englisch heißt«, kommentierte Sorgsen. »Aber ich schätze, dass Brevens bruk das Ziel von Familie Rute in dem Sommer war. Gibt es noch etwas, wobei ich dir helfen kann?«

»Danke«, sagte Barbarotti. »Du bist unersetzlich. Sieh zu, dass du gesund wirst, ich melde mich auf jeden Fall wieder bei dir.«

»Du bist jederzeit herzlich willkommen«, sagte Sorgsen. »Ich vermisse die Arbeit tatsächlich ein bisschen.«

Sie suchten auf Wikipedia nach Brevens bruk. Ein alter Bergbauort mit einer stillgelegten Eisenerzmine und einem Gutshof aus dem achtzehnten Jahrhundert. Alte, gut erhaltene Industriebauten, ein Museum und schön gelegen am See Sottern.

Unter Casa Sotterhill war nichts zu finden, aber drei Anrufe in Närke genügten, um die Bestätigung dafür zu bekommen, dass es sich um eine sogenannte Großhändlervilla aus den Zwanzigerjahren handelte, die allerdings kein Großhändler erbaut hatte, sondern ein erfolgreicher Amerika-Emigrant, der in seine alte Heimat zurückgekehrt war.

»Na also«, fasste Barbarotti es nach dem letzten Gespräch zusammen. »Jetzt wissen wir hoffentlich Ort und Zeit. Bleibt nur noch herauszufinden, was dort passiert ist.«

»Dieses winzige Detail«, sagte Eva Backman.

# IV.

Juni 1995

# 31

## LARS

Besser so, dachte er, als er in der Nähe von Enköping seinen Toyota auftankte. Besser so, dass sie nicht mitgekommen ist, das hätte alles nur noch schlimmer gemacht. Ich begreife nicht, was ich mir dabei gedacht habe.

Die Frau, die nicht mitgekommen war, hieß Isabell. Werktags saß sie am Empfang der Versicherung, seit vier Jahren waren sie Kollegen, und in letzter Zeit hatten sie jedes zweite Wochenende ein heimliches Verhältnis gehabt. So ging es seit einem Betriebsfest im Februar; ihre Ehe war kürzlich geschieden worden, und sie hatte zwei Kinder, denen er nie begegnet war. Vermutlich, weil sie nicht wollte, dass er sie traf. Oder dass die beiden ihn treffen mussten. Er war niemand, mit dem sie ernsthaft zusammen sein wollte, das hatte er spätestens dann begriffen, als sie ihm für das Mittsommerfest abgesagt hatte.

Das war erst drei Tage her. Anfangs war er enttäuscht, ja, fast wütend gewesen, aber mittlerweile hatte er sich daran gewöhnt und erkannt, dass es wohl besser so war. So würde ihm immerhin erspart bleiben, sich vor seinen grandiosen Geschwistern für sie zu schämen. Es reichte, dass er sich für sich selbst schämte, daran war er gewöhnt.

Aber sie alle drei auf diese Weise zu treffen, fand er seltsam und beunruhigend. Er hatte seine Erinnerungen durchforstet und festgestellt, dass es dazu zuletzt bei Vater Leopolds Beerdigung vor vielen, vielen Jahren gekommen war. Als Mutter Sylvi Jahre später auf dem alten Friedhof in Uppsala unter die Erde gebracht wurde, waren nur er und Bruder Leif anwesend gewesen. Weiß der Himmel, welche Gründe die beiden anderen gehabt hatten, um die Sache zu schwänzen, aber Louise spielte bestimmt irgendwo in einem Film mit, und LDU stand sicher auf irgendeinem Strand in Frankreich und malte nackte Frauenkörper. Es war übrigens nicht er gewesen, der sich diese Abkürzung ausgedacht hatte, sondern Louise. *Ludvig Der Unausstehliche.*

Ja, verdammt, dachte Lars Rute und fuhr von der Tankstelle auf die Straße. Ein Künstler, eine Schauspielerin, ein Universitätsdozent. Und dann ich. Es ist völlig unabsehbar, wie dieser Tag enden wird.

Wenn er es richtig verstanden hatte, war nur Ludvig in Begleitung. Eine junge Japanerin, Lars hatte vor ein paar Wochen ein Foto von den beiden in einer Zeitung gesehen, und Kyoko, wie sie hieß, war wirklich eine Schönheit. Natürlich, warum sollte Ludvig auch mit einer Frau zusammen sein, die nicht schön war?

Er würde niemals eine Isabell wählen, dachte Lars. Nicht, dass an Isabells Aussehen etwas auszusetzen war, aber sie spielte irgendwie nicht in der gleichen Liga.

Er seufzte, sah auf die Uhr und gab Gas. Das Mittagessen würde um eins auf dem Tisch stehen, so war es angekündigt worden, und er wollte auf keinen Fall zu spät kommen. Auch nicht zu früh, aber ihm war nicht ganz klar, wo Casa Sotterhill – das Haus, das Ludvig mit seiner Japanerin für den Sommer gemietet hatte – lag. Den Weg nach Brevens bruk hatte er sich sorgsam eingeprägt, aber danach waren Ludvigs Anweisungen eher vage gewesen.

*Du kannst ja einen Eingeborenen fragen,* hatte er vorgeschlagen. Eine Bemerkung, die typisch für Ludvig Rute war, er fand mit Sicherheit, dass die Leute im Südosten von Närke ein anderer Menschenschlag waren als er und seinesgleichen. Vor ein paar Wochen hatte Lars mit Isabell einen Film gesehen; es war darum gegangen, wie die Engländer sich im neunzehnten Jahrhundert in Indien benommen hatten, und er hatte gedacht, dass sein ältester Bruder sehr gut in diese Welt gepasst hätte. *Koloniales Benehmen,* so nannte man das anscheinend.

Ich bin trotz allem nicht auf den Kopf gefallen, dachte er. Ich habe einiges gelesen. Ich passe nur nicht in diese Familie, in der ich gelandet bin. Es hätten drei Geschwister sein sollen, nicht vier.

Er seufzte erneut und stellte fest, dass auch das Wetter kein Grund zur Freude war. Der Himmel zwischen Enköping und Strängnäs bestand aus einer grauweißen Wolkendecke, die nicht aussah, als beabsichtigte sie, für die Sonne aufzubrechen. Eher waren wohl einzelne Regenschauer zu erwarten, und der Wetterbericht, den er im Radio gehört hatte, bevor er in Uppsala losfuhr, versprach für Mittelschweden fünfzehn bis achtzehn Grad.

Wir werden unter allen Umständen draußen sitzen, hatte Ludvig erklärt. Du besitzt ja wohl einen Wollpullover?

Lars Rute besaß zwei und hatte beide eingepackt.

Darüber hinaus hatte er zwei Flaschen eines teuren Weins dabei. Sie werden ihn sicher nur mit einem Schulterzucken kommentieren, dachte er. Ich hätte lieber eine Palette Dosenbier kaufen sollen.

Kurz nach halb eins erreichte er Brevens bruk. Eine kleine, pittoreske Ortschaft mit gut erhaltenen Bergbau-Industriedenkmälern; er hatte in seiner Enzyklopädie, von der er nur die ersten beiden Bände zum Einführungspreis erworben hatte, darüber gelesen, wobei der Buchstabe B immerhin enthalten gewesen war.

Es war auch nicht schwer, den Weg zur Casa Sotterhill zu finden, weil es am Straßenrand ein Schild gab. Ein Brett, an einen Baumstamm genagelt, darauf nur:

RUTE

Und ein roter Pfeil. Er nahm an, dass der Name des Hauses zu lang gewesen wäre, um auf dem Brett Platz zu finden, war sich aber nicht sicher. Der Nachname der Familie, benannt nach dem Kirchspiel auf Gotland, in dem die vorige Generation des Familienclans das Licht der Welt erblickt hatte, war immer voller Stolz getragen worden, um nicht zu sagen mit einem Hochmut, den Lars schwer nachvollziehbar und tolerierbar fand. Aber sicher, die Dorfbewohner sollten natürlich erfahren, dass sie in diesem Sommer Besuch von feinen Leuten hatten.

Ich muss meine gereizte Stimmung loswerden, dachte er und bog in den schmalen Feldweg ein. Sonst läuft das Ganze aus dem Ruder. Ein oder zwei Schnäpse werden es hoffentlich richten.

Aber so aufmüpfig war er gar nicht, überhaupt nicht. Was er loswerden musste, war seine Nervosität, nicht seinen Ärger. Wenigstens kann ich mich im Juli auf zwei Wochen Griechenland freuen, dachte er. Da gibt es keine aufgeblasenen Geschwister, zumindest nicht meine. Da kann ich zur Geltung kommen. Ich muss nur vorher das hier überstehen.

Er erreichte das Haus. Oder besser gesagt die Häuser, denn es waren zwei, ein größeres und ein kleineres. Beide aus gelb gestrichenem Holz mit roten Ziegeldächern, das größere mit einer verglasten Veranda und grünen Fensterläden. Das kleinere war allem Anschein nach eine Art Gästehaus. Ludvig hatte ihm mitgeteilt, dass er darin schlafen würde. Der Hof vor den Häusern war groß und mit Pfingstrosen und verschiedenen blühenden Sträuchern begrünt, er dachte, dass es möglich wäre, an diesem Ort einen Film zu drehen, der vor fünfzig Jahren spielte.

Abgesehen von den Autos natürlich. Seinem eigenen ramponierten Toyota und den beiden, die etwas weiter weg neben einem Brennholzstapel parkten. Ein Mercedes und ein BMW, wenn ihn nicht alles täuschte. Er rollte dorthin, schaltete den Motor ab und stieg aus.

Ludvig kam ihm entgegen. Außer ihm war niemand zu sehen, aber von der anderen Seite des Hauses drangen Stimmen an sein Ohr.

»Hallöchen, Bruderherz! Ein verdammt hässliches Auto hast du da, aber du bist trotzdem herzlich willkommen. Blut ist dicker als Autos.«

»Hallo, Ludvig«, sagte Lars. »Du hast dich nicht verändert.«

Aber das hatte er. Er sah aus wie John Lennon, zumindest war es wohl so gedacht. Eine runde, braun getönte Brille, lange Haare mit Mittelscheitel und derselbe verknitterte Anzug, den er auf dem Foto getragen hatte, das Lars in der Zeitung gesehen hatte.

Und als die kleine Japanerin um die Ecke kam, war das Kunstwerk komplett.

Aber sie war viel hübscher, als Yoko Ono es jemals gewesen war, fand Lars. Weißes Kleid, blutrotes Halstuch.

»Kyoko«, sagte Ludvig und legte den Arm um sie. »*She knows five words of Swedish.*«

»*Hello*«, sagte Lars. »*Nice to meet you.*«

»Hej«, sagte Kyoko und lächelte mit achtundzwanzig blendend weißen Zähnen. »*Välkommen.*«

»*That was two of them*«, sagte Ludvig und küsste sie auf die Wange. »Komm jetzt, Bruderherz. Der Tisch ist gedeckt, wir warten nur noch auf unsere kleine Schwester.«

Wenn ich mich das trauen würde, hätte ich es auch getan, dachte Lars. Sie auf die Wange küssen.

Der Tisch sah aus, wie ein schwedischer Mittsommertisch auszusehen pflegt. Eine Reihe von Gläsern mit unterschiedlich eingelegten Heringshappen. Neue Kartoffeln, Sauerrahm, Schnittlauch, Knäckebrot, Västerbotten-Käse, zwei Quiches. Pappteller, blau-gelbe Servietten, Biergläser sowie Schnaps- und Weingläser. Zwei Sträuße Wiesenblumen. Flaschen in Eimern voller Eis.

Gedeckt für sieben, zählte Lars. Vier Geschwister und eine Japanerin machten fünf. Er fragte sich, wer die beiden anderen waren, aber in diesem Moment traten zwei Personen aus dem Haus, ein korpulenter Herr um die fünfzig und eine etwas weniger korpulente Dame gleichen Alters. Sie kamen ihm bekannt vor, und als Ludvig sie vorstellte, stellten sie sich als zwei prominente Opernsänger heraus, ein Tenor und eine Mezzosopranistin.

Nicht dass Lars Rute jemals einen Fuß in die Oper gesetzt hätte.

»Wir haben ein Sommerhaus in der Nähe«, erklärte der Tenor. »Wir bleiben nur zum Mittagessen, heute Abend haben wir einen Auftritt.«

»Ich verstehe«, sagte Lars, ohne dass ihm etwas einfiel, was er sonst noch hätte sagen können.

»Und wer sind Sie?«, fragte die Mezzosopranistin, weil Ludvig es unterlassen hatte, ihn vorzustellen.

»Ein Bruder«, sagte Lars. »Also von Ludvig.«

»Haben Sie einen Namen?«, erkundigte sich der Tenor.

»Lars«, sagte Lars und erkannte, dass er schon wieder vergessen hatte, wie das Sängerpaar hieß. Aber er wollte nicht fragen, schließlich waren sie ein bisschen berühmt.

»Angenehm«, sagte die Mezzosopranistin, und dann wurde die Situation dadurch gerettet, dass Bruder Leif auftauchte. Gepflegt wie immer und mit einem kurzen, sorgsam getrimmten Bart. Lars hatte seit Langem den Verdacht, dass er schwul war, aber wenn es stimmte, war es jedenfalls nicht offiziell.

»Hallo, kleiner Bruder«, sagte er. »Schön, dich zu sehen, du bist gewachsen.«

Es war ein alter Scherz, der noch nie lustig gewesen war.

»Das könnte daran liegen, dass ich älter geworden bin«, entgegnete Lars, denn so lautete die vorgesehene Antwort.

Mehr wurde nicht gesagt, weil Louise um die Hausecke bog und alle Aufmerksamkeit auf sich zog. Sie sah müde aus, fand Lars, beherrschte aber dennoch die Kunst, einen Auftritt hinzulegen. Vielleicht litt sie unter Jetlag; wenn er es richtig verstanden hatte, war sie erst am Vortag nach Schweden zurückgekehrt, nachdem sie in Hollywood einen Film gedreht hatte. Sie machte die Runde und umarmte jeden, verharrte ein wenig länger bei Kyoko, und als sie zu Lars kam, der gerade versuchte, seine Weinflaschen in einen der Eiseimer zu drücken, hatte er für einen kurzen Moment das Gefühl, dass sie nicht wusste, wer er war.

»Hallo, kleine Schwester«, sagte er, um ihr auf die Sprünge zu helfen.

»Lars«, sagte Louise und gab ihm einen Wangenkuss.

»Zu Tisch!«, rief Ludvig. »*Après nous le déluge!* Das ist Deutsch und bedeutet, dass nach Louise Rute kein Teufel über die Brücke kommt. Nehmt Platz und lasst es euch schmecken!«

Man ließ sich nieder, aber bevor es Zeit war, sich über das Essen herzumachen, erschienen zwei Frauen mit weißen Hauben. Eine ältere, eine jüngere. Die Frauen, die Hauben sahen gleich alt aus.

»Madame und Mademoiselle Pettersson«, stellte Ludvig sie vor. »Die ungekrönte Königin der Heringseinleger und ihre Prinzessin. Sie werden nun das Feld räumen, aber erst, nachdem wir ihnen tosend applaudiert haben!«

Man klatschte gehorsam. Königin Pettersson und Tochter verneigten sich und schlenderten davon.

Er hat die Fanfare vergessen, dachte Lars. Ich brauche einen Schnaps.

Oder zwei, denn zu seiner Rechten hatte soeben Kyoko Platz genommen, sanft und elegant wie ein junger Schwan, und sein Englisch war immer besser, wenn er etwas Alkohol im Blut hatte.

Zwei Stunden später hatte sich die Lage verändert.

Zweifellos zum Besseren; der Hering, die Beilagen und die Getränke hatten das ihre getan. Lars spürte, dass sich alle Vorbehalte als unbegründet erwiesen hatten. Die Stimmung am Tisch war entspannt, das Opernpaar hatte ein letztes Duett gesungen, ehe es zu seinem Auftritt in der Gegend von Askersund aufgebrochen war, und es hatte nicht geregnet. Lars hatte sich mit Kyoko über dies und das unterhalten, aber nach etwas zu viel Schnaps und Bier und Wein war sie eingenickt. Es sei ein altbekanntes Problem bei Asiaten, hatte Ludvig erklärt, ihnen fehle ein Enzym, das benötigt wurde, um Alkohol abzubauen, deshalb vertrugen sie es nicht, zu trinken wie gewöhnliche Menschen. Er hatte sich seine

Freundin über die Schulter geworfen und sie ins Haus getragen, wo sie mit Sicherheit für den Rest des Tages und des Abends liegen bleiben würde. Was schade war, fand Lars, aber allein, dass er zwei Stunden mit einer so fröhlichen und exotischen Schönheit zusammengesessen und geplaudert, angestoßen und gelacht hatte, gab ihm das Gefühl, dass er trotz allem etwas bedeutete. Dass er ein Mensch war, der genauso viel wert war wie die anderen. Und als Kyoko nach ihrem letzten Schluck Wein einschlief, hatte sie sich an seine Brust gelegt und war dort eine ganze Weile geblieben, bis Ludvig kam und sie hochhob. Und dieser Moment, die fünf oder zehn Minuten oder wie viel es gewesen sein mochten, hätte er gegen sämtliche Reichtümer der Welt nicht eintauschen wollen.

Natürlich war er angetrunken, aber das waren die anderen auch, und auf einmal saßen nur noch die Geschwister am Tisch. Ludvig stellte es auch fest, sah auf die Uhr und erklärte, nun könne sich jeder etwas ausruhen. Der nächste Programmpunkt sei um fünf Uhr Kaffee mit Punsch und eine Partie Krocket.

Zuvor erhob er jedoch sein Glas zu Ehren der Kunst, der Liebe, der Frau und der Silberbibel, und forderte seine Brüder und seine Schwester auf, ihm beim Abräumen des Tischs zu helfen, was bedeutete, das ganze Zeug außer Gläsern und Besteck fürs Erste in schwarze Plastiksäcke zu werfen. Anschließend informierte er sie darüber, dass sie nach der Partie Krocket Rinderfilet und einiges anderes grillen würden. Bruder Leif war als Grillmeister auserkoren worden, japanischer Salat war fertig zubereitet und stand im Vorratskeller. Neue Getränke gab es am selben Ort und warteten darauf, getrunken zu werden. Überhaupt war alles zur allgemeinen Zufriedenheit in der besten aller denkbaren Welten.

Zehn Minuten später lag Lars auf einem Bett im Gästehaus und dachte, dass er nicht mehr so betrunken gewesen war, seit er und Isabell sich auf dem Betriebsfest nähergekommen waren. Als er die Augen schloss, spürte er deutlich, dass die Erde rund war und sich um ihre Achse drehte. *In vino veritas.*

# 32

## LOUISE

Sie hätte nicht so viel trinken sollen.

Sie hätte nicht kommen sollen.

Sie hätte niemals mit Leon Winther zusammen sein sollen.

All dieses *Nicht-sollen.* Sie kauerte sich zusammen, zog die Decke über sich und hoffte, dass es ihr gelingen würde einzuschlafen und dass die anderen nicht auf die Idee kamen, sie zu wecken. Wenn sie den ganzen Abend und die Nacht durchschlafen durfte, würde sie sich morgen vielleicht wie ein Mensch fühlen.

Am liebsten würde sie eine ganze Woche schlafen. Oder eine Zeitlang ins Kloster gehen und die Chance bekommen abzubremsen. Nachzudenken und sich zu entscheiden. Es ging schließlich um ihr Leben, nicht um einen verfluchten Abfahrtslauf.

Oder noch lieber: zurückgehen und noch einmal machen.

Denn die wichtige Entscheidung hatte sie doch schon getroffen, oder?

Was mit dem Rausch kam, war nicht Schlaf, obwohl der Körper danach schrie, sondern eine Art Klarheit. Fast eine Ruhe, als dächte sie über die Erfahrungen und die Situation einer anderen nach, nicht über ihre eigenen. Der Alkohol konnte nützlich sein, für Distanz und Deutlichkeit sorgen, das erlebte sie nicht zum ersten Mal, und am deutlichsten überhaupt sah sie natürlich Leon Winther – und wie mit einem dünnen Faden damit verbunden diesen winzigen kleinen Embryo, der in ihrem Inneren wuchs.

An jenem Tag, an dem die Dreharbeiten da drüben richtig losgegangen waren, hatte sie geahnt, dass sie schwanger war. Eine Woche später hatte sie die Bestätigung erhalten. Am sechsten Juni. Ein Datum, an dem in Schweden überall Flaggen gehisst wurden, meinte sie sich zu erinnern, aber die Lage verdiente ganz sicher keine Flaggen. Eine Lage, die sich durchaus als das Ergebnis einer Vergewaltigung betrachten ließ. Mehr oder weniger, im hellen Nachglühen des Alkohols.

*Ein letztes Mal, Lollo. Zum Teufel, Lollo, ich verspreche dir, dass es das letzte Mal ist.*

Kein anderer nannte sie Lollo. Er hatte es von Anfang an getan, schon vor einem guten halben Jahr, damals, als sie aus freien Stücken mit ihm zusammen gewesen war. Er hatte behauptet, es sei eine Ehrenbezeichnung nach der Filmdiva Gina Lollobrigida.

Verdammter Schwachsinn. Es gab so viel Schwachsinn in diesen erhabenen männlichen Genies. Leon Winther war ein grandioser Schauspieler, aber als Mensch eine Katastrophe. Drogenabhängig. Innerlich zerrissen und brutal. Narzisstisch und empathielos wie ein Panzer.

Dachte Louise und drehte sich zur Wand.

Sie hatte noch genügend Zeit, um abzutreiben. Aber sie wollte keine Abtreibung. Ein Kind war ein Kind war ein Kind. Das war der Entschluss, den sie bereits gefasst hatte. Nicht? Denn nicht das Kind war das Problem, sondern sein Vater.

Jetzt quatschten die Gedanken in ihr. Und die Angst. Er wusste, dass sie heimgekehrt war. Woher? Fünfmal hatte er angerufen, seit sie über die Schwelle ihrer Wohnung getreten war. Nummer unterdrückt, aber es war völlig klar gewesen, dass er der Anrufer war. Sie war nicht drangegangen, hatte nur darauf gewartet, dass er bei ihr auftauchen, gegen die Tür hämmern und durch den Briefschlitz schreien würde. Das war auch früher schon passiert, denn wenn er Drogen genommen hatte, verlor er völlig die Kontrolle über sich. Im Theater war man gezwungen gewesen, sie zu schützen; wenn er auf der Suche nach ihr war, hatte man ihm gesagt, sie sei nicht im Haus.

Damals im Februar und März, da war es am schlimmsten gewesen.

Und auf diese Weise war es weitergegangen, denn niemand zeigte ihn an. Sie selbst nicht, die Theaterleitung nicht, auch sonst keiner. Alle wussten Bescheid, aber er stand ja auf der Bühne, und ihn gegen jemand auszutauschen erschien völlig abwegig. Das Stück von Lars Norén füllte Abend für Abend den Saal, und es war Leon Winther, der ihn füllte. So waren die Bedingungen, die Bedingungen des männlichen Genies. Verdammt, würde sich das jemals ändern?

Dass sie diese Wochen in Kalifornien bekommen hatte, war eine Gnade gewesen, aber vielleicht eine zeitlich begrenzte. Hatte die Gnade immer ein Verfallsdatum?

*Ich muss dich noch einmal vögeln dürfen, Lollo. Ein einziges Mal noch, was macht das schon für einen Unterschied?*

Das war eine Woche, bevor sie ins Flugzeug stieg, gewesen, und allerdings, jetzt, knapp zwei Monate später, gab es einen Unterschied. Auf diesen Unterschied presste sie nun unter der Decke ihre Hände, und sie verstand, dass das Leben beschlossen hatte, ihr diesmal richtig eine mitzugeben. Oder vielleicht nicht mitzugeben … sie *durchzurütteln.* Auf Gedeih und Verderb.

Und der Schlaf ließ sie im Stich. Die Gedanken zerschossen ihn, der Alkohol war ein schlechter Verbündeter. Aber darum ging es ja auch nicht. Es war Leon Winther, der jede Möglichkeit zu Ruhe und Erholung unmöglich machte. Der Übermensch schrie, und das hörte man.

Es hatte im August, September begonnen, und als die bescheuerte dumme Gans, die sie war, hatte sie sich zunächst geschmeichelt gefühlt. Sie hatte eine Rolle in einem Stück von Pinter bekommen, und ihr Partner sollte kein Geringerer als er sein. Der Regisseur erwartete, dass Funken flogen, das Publikum erwartete die gleichen Funken, Winther erwartete sie. Ein wenig Richard Burton gegen Elizabeth Taylor im Land der braven Schweden. Vor und nach der Premiere waren sie in jeder Zeitung zu sehen gewesen, dass sie auch privat zusammen waren, war ein Geheimnis, das ein Witz war. Der das Publikum kitzelte. Der sie und ihn kitzelte.

Anfangs. Doch aus dem Kitzeln wurde ein Juckreiz, wurde ein Schmerz.

Das Stück lief bis in das neue Jahr hinein, die letzte Vorstellung war Mitte Januar. Zwei Tage später machte sie Schluss.

Sie machte im Februar Schluss. Sie machte im März Schluss. Leon Winther begann eine neue Beziehung, kehrte aber zu ihr zurück. Und schlug sie. Sie wollte ihn anzeigen, zeigte ihn aber niemals an. Der April verlief ruhig, sie glaubte, dass es vorbei sei, er hatte eine neue, junge Schauspielerin gefunden.

Aber dann, am ersten Mai, kehrte er für einen letzten Fick zurück. Was machte das schon für einen Unterschied?

Während er sich ihr aufzwang, hörte sie draußen auf der Straße den Demonstrationszug zum Tag der Arbeit. Es war absurd gewesen.

Kein Kontakt, während sie in Hollywood war.

Aber fünf Anrufe am Tag ihrer Rückkehr.

Unterdrückte Nummer. Das musste nicht unbedingt er gewesen sein.

*Dream on, Baby.*

Ein letzter wacher Gedanke: Ich werde niemals erzählen, dass er der Vater des Kindes ist. Nie im Leben. Nicht ihm, nicht dem Kind, niemandem.

Und am Ende schlief sie.

Träumte und weinte im Traum.

# 33

## LEIF

Er wurde davon geweckt, dass jemand weinte.

Anfangs glaubte er, dass es ein Traum war, aber das war es nicht. Ohren und Augen standen offen, und er hörte es immer noch. Gleich nebenan, auf der anderen Seite der Wand mit der geblümten Tapete. Das Weinen kam und ging, jetzt verstummte es.

Er fragte sich, wo er lag und ob es Tag oder Nacht war.

Beides ließ sich relativ leicht klären. Er befand sich in der Casa Sotterhill in unmittelbarer Nähe von Brevens bruk in Närke, es war Mittsommer und Viertel vor fünf Uhr nachmittags. Er hatte sich nach einem unerwartet netten Mittagessen mit Hering, Hering, Hering und allem, was dazugehörte, ein Nickerchen gegönnt. Ein paar Schnäpse, ein paar Bier, ein Glas Wein; er spürte es in Kopf und Körper, aber nicht als etwas Unangenehmes, sondern fast … ja, fast als etwas Befreiendes.

Das traf es ziemlich gut. Nach einem anstrengenden Frühjahr hatte er sich ein gewisses Maß an Verantwortungslosigkeit verdient. Die Doktorarbeit, die Disputation, das Ende einer komplizierten Beziehung – mit einem jungen Pfarrer, der so verzweifelt über seine sexuelle Orientierung war, dass er sich zweimal in der Woche das Leben nehmen wollte. Und diesen Gedanken vermutlich früher oder später in die Tat umsetzen würde. Ein Mal dann, in einer ganz bestimmten Woche.

Er setzte sich auf, rieb sich die Augen und gähnte. Zeit für die zweite Halbzeit. Kaffee und Punsch, Krocket und Grillen. Und er war der Grillmeister.

Er lächelte bei dem Gedanken, hörte nun aber wieder das Weinen.

Verdammt, dachte er. Das muss Louise sein. Was ist mit dir, kleine Schwester? Was hast du jetzt wieder angestellt?

Nicht, dass er sie wirklich kennen würde. Er hatte sie seit Jahren nicht mehr gesehen, nahm aber an, dass sie seit der Pubertät nicht wirklich reifer geworden war. Schauspieler wurden nicht erwachsener. Sie behielten ihre infantile Veranlagung nicht selten ein Leben lang bei. Vielleicht war das in ihrem Beruf von Vorteil.

Er beschloss, zu ihr zu gehen. Und sei es auch nur, weil es Zeit wurde, aus dem Nachmittagsschlaf zu erwachen. In einer Viertelstunde warteten Kaffee und Punsch, wer immer sich darum auch kümmern mochte. Auf Yoko Ono konnten sie bestimmt nicht zählen, aber vielleicht hatte Ludvig ihrem kleinen Bruder Lars den Auftrag gegeben, Kaffee zu kochen. Der Punsch stand sicher schon gekühlt bereit.

Wieso eigentlich Punsch? Was für eine idiotische Idee. Welcher bedauernswerte menschliche Magen war nach fünfzehn Heringshappen in einem See aus Bier und Schnaps bereit für dieses widerlich süße Gesöff?

Aber egal. Er lächelte auch bei diesem Gedanken. Kam auf die Beine, fand seine Schuhe, ein Paar neue blaue Jodhpur-Stiefel, und trottete zu seiner flennenden kleinen Schwester hinüber.

»Warum liegst du hier und heulst, meine Schöne? Ich habe dich durch die Wand gehört.«

So etwas konnte man zu einer Schwester sagen, oder vielleicht auch nicht.

Louise wachte schlagartig auf.

»Hä?«

»Du weinst. Ich habe gefragt, warum.«

»Leif …?«

Offenbar fiel es auch ihr schwer, sich in Zeit und Raum zu orientieren. So wie es ihm wenige Minuten zuvor ergangen war. Er setzte ein Lächeln auf.

»Es ist kurz vor fünf. Es gibt Kaffee und Punsch.«

»O Gott …« Sie setzte sich am Kopfende des Betts halb auf.

»Ich glaube, das Ganze ist freiwillig.«

»Ich bin so wahnsinnig müde, aber ich nehme an, dass man kommen muss?«

»Du tust, was du willst, aber Ludvig ist Ludvig.«

»Aber Yoko Ono pennt bestimmt?«

»Davon gehe ich aus. Aber Yoko Ono ist Yoko Ono.«

Sie richtete sich auf. Mühevoll. Strich sich mit den Händen durchs Haar.

»Darf man vorher pinkeln und sich frisch machen?«

»Wenn du mir sagst, warum du geweint hast.«

»Ich hatte so furchtbare Schmerzen im Knie.«

»Du lügst.«

»Ich bin Schauspielerin, hast du das vergessen? Verpiss dich, großer Bruder.«

Jetzt ist sie jedenfalls wieder ganz sie selbst, dachte Leif und tätschelte ihren Kopf. Aber ich hätte nichts dagegen gehabt, dass sie sich mir anvertraut.

Der Kaffee war obligatorisch, aber es gab eine Ergänzung zum Punsch namens Cognac. Leif dachte, dass mit Ludvig irgendetwas war, das er nie verstanden hatte in jüngeren Jahren, aber er hatte geglaubt, es später im Leben zu verstehen. Wenn aus ihnen Männer geworden waren.

Da hatte er sich jedoch getäuscht, er fand eher, dass Ludvig mit der Zeit immer unverständlicher geworden war. Obwohl die vier Geschwister (sowie eine sturzbetrunkene und schlafende Japanerin) nun unter sich waren, fühlte sich sein großer Bruder gezwungen, alles genau zu regeln und zu organisieren. Den Unterschied zwischen einem Kapitänleutnant (Cognac und Klosterlikör) und einem Goldrand (Cognac und Punsch) zu erklären, Letzteren für alle vier zu mixen, ohne sie vorher zu fragen, von Neuem auf die freie Kunst anzustoßen und die Regeln für die bevorstehende Partie Krocket durchzugehen.

Doch Goldrand und Kaffee taten das ihre, und Leif stellte fest, dass sich die überraschend gute Stimmung vom Mittagessen allmählich wieder einfand, trotz der Abwesenheit von Japanern und Opernsängern. Er konnte fast, aber nur fast, eine Art Verbundenheit mit diesen drei Menschen empfinden, die seine Geschwister waren, und das rührte ihn für einen Moment. Dass Ludvig dominierte und prahlte, musste man hinnehmen, schließlich hatte er sie zu dieser Veranstaltung eingeladen, und wenn man die Einladung angenommen hatte, musste man wohl auch die Prämissen akzeptieren.

Außerdem kam die Sonne heraus, das ganze Quartett wirkte angenehm betrunken, und nun galt es, den Krocketparcours auf dem kurz gemähten Rasen aufzustellen, nach Schlägern und Kugeln zu greifen und die Farben auszulosen.

Sowie noch einen Goldrand zu trinken, ehe man zu dem Rosé überging, der das klassische und vorgeschriebene Krocketgetränk war und den Lars soeben in einem Eimer voller Eis ins Freie trug.

Wir sind fast Götter, dachte Leif Rute.

Die Krocketpartie wogte hin und her. Lars ging früh in Führung und passierte schon zu Anfang das mittlere Tor, dann zeigte Louise unerwartet, was in ihr steckte, rocketierte ihn und schickte seine Kugel in einen Stachelbeerstrauch. Leif begann schwach, und Ludvig rocketierte ihn weg – als sie die Regeln besprachen, hatten sie verabredet, dass Rocketieren von Anfang an erlaubt sein sollte –, verfehlte das mittlere Tor jedoch deutlich, das Louise seiner Ansicht nach falsch platziert hatte. Nach einer Auszeit und neuen Messungen wurde beschlossen, es um einen halben Meter zu versetzen. Im zweiten Durchgang spielten alle vier schwach und stärkten sich mit ein paar Schlucken Rosé. Leif versuchte, »Hier ist es göttlich, schön zu sein« anzustimmen, ein Studentenlied, aber Louise hatte als Einzige unter den Geschwistern eine schöne Stimme, sodass es bei einem Ansatz blieb. Lars ging hinter einer verblühten Fliederhecke pinkeln.

Im dritten Durchgang spielten alle vier taktisch und vorsichtig, und im vierten ging Ludvig knapp vor Lars in Führung. Louise versuchte, Leif zu rocketieren, schlug aber vorbei und landete in einer schlechten Position neben einer Sonnenuhr. Vor dem fünften trank man mehr Rosé, Lars gelang es durch Rocketieren von Ludvig, als Erster den Stab zu berühren, und ungefähr in dieser Phase der Partie hörte man ein Auto, das den Feldweg heraufkam und auf der anderen Seite des Hauses parkte.

Leif warf Ludvig einen Blick zu, um herauszufinden, ob es sich um eine geplante Überraschung handelte, ein neues Sängerduo oder so, kam angesichts der verblüfften Miene seines

Bruders jedoch zu dem Schluss, dass dies nicht der Fall war. Das Spiel wurde unterbrochen, alle vier standen auf ihre Schläger gestützt herum und warteten darauf, dass einer oder mehrere um die Hausecke biegen würden.

Es war nur einer. Ein Mann Mitte dreißig, soweit Leif es beurteilen konnte. Er trug eine Jeans, ein weißes Hemd, ein rotes Halstuch und ein schlotteriges schwarzes Leinenjackett, und kam Leif vage bekannt vor.

»Verfluchter Mist«, sagte Louise.

# V.

# Januar 2021

# 34

Kriminalinspektor Lars Borgsen war seit ein paar Jahren geschieden und wohnte mittlerweile allein in einer Dreizimmerwohnung im Tussilagovägen, in einem Neubauviertel, dessen sämtliche Straßen man nach Blumen benannt hatte.

Die an einem neblig grauen Januarmorgen wie diesem jedoch unisono durch Abwesenheit glänzten, notierte Gunnar Barbarotti, als er in das Viertel hineinfuhr. Es hieß eigentlich Kvarnbo nach einer alten Mühle, die dort einst gestanden hatte, trug im Volksmund allerdings den Namen Schwanzlos, weil die meisten Menschen, die hier wohnten, geschiedene Frauen waren. Der erste Zufluchtsort nach einer gescheiterten Ehe.

Aber eben auch Herr Sorgsen, seiner melancholischen Aura wegen leicht umgetauft. Wenn er vorhat, noch einmal zu heiraten, muss er jedenfalls nicht in die Ferne schweifen, dachte Barbarotti, als er endlich den Weg zu einem Besucherparkplatz gefunden hatte.

Aber das hatte er mit Sicherheit nicht vor. Jedenfalls nicht, solange er noch unter den Folgen seiner Coronainfektion litt und vermutlich auch später nicht. Sorgsen hatte etwas in sich Gekehrtes und Gehemmtes, sie hatten mehr als zwanzig Jahre im selben Haus gearbeitet, aber Barbarotti konnte nicht behaupten, dass er seinen Kollegen kannte. Außer als genau das: als Kollegen. Und in dieser Rolle, als ermittelnder Kriminalpolizist, war Sorgsen einer der akribischsten und besten Beamten überhaupt. Er arbeitete niemals schlampig und gab nie auf. Wenn sich eine Aufgabe lösen ließ, löste er sie. Barbarotti erkannte, dass sehr viel in den Worten lag, die er ein paar Tage zuvor am Telefon geäußert hatte: dass er die Arbeit vermisste. Weil der Job mehr oder weniger identisch war mit seinem Leben.

Erst recht nach der Scheidung, durfte man annehmen. Barbarotti war seiner Exfrau ein einziges Mal begegnet, was zehn oder mehr Jahre zurücklag, und hatte keine Auffassung von ihr oder der gemeinsamen Ehe. Die beiden hatten zwei erwachsene Kinder, das wusste er immerhin, und vielleicht war es diese simple und unausweichliche Tatsache, die das Paar bewogen hatte, sich zu trennen: dass die Kinder flügge geworden waren.

Aber er hatte sich an diesem ungemütlichen Morgen nicht nach Schwanzlos begeben, um Probleme des Zusammenlebens zu diskutieren. Sorgsen hatte ihn am Vorabend angerufen und erklärt, da er nichts Wichtiges zu tun gehabt hätte, habe er weiter zu den Geschwistern recherchiert und dabei möglicherweise das eine oder andere gefunden, was für die Ermittlungen interessant sein könnte. Überraschenderweise hatte er zudem eine kleine Besprechung bei ihm daheim im Tussilagovägen vorgeschlagen; er sei garantiert voller Antikörper, Barbarotti könne also völlig unbesorgt sein, außerdem sei es einfacher zu zeigen, was er herausgefunden hatte, wenn sie sich trafen.

»Aber komm am Vormittag«, hatte er hinzugefügt. »Nach dem Mittagessen habe ich Probleme, mich wach zu halten.«

Mehr hatte er nicht sagen wollen, und Barbarotti war natürlich auf seinen Vorschlag eingegangen. Deshalb irrte er jetzt in einem schneidend ungastlichen Wind umher und versuchte, sich einen Reim auf die Hausnummern in diesem neuesten und modernsten aller Wohngebiete in Kymlinge zu machen. Sorgsen wohnte in Hausnummer 28A, und am Ende fand er sie in einem zweistöckigen orangefarbenen Gebäude zwischen Nummer 36 und 24.

Sorgsen bot ihm Kaffee und Waffeln an, was vielleicht nicht weiter verwunderlich war, wenn man bedachte, dass er im norwegischen Gudbrandstal geboren und aufgewachsen war. Norweger aßen Waffeln, sobald sich ihnen die Gelegenheit dazu bot, das war allgemein bekannt. Sie saßen an einem Küchentisch mit einer himbeerroten Wachstuchdecke, auf der ein dekorativer Gegenstand platziert war, eine kleine norwegische Flagge aus Holz sowie ein gerahmtes Foto von zwei Kindern im frühen Schulalter, einem Jungen und einem Mädchen. Barbarotti nahm an, dass es Sorgsens Kinder waren, wie sie vor fünfzehn, zwanzig Jahren ausgesehen hatten, und dass Sorgsen sie dorthin gestellt hatte, um ihnen jeden Morgen beim Frühstück einen Gedanken widmen zu können. Er spürte, wie eine Welle plötzlicher Zärtlichkeit für diesen vertrauten, aber anonymen Kollegen in ihm aufwallte, und musste sie forträuspern, um zum Alltag zurückzukehren.

Zum Alltag und zu seinem Anliegen.

»Schön, dass du es einrichten konntest«, sagte Sorgsen. »Ich hätte natürlich auch ins Präsidium kommen können, aber da ist die Sache mit meiner Müdigkeit. Ich verschlafe zwei Drittel des Tages.«

»So kann es einem ergehen«, erwiderte Barbarotti. »Aber du wirst sehen, das geht vorbei. Du hast doch keine anderen Nebenwirkungen?«

»Keine ernsten«, sagte Sorgsen. »Geschmacks- und Geruchssinn kehren allmählich zurück, du hast also wahrscheinlich recht. In ein paar Wochen bin ich bestimmt wieder der Alte.«

»Das hört sich gut an«, sagte Barbarotti. »Du musst wissen, du wirst gebraucht.«

»Danke«, sagte Sorgsen. »Ja, ich habe nicht wirklich verstanden, wie viel mir der Job bedeutet. Erst jetzt. Aber ich habe dich nicht hergebeten, um mich zu beklagen. Ich konnte es nicht lassen, mich für diese Geschichte zu interessieren, es war also vielleicht ganz sinnvoll, dass du mich hinzugezogen hast.«

»Ich bin mir sicher, dass es das war«, erklärte Barbarotti. »Wie ich sehe, hast du alte Zeitungen gelesen.«

Er machte eine Geste zu einem dicken Stapel ausgedruckter Blätter, die Sorgsen vor sich auf dem Tisch platziert hatte.

»Genau«, sagte Sorgsen. »Es ist erstaunlich, wie viel man heutzutage von zu Hause aus erledigen kann. Früher saß man in Bibliotheken und suchte. Heute drückt man auf ein paar Tasten, und schwups!, kann man etwas über Bertil Boo im Brevens bruk der Sechzigerjahre lesen.«

»Bertil Boo?«, fragte Barbarotti.

»Der singende Bauer. Hatte einen Bariton, der Frauen vor schmachtender Sehnsucht in Ohnmacht fallen ließ ... ich zitiere eine Schlagzeile aus dem Jahre 1966.«

»Es war eine andere Zeit«, kommentierte Barbarotti. »Aber die Sechziger sind doch für unseren Fall nicht von Interesse, oder?«

»Natürlich nicht«, antwortete Sorgsen. »Ich denke nicht, dass ich auch kognitiv eingeschränkt bin, wie man so sagt. Das war nur ein Beispiel. Ich habe mir vor allem angeschaut, was man über die Geschwister rund um das Jahr 1995 finden kann, und natürlich gibt es in erster Linie Informationen über Ludvig und Louise, weil sie in gewisser Weise berühmt sind … oder waren.«

»Ruhm hat ein Verfallsdatum«, sagte Barbarotti.

»Völlig richtig«, erwiderte Sorgsen. »Nur Menschen wie ich bevorzugen alte Neuigkeiten. Backman und du, ihr hattet euch ja schon auf Louise konzentriert, als wir uns neulich gesprochen haben, aber ich konnte es nicht lassen, auch bei ihr ein bisschen genauer hinzuschauen.«

»Das kann sicher nicht schaden«, sagte Barbarotti.

»Ich hoffe nicht. Jedenfalls wurde dabei schnell mein Interesse an einer Person aus ihrem Umfeld geweckt. Sieh dir diese Bilder an. Sie stammen aus dem Herbst und Winter 94 bis 95.«

Er überreichte Barbarotti drei Kopien, woraufhin dieser seine Brille aufsetzte und sie musterte. Auf allen drei Bildern stand eine junge Louise Rute im Mittelpunkt. Eines der Bilder erkannte er, Eva und er hatten es sich ein paar Tage zuvor angesehen.

»Sie scheint umschwärmt gewesen zu sein«, meinte Sorgsen. »Man findet kaum ein Bild, auf dem sie nicht an einen Mann gelehnt steht.«

»Ich erinnere mich, dass Eva und ich uns Gedanken über einen bestimmten Mann gemacht haben«, sagte Barbarotti. »Aber uns ist nicht eingefallen, wie er hieß.«

»Meinst du diesen Herrn?«, sagte Sorgsen und zeigte auf den Mann, der auf den Fotos zu sehen war, die er herausgesucht hatte.

»Ja, das ist er«, sagte Barbarotti und betrachtete den herausgegriffenen Bewunderer. Wenn es sich um einen Bewunderer handelte, fühlte er sich jedenfalls sichtlich wohl in seiner Haut, genoss die Aufmerksamkeit und die Nähe zu Louise Rute. Eigentlich hatte er auf allen drei Aufnahmen den gleichen Gesichtsausdruck. Ein bisschen lässig, ein bisschen überlegen. Ein Lächeln, das eher professionell als echt wirkte, fand Barbarotti, er war sicher daran gewöhnt, vor einer Kamera zu stehen. Oder auf einer Bühne.

»Wie heißt er?«, fragte er.

»Leon Winther«, sagte Sorgsen. »Klingt das bekannt?«

Barbarotti dachte nach.

»Da klingelt etwas ... aber, nein, mit Schauspielern kenne ich mich nicht aus. Und bei Prominenten ganz allgemein auch nicht, wenn ich ehrlich sein soll.«

»Sie bekommen auch ohne deine tätige Mithilfe genügend Aufmerksamkeit«, erklärte Sorgsen mit einem flüchtigen und für ihn ungewöhnlichen Lächeln. »Jedenfalls wurde er in eben jenem Jahr, 1995, durch etwas ganz anderes bekannt.«

»Aha?«, sagte Barbarotti. »Und wodurch?«

»Er verschwand«, antwortete Sorgsen.

»Verschwand?«

»Exakt. Er hat sich in Luft aufgelöst, könnte man sagen. Keiner weiß, was passiert ist, die gängigste Theorie scheint gewesen zu sein, dass er sich umgebracht hat. Offenbar hatte er Drogenprobleme und war als *bad boy* bekannt, oder wie das auf Französisch heißt ...?«

»*Enfant terrible*?«, schlug Barbarotti vor.

»Ja, genau. Eines dieser zerrütteten Genies, die ihre eigenen Regeln aufstellen und sich ihren Mitmenschen gegenüber so verhalten, wie es ihnen gerade passt. Vor allem, wenn es um Frauen geht, könnte man vielleicht hinzufügen.«

»Du hast dich eingelesen?«, sagte Barbarotti.

Sorgsen nickte und fingerte an dem Blätterstapel herum.

»Ja, das habe ich. Das ist genau der Typ Mensch, über den die Presse nur allzu gerne schreibt. Promis mit Strahlkraft und einer verlockenden dunklen Seite.«

Strahlkraft und eine verlockende dunkle Seite, dachte Barbarotti. Ja, so funktionierte es wohl, leider.

»Wenn du möchtest, kannst du den Stapel mitnehmen und durchgehen«, fuhr Sorgsen fort. »Es ist natürlich nicht gesagt, dass Leon Winther auch nur das Geringste mit deinem Fall zu tun hat, aber ich fand, dass es erwähnt werden sollte. Immerhin war er mit Louise Rute zusammen, bevor er verschwand ... wahrscheinlich jedenfalls, sie waren Bühnenpartner, und man hielt sie auch im richtigen Leben für ein Paar.«

»Hielt?«, sagte Barbarotti.

»Es ist besser, du liest selbst«, sagte Sorgsen und klopfte auf den Blätterstapel. »Es gibt auch einiges über Ludvig Rute, aber ich habe mich eher auf Louise und diesen Winther eingeschossen.«

»Ich werde lesen«, sagte Barbarotti. »Aber wie waren die genauen Umstände, als er verschwand? Warum hat man zum Beispiel über Selbstmord spekuliert?«

Sorgsen zuckte mit den Schultern.

»Ich denke, man nahm an, dass er sich umgebracht hatte, als man nichts fand, was auf etwas anderes hindeutete. Anscheinend liegt er auf dem Grund irgendeines Sees ... oder im Meer. Er wurde am dreißigsten Juni als vermisst gemeldet. Ein Freund von ihm rief die Polizei an, seit mehr als einer Woche hatte keiner Winther gesehen, die beiden waren verabredet gewesen, und der Freund hatte ihn immer wieder angerufen. Er behauptete, er mache sich Sorgen, weil Winther in einer *instabilen Phase* sei ... tja, so hat er sich ausgedrückt. Dann fand man Ende Juli Winthers Auto in der Nähe von Göteborg. Aber wie gesagt, lies selbst, es gibt mit Sicherheit noch einiges mehr, aber hier hast du zumindest ein Gerüst.«

Sorgsen gähnte. Barbarotti erkannte, dass sich die angesprochene Müdigkeit bemerkbar machte und beschloss, dass es Zeit wurde, den Kollegen in Ruhe zu lassen.

»Ich leihe mir deine Kopien und melde mich bei dir«, sagte er. »Es war schön, dich zu sehen, und ich habe das Gefühl, dass du uns auf die richtige Spur gebracht hast. Nicht zum ersten Mal.«

»Wir werden sehen«, erwiderte Sorgsen. »Du solltest den Tag nicht vor dem Abend loben.«

»Das verspreche ich dir«, sagte Barbarotti und stand auf. »Vielen Dank, wir sehen uns dann in zwei, drei Wochen auf der Arbeit.«

»Jetzt hast du gerade den Tag vor dem Abend gelobt«, erwiderte Sorgsen und gestattete sich ein neues blasses Lächeln.

Eigenartig, dachte Barbarotti, während er versuchte, zum richtigen Parkplatz zurückzufinden. Und damit meinte er weniger die Geschichte von dem verschwundenen Schauspieler, die musste warten, sondern wie es gewesen war, mit Sorgsen in seiner Küche zusammenzusitzen und sich zu unterhalten. Ein alter Kollege, den er nie wirklich gekannt hatte und der erst jetzt, weil er sich mit einer heimtückischen Krankheit angesteckt hatte, ein Gesicht bekam.

Das Leben wird nur im Spiegel des Todes deutlich, dachte er. Wenn nicht in dem des Todes, dann im Spiegel der Krankheit.

Warum?, konnte man sich fragen. Warum benötigten wir die Dunkelheit, um das Licht zu sehen?

Es war eine alte Frage, und er fand, dass er darauf nie eine schlüssige Antwort bekommen hatte. Nicht einmal von unserem Herrgott. Was vermutlich bedeutete, dass es keine Antwort gab.

Eine andere Frage – die jedoch immer lauter auf eine Antwort pochte, je mehr sich der beißende Nordwind mit frostigen, kleinen Eiskristallen füllte – lautete, wo um Himmels willen er das Auto in diesem futuristischen Schwanzlos abgestellt hatte.

Eine dritte Frage galt natürlich Leon Winther. Gab es irgendeinen Grund, dieser hauchdünnen Spur nachzugehen? Ein unangenehmer Schauspieler, der seit fünfundzwanzig Jahren verschwunden war?

Das lässt sich bezweifeln, dachte Gunnar Barbarotti und erblickte gleichzeitig sein Auto. Aber ohne den Zweifel ist man bekanntlich nicht klug.

# 35

»Haben wir eine bessere Spur?«, fragte Eva Backman eine Stunde später.

»Haben wir«, antwortete Barbarotti.

»Ah ja?«

»Ich rede gleich mit Oskarshamn. Es ist eine Spur, die in eine andere Richtung führt, aber wir können doch sicher mehrere Bälle in der Luft halten?«

»Zwei schaffen wir bestimmt«, sagte Eva Backman.

»Zumindest, wenn wir den einen Ball nach dem anderen fangen«, sagte Barbarotti.

Eva Backman nickte zustimmend.

»Ich bin jedenfalls froh, dass die Presse auf diese Verbindung nicht gestoßen ist. Wenn sie erst mitbekommen, dass einer von der Truppe, die in Sillingbo Weihnachten gefeiert hat, verschwunden ist, werden bei den Journalisten alle Dämme brechen.«

»Wahrscheinlich«, sagte Barbarotti. »Erst recht, wenn ihnen außerdem klar wird, dass es vielleicht gar keinen Gemäldedieb gibt. Aber kommt Zeit, kommt Rat, und wenn wir uns diesen Leon Winther etwas genauer anschauen wollen … was meinst du, wie wir dann vorgehen sollen?«

»Es muss doch eine Akte geben«, sagte Eva Backman. »Und mit etwas Glück einen alten Kriminalpolizisten, der noch lebt und dessen Gedächtnis noch intakt ist.«

»Genau das habe ich auch gedacht«, sagte Barbarotti. »Kannst du das nicht herausfinden, während ich mit Oskarshamn rede?«

»Hatte Sorgsen das nicht weiterverfolgt?«

»Nein, das hätte er sonst sicher erwähnt.«

»Das sieht ihm gar nicht ähnlich.«

»Daran dürfte Corona schuld sein. Oder er hatte keine Lust, mit Polizisten zu reden, solange er nicht im Dienst ist. Nach einer halben Stunde war er hundsmüde, es dauert sicher noch etwas, bis er wieder ganz gesund ist.«

Eva Backman seufzte.

»Dieses verfluchte Virus. Aber okay, ich wühle ein bisschen, dann sehen wir weiter. Obwohl ich neugieriger darauf bin, was man in Oskarshamn über Ellen zu sagen hat.«

»Ich werde dir alles erzählen«, versprach Barbarotti. »Ich setze mich ins Schlafzimmer und rufe von da aus an.«

»Wozu braucht man ein Präsidium, wenn es Schlafzimmer gibt?«, fragte Eva Backman.

Die Ermittlungen im Falle des Verschwindens von Ellen Rute Fredin wurden von einem Inspektor Antonsson geleitet. Er klang abgeklärt, fand Barbarotti, war aber nicht dabei gewesen, als sie ihren Ehemann Lars im Präsidium von Oskarshamn vernommen hatten. Er war früher Ermittler bei der Landeskriminalpolizei gewesen, hatte sich aber entschieden, in seinen letzten Dienstjahren als Polizist kürzerzutreten.

Zugunsten der Gesundheit und der Liebe, ergänzte er mit einem trockenen Lachen.

Bei der Frage, was mit Frau Rute Fredin geschehen war, hatte man leider nicht besonders viel herausgefunden. Man hatte die üblichen Maßnahmen ergriffen, Nachbarn und Bekannte befragt, aber vor allem mit ihrer Freundin Sabina

Rask-Fredlund gesprochen, die an jenem Samstagnachmittag bei ihrer Freundin zu Besuch gewesen war und bislang die Letzte war, die sie gesehen hatte, bevor sie spurlos verschwand.

»Nicht viel bis jetzt«, erklärte Antonsson. »Aber wir haben um 21.20 einen eingehenden Anruf auf Ellen Rutes Handy registriert ... und wenn wir es richtig verstehen, hat sie den Anruf zu Hause angenommen. Nur eine halbe Minute, und natürlich lässt sich das Telefonat nicht zurückverfolgen. Ihr Ehemann kommt ungefähr zwanzig Minuten später nach Hause, was zu stimmen scheint. In dieser kurzen Zeitspanne, weniger als eine halbe Stunde, sieht sie zu, dass sie verschwindet.«

»Ohne Gepäck?«, fragte Barbarotti.

»Jawohl«, sagte Antonsson. »Es gibt auch keine Anzeichen dafür, dass jemand gekommen ist und sie entführt hat. Ihrem Mann zufolge fehlt im Flur ihr Mantel, aber sie hat nicht das Auto genommen. Offenbar hat sie sich zu Fuß irgendwohin aufgemacht, und es dürfte nicht abwegig sein, wenn wir annehmen, dass dies mit dem Anruf zusammenhängt. Es ist zumindest eine naheliegende Vermutung. Sabina Rask-Fredlund zufolge ... warum haben alle Frauen Doppelnamen ... hatte Ellen nicht vorgehabt, noch auszugehen, als die beiden sich zwei Stunden vorher trennten.«

»Das hat sie uns auch gesagt«, meinte Barbarotti. »Aber es war reichlich Zeit, im Haus aufzuräumen, oder? Nach ihrem Verschwinden, meine ich.«

»Äonen«, antwortete Antonsson mit einem schweren Seufzer. »Ihr Mann hat immerhin drei Tage gewartet, bis er sie als vermisst gemeldet hat. Was das angeht, habe ich ihn tüchtig in die Mangel genommen, ich denke, das hast du auch getan und ... tja, ich glaube ihm. Er kam nach Hause, und sie war nicht da. Sie verstanden sich nicht besonders gut, er sagt, dass eine mögliche Scheidung im Raum stand. Und dass er gegen eine solche Entwicklung nichts einzuwenden gehabt hätte.«

»Mir hat er das Gleiche erzählt«, sagte Barbarotti. »Welchen Eindruck macht er auf dich?«

Antonsson dachte einen Moment nach.

»Ich bin so manchen Mördern von Ehefrauen begegnet«, sagte er. »Nicht gerade eine homogene Gruppe, und ich weiß nicht, ob Lars Rute in dieses Team hineinpasst. Müde und besorgt und etwas wirr ist er, und das sollte man wohl auch sein, wenn die Ehefrau spurlos verschwindet. Im Prinzip könnte er sie natürlich am Samstagabend umgebracht haben, und danach hätte er drei Tage Zeit gehabt, um die Leiche loszuwerden und sämtliche Spuren zu verwischen. Aber unsere Spurensicherung hat im Haus nichts Gravierendes gefunden.«

»Du glaubst also nicht, dass er in die Sache verwickelt ist?«

»Wenn …«, sagte Antonsson und machte eine lange Kunstpause, »… *wenn* dieser Bursche einen Grund dafür hatte, seine Frau loszuwerden, möchte ich behaupten, dass sein Motiv bei euch liegt. Es müsste mit dem anderen Fall zusammenhängen. Verstehst du, was ich meine?«

»Das tue ich«, sagte Barbarotti. »Es gibt also keinen Zeugen, der sie gesehen hat, nachdem sie ihr Haus verließ? Falls sie das tatsächlich getan hat.«

»Eventuell eine Dohle oder zwei«, antwortete Antonsson mit einem neuen trockenen Lachen. »Oder mehr, die sind ja am liebsten in Schwärmen unterwegs.«

»Das ist mir bekannt«, sagte Barbarotti. »Wie sieht es aus, habt ihr mit der Tochter gesprochen?«

»Dreimal«, antwortete Antonsson. »Aber nur über Zoom und am Telefon. Flüge von London sind im Moment ein Problem. Aber sie reist sicher an, wenn es zu einer Entwicklung kommt.«

»Du meinst, wenn ihr eine Leiche findet?«, sagte Barbarotti.

»Zum Beispiel«, erwiderte Antonsson. »Soll ich dir die Vernehmungsprotokolle schicken?«

»Das kann vielleicht nicht schaden«, sagte Barbarotti. »Und lass uns in Kontakt bleiben.«

»Selbstverständlich«, sagte Antonsson. »In beide Richtungen. Du kannst auch ein kurzes Zeitschema für den Samstag bekommen. Wenn du möchtest, maile ich es dir sofort.«

»Gut«, sagte Barbarotti. »Tu das.«

»Und?«, sagte Eva Backman. »Hat Oskarshamn den Fall gelöst?«

»Nicht wirklich«, sagte Barbarotti. »Aber wir haben ein paar Zeitangaben für den Samstag bekommen. Auch wenn sie nicht von entscheidender Bedeutung sind, sollten wir über sie nachdenken.«

»Nachdenken können wir gut«, meinte Eva Backman. »Lass hören.«

Barbarotti schob ihr ein Blatt zu.

»Sieh es dir an.«

*Samstag, 9. Januar. Herr und Frau Rute in Oskarshamn. Louise und Linn Rute in Stockholm.*
*Ca. 14.30. Lars Rute begibt sich zu seinem Freund Hugo Söderberg, um im Fernsehen Trabrennen zu sehen und Bier zu trinken. Knapp zehn Minuten Fußweg liegen zwischen den Wohnungen.*

*Ca. 15.00. Sabina Rask-Fredlund besucht Ellen Rute Fredin, um ein oder zwei Gläser Wein zu trinken und sich zu unterhalten. Kommt mit dem Taxi.*
*Ca. 20.00. Sabina kehrt heim. Taxi.*
*21.12. Ellen ruft ihre Schwägerin Louise Rute in Stockholm an. Das Gespräch dauert etwa eine Minute.*
*Ca. 21.15. Linn Rute kommt nach Hause und hört ihre Mutter »diese verdammte Geschichte« erwähnen, als sie mit jemandem telefoniert.*
*21.20. Ellen Rute wird von einer unbekannten Handynummer aus angerufen.*
*21.20–21.40. Ellen verlässt ihr Haus im Stallarvägen?*
*21.30. Lars Rute verlässt das Haus seines Freundes Hugo Söderberg.*
*21.40. Lars Rute kommt nach Hause?*

Eva Backman las sich die Zusammenstellung durch und runzelte skeptisch die Stirn.

»Die letzten Punkte kommen mir reichlich unsicher vor. Wir können uns zum Beispiel nur an Lars Rutes Aussage dazu halten, wann er nach Hause gekommen ist. Wenn er etwas mit dem Verschwinden seiner Frau zu tun hat, hat er keinen Grund, die Wahrheit zu sagen. Sie könnte sehr wohl daheim gewesen sein, als er von den Trabern und Bieren nach Hause kam.«

»Sicher«, sagte Barbarotti. »Das stimmt natürlich. Du siehst ja, dass ich ein paar Fragezeichen gesetzt habe? Aber …«

»Aber?«

»Aber welchen Grund hatte er, sie umzubringen? Das verstehe ich nicht.«

»Sie hat diese Geschichte ins Visier genommen«, erwiderte Eva Backman. »Nachdem er sie versehentlich erwähnt hatte.

Er hatte Sorge, dass sie zu viel wusste und den Mund nicht halten würde.«

»Aber es war doch schon zu spät«, warf Barbarotti nach einer kurzen Denkpause ein. »Er hat zu lange gewartet, und es kommt mir auch seltsam vor, dass er sich einen ganzen Nachmittag Pferde ansieht und Bier trinkt, und als er wieder zu Hause ist, erschlägt er seine Frau.«

»War es vielleicht nicht geplant?«, sagte Eva Backman.

»Ja, die Möglichkeit besteht. Aber es gibt noch eine andere.«

»Ah ja?«

»Er könnte jemanden angeheuert haben, es zu tun.«

»Einen Auftragsmörder. Woher hast du das nur alles?«

»Von hier«, antwortete Barbarotti und setzte einen Zeigefinger auf seine Stirn. »Mehr als dreißig Jahre Erfahrung mit Straftätern und sechzig mit lebhafter Fantasie.«

»Schön, dass du nicht Kombinationsfähigkeit gesagt hast«, meinte Eva Backman. »Möchtest du hören, was ich über unseren Freund Leon Winther herausgefunden habe?«

»Klar«, sagte Barbarotti.

»Vorher einen Kaffee?«

»Kaffee währenddessen.«

Eva Backman trank einen Schluck und fing an.

»Dass er ein *bad boy* war und *ein bisschen* mit Louise Rute zusammen war, wussten wir ja schon, aber es stellt sich die Frage, ob es vielleicht mehr war als *ein bisschen*. Ich habe eine Kollegin von ihr erwischt, die fast die ganzen Neunzigerjahre am Stockholmer Schauspielhaus gearbeitet hat. Pernilla Stahre, ich weiß nicht, ob du schon einmal von ihr gehört hast?«

Barbarotti schüttelte den Kopf.

»Tut mir leid.«

»Das habe ich mir fast gedacht. Jedenfalls kannte sie auch Leon Winther … oder *hatte Erfahrungen mit ihm gemacht* … sie drückte es lieber so aus. Und sie erinnerte sich, dass er in dem Winter ausgesprochen anhänglich war, was Louise Rute betraf. Also vierundneunzig und fünfundneunzig. Die beiden waren zusammen gewesen, aber als Louise Schluss machen wollte, fiel es ihm schwer, das zu akzeptieren. Das war typisch für ihn, behauptet Pernilla Stahre. Sie dachte, dass die Beziehung vorbei war, als Louise im Mai nach Hollywood fuhr, aber bei Leon Winther wusste man das nie so genau. Er war, ich zitiere, ein ziemlich attraktives Schwein, und je mehr vom Attraktiven abfiel, desto mehr Schwein blieb übrig.«

»Treffend formuliert«, sagte Barbarotti.

»Wohl wahr. Offenbar gab es nicht viele, die ihm nachtrauerten, als er verschwand. Auf der Bühne konnte er gut sein, abseits von ihr dagegen nie. Ein total empathieloser Drecksack, der sich einbildete, er wäre ein Genie, nicht zuletzt, wenn er Drogen genommen hatte, und das hatte er meistens … ich zitiere wieder.«

»Aber die Beziehung mit Louise Rute war im Mai fünfundneunzig vorbei?«

»Pernilla Stahre glaubt schon.«

»Hm.«

»Ich sage auch *hm.* Aber weiter, ich habe nämlich auch noch mit einem pensionierten Inspektor in Göteborg gesprochen, der Fall landete bei ihm, weil Winthers Auto an der Westküste gefunden wurde. Konrad Sirén, mittlerweile über achtzig, hat während der ganzen Pandemie allein mit seiner Katze in seiner Wohnung gehockt und schien mir nicht mehr ganz klar im Kopf, aber wer wäre das unter diesen Umständen?«

»Fand er es toll, dass du ihn angerufen hast?«

»O ja. Ganz toll, wir hätten zwölf Stunden quatschen können. Ich musste ihm versprechen, mich wieder bei ihm zu melden, um das Gespräch beenden zu können.«

»Es ist schade um die Menschen«, sagte Barbarotti. »Aber was hat er über Winthers Auto gesagt?«

»Es wurde zwanzig Kilometer nördlich der Stadt gefunden. Der Ort heißt Borstaberg, es gibt dort eine hohe Steilküste, und der Wagen stand auf einem Parkplatz an einem Aussichtspunkt ein Stück vom Abhang entfernt. Vierzig, fünfzig Meter geht es dort laut Inspektor Sirén hinunter, sodass die Theorie lautete, dass er gesprungen ist. Man durchsuchte das Auto, weil das Standard ist, aber als man nichts Verdächtiges wie Blutflecken und Ähnliches fand, beließ man es dabei. Zeugen konnten außerdem bestätigen, dass der Wagen schon ziemlich lange dort gestanden hatte, mindestens einen Monat, im Wasser nach einer Leiche zu suchen, erschien deshalb sinnlos.«

»Man brauchte nur darauf zu warten, dass sie angetrieben wurde.«

»Genau. Aber das ist nie passiert.«

»Hm«, wiederholte Barbarotti.

»Dieses *Hm* musst du mir erklären.«

»Da gibt es nicht viel zu erklären«, sagte Barbarotti seufzend.

»Versuch es trotzdem.«

»Okay. Wenn ich jemanden umbringe und anschließend sein Auto loswerden will, wäre es doch bescheuert, wenn ich das Auto da stehen lassen würde, wo ich mich der Leiche entledigt habe.«

»Brillant«, sagte Eva Backman. »Du würdest die Leiche im Norden in Arjeplog vergraben und das Auto in Bromölla im Süden stehen lassen.«

»*Great minds think alike*«, sagte Barbarotti.

»Ja, ich weiß, dass du das immer sagst. Aber mein großer Geist hat plötzlich das Gefühl, dass … tja, dass wir diesen Fall nie lösen werden.«

»Das denke ich praktisch immer«, sagte Barbarotti. »Und wenn man dann doch die richtige Spur verfolgt hat, ist es eine freudige Überraschung. Das nennt man O.P.«

»O. P. Anderson Aquavit?«, erkundigte sich Eva Backman.

»Nein. Optimistischer Pessimismus. Die Methode passt nicht wirklich zu meinem Glauben, deshalb wende ich sie nur bei der Arbeit an.«

»Jetzt kenne ich dich schon so lange, und trotzdem hast du noch deine Geheimnisse.«

»Mein Inneres ist ein Schrottplatz voller Geheimnisse«, erklärte Barbarotti und kratzte sich am Kopf. »Aber jetzt kann ich nicht mehr denken, mir brummt der Schädel. Wollen wir nicht lieber einen Spaziergang machen? Es regnet nicht, und es schneit auch nicht.«

»Weil man besser denkt, wenn man sich bewegt?«

»Genau. Wir gehen einmal um den See, und danach lösen wir den Fall beim Mittagessen.«

»Na dann«, sagte Eva Backman.

Doch ehe sie auf dem verschlungenen Weg rund um den Kymmen einen Kilometer weit gekommen waren, wurden sie von einem unangekündigten Regenguss überrascht, und aus dem guten Einfluss der Bewegung auf ihr Denken wurde nichts.

# 36

»Dein Handy«, sagte Eva Backman.

Es war Samstag, der dreiundzwanzigste Januar, eine müde Morgendämmerung schwebte vor den Fenstern, und sie frühstückten im Bett. Barbarotti sah auf das Display.

»Stigman. Um halb neun an einem Samstagmorgen. Soll ich drangehen?«

»Glaubst du, er gibt auf, wenn du es nicht tust? Stell ihn auf laut, es ist besser so.«

Barbarotti drückte zweimal und atmete tief durch.

»Guten Morgen, Chef.«

»Guten Morgen«, sagte Stigman. »Ich dachte, wir hätten uns auf einen aktualisierten Bericht gestern Nachmittag geeinigt. Es ist aber keiner gekommen.«

»Das stimmt«, sagte Barbarotti. »Wir sind bis weit in den Abend hinein sehr beschäftigt gewesen. Und dann wollte ich so spät nicht mehr anrufen.«

»Sehr beschäftigt?«, sagte Stigman. »Das deute ich so, dass ihr vorankommt. Oder seid ihr mit etwas anderem sehr beschäftigt gewesen?«

»Ich meine natürlich die Arbeit«, antwortete Barbarotti. »Aber wenn wir gewisse Dinge über das Wochenende durchgehen, macht es vielleicht Sinn, das Ganze am Montagmorgen zu besprechen?«

»Gewisse Dinge?«

»Ja.«

Es wurde sekundenlang still. Jetzt wägt er ab, dachte Barbarotti. In der einen Waagschale liegt, dass er gestern keinen Bericht bekommen hat, in der anderen, dass ich ihm gerade versprochen habe, am Wochenende zu arbeiten.

»Ein kurzes Briefing jetzt«, entschied Stigman. »Und eine gründliche Besprechung am Montag um zehn. In meinem Büro, jetzt ist mal gut mit Home-Office. In meinem Büro im Präsidium.«

»Ich finde den Weg«, sagte Barbarotti.

Stigman ließ es ihm durchgehen.

»Aber wie sieht es denn jetzt aus? Kurz zusammengefasst, ganz kurz. Dieser Fall muss gelöst werden, und das nicht erst in einem Fernsehprogramm in zehn Jahren. Sind wir uns einig?«

Barbarotti seufzte.

»Ja, ja. Die Lage sieht im Großen und Ganzen so aus, dass wir nicht auf Indizienbeweise hoffen können und uns deshalb auf das Motiv konzentrieren. Warum wurde Ludvig Rute ermordet?«

»Ohne Motiv kein Verbrechen«, sagte Stigman.

»So sieht es in der Regel aus«, erwiderte Barbarotti. »Die meisten Mörder haben einen Grund zum Morden, zumindest sehen sie selbst es so.«

»So sieht es aus«, sagte Stigman. »Haargenau so.«

Eva Backman hob das Frühstückstablett zur Seite, verdrehte die Augen und verließ das Bett.

»Und wo finden wir im Fall Rute die mörderischen Gründe?«, fuhr Stigman fort.

»In Brevens bruk«, sagte Barbarotti.

»Brevens …?«

»… bruk. Genauer gesagt an Mittsommer 1995.«

»Äh …?«, sagte Stigman.

»So sieht es etwas verkürzt aus«, sagte Barbarotti. »Brevens bruk liegt übrigens in Närke. Wollen wir uns die Details für den Montag aufheben?«

Stigman schwieg wieder. Barbarotti wartete.

»Okay«, sagte Stigman schließlich. »Dann also am Montag. Aber es sieht so aus, dass es vorangeht? Ihr macht Fortschritte?«

»Große«, antwortete Barbarotti. »Ich wünsche dir einen schönen Samstag.«

Dieser Golfball, dachte er, als er das Gespräch weggedrückt hatte.

»Er ist verändert«, erklärte er, als Eva Backman zum Schlafzimmer und Frühstück zurückgekehrt war. »Kann man von einem Golfball dement werden?«

Eva runzelte die Stirn.

»Ich habe irgendwo gelesen, dass die englische Fußballnationalmannschaft von … 1966, glaube ich, jedenfalls wurden sie in dem Jahr Weltmeister im eigenen Land … dass also die Spieler der Mannschaft vierzig Jahre später fast alle dement waren. Zu viele Kopfbälle.«

»Interessant«, sagte Barbarotti und verlor einen Klecks Marmelade in seinen Kaffee. »Aber der Golfball ist ja noch keine vierzig Jahre alt. Ich finde, wir sollten Stigman den Tipp geben, dass es in unserer Stadt ein Krankenhaus gibt. Er lebt ja auch allein, da kann man richtig verrückt werden.«

»Du solltest froh sein, dass du mich hast«, meinte Eva Backman.

»Das bin ich auch«, sagte Barbarotti. »Ich glaube nicht eine Sekunde an dieses Geschwafel über den einsamen Menschen, der gleich einem Hund der Witterung folgt, oder wie das bei Gunnar Ekelöf heißt …?«

»Ich auch nicht«, sagte Eva Backman und strich ihm über die Wange. »Schmeckt das gut, Marmelade im Kaffee?«

»Die Marmelade wird besser, aber der Kaffee schlechter«, antwortete Barbarotti, und ehe er dazu kam, sich weiter in diese wichtige Frage zu vertiefen, klingelte es erneut.

»Wieder dein Handy«, sagte Eva Backman. »Wenn es Stigman ist, musst du nicht laut stellen.«

Barbarotti sah nach.

»Das ist nicht Stigman. Das ist Antonsson.«

»Antonsson in Oskarshamn.«

»Ja.«

»Dann stell ihn laut.«

Barbarotti tat, wie ihm geheißen, und meldete sich.

»Entschuldige, dass ich dich an einem Samstagmorgen anrufe«, begann Antonsson. »Aber hier tut sich etwas, und ich dachte mir, dass du es hören willst.«

»Schön, dass du anrufst«, sagte Barbarotti. »Was tut sich denn?«

»Lars Rute ist diese Nacht in der psychiatrischen Notfallambulanz aufgenommen worden, und wir haben eine Zeugin«, erklärte Antonsson.

»Was?«, platzte Eva Backman heraus.

»Du hast eine Frau an deiner Seite?«, sagte Antonsson.

»Sie ist sowohl Frau als auch Polizistin«, sagte Barbarotti. »Und Partnerin.«

»Deine, hoffe ich?«, sagte Antonsson.

»Absolut«, sagte Barbarotti. »Aber was sagst du denn da … Psychiatrie und Zeugin?«

»Was willst du zuerst hören?«, fragte Antonsson. »Es hängt nicht zusammen.«

»Die Psychiatrie«, sagte Eva Backman. »Ich heiße übrigens Backman, Kriminalkommissarin von Beruf.«

»Angenehm«, sagte Antonsson, und man hörte, dass er lächelte. »Nun, unser Freund Lars Rute ist diese Nacht in Kalmar in die Psychiatrie aufgenommen worden. Offenbar hat er jeden Kontakt zur Wirklichkeit verloren. Mehr weiß ich im Grunde nicht. Doch, ein Bekannter von ihm hat ihn hingefahren. Sein Trabrennkumpel, Hugo Söderberg.«

»Diese Nacht, sagst du?«, fragte Barbarotti.

»Ja, kurz nach drei ist er aufgenommen worden.«

»Wie kommt es, dass du das weißt? Das ist ja nur ein paar Stunden her?«

Antonsson ließ sein trockenes Lachen hören.

»Auch ich habe eine Partnerin. Sie arbeitet dort, häufig nachts. Sie ist gerade eben nach Hause gekommen und hat es mir erzählt. Wir teilen unsere Schweigepflichten miteinander.«

»Das tun wir auch«, sagte Eva Backman. »So ist es am einfachsten.«

»Genau«, sagte Antonsson. »Wie auch immer, das ist eigentlich das Einzige, was mir bis jetzt bekannt ist. Heute Nachmittag spreche ich mit Söderberg. Und irgendwann mit einem Arzt in Kalmar.«

»Habt ihr in Oskarshamn keine Klinik?«, erkundigte sich Barbarotti.

»Doch, doch, ein richtig schönes Krankenhaus. Und tagsüber auch eine Praxis für Psychiatrie. Söderberg hätte eigentlich nach Västervik fahren müssen, aber das wusste er nicht.«

»Es war vielleicht ein bisschen stressig?«, schlug Barbarotti vor.

»Das denke ich auch. Ich habe noch nicht ausführlich mit ihm gesprochen, aber eine Zeit mit ihm ausgemacht. Ich dachte, ihr wollt vielleicht irgendwie dabei sein. Er kommt ins Präsidium, wir können euch am Bildschirm zuschalten, das ist ja inzwischen fast schon Standard.«

»Hervorragend«, sagte Barbarotti. »Wann?«

»Um vier. Er behauptet, er müsse sich erst mal ausschlafen. Und bei Lars Rute werden wir uns wohl in Geduld üben müssen.«

»Klingt vernünftig«, sagte Eva Backman. »Aber vielleicht kommst du ja vor vier noch dazu, deine Partnerin genauer zu befragen.«

»Das erledige ich, wenn sie aufwacht«, versprach Antonsson. »Wollen wir vielleicht zu einer anderen Zeugin übergehen?«

Inspektor Antonssons zweiter Beitrag zu den Ermittlungen an diesem Samstagmorgen sah so aus:

Um 18.35 Uhr am Freitagabend hatte eine Frau namens Denise Krafft die Polizei in Oskarshamn angerufen und angegeben, sie verfüge über Informationen. Ein Polizeianwärter Kerjan hatte das Gespräch angenommen, und weil er sofort ahnte, worum es ging, das Telefonat aufgenommen. Antonsson hatte es sich zweimal angehört und für den Samstag einen Termin mit Frau Krafft verabredet.

Sie behauptete, ein dunkles Auto gesehen zu haben, und zwar am Abend des neunten Januars um kurz vor halb zehn vor dem Haus der Eheleute Rute im Stallarvägen, an jenem Samstag also, an dem Ellen Rute verschwand.

Denise war mit ihrem Hund unterwegs gewesen, einem Kleinpudel namens Zlatan, und als sie zirka zehn Minuten später zurückkehrte, war das Auto nicht mehr da gewesen. Sie war sich ziemlich sicher, dass der Motor lief, als sie an ihm vorbeikam, und dass mindestens ein Mensch darin gesessen hatte. Diese Beobachtungen hatte sie gemacht, weil Zlatan versucht hatte, an das Hinterrad des Wagens zu pinkeln, eine seiner Unarten, und weil es ihr gelungen war, ihn von dieser Dreistigkeit abzuhalten. Mit knapper Not. Sie hatte sich ein wenig geschämt, aber nicht erkennen können, ob sie und ihr Hund jemandem im Fahrzeug aufgefallen waren.

»Denise Krafft kommt um drei«, sagte Inspektor Antonsson abschließend. »Allerdings ohne Pudel. Wollt ihr da auch dabei sein? Und Hugo Söderberg kommt dann direkt danach an die Reihe?«

»So machen wir es«, stimmte Barbarotti ihm zu. »Aber wie kommt es, dass die Frau sich bei der Polizei gemeldet hat? Wusste sie, was mit Ellen Rute passiert ist?«

»Oskarshamn ist eine kleine Stadt«, sagte Antonsson. »Saltvik ist ein Vorort und noch kleiner. Außerdem stand es in der Zeitung.«

»Ich verstehe«, sagte Barbarotti. »Ich wünsche dir einen schönen Tag bis … bis wir uns via Bildschirm sehen.«

»Hier ist ein richtiges Mistwetter«, sagte Antonsson. »Ich glaube, ich bleibe noch ein paar Stunden im Bett.«

»Das tun wir auch«, erwiderte Barbarotti und erntete ein trockenes Lachen als Antwort.

»Solche Bullen mag ich«, meinte Eva Backman, als Barbarotti Antonsson weggeklickt hatte. »Das macht einem Hoffnung.«

»Da gebe ich dir recht«, sagte Barbarotti. »Erinnert er nicht ein bisschen an mich?«

Eva Backman lächelte.

# 37

Denise Krafft schien um die dreißig zu sein. Blond, ein wenig blass, ein wenig beunruhigt.

Die Fähigkeit besitzen wir zumindest noch, dachte Barbarotti. Die Leute zu beunruhigen. Immerhin etwas.

Inspektor Antonsson sah kein bisschen beunruhigt aus. Er hatte ein freundliches, in Stein gemeißeltes Gesicht, wenn eine solche Kombination möglich ist, kurze, ergraute Haare und eine kleine, rechteckige, auf eine großformatige Nase hinabgerutschte Brille. Er erklärte Denise, dass es sich um eine einfache Zeugenvernehmung zu den Beobachtungen handelte, von denen sie am Vortag am Telefon berichtet hatte. Damit alles korrekt war. Anschließend stellte er ihr die zugeschalteten Kollegen in Kymlinge vor, und Denise winkte ihnen unbeholfen zu.

»Sie sitzen einfach dabei und hören zu, stellen aber vielleicht auch noch Fragen, wenn Sie und ich fertig sind«, verdeutlichte Antonsson. »Wir glauben, dass die Dinge, die Sie an dem Abend bemerkt haben, wichtig für einen Fall sein könnten, in dem wir gerade ermitteln … sowohl hier als auch in Westschweden. Sie erzählen nur, was Sie wirklich gesehen haben und versuchen nicht, zu spekulieren oder zu raten. In Ordnung?«

Denise Krafft erklärte, das sei für sie in Ordnung.

»Ausgezeichnet«, sagte Antonsson und lehnte sich zurück.

»Erzählen Sie uns bitte von dem Spaziergang mit Ihrem Hund, den Sie am Abend des neunten Januars gemacht haben.«

Das tat Denise Krafft. Sie berichtete detailliert, wie sie um Viertel nach neun mit Zlatan zur obligatorischen Abendrunde aufgebrochen war. Dass sie sich für eine der drei üblichen Spazierwege entschieden hatte und nach ungefähr zehn Minuten in den Stallarvägen eingebogen war und ein Auto gesehen hatte, das auf der falschen Straßenseite geparkt stand. Dunkel, eventuell schwarz, aber es hätte genauso gut eine andere Farbe in einem dunkleren Ton sein können, denn dort, wo es gehalten hatte, befand sich keine Straßenlaterne. Sie konnte ohne Zögern die genaue Stelle angeben, weil es dort einen kleinen Verteilerschrank gab und Zlatan dort immer schnüffelte und pinkelte.

Antonsson unterbrach sie kurz und erläuterte den Kollegen in Kymlinge, dass er vor Ort gewesen und die Angaben kontrolliert hatte, sowie dass der Verteilerschrank fast auf der Grenze zwischen zwei Grundstücken verlief, nur einen Meter von Familie Rutes Anwesen entfernt. Ungefähr zehn Meter von ihrer Auffahrt.

»Danke«, sagte Barbarotti.

»Danke«, sagte Eva Backman. »Alles klar.«

Denise Krafft setzte ihren Bericht fort, und soweit Barbarotti es beurteilen konnte, stimmte er in jedem Punkt mit dem überein, was Antonsson am Morgen erzählt hatte. Der Pudel, der an ein Rad pinkeln wollte, aber nicht durfte. Das Auto, dessen Motor wahrscheinlich lief und in dem eine oder zwei Personen saßen. Und dass es fort war, als sie sieben, acht Minuten später auf dem Heimweg war. Oder auch neun, aber nicht mehr als zehn.

»Können Sie etwas mehr über das Auto sagen?«, fragte Antonsson. »Die Marke? Alt oder eher neu?«

»Von Automarken verstehe ich nichts«, gestand Denise. »Ich habe nicht einmal einen Führerschein. Weder neu noch alt, würde ich denken … vielleicht zehn Jahre alt, aber ich weiß es nicht. Dunkel und mittelgroß.«

»Und die Person oder die Personen im Auto? Sie sind sich sicher, dass es mindestens eine war?«

»Ja, vorne saß jemand. Ich bin mir ziemlich sicher, dass es ein Mann war. Und es könnte noch jemand hinten gesessen haben, aber das bilde ich mir vielleicht auch nur ein.«

»Woher wissen Sie, dass vorne ein Mann saß und keine Frau?«

»Sein Gesicht habe ich natürlich nicht gesehen, es war ja dunkel im Auto. Es war eher der Körper … ziemlich korpulent, und die Art, wie er saß. Oh, ich meine, er hätte eine Mütze aufgehabt … so eine Baseballkappe.«

»Saß er auf dem Fahrersitz?«

»Ja.«

»Wie sieht es aus, würden Sie die Eheleute Rute erkennen, die in dem Haus wohnen?«

»Nein. Obwohl ich ihr Bild in der Zeitung gesehen habe, sie wird ja vermisst. Das dürfte ja wohl … nein, schon gut.«

»Sprechen Sie weiter.«

»Das dürfte ja wohl der Grund dafür sein, dass ich hier sitze?«

»Dazu können wir nichts sagen. Wie oft kommen Sie mit Zlatan am Stallarvägen vorbei?«

»Oh, zweimal in der Woche vielleicht. Vielleicht auch dreimal, Hunde brauchen ihren Auslauf, und ich sammle immer alles ein.«

»Stehen in der Straße häufig Autos geparkt?«

»So gut wie nie. Zumindest abends nicht, es ist eine sehr ruhige Straße. Außerdem …«

»Ja?«

»Außerdem stand der Wagen wie gesagt auf der falschen Seite. Der linken.«

»Okay. Ist Ihnen etwas an dem Haus aufgefallen, vor dem das Auto parkte?«

»Nein … nein, was soll das gewesen sein?«

»Zum Beispiel, ob in den Fenstern Licht brannte oder ob es dunkel war?«

»Nein, daran habe ich nicht gedacht. Ich war vor allem damit beschäftigt, Zlatan von dem Auto wegzubekommen.«

»Und im Garten oder in der Auffahrt. Wie sah es da aus?«

»Keine Ahnung.«

»Kein Mensch?«

»Ich glaube nicht. Das hätte ich gesehen.«

»Danke, Denise«, sagte Antonsson. »Haben unsere Freunde in Kymlinge noch Fragen an unsere Zeugin?«

»Ich habe eine«, sagte Barbarotti. »Und sie gilt nur der Geografie. Der Stallarvägen ist eine Sackgasse, habe ich das richtig verstanden?«

»Ja«, antwortete Denise. »Die Straße ist nur hundert Meter lang. An ihrem Ende gehe ich für eine Runde in den Wald und anschließend wieder zurück.«

»Als das Auto weggefahren ist, muss es also in Ihre Richtung gefahren sein und dann gewendet haben?«

»Ja, am Ende des Stallarvägen gibt es einen kleinen Wendehammer.«

»Haben Sie während Ihres restlichen Spaziergangs mit Zlatan ein fahrendes Auto gesehen?«

»Nein, ich glaube nicht. Wenn es im Wendehammer gedreht hat, muss das passiert sein, als ich auf dem Waldweg war.«

»Danke«, sagte Barbarotti.

»Danke«, meldete sich Eva Backman. »Ich habe keine Fragen.«

»Schön«, sagte Inspektor Antonsson. »Dann verabschieden wir uns fürs Erste von Kymlinge.«

Denise Krafft winkte erneut und wirkte erleichtert. Eva Backman streckte die Hand aus und klickte sie weg.

»Einen Kaffee vor dem nächsten Zeugen?«, fragte Eva Backman.

»*Yes*«, sagte Barbarotti. »Ich kümmere mich darum. Dieses Fernsehen macht mich ein bisschen schläfrig.«

Hugo Söderberg war ein ganz anderer Typ als Frau Krafft. Anfang sechzig. Korpulent, schwer und aufgeblasen. Mundwinkel, die nach unten zeigten und schon viel gesehen hatten.

»Verdammt, was für eine Nacht«, begann er, als Antonsson ihn bat, alles mit seinen eigenen Worten zu erzählen. »Aber man tut, was man kann. Bei Lars ist eine Sicherung durchgebrannt, er wird nie mehr er selbst sein.«

»Wie gut kennen Sie ihn?«, fragte Antonsson.

»So gut, wie man einen anderen kennen kann«, antwortete Söderberg. »Und das schon seit zwanzig Jahren, würde ich sagen. Seit er das Fridolin übernommen hat, ich hatte das Ladenlokal nebenan und hab dort schon zu Zeiten des alten Fredin zu Mittag gegessen. Schuhe, ich habe Schuhe verhökert. Siebzig Prozent Damen-, dreißig Prozent Herren-, die Weiber haben vier Füße, die Kerle zwei, das ist das Erste, was man in der Branche lernen muss. Meine Frau stand im Laden, ich habe mich um den Rest gekümmert. Hab alles verkauft, als sie vor zwei Jahren gestorben ist. Aber Lars Rute, verdammt …«

»Sie haben ihn gestern in die Notaufnahme gebracht«, erinnerte Antonsson ihn.

»Ja klar, was tut man nicht alles? Er war völlig von der Rolle, ich habe es schon gemerkt, als ich ihn am Donnerstagabend angerufen habe. Seit Ellens Verschwinden ist er ein bisschen wirr gewesen, aber jetzt klang er völlig weggetreten. Er laberte von einer Esmeralda. Wer zum Teufel ist Esmeralda, habe ich gefragt und erfahren, dass es eine Katze war. Lars hat doch verflucht noch mal gar keine Katze. Ich habe ihm gesagt, er soll einen Cognac trinken und ins Bett gehen, dann könnten wir morgen … also gestern … weiterreden. Aber als ich ihn gestern angerufen habe, war es noch schlimmer.«

Er verstummte, zog sein Handy heraus und legte es vor sich auf den Tisch.

»Weiter«, sagte Antonsson.

»Ja, ja, gleich. Wie dem auch sei, gestern um die Mittagszeit habe ich ihn also wieder angerufen, und da hörte er sich an, als wäre er gar nicht richtig wach … oder besoffen oder als hätte er einen Schlag bekommen. Er lallte und redete wirres Zeug. Aber seit Ellen verschwunden ist, hat er ja nicht mehr geschlafen, da drückt der Schuh wohl am schlimmsten. Wenn man nicht schlafen kann, wird man früher oder später verrückt, das weiß ja jeder. Jedenfalls habe ich ihm gesagt, dass ich mich später noch einmal melde und ihn gegen sieben Uhr abends wieder angerufen. Ich dachte, wir könnten uns heute vielleicht treffen und Trabrennen gucken wie immer, aber diesmal hörte es sich an, als würde er heulen. Ein erwachsener Mann, der flennt, habe ich gedacht, jetzt kannst du Lars vergessen. Und dann hat er wieder mit dieser blöden Katze angefangen … Esmeralda. Er müsse Esmeralda finden, behauptete er, sonst würde alles in die Brüche gehen. Was zum Teufel meinst du damit, dass alles in die Brüche geht, wollte ich wissen, und da meinte er, er könne nicht mehr weiterleben. Nicht ohne Esmeralda und Lisa. Lisa ist seine Tochter, sie lebt in London, und wenn es diese verdammte Pandemie nicht gäbe, sollte sie zusehen, dass sie nach Hause kommt und sich um ihren armen Alten kümmert.«

Inspektor Antonsson wollte etwas sagen, kam aber nur dazu, den Mund aufzumachen.

»Aber ich habe auch eine Tochter und weiß, wie die sind«, fuhr Söderberg fort. »Wie auch immer, ich habe natürlich gehört, dass es ihm total dreckig geht, dem alten Lars, ja, er ist ehrlich gesagt zehn Jahre jünger als meine Wenigkeit, aber das spielt hier ja keine Rolle. Also bin ich zu ihm gefahren. War so gegen neun, halb zehn bei ihm, und da kroch er nur in Unterhose durch das Haus und suchte nach dieser blöden Katze. Stundenlang habe ich versucht, ihn zur Vernunft zu bringen, aber es wurde nur immer schlimmer. Er murmelte unverständliches Zeug vor sich hin, hämmerte mit geballten Fäusten auf den Fußboden, flennte und schluchzte und schlug sich selbst mit einer Ananas gegen den Kopf. Was zum Teufel hatte eine Ananas damit zu tun? Irgendwann habe ich ihm dann gesagt, dass wir ins Krankenhaus fahren müssen. Aber damit war er erst einverstanden, als ich ihm gesagt habe, dass dort Esmeralda ist, in der Klinik in Kalmar. Da hat er nachgegeben, und auf der Fahrt ist er Gott sei Dank ruhig geblieben, sonst hätten wir uns noch totgefahren. Ja, verdammt, was für eine Nacht.«

Hugo Söderberg verstummte und griff nach seinem Handy.

»Muss nur kurz das erste Rennen checken. Ich habe da bei einem Gaul auf Sieg gesetzt.«

Die Vernehmung ging noch zwanzig Minuten so weiter, und Eva Backman dachte wieder einmal, dass diese Videomeetings manchmal eine ganz vortreffliche Innovation waren.

Man konnte einen Menschen durch einen simplen Mausklick abschalten.

Sie ersparte sich, darüber nachzudenken, was das möglicherweise auf Dauer in einer anderen Art von Gesellschaft bedeuten mochte, aber es war definitiv ein Vorteil, dass sie nicht Hugo Söderbergs Redefluss in die richtige Richtung manövrieren musste. Und eine kleine Freude, dabei zuzuschauen, wie Inspektor Antonsson es tat. *Dreißig Jahre bei der Landeskriminalpolizei*, hatte Barbarotti gesagt, und das merkte man. Es kam darauf an, Söderberg zu entlocken, ob Lars Rute in seinem halb oder völlig psychotischen Zustand etwas von sich gegeben hatte, das mit dem Verschwinden seiner Frau zusammenhing. Oder mit dem Weihnachtsfest in Sillingbo.

Oder mit einem gewissen Mittsommerfest in Brevens bruk im südöstlichen Närke.

Aber obwohl Antonsson meisterhaft lockte, unterschiedliche Blickwinkel fand und ausprobierte, kam nichts, und am Ende sahen er und die Fernsehzuschauer in Kymlinge sich gezwungen festzuhalten, dass Lars Rute trotz seines zerrütteten Zustands weder das eine noch das andere zugegeben hatte. Oder auch nur etwas gefaselt hatte, das mit Sillingbo oder dem Verschwinden seiner Frau zu tun hatte.

Doch, über Ellen hatte er wirres Zeug geredet, laut Hugo Söderberg aber nur Dinge, die jeder andere Typ auch sagen würde, dem das Gleiche passiert war. Eine bessere Hälfte, die sich in Luft auflöst, mein Gott.

Es war natürlich auch keine Option, Söderberg zu enthüllen, welchen Verdacht man eventuell hatte. Antonsson verzichtete deshalb auf direkte Fragen und deutlichere Kommentare und kam irgendwann nicht mehr weiter. Ob es möglich wäre, in der Psychiatrie von Kalmar ein Gespräch mit Lars

Rute zustande zu bringen – und wenn ja, wann –, stand in den Sternen. Ärzte und anderes Pflegepersonal klatschten nicht gerade Beifall oder hießen einen herzlich willkommen, wenn ein Polizist hereinstiefelte und dem Heilungsprozess ihrer Patienten Knüppel zwischen die Beine werfen wollte.

Die rasant steigenden Infektionszahlen trugen wahrscheinlich auch nicht dazu bei, etwas an dieser Einstellung zu ändern.

Barbarotti und Backman waren sich jedoch einig, dass Antonsson getan hatte, was in seiner Macht stand, und man beschloss, sich in der nächsten Woche gegenseitig auf dem Laufenden zu halten, nachdem die Mühlen einige weitere Drehungen gemahlen hatten. Oder stillgestanden hatten.

Hugo Söderberg winkte zum Abschied nicht in die Kamera, vielleicht hing das auch damit zusammen, dass er mit seinen Tipps schon nach dem zweiten Rennen gründlich danebenlag, da hatte sich nämlich ein norwegisches Kamel an seinem todsicheren Tipp vorbeigeschoben und mit einer zwölftel Kopflänge gewonnen. Jeder Tag hat seine eigenen Plagen.

# VI.

## Juni 1995

# 38

## LARS

»Verfluchter Mist«, sagt Louise.

Lars denkt im ersten Moment, dass er sich verfahren hat, dieser Typ, der dort breitbeinig neben einer Pfingstrose steht und sie mit einem selbstsicheren Lächeln auf den Lippen anglotzt.

Dass er zu einem anderen Mittsommerfest unterwegs war und auf den kleinen Straßen falsch abgebogen ist. Er passt irgendwie nicht hierher. Es liegt an seiner Kleidung, aber auch an etwas anderem. An seiner Ausstrahlung vielleicht. Sonnenbrille und rotes Tuch um den Hals. Weltgewandt, leicht überheblich. Sicher, auch Ludvig kann sowohl weltgewandt als auch überheblich auftreten, aber nicht so.

Das sind nur flüchtige Gedanken, die vorbeihuschen. Und Louises Fluch passt nicht dazu, dass der Neuankömmling am falschen Ort ist. Sie weiß, wer er ist, sie kennt ihn.

Und freut sich nicht, dass er gekommen ist. So ist das.

Die drei Brüder warten locker auf ihre Krocketschläger gestützt. Keiner von ihnen ist nüchtern, aber sie sind auch nicht müde oder unkonzentriert. Der Rosé und die Partie haben ihre Lebensgeister geweckt, und Lars hat das Gefühl, dass sie sich alle ein wenig über die Unterbrechung ärgern.

»Lollo, meine Schöne«, sagt der Fremde. »Endlich erwische ich dich. Wie Ambrosia in meiner durstigen Kehle.«

Er breitet die Arme aus und macht einige Schritte auf Louise zu, die ihm zufällig am nächsten steht. Sie ist sekundenlang wie gelähmt, dann dreht sie den Kopf und lässt den Blick hastig zwischen ihren Brüdern wandern.

»Helft mir.«

Es soll wohl ein Flüstern sein, eine Aufforderung, die nicht für die Ohren des Neuankömmlings bestimmt ist, aber es funktioniert nicht. Er hört, was sie sagt.

»Was zum Teufel, Lollo? Hier ist der König durch halb Schweden gefahren, um seine geile Königin zu finden, das wenigste, was man verlangen kann, ist ja wohl, dass du dich in meine Arme wirfst. Wer sind diese Clowns? Doch nicht etwa deine Liebhaber? Wir wollen hoffen, dass sie deine Brüder sind.«

Er hört sich an, als stünde er auf einer Bühne, und Lars erkennt, dass der Mann total high ist. Kein vernünftiger Mensch redet oder verhält sich so. Wie hat er es nur geschafft, in diesem Zustand Auto zu fahren?

»Du hast dich doch sicher nach mir gesehnt?«, fährt der Fremde fort, geht zu Louise und umarmt sie. Von hinten, weil sie sich umgedreht hat. Er ist fast einen Kopf größer als sie, und wie es aussieht, groß und kräftig, sodass sie keine Chance hat, sich aus seiner Umarmung zu befreien.

Aber sie hat eine Stimme.

»Leon, verflucht, lass mich los!«

Er lässt sie nicht los. Presst sich stattdessen fest an sie und bewegt seine Hände, die eine zu ihrer Brust, die andere zu ihrem Schoß.

»Lass mich los, du Schwein!«

Und endlich reagieren ihre Brüder. Erst Ludvig, dann Leif.

Sie rennen hin und reißen den Fremden, der offenbar Leon heißt, von ihrer kleinen Schwester Louise weg.

Oder versuchen zumindest, ihn wegzureißen, denn erst, als auch Lars zu Hilfe eilt, gelingt es ihnen. Drei Brüder und der Fremde stolpern rücklings ins Gras. Lars bekommt einen Ellbogen auf die Nase und blutet.

Doch dieser Leon ist bärenstark – vielleicht werden auch ungeahnte Kräfte freigesetzt, wenn man irgendwelche Amphetamine eingeschmissen hat, es ist schwer zu sagen – und macht sich frei. Louise versucht, hinter einem niedrigen Strauch in Deckung zu gehen, aber Leon wirft sich quer durch das Gebüsch und bekommt ihren Arm zu packen.

»Ich werde dich ficken!«, brüllt er. »Versuch nicht, mich daran zu hindern!«

Die Brüder rappeln sich auf, auch Lars, trotz seiner blutenden Nase, und fangen den Eindringling wieder ein. Reißen ihn zum zweiten Mal fort von Louise, und diesmal bleiben sie auf den Beinen.

Drei Männer halten einen vierten fest, der Flüche und Obszönitäten ausspuckt, fern von der Bühnensprache, die er nur zwei Minuten zuvor benutzt hat.

Und dann passiert es.

In der Sekunde, als in der Ferne eine Kirchenglocke ertönt. Lars weiß es noch nicht, aber für den Rest seines Lebens wird der Klang von Kirchenglocken ihn immer an diesen Moment erinnern. An das, was zur Mittsommerzeit auf einem Rasen am Rand von Brevens bruk passiert.

Louise, die ihren Krocketschläger hebt.

Die kurz zögert, ehe sie zuschlägt.

Die einen Volltreffer landet.

Und noch einen, ehe der Fremde das Gleichgewicht verliert und fällt.

Die Brüder lassen ihn fallen. Er kriecht über den Rasen, während Blut von seinem Kopf strömt und er neue Flüche ausstößt.

Ludvig hat seinen Schläger genommen und versetzt ihm einen weiteren Schlag. Schräg auf den Hinterkopf, aber er trifft ihn nicht richtig, und der Fremde kriecht weiter.

Danach Leif.

Dann Lars.

Und wieder Ludvig und anschließend Louise.

So hageln die Schläge. Von allen vieren, Schlag auf Schlag auf Schlag, es ist, als wären die Geschwister endlich, ein einziges Mal in ihrem Leben, zusammengekommen und übernähmen gemeinsam die Verantwortung für etwas. Es hat etwas nahezu Feierliches.

Und der Fremde kriecht nicht mehr. Sein Kopf ist eine blutige Masse, er liegt reglos im Gras und wird nie mehr ficken oder auf einer Bühne stehen.

»Das reicht.«

Es ist Ludvig, der es beendet.

»Das reicht«, wiederholt er, nun irgendwie nachdenklich. Und dann stehen sie dort mit ihren blutigen Krocketschlägern, in einem engen Viereck um ihr Opfer herum. Lars merkt zwei Dinge; das eine ist, dass er seinen Puls an den Schläfen pochen hören kann, das zweite ist, dass der Alkohol in einer Wolke verschwindet, er kann es förmlich sehen. Er hat einen klaren Kopf und weiß, was gerade geschehen ist, wird sein Leben definieren. So heißt das, er hat es vor ein paar Wochen in einem Buch gelesen. *Definieren*; und nicht nur sein Leben, sondern ihrer aller Leben.

Das Leben der Geschwister Rute. Als sie dieses eine Mal zusammenkamen, geschah es, um einen Feind zu töten, und jetzt ist es vollbracht.

»Wir müssen nachdenken«, sagt Ludvig.

»Wir können das nicht auf unsere Kappe nehmen«, sagt Leif.

»Er war ein Schwein«, sagt Louise.

Lars sagt nichts. Keiner scheint das, was passiert ist, zu bereuen.

Sie trinken Kaffee und beraten sich. *Definieren* die Probleme.

Die Leiche ist das erste. Sie muss vom Krocketplatz verschwinden. Fürs Erste versteckt, später vergraben werden.

Das Auto ist das zweite. Es muss auch weg. Weit weg, darf nicht mit der Casa Sotterhill oder Brevens bruk in Verbindung gebracht werden.

Kyoko ist das dritte. Sie darf nicht aufwachen.

Und als Lars Stunden später ins Bett geht, als das dünne, verführerische Dunkel der Mittsommernacht bereits bleicher wird, sind die Probleme geregelt worden.

Das heißt, *vorläufig* geregelt worden. Die Leiche des Schauspielers Leon Winther liegt eingerollt in einem alten Teppich, den Ludvig aus einem Haufen Gerümpel in einem der Schuppen angeschleppt hat und den keiner vermissen wird. Der Teppich ist wiederum in vier schwarze Plastiksäcke gehüllt, jeweils zwei wurden von jeder Seite darübergestreift. Am Vormittag des Mittsommertages werden Leif und Lars im Wald die endgültige Beerdigung vornehmen, während Ludvig, Louise und Kyoko einen Spaziergang durch den historischen Bergbauort unternehmen. Das Grab haben sie bereits ausgehoben, es ist sechs Fuß tief. Keiner wird es jemals finden.

Leon Winthers Auto, ein Bentley etwas älteren Modells, ist zu einem dichten Wäldchen in der Nähe des Wegs zur Casa

Sotterhill gebracht worden. Niemand wird es entdecken, vor allem Yoko Ono alias Kyoko Sakamoto nicht, und später, am Nachmittag des Mittsommertags, wird es quer durch Schweden zu einem Ort gefahren werden, der nicht das Geringste mit Brevens bruk oder den Geschwistern Rute zu tun hat.

Frau Sakamoto wiederum wachte zwar am Abend kurz auf, wünschte sich aber nichts sehnlicher, als etwas Wasser zu trinken und im Bett bleiben zu dürfen.

All das geht Lars durch den Kopf, während er in einem anderen Bett liegt. Und dieses seltsame, anhaltende Gefühl von Feierlichkeit. Sie haben einen Menschen getötet, aber in einem Akt der Solidarität.

Der Solidarität mit ihrer Familie. Die Brüder haben ihre Schwester verteidigt, und auch wenn dieses Gefühl morgen verschwunden sein wird, denkt er, oder sich zumindest verflüchtigt hat, wird ihm die Erinnerung daran bleiben.

Die Erinnerung an diesen ganzen Tag, er wird niemals mit jemandem darüber sprechen können, was passiert ist, es ist eine Sache, die unter den Geschwistern bleiben wird, und er ahnt, dass sie sich trotzdem nicht näherkommen werden.

Vermutlich wird das Gegenteil der Fall sein. Eine immer stärker geronnene Blutsverwandtschaft.

*Geronnene Blutsverwandtschaft*. Er lächelt über das Bild. Bevor sie sich für die Nacht trennten, hatten sie ein Glas Cognac miteinander getrunken. Er nimmt an, dass er deshalb keine Reue empfindet. Nur diese eigenartige Feierlichkeit.

Und er dankt seinem Schöpfer dafür, dass Isabell keine Lust hatte, mit ihm Mittsommer zu feiern.

# 39

## LEIF

Während sie in westlicher Richtung durch Schweden fahren, denkt er vor allem an seine Schwester.

Und daran, dass er am Steuer eines Bentleys sitzt, und zwar zum ersten Mal, und zu seiner stillen Freude stellt er fest, dass ihm sein Bugatti besser gefällt. Der allerdings so schön ist, dass er ihn in Stockholm so gut wie nie aus der Garage holt, in der er verwahrt wird.

Aber Louise. Sie, die hundert Meter hinter ihm in einem anderen Auto sitzt und die Geschwister Rute zu einem Quartett von Mördern gemacht hat. Fröhlich, frei, könnte man sagen, aber besonders fröhlich war es natürlich nicht gewesen. Er fragt sich, ob ihm mit Verzögerung ein verborgener Schock ereilen wird. Ob er und die anderen noch unfähig sind zu erfassen, was sie getan haben. Schließlich übertritt man allen Theorien nach eine Grenze, wenn man zum ersten Mal einen Menschen tötet, man landet in einer neuen moralischen Landschaft. Aber wann entdeckt man das? Wann sieht man diese neue Landschaft? Ist diese Verzögerung die Verteidigung des Bewusstseins gegen das Unerhörte? Gegen das Verbotene, das höchste Gebot? *Du sollst nicht töten.*

Und warum ist es der Philosoph in ihm, der jetzt mit dieser neunmalklugen Argumentation auftaucht? Um ihn zu retten und die notwendige Distanz zu schaffen? Als er mit seinem Krocketschläger auf den Schädel des sterbenden und bereits toten Eindringlings eindrosch, immer wieder, hatte es keine Distanz gegeben. Keine philosophische Fassade, nur ein Reptiliengehirn, das brodelte und vor Entzücken jauchzte.

Aber Louise hatte als Erste zugeschlagen. Ohne sie wäre das alles niemals geschehen. Sie hatte die Grenze überschritten und ihre älteren Brüder in die Barbarei geführt. Es war Louise gewesen, auf die es der auftauchende Feind abgesehen hatte, auf niemanden sonst. Sie hatte ein Verhältnis mit ihm gehabt und ihn verlassen.

Vor der Krocketpartie und dem Mord hatte er sie zu trösten versucht, als er hörte, dass sie im Nebenzimmer weinte, aber sie wollte nicht getröstet werden. Auch nach dem Mord nicht, sie brach nicht zusammen, sie blieb gefasst und war eine Art Vorbild. Das Wort *Schildmaid* taucht in seinem Kopf auf. Louise eine Schildmaid? Oder eine der *Walküren*, die Odins persönliche Schildmaiden waren?

Aber eine Schauspielerin, die einen anderen Schauspieler, sekundiert von ihren Brüdern, mit einem Krocketschläger tötet? Stoff für Legenden und Theaterstücke? Vermutlich nicht. Meine Überlegungen haben etwas beinahe Hysterisches, denkt er. Fühlt sich so ein Mörder am Tag danach? Wagner'scher Größenwahn?

Und plötzlich, wie ein Blitz aus dem mittsommerblauen nordischen Himmel, ist jede Distanz verschwunden; was ihn überkommt, was er sich wirklich wünscht und was er rein und unverfälscht braucht, ist, seinen Kopf in Louises Schoß zu legen und weinen zu dürfen.

Sich auszuheulen wie ein Kind und von seiner starken Schwester getröstet zu werden. Der einzigen Frau in seinem Leben, weil seine Mutter fort und er homosexuell ist.

Ich bin kurz davor, die Kontrolle zu verlieren, denkt Leif Rute. Ich hoffe, dass ich nicht zusammenbreche, nicht das Lenkrad drehe und frontal mit einem entgegenkommenden Sattelschlepper zusammenstoße.

In einem Bentley? Das verhüte Gott.

Als sie ankommen, ist es Abend. Seit den Planungen vom Vortag hat er diesen Ort vor Augen gehabt. Ich kümmere mich darum, hat er versprochen, ich weiß genau, wo wir das Auto abstellen. Die Stelle ist mindestens dreihundert Kilometer von hier entfernt, verlasst euch auf mich.

Zwei Jahre zuvor hatte er in dieser Gegend ein Sommerhaus gemietet, er und Daniel. Sie waren frisch verliebt gewesen, es waren zwei Wochen, die er gerne noch einmal leben würde. Nicht die Fortsetzung, nur diese vierzehn Tage. Oder eher dreizehn, denn am letzten Abend begann es schiefzulaufen.

Aber weg damit. Jetzt stehen sie hier, er und Louise. Der Parkplatz ist bis auf einen ramponierten Wohnwagen und einen alten Volvo Duett leer. Das wundert ihn ein wenig, schließlich ist es der Abend des Mittsommertags und bis zum Aussichtspunkt sind es nur zweihundert Meter, Daniel und er hatten dort am ersten Abend mit Krabben und einer Flasche Wein gesessen. Aber gut, damals waren sie auch allein gewesen, darum war es ihnen ja gegangen.

»Also hier?«, fragt Louise.

Sie blinzelt in Richtung Meer. Versucht wahrscheinlich, es zu sehen, muss sich aber mit der salzgesättigten Luft begnügen. Es ist ein paar Minuten vor acht, wenn nichts Unvorhergesehenes geschieht, werden sie vor Mitternacht zurück in Brevens bruk sein.

»Hier«, bestätigt er und wischt das Lenkrad und den Schaltknüppel und alles sonst noch mit einem Lappen ab. Es erscheint ihm zwar unnötig, da er die ganze Strecke mit Handschuhen gefahren ist, aber man weiß ja nie. Und sobald sie in Louises Auto davonfahren, gibt es zwischen Leon Winther und den Geschwistern Rute keine Verbindung mehr. Das ist der Grundgedanke; sollte er sich als Irrtum erweisen, wird sich die Lage verschlechtern. Deutlich verschlechtern. Zum Beispiel, wenn Leon Winther jemandem erzählt haben sollte, wo er Mittsommer feiern will.

Also weg damit.

»Willst du noch hingehen und einen Blick aufs Meer werfen?«, fragt er. »Bevor wir zurückfahren.«

Sie schüttelt den Kopf. Er findet, dass sie niedergeschlagen aussieht. Das Unüberwindliche ist von ihr abgefallen. Er denkt, dass es anstrengende Stunden im Auto werden können. Müdigkeit übermannt ihn, eine Art Überdruss, und am liebsten würde er in ein Hotel gehen und zwölf Stunden schlafen. Aber das geht natürlich nicht.

»Wie geht es dir, Louise?«, fragt er.

Sie schüttelt den Kopf und zündet sich eine Zigarette an.

»Möchtest du eine?«

»Nein, du weißt, dass ich nicht rauche.«

»Ich dachte, du machst vielleicht eine Ausnahme.«

Er erwidert nichts. Sieht ihr an, dass sie etwas Wichtiges sagen will. Sie raucht ein paar Züge und schaut ihn über die Schulter an. Eine große Möwe fliegt heran und setzt sich auf das Dach des Bentleys. Bleibt einen Moment, kackt einen Klecks und fliegt weiter in Richtung Meer.

»Ich will nicht, dass wir darüber reden, was passiert ist«, sagt sie schließlich. »Es ist besser, wenn wir still sind. Wenn du als Erster fährst, kann ich vielleicht ein bisschen schlafen.«

Er nickt.

»Ich fange an, und wir reden nicht. Du hast recht, es wird das Beste sein.«

»Aber eins solltest du wissen«, ergänzt sie nach einem weiteren Zug.

»Ja?«

»Wie er uns gefunden hat.«

»Leon Winther?«

»Ja. Er hatte Ludvig angerufen, und dieser Vollidiot hat ihm erklärt, wo wir sind.«

»Was zum …?«

»Mhm. Leon hat behauptet, er wäre mein Freund, und Ludvig hat ihm gesagt, wenn er Lust hat, könne er vorbeikommen.«

»Vorbeikommen?«

»Ja.«

»Ohne dich …?«

»Ja, ohne mich zu fragen.«

Er denkt nach.

»Hat Ludvig dir das erzählt?«

»Ja, hat er. Heute Morgen. Sieht ihm gar nicht ähnlich, oder was meinst du? Es sozusagen zu gestehen.«

»Überhaupt nicht ähnlich. Aber wenn er es nicht …?«

»Genau. Wenn er es nicht.«

Sie zieht noch einmal an der Zigarette und drückt sie aus.

»Fahren wir?«

»Das tun wir. Wenn du möchtest, kannst du dich auf die Rückbank legen. Vielleicht fahre ich die ganze Strecke. Ich brauche nur in einer Stunde oder so einen Kaffee.«

Sie umarmt ihn und rutscht auf die Rückbank.

Schildmaid?, denkt er. Nein, nicht wirklich.

# VII.

## Januar 2021

# 40

Bevor er anrief, graute es Gunnar Barbarotti einen ganzen Vormittag vor dem Gespräch. Eva Backman fragte ihn, ob sie es lieber übernehmen sollte, aber er lehnte ihr Angebot ab.

Freundlich, aber bestimmt, wie man so sagte, denn dass ihm davor graue, sei nur Teil seiner Strategie. Sich im Vorfeld einer unangenehmen Aufgabe Sorgen zu machen, führe dazu, dass man effektiver sei, wenn es endlich losgehe, erklärte er. Fokussiert und wachsam.

»Mein Lieber«, sagte Eva Backman. »Manchmal übertriffst du dich wirklich selbst. Und ich dachte schon, das würde man Prokrastination nennen ... also, dass man Dinge aufschiebt und hofft, dass sie von allein wieder verschwinden?«

»Ein geliebtes Kind hat viele Namen«, erwiderte Barbarotti. »Aber gib zu, dass es ein wenig heikel ist. Die Mutter ist verschwunden. Der Vater liegt in der Psychiatrie, möglicherweise steckt er hinter ihrem Verschwinden. Möglicherweise ist er außerdem in den Mord an seinem Bruder und in etwas anderes Furchtbares verwickelt, das vor fünfundzwanzig Jahren passiert ist. Ich werde ihren Tag sicher nicht bereichern oder wie immer man es nennen mag.«

Eva Backman dachte einen Moment nach.

»Nein, aber vielleicht motiviert der Anruf sie zu versuchen, nach Hause zu kommen. Das kann doch nicht völlig unmöglich sein? Es landen doch wieder Maschinen aus England. Es sind nicht viele, aber ein paar sind es schon.«

»Sie weiß seit Tagen, dass ihre Mutter verschwunden ist«, sagte Barbarotti. »Und seit Weihnachten, dass ihr Onkel ermordet wurde. Obwohl das vielleicht nicht der beste Köder der Welt ist?«

»Ein Vater in der Klapsmühle auch nicht«, antwortete Eva Backman. »Aber so langsam sollte sie es als ihre Pflicht betrachten.«

»Wir werden sehen«, sagte Barbarotti. »Pflichten sind heute nicht mehr in Mode. Antonsson hat behauptet, er wäre nicht richtig schlau aus ihr geworden. Er fand sie ... ich glaube, er hat *defensiv* gesagt.«

»Ruf sie an«, sagte Eva Backman. »Sonst tu ich es.«

Barbarotti sah auf die Uhr.

»Wir dürfen nicht vergessen, dass England eine Stunde zurück liegt.«

»In London ist es halb elf«, erwiderte Eva Backman. »In ihrer Mail hat sie geschrieben, dass du sie jederzeit nach neun Uhr anrufen kannst, nicht wahr? Also red hier keinen Unsinn.«

In den ersten Minuten des Telefonats fand er, dass Antonsson es treffend beschrieben hatte, als er für Lisa Rute das Wort *defensiv* gewählt hatte. Ihre Stimme klang gedämpft, und sie antwortete kurz angebunden, fast ausweichend auf seine Fragen. Als wäre ihr egal, worüber sie sich unterhielten: ihre Eltern, die Mutter verschwunden, der Vater in der Psychiatrie. Er spürte zudem, dass ihm an der Art, wie sie sich anhörte, etwas bekannt vorkam, eine abgestumpfte Tonlage, der er nicht zum ersten Mal lauschte, und als er das Thema wechselte und sie fragte, wie es denn eigentlich ihr ging, wie sie sich fühlte, brach sie zusammen.

Sie begann hemmungslos zu weinen. Schluchzend und laut wie ein verzweifeltes Kind, und es dauerte eine ganze Weile, bis es ihr gelang, etwas Zusammenhängendes zu sagen.

»Ich bin in einer Klinik. Ich darf nicht nach Hause kommen.«

»In einer Klinik?«, fragte Barbarotti. »Was für einer?«

»In einer ... Suchtklinik.«

So sah es also aus. Als das Eis einmal gebrochen war, ergoss sich ein Schwall von Informationen aus Lisa Rute. Sie war nicht die wohlgesittete Tochter, die ihre Eltern sich vorstellten. Das Studium an der London University hatte sie unterbrochen, im Herbst hatte sie in einer Art Flüsterkneipe in Camden gearbeitet, während die richtigen Pubs wegen der Pandemie geschlossen waren, sie und ihr Freund Malcolm hatten viel gekifft, auch härtere Drogen ausprobiert, und Anfang Dezember hatte Malcolms Vater begriffen, was los war. Er war ein gut situierter Unternehmer und hatte mithilfe seiner Beziehungen dafür gesorgt, dass sowohl sein Sohn als auch dessen Freundin in Entzugskliniken aufgenommen wurden. Nicht in dieselbe, aber beide mit der gleichen Philosophie. Eine gewisse Freiheit auf der Basis von viel Verantwortung. Lisa hatte einen Vertrag unterschrieben, der beinhaltete, dass sie Primrose Gardens in der Grafschaft Devon ab dem vierzehnten Dezember, dem Tag ihrer Aufnahme, drei Monate lang nicht verlassen durfte. Sie versicherte Barbarotti, dass es ein hervorragendes Haus war, eine perfekte Therapie, und dass es ihr in gewisser Hinsicht besser ging als seit vielen Jahren.

Wenn nur das mit ihrer Mutter und ihrem Vater nicht wäre. Sie hatte vorgehabt, den beiden irgendwann nach Weihnachten reinen Wein einzuschenken, aber dazu war es nicht gekommen. Irgendwie hatte es nie den richtigen Zeitpunkt dafür gegeben, erst war da die Sache mit Onkel Ludvig, danach die mit ihrer Mutter, die sich in Luft aufgelöst hatte, und jetzt also ihr Vater in der Psychiatrie.

»Was passiert da nur?«, fragte sie und schaffte es, ein neues Schluchzen zu unterdrücken. »Was passiert mit meiner Familie?«

Barbarotti entgegnete, das frage sich die Polizei auch. Und versuche, es herauszufinden. Hatte Lisa in England vielleicht einen Vorschlag?

Nein, keinen. Das Ganze kam ihr wie ein Albtraum vor, ihre eigene Situation eingeschlossen, aber sie hatte keine Ahnung, was ihrer Mutter zugestoßen sein konnte. Dass es ihrem Vater wegen ihres rätselhaften Verschwindens psychisch schlecht ging, war keine kühne Vermutung.

Barbarotti gab zu, dass er diese Theorie recht wahrscheinlich fand, nicht zuletzt so kurz nach dem Mord an seinem Bruder Ludvig. Er erkundigte sich behutsam, wie Lisa die Beziehung ihrer Eltern wahrnahm, und erhielt als Antwort, dass sie noch nie gut gewesen war. Dass sie zum Teil wegen ihnen ins Ausland gegangen war, sobald sich die Chance dazu geboten hatte. Sie habe nie begriffen, warum sie es nicht genauso machten wie alle anderen – sich scheiden ließen; das hatte sie schon gedacht, als sie zwölf war, behauptete sie, und erklären ließ es sich wohl nur mit den verflixten Restaurants. Weil sie zu zweit sein mussten, um den Laden zu schmeißen … oder sich zumindest einbildeten, dass es so war. Aber jetzt waren Fridolin und sein Bruder verkauft, also war auch dieser Grund aus der Welt geschafft worden.

»Ich habe nie gesehen, dass sie sich umarmen und bin selbst so gut wie nie umarmt worden«, fasste sie es zusammen. »Eine klassische schwedische Scheißehe in einer klassischen schwedischen Eigenheimsiedlung. Entschuldigung, dass ich mich so anhöre, aber so ist es gewesen.«

Und dann fing sie wieder an zu weinen. Barbarotti wartete, bis es vorüberging, und dankte ihr anschließend für ihre Offenheit. Er wünschte ihr Glück für ihre Therapie und versprach, sie wieder anzurufen und auf dem Laufenden zu halten.

»Übrigens«, kam ihm ein Gedanke. »Sagt Ihnen der Name Esmeralda etwas?«

Die Antwort war ein kurzes, trauriges Lachen.

»O ja. Esmeralda war meine Katze. Ein Jahr lang habe ich gequengelt, und als ich neun wurde, bekam ich tatsächlich eine. Aber ich hatte sie nur ein gutes Jahr, Mutter fand, dass sie Sachen zerkratzte, und manchmal pinkelte sie an den falschen Stellen. Dann verschwand sie, und es hieß, sie wäre weggelaufen und würde bestimmt eines Tages zurückkommen, aber ich bin mir ziemlich sicher, dass meine Eltern dafür gesorgt haben, dass sie eingeschläfert wurde. Warum fragen Sie?«

»Äh …«, sagte Barbarotti zögernd. »Es war nur etwas, das aufgetaucht ist.«

Aus irgendeinem Grund gab sich Lisa Rute mit dieser Antwort zufrieden, und Barbarotti wünschte ihr nochmals viel Glück.

»Lang lebe die Kleinfamilie«, sagte Eva Backman, die das Gespräch mitgehört hatte.

»Ja, das klang ja wirklich heiter«, erwiderte Barbarotti und seufzte. »Dass Menschen so leben. Und es aushalten.«

»Vielleicht hat er das ja nicht getan?«

»Wer?«

»Lars Rute. Ich meine nur, dass er vielleicht genug hatte. Durch die Pandemie hat er zwei Lokale verloren, er ist über fünfzig und arbeitslos, sein Bruder ist gerade ermordet worden, und er hat eine nörgelnde Frau.«

»Und in England eine Tochter mit Drogenproblemen, von denen er allerdings nichts weiß. Das heißt, du glaubst …?«

»Ich glaube gar nichts«, protestierte Eva Backman. »Aber dass er psychisch zusammengebrochen ist, steht eindeutig fest. Die Frage ist …?«

»Ja, was ist die Frage?«, wollte Barbarotti wissen.

»Es gibt vielleicht mehrere relevante Fragen«, sagte Eva Backman nach einer Denkpause. »Aber eine lautet, ob er etwas mit dem Verschwinden seiner Frau zu tun hat. Ob das sozusagen der Tropfen war, der das Fass zum Überlaufen brachte.«

»Du meinst, er hat dafür gesorgt, dass sie verschwindet, und war anschließend unfähig, damit zu leben? Dass es zu viel für ihn wurde … der Amateurmörder, den die große Reue überkommt?«

Eva Backman nickte und zögerte.

»Etwas in der Art, aber das ist eher geraten.«

»Ich habe nie das Gefühl gehabt, dass du einfach rätst.«

»Danke. Aber wenn Lars Rute wirklich fast schon psychotisch ist, finde ich es seltsam, dass er in der Lage ist, Dinge zu verbergen. Söderberg hat behauptet, er habe nur wirres Zug über eine Katze geredet … nichts, was darauf hindeuten würde, dass er wusste, was mit seiner Frau passiert ist. Meinst du, wir können ihn bald vernehmen?«

»Das liegt bei den Ärzten, aber wir können Antonsson bitten, etwas Druck zu machen. Wenn er Erfolg hat, wird er das Gespräch übernehmen müssen und wir sind am Bildschirm dabei.«

»Die neue Normalität«, meinte Eva Backman.

»Ja, so ist es wohl. Und wenn er sowohl die Katze als auch seine Frau umgebracht hat, bringt er das vielleicht durcheinander«, schlug Barbarotti vor. »Was meinst du, apropos raten?«

Eva Backman lachte auf, wurde aber gleich wieder ernst.

»Das Einzige, was ich bei diesem Fall glaube, ist, dass wir keine Psychoexperten hinzuziehen sollten. Sonst kann nämlich das Gleiche passieren wie bei Thomas Quick und den beiden Jungs in Arvika, und er wird für etwas verurteilt, nur weil die Psychologen sagen, er hätte es getan und die Erinnerungen daran verdrängt und so weiter. Kommt nicht infrage.«

»Das sehe ich genauso«, sagte Barbarotti. »Aber was sollen wir tun? Wir haben morgen ja eine Besprechung mit Monsieur Chef. Das allein schon.«

»Uns fällt bestimmt etwas ein, das wir Stigman auftischen können«, erwiderte Eva Backman. »Ich finde, du solltest jetzt Antonsson anrufen und ihn bitten, die Lage im Krankenhaus zu peilen. Es wäre doch bescheuert, wenn die Polizei nicht mit dem Patienten Rute sprechen dürfte. Immerhin könnte es um zwei oder drei Morde gehen.«

Barbarotti zählte nach.

»Ja, das kommt hin. Und um ebenso viele, die die Wahrheit kennen. Es reicht, wenn wir einen von ihnen aus der Fassung bringen. Hauptsache …«

»Hauptsache was?«

»Hauptsache, es taucht kein Kunstdieb auf.«

»Dann bekomme ich über Nacht graue Haare«, sagte Eva Backman.

# 41

Barbarotti gelang es den ganzen Sonntagnachmittag nicht, Inspektor Antonsson zu erreichen, aber um kurz nach acht rief Antonsson ihn an.

»Eine schlechte Neuigkeit«, sagte er.

»Sag sie mir trotzdem«, erwiderte Barbarotti.

»Lars Rute ist tot«, sagte Antonsson.

»Noch mal«, bat Barbarotti.

»Lars Rute ist tot«, wiederholte Antonsson. »Er hat es geschafft, sich im Krankenhaus das Leben zu nehmen. Das darf natürlich nicht passieren, aber es ist passiert.«

»In der Psychiatrie? Wie um Himmels willen ...?«

»Ich weiß. Die Umstände sind unklar, es ist vor etwa einer Stunde passiert. Ich habe mit Maria, meiner Partnerin, und einem Arzt gesprochen, offenbar hat jemand vergessen, eine Tür abzuschließen. Er ist raus, hat den Weg aufs Dach gefunden und ist gesprungen. Er hat noch eine Minute gelebt, ist dann aber in den Armen einer Krankenschwester gestorben. Ja, was soll man da sagen?«

»Das ist doch völliger Wahnsinn«, sagte Barbarotti. »Ich habe gedacht, er wäre sicher und würde bewacht.«

»Das habe ich auch gedacht«, erwiderte Antonsson. »So war es auch vorgesehen, und es wird natürlich eine Untersuchung dazu geben, wie das passieren konnte. Maria sagt, der große Übeltäter ist der Personalmangel, es ist ja kein Geheimnis, dass das Gesundheitssystem in diesen Zeiten auf dem Zahnfleisch geht. Das gilt nicht zuletzt auch für die Psychiatrie, denn die verdammte Pandemie hinterlässt bei den Leuten auch Spuren im Kopf.«

»Sicher«, sagte Barbarotti seufzend. »Der Kopf ist ein Teil des Körpers, habe ich gehört. Wie sieht es aus, hat er eine Nachricht hinterlassen?«

»Bis jetzt haben sie keine gefunden«, antwortete Antonsson. »Aber es ist ja gerade erst passiert, vielleicht taucht noch etwas auf. Ich halte dich natürlich auf dem Laufenden. Es ist zum Kotzen, dass es so gelaufen ist, tut mir leid.«

»Es ist nicht deine Schuld«, sagte Barbarotti.

»Da hast du recht«, stimmte Antonsson ihm zu. »Wir sprechen uns.«

»Das hoffe ich«, sagte Barbarotti und drückte Oskarshamn weg.

»Was zum Teufel war denn das?«, sagte Eva Backman, die sich in Hörweite befunden hatte. »Habe ich richtig gehört, dass Lars Rute tot ist? Dass er …?«

»… von einem Dach gesprungen und an seinen Verletzungen gestorben ist. Vollkommen richtig. Sodass jetzt …«

»Was, *sodass jetzt*?«

»Sodass jetzt nur noch zwei Geschwister übrig sind.«

»Großer Gott«, sagte Eva Backman.

Was war nur mit dieser Familie los? Diesen Geschwistern?

Dachte Gunnar Barbarotti einige Stunden später, als er sich einmal mehr aus dem Bett geschoben und in den Erker gesetzt hatte. Was war das für eine bizarre Kette von Ereignissen, in der das eine zum anderen führte, das andere zum dritten, das … nun ja, wie fallende Dominosteine.

Und dieser letzte Spielstein, das letzte Opfer, hieß Lars Rute.

Oder war es ein Zufall, fragte er sich. War das alles nur Einbildung, diese Dominosteine, diese Kettenglieder – weil er wollte, dass die Dinge zusammenhingen? Ging es um das mit den Mustern und unsere vergeblichen Bemühungen, die Welt verständlich zu machen?

Aber wenn man nicht an Ursache und Wirkung glaubte, wie ging man dann vor, um ein Verbrechen aufzuklären? Gute Frage? Oder bescheuerte Frage?

Jedenfalls fand man mit dem Kopf voller Vermutungen und halb angedeuteter Schlussfolgerungen keinen Schlaf. Eva Backman schon, er jedoch nicht, nach Antonssons Bericht hatten sie zwei Stunden hin und her überlegt, danach hatte sie erklärt, sie brauche ihren Schlaf, um das Problem zu lösen. Er ahnte, dass dies wahrscheinlich auch für ihn galt, aber wer nicht schlafen kann, der kann eben nicht schlafen.

Etwas später, um kurz nach elf, hatte Antonsson eine kurze SMS geschickt: *Nichts Neues. Melde mich morgen wieder.*

Was vermutlich hieß, dass Lars Rute keine Erklärung dazu hinterlassen hatte, warum er in Kalmar vom Dach eines Krankenhauses gesprungen war. Denn wenn man das tat, wenn man eine letzte Botschaft an die Schar der Lebenden hatte, sollte man sich dann nicht vergewissern, dass sie auch gefunden wurde? Aber vielleicht dachte man daran nicht, wenn man psychotisch war?

Blieben also zwei Geschwister übrig, fasste Barbarotti zusammen und blickte in die stumme schwarze Januarnacht hinaus. Ein Bruder in Sundsvall und eine Schwester in Stockholm, das war alles.

Einen Monat vorher waren sie zu viert gewesen.

Die Truppe, die in der alten Schule von Sillingbo zusammen Weihnachten gefeiert hatte, war von sieben auf vier geschrumpft. Wenn man davon ausging, dass auch Ellen Rute Fredin nicht mehr am Leben war.

Und wenn man davon ausging, ging man dann nicht auch davon aus, dass dahinter ihr Mann steckte? Lars Rute, der jüngste Bruder, der zweitjüngste unter den vier Geschwistern. Hatte er seine Frau getötet, und wenn ja, war das der Grund dafür gewesen, dass er sich das Leben genommen hatte? Weil er nicht ertrug, was er getan hatte?

Durchaus möglich, dachte Barbarotti. Traf ihn sogar die Schuld am Tod seines Bruders? Hatte Ellen das begriffen? Vielleicht ging es ja nicht nur darum, dass er sich über eine Geschichte verplappert hatte, die lange zurück lag, vielleicht hatte sich in ihr zusätzlich der Verdacht geregt, dass sie mit einem Mörder verheiratet war. Einem Brudermörder?

Oder sie hatte es sogar gewusst.

Spekulationen. Begründete oder nicht, das war hier die Frage. Er versuchte, sich an Lars Rute aus den Tagen in Sillingbo zu erinnern, aber er entglitt ihm irgendwie. Ein bisschen konturlos und ein bisschen trocken; wenn Barbarotti sich überhaupt ein Bild von ihm gemacht hatte, sah es ungefähr so aus. Ein Mensch, der einem nicht weiter auffiel. Der Mann ohne Eigenschaften.

Aber das lag natürlich im Auge des Betrachters. Und daran, worauf besagter Betrachter seine Aufmerksamkeit richtete.

An diesen Tagen war ich wohl eher nicht in Bestform, hielt er selbstkritisch fest. Ich muss morgen Eva fragen, wie sie die Sache sieht.

Er dachte daran, was die Tochter über ihren Vater gesagt hatte. Oder vielmehr, über ihre beiden Eltern. Kein besonders vorteilhaftes Bild, aber dennoch kein Bild eines Mörders und seines Opfers? Oder?, dachte Barbarotti. Andererseits existierte so etwas wie ein einheitliches Bild von einem Mörder nicht, es war keine Frage der Genetik, sondern der Umstände. Jedenfalls meistens und zum überwiegenden Teil.

Er dachte einen Moment über ein Gebet und eine vorsichtige Frage an unseren Herrgott nach, beschloss aber, darauf zu verzichten. Polizeiliche Angelegenheiten fielen nicht in das Aufgabengebiet des Himmlischen, das hatte er im Laufe der Jahre gelernt.

Stattdessen musste er auf einmal an Hedvig und Ester Hagsjö denken, die Lehrerin und ihre Tochter, die das pädagogische Werk ihrer Mutter fortgeführt hatte. Aber so weit in die Vergangenheit erstreckte sich die Kette dunkler Geschehnisse dann wohl doch nicht, das wäre jenseits aller Vernunft.

*Diese Geschichte.* Offenbar waren das die Worte gewesen, die Lars Rute vor ein paar Wochen herausgerutscht waren, und obwohl Barbarotti und den anderen Ermittlern ansonsten nicht viel gelungen war, hatte man in dieser Hinsicht wahrscheinlich richtiggelegen.

Mittsommer 1995 in Brevens bruk.

Oder?

Nein, weg mit diesem anämischen Zweifel, beschloss er. Denn damals hatte es angefangen, so musste es gewesen sein. Sillingbo war nicht der Ausgangspunkt, 1902 vermutlich auch nicht, und 2020 ganz sicher nicht.

Der kleine Bergbauort in der südöstlichen Ecke von Närke. Was war dort passiert? An einem Tag oder an mehreren in der Casa Sotterhill vor fünfundzwanzigeinhalb Jahren.

Weiß der Teufel.

Aber es gab zwei Menschen, die es wussten. Und deshalb. Wurde es Zeit, sie unter Druck zu setzen?

Mit Sicherheit. Höchste Zeit, könnte man sogar sagen. Schluss mit dem vorsichtigen Herumgetapse auf Zehenspitzen. Jetzt wurden hier andere Saiten aufgezogen.

Ich denke wie ein Fußballtrainer, stellte Gunnar Barbarotti düster fest. Für einen Abstiegskandidaten aus der fünften Liga wahrscheinlich. Aber nichtsdestotrotz.

Nichtsdestotrotz.

Er sah auf sein Handy. Zehn Minuten vor eins. Vielleicht nicht der richtige Zeitpunkt für ein Gespräch mit der Staatsanwältin.

Auch der nächste Tag war nicht der richtige Zeitpunkt, erkannte er. Die verbleibenden zwei Geschwister zu verhaften war kaum vorstellbar. Angesichts des Fehlens von Indizien war es nicht möglich; die Indizienfäden sollten zumindest zahlreicher und dicker sein als die, die man im Moment hatte.

Vernehmungen dagegen.

Vernehmen, vernehmen, vernehmen.

Und zwar nicht am Bildschirm. Auge in Auge. Stundenlang.

So muss es laufen, dachte Gunnar Barbarotti und gähnte endlich.

# 42

Man beschloss zu tauschen.

Barbarotti und Backman würden es mit Leif Rute in Sundsvall zu tun bekommen, Lindhagen und Kavafis mit seiner Schwester Louise in Stockholm. Ihre Tochter Linn war gerade nach Deutschland gezogen, ihre Vernehmung wurde deshalb verschoben.

Pandemiebedingt nahmen beide Teams das Auto. Weil das mit absurd vielen Arbeitstagen einherging, waren die Instruktionen Kommissar Stigmans von exemplarischer Deutlichkeit.

»Kommt nicht ohne Ergebnisse zurück. Wenn ihr glaubt, ihr könnt auf Kosten des Steuerzahlers tagelang im Auto sitzen und durch die Gegend kutschieren, irrt ihr euch gewaltig. Jetzt sind Ergebnisse gefordert. Wir müssen unsere Fälle auch mal aufklären, nicht nur an ihnen arbeiten. Diese Geschwister haben es viel zu lange geschafft, viel zu viel zu verbergen, damit muss jetzt endlich Schluss sein. Schluss! Habt ihr verstanden? Ergebnisse!«

Das Ermittlerquartett hatte unisono erklärt, dass es verstanden hatte und der gleichen Meinung war wie Monsieur Chef. Barbarotti bemerkte, dass die Beule, mittlerweile ohne Pflaster, deutlich geschrumpft war und Stigman sich mehr oder weniger verhielt wie immer.

Vielleicht trotz allem ein gutes Zeichen.

Sie übernachteten wie Kavafis und Lindhagen zwei Wochen zuvor im Hotel Knaust. Aßen etwas aus dem Pub auf ihrem Zimmer und gingen die Strategien für den morgigen Tag durch. In groben Zügen ließen sie sich so zusammenfassen, wie Barbarotti die Lage zusammengefasst hatte, als ihn die Nachricht von Lars Rutes Selbstmord erreicht hatte.

Jetzt wurden andere Saiten aufgezogen.

Und mit Stigmans Befehl als Sahnehäubchen. *Ergebnisse.*

»Weißt du, dass es Paare gibt, die hier ihre Hochzeitsnacht verbringen?«, sagte er, als sie ins Bett gegangen waren und das Licht ausgeschaltet hatten. »Zumindest gab es die früher.«

»Ist das ein Heiratsantrag?«, fragte Eva Backman.

»Wenn du es so interpretierst«, sagte Barbarotti.

»Ich finde, wir warten noch etwas«, erwiderte Eva Backman und gab ihm einen Kuss. »Jetzt schlafen wir erst einmal.«

Leif Rute war schockiert und traurig.

»Das ist zu viel«, sagte er, sobald er den Raum betreten hatte. »Erst Ludvig und jetzt Lars. Was geschieht hier?«

»Bitte, nehmen Sie Platz«, sagte Eva Backman. »Wir sind gekommen, um das herauszufinden. Und wir wollen uns für Ihre Vernehmung den ganzen Tag Zeit nehmen. Wir rechnen mit einer Essenspause um zwölf Uhr. Hier gibt es Wasser und Kaffee. Wenn Sie ein Mobiltelefon dabeihaben, müssen wir Sie bitten, es Polizeianwärter Olofsson zu übergeben. Sie erhalten es zurück, sobald wir hier fertig sind.«

»Ich … äh … natürlich«, sagte Leif Rute und reichte dem Polizeibeamten, einem jungen, uniformierten Mann mit todernstem Gesicht, ein Samsung Galaxy.

Barbarotti ging die Formalitäten durch und startete die Aufnahme.

»Wir haben in diesem Ermittlungsverfahren eine Reihe von Vernehmungen durchgeführt und werden uns heute auf zwei Punkte konzentrieren. Der erste ist das Treffen in der Galerie der alten Schule von Sillingbo an Heiligabend. Wir wissen inzwischen, dass uns alle Geschwister, Sie eingeschlossen, entscheidende Informationen vorenthalten und die Arbeit der Polizei behindert haben. Deshalb möchten wir, dass Sie uns jetzt ganz genau sagen, was sich dort abgespielt hat.«

»Ich verstehe nicht ganz, was Sie ...«, setzte Leif Rute an.

»Sie verstehen mich sehr gut«, unterbrach Barbarotti ihn. »Ich bitte Sie wiederzugeben, was sich in dem besagten Raum abgespielt hat. Sie werden sich bestimmt erinnern, immerhin liegt es ja nur einen guten Monat zurück.«

Leif Rute schwieg einen Moment. Begegnete den Blicken der beiden Kommissare nicht. Als säße er dort und beriete sich mit sich selbst.

Oder er tat nur so. Barbarotti neigte zu Letzterem, denn er musste sich doch verflixt noch mal für eine Strategie entschieden haben, bevor er hierherkam?

»Es ging um einiges«, meinte er schließlich und seufzte schwer. »Wir Geschwister haben leider nie an einem Strang gezogen.«

»Das ist uns bekannt«, sagte Barbarotti. »Aber ich frage Sie jetzt, was genau bei diesem Treffen in der Galerie besprochen wurde. Warum hatte Ludvig Sie zusammengetrommelt?«

»Versöhnung«, antwortete Leif Rute nach einer simulierten Denkpause. »So lässt es sich wohl zusammenfassen.«

»Wir benötigen Details, keine Zusammenfassungen«, sagte Barbarotti. »Worum ging es bei dieser Versöhnung?«

»Ehrlich gesagt um alles Mögliche. Ludvig war sterbenskrank und in seinem letzten Lebensjahr außerdem religiös geworden. Er wollte uns sicher um Verzeihung bitten, aber es wirkte eher so, als *verlangte* er Vergebung. Und es stimmt, dass vor allem eine Angelegenheit geklärt werden sollte. Ich muss mich dafür entschuldigen, dass wir das der Polizei gegenüber nicht erwähnen wollten, aber wir haben uns eingebildet, dass es nichts mit dem Mord an ihm zu tun hatte.«

»Sie *haben sich eingebildet*?«, sagte Eva Backman.

Leif Rute breitete die Hände in einer entschuldigenden Geste aus.

»Wir hatten keine Veranlassung, etwas anderes zu glauben.«

»Wen meinen Sie mit *wir*?«

»Ich und Louise … und Lars … oder … nun, so war es.«

»Jetzt sehen Sie mal zu, dass Sie ein bisschen deutlicher werden«, sagte Barbarotti.

»Hm, ja«, sagte Leif Rute. »Entschuldigung. Ich muss wohl versuchen, es von Anfang an zu erklären …«

Er trank einen Schluck Wasser. Backman und Barbarotti schwiegen.

»Also, das Ganze geht auf etwas zurück, das vor fünfundzwanzig Jahren passiert ist. Wenn ich es richtig verstanden habe, sind Sie der Sache ja schon auf der Spur. Aber wir hatten uns darauf geeinigt, die Geschichte der Polizei gegenüber nicht zu erwähnen …«

»*Wir*?«, wiederholte Backman.

»Ich und Louise und Lars«, antwortete Leif Rute. Diesmal jedoch, ohne vor *Lars* zu zögern.

»Weiter«, sagte Barbarotti.

»Ja, natürlich. Sie haben vermutlich auch den richtigen Zeitpunkt und Ort gefunden. Mittsommer in Brevens bruk 1995. Es war das letzte Mal, dass wir vier Geschwister alle zusammen waren, ehe wir uns letztes Weihnachten wiedergesehen haben, und auch damals hatte Ludvig die Initiative dazu ergriffen. Ich fuhr mit einigen Bedenken hin, aber es war schlimmer, als ich es mir jemals hätte ausmalen können. Wir vier hatten nie ein gutes Verhältnis zueinander gehabt, und was Ludvig sich bei der Einladung gedacht hat, weiß ich nicht. Vielleicht wollte er nur damit angeben, wie erfolgreich er war, und uns Yoko Ono präsentieren.«

»Yoko Ono?«, fragte Barbarotti nach.

»Wir nannten sie so. Seine damalige Freundin, eine ungewöhnlich schöne, junge Japanerin, übrigens viel schöner als Yoko Ono, und ich glaube, er sah sie als eine Art Trophäe. Aber sie hat mit dem, was dort passierte, nichts zu tun. Es geht vor allem … oder nur … um Ludvig und Lars.«

Er machte erneut eine Pause und trank mehr Wasser.

»Ludvig und Lars?«, sagte Eva Backman.

»Ja, so entwickelte es sich. Ich glaube, Lars war derjenige, der am meisten unter der Situation zwischen uns Geschwistern gelitten hat. Oder vielmehr, ich *weiß* es. Als wir aufwuchsen, war er ständig der Schwächere. Ludvig hat ihn die ganze Zeit unterdrückt, ich auch, fürchte ich … und Louise. Keiner mochte ihn, selbst unsere Eltern nicht, und in der Schule wurde er natürlich gemobbt. Ich glaube, er hat einmal versucht, sich zu ertränken, aber das wurde unter den Teppich gekehrt. Ja, wenn wir über Versöhnung sprechen, und dass etwas gesühnt werden musste, geht es vor allem um die Beziehung zwischen Ludvig und Lars. Ludvig war für uns alle ein Tyrann, aber vor allem für Lars. Und das kochte damals in Brevens bruk hoch. Es war eine idiotische Idee, uns auf die Art zu versammeln, mit Bier und Schnaps und Wein, es war … ja, es bedeutete gewissermaßen, Probleme einzuladen. Dass aus altem Ärger neuer Ärger werden würde, hätte sich ein Zehnjähriger denken können.«

»Und trotzdem sind Sie alle hingefahren?«, sagte Eva Backman.

»Ja, das haben wir getan«, antwortete Leif Rute seufzend.

»Und fünfundzwanzig Jahre später haben Sie es noch einmal getan.«

»Ja, das haben wir. Ludvig hatte diese Macht über uns. Ich wünschte, es wäre anders gewesen, aber leider …«

Er verstummte und sah für einen Moment beschämt aus, fand Barbarotti. Als wäre er daran erinnert worden, aus welch schlechtem Holz er geschnitzt war. Eine Scham, die über dem ganzen Quartett hing, von dem plötzlich nur noch ein Duo übrig geblieben war.

»Und was ist in Brevens bruk passiert?«, fragte Eva Backman. »Im Detail, bitte.«

Leif Rute atmete tief und entschlossen durch, ehe er das Wort ergriff.

»Das Problem war wie gesagt das Verhältnis zwischen Ludvig und Lars. Es war bestimmt nicht Ludvigs Absicht gewesen, aber er fing praktisch sofort an, Lars wegen allem Möglichen zu reizen. Er machte sich über alles lustig, was Lars sagte, und brachte auf unterschiedliche Art und Weise zum Ausdruck, wie missraten und untalentiert Lars in seinen Augen war. Aber gleichzeitig subtil, ich weiß wirklich nicht, ob er sich dessen überhaupt bewusst war, vielleicht war es nur eine Form von unbewusster Verachtung, die in ihm hochkam, und anschließend unternahm er nichts, um sie im Zaum zu halten. Aber je mehr Alkohol wir intus hatten, desto mehr hatte Lars den Mut, Ludvig die Meinung zu sagen, was diesen zu noch gröberen Sarkasmen und Bosheiten anstachelte … ja, so ging das den ganzen Nachmittag, nicht ununterbrochen, aber es hörte auf und fing immer wieder an, und uns wurde das immer unangenehmer. Louise und ich haben hinterher darüber gesprochen, dass wir uns beide schuldig fühlten, weil wir nicht eingegriffen haben. Nun gut, um eine lange und leidige Geschichte kurz zu machen, irgendwann lief die Sache völlig aus dem Ruder. Wir grillten und waren alle ziemlich betrunken. Lars hatte die Nase voll. Wir hätten es kommen sehen müssen, sahen es aber nicht kommen …«

»Und?«, sagte Eva Backman.

»Lars zog ein Messer. Er versuchte, Ludvig umzubringen.«

Zehn Sekunden herrschte Stille. Leif Rute trank Wasser und sah zu Boden. Barbarotti wartete. Eva Backman wartete.

»Er zog ein Messer«, wiederholte Leif Rute und schüttelte dann den Kopf. »Was heißt hier zog … auf einem Holzbrett lag ein Tranchiermesser, wir hatten wohl etwas zum Grillen in Scheiben geschnitten, und Lars griff danach und … attackierte Ludvig. Traf ihn irgendwo am Arm, und dann ging es richtig los. Ludvig hatte einen ziemlich dicken Grillspieß in der Hand, und es kam zu einem Tumult, bei dem die beiden sich gegenseitig niederzustechen versuchten … es war furchtbar, aber alle waren besoffen und benebelt. Jedenfalls bluteten beide, und der Einzige, der auf die Idee kam einzugreifen, war dieser Ringo.«

»Ringo?«, sagte Barbarotti.

»Ja, er hieß so … oder wurde zumindest so genannt. Er war mit Lars gekommen, ein Anhalter, den er eingesammelt und auf eigene Faust eingeladen hatte, darum ging es bei einer seiner Kontroversen mit Ludvig. Aber Ludvig akzeptierte den Fremden letztlich, es war Lars, der ihn bis zur Weißglut reizte und den er die ganze Zeit aufzog. Dieser Ringo stammte aus Holland, aber das ist eigentlich schon alles, was ich über ihn weiß. Und er griff wie gesagt ein und versuchte, Ludvig und Lars zu stoppen. Das hätte er nicht tun sollen …«

»Weil?«, sagte Barbarotti.

»Weil er dabei getötet wurde. Er geriet irgendwie zwischen das Messer und den Grillspieß und lag plötzlich auf der Erde, und aus seinem Hals schoss Blut … und ein paar Minuten später war er tot. Sie hatten das natürlich nicht mit Absicht getan, weder Lars noch Ludvig, es war ein Unfall im Eifer des Gefechts, aber alle waren schlagartig nüchtern und … nun, begriffen, was passiert war.«

Er verstummte, lehnte sich auf seinem Stuhl zurück und schaute an die Decke.

»Ringo aus Holland?«, sagte Eva Backman. »Mit einem Messer ermordet bei einem Mittsommerfest in Schweden.«

»Eher fahrlässige Tötung«, sagte Leif Rute und senkte den Blick zu seinen gefalteten Händen. »Verflucht, aber so ist es gewesen.«

»Und was haben Sie dann getan?«, fragte Barbarotti.

»Ihn vergraben«, antwortete Leif Rute mit einem Schaudern. »Lars und Ludvig nahmen ein Auto, fuhren mit der Leiche und zwei Spaten weg und kamen drei Stunden später zurück.«

»Lars und Ludvig?«, fragte Eva Backman. »Warum gerade die beiden? Sie waren es doch, die …«

»Ich weiß. Aber es ergab sich so, ich kann nicht erklären, warum.«

»Und wo?«, fragte Eva Backman. »Wo haben sie Ringo aus Holland begraben?«

Leif Rute schüttelte den Kopf.

»Keine Ahnung. Sie haben es uns nie erzählt, und Louise und ich haben auch nicht danach gefragt.«

»Und das haben Sie fünfundzwanzig Jahre lang für sich behalten?«, fragte Barbarotti eine halbe Stunde später, als Leif Rute die ganze Geschichte noch einmal wiedergegeben und eine Reihe von Fragen beantwortet hatte.

Leif Rute nickte.

»Ja. Wir einigten uns darauf, und dabei blieb es.«

»Dabei blieb es?«

»Ja.«

»Bis Heiligabend in Sillingbo?«

»Ja.«

»Wie haben Sie sich dabei gefühlt?«

»Nicht besonders gut. Entschuldigung, aber ich müsste mal auf die Toilette.«

Barbarotti gab die Uhrzeit an und schaltete das Aufnahmegerät aus. Rief Polizeianwärter Olofsson an.

»Fünf Minuten.«

»Danke«, sagte Leif Rute und stand auf.

Auf wackeligen Beinen, fand Barbarotti.

# 43

Barbarotti schaltete das Aufnahmegerät wieder an und erklärte, die Vernehmung von Leif Rute werde fortgesetzt.

»Dann wenden wir uns Weihnachten in Sillingbo zu. Erst das Treffen in der Galerie, danach der Mord.«

»Über den Mord weiß ich nichts«, sagte Leif Rute.

»Ach wirklich?«, erwiderte Barbarotti. »Darauf kommen wir noch früh genug zurück. Aber zunächst die Galerie. Was genau ist dort passiert?«

Leif Rute verzog das Gesicht zu einer Grimasse, wahrscheinlich in der Absicht, eine Art Entschuldigung zu markieren. Eine reichlich späte Entschuldigung.

»Wir hatten uns darauf geeinigt, der Polizei keine Details zu nennen, und …«

»Wann?«, unterbrach ihn Eva Backman. »Wann haben Sie sich darauf geeinigt?«

»Am Vormittag nach dem Mord. Bevor Sie aufgetaucht sind. Wir waren uns ja sicher, dass Ludvig von einem Außenstehenden getötet worden war, und wollten den Verdacht nicht auf uns lenken.«

»Finden Sie, dass es eine gute Abmachung war?«

»Aus heutiger Perspektive nicht. Aber sie war verständlich.«

»Darüber lässt sich streiten«, widersprach Barbarotti. »Aber worum ging es denn nun bei dem Treffen?«

Leif Rute wartete einige Sekunden, als hätte er sich immer noch nicht entschieden, ob er es nun erzählen sollte oder nicht. Barbarotti ballte die Hände zu Fäusten und fragte sich, warum er das tat. Als wollte er sich prügeln, es war eine äußerst ungewöhnliche Reaktion.

»Bei dem Treffen ging es in erster Linie um den Vorfall in Brevens bruk«, fuhr Leif Rute fort. »Fünfundzwanzig Jahre hatten wir über Ringos Tod geschwiegen, er war sozusagen in unsere schlechten Beziehungen einbetoniert. Brevens bruk war ein begrabenes Trauma, aber wir … ja, wir hatten es geschafft. Niemand in Schweden war aufgefallen, dass ein Holländer verschwunden war, wie es in seinem Heimatland aussah, weiß ich nicht. Lars und Ludvig waren natürlich schuld an seinem Tod, und Louise und ich waren so etwas wie ihre Komplizen, weil wir uns entschieden zu schweigen und so mithalfen zu vertuschen, was passiert war. Ich persönlich habe mich geschämt, das Gefühl ist im Laufe der Jahre natürlich schwächer geworden, aber immer da gewesen. Und jetzt, ja …«

Pause und neue Grimasse. Barbarotti und Backman grimassierten möglicherweise innerlich, beließen es aber dabei.

»Und jetzt …?«, sagte Barbarotti.

»Und jetzt holte Ludvig das alles wieder nach oben. Ein Vierteljahrhundert später wird er von Reue überwältigt und möchte, dass wir die Geschichte erzählen. Zur Polizei gehen und gestehen, dass wir unglücklicherweise einen Fremden getötet haben und nun bereit sind, unsere Strafe zu akzeptieren. Und wenn wir anderen nicht einverstanden sind, wird er der Polizei eben allein die Wahrheit enthüllen und gleichzeitig … tja, was glauben Sie?«

»Wir sitzen hier nicht und glauben etwas«, erklärte Eva Backman. »Reden Sie weiter.«

»Wird er uns enterben«, fuhr Leif Rute fort. »Ich glaube, er bildete sich ein, dass wir drei nur darauf warteten, dass er sterben würde, damit wir sein Vermögen unter uns aufteilen konnten. Dass wir uns deshalb darauf eingelassen hatten, zu kommen und Weihnachten mit ihm zu feiern, aber das stimmte natürlich nicht … überhaupt nicht. Ich bin in der Hoffnung auf eine Art Wiedervereinigung nach Sillingbo gefahren. Dass Brevens bruk und aller alter Groll zu den Akten gelegt und wir daraufhin entdecken würden, dass wir tatsächlich eine Familie sind. Aber da hatte ich mich getäuscht.«

»Was steckte dahinter?«, fragte Barbarotti. »Warum war es Ihrem Bruder auf einmal so wichtig, aus der Versenkung zu holen, was vor so langer Zeit passiert war?«

»Sein Glaube«, antwortete Leif Rute, ohne zu zögern. »Ludvig war tief religiös geworden, und als die Ärzte ihm mitteilten, dass seine Tage gezählt waren … wenn der Teufel alt wird und so weiter. Catherine kann das sicher bezeugen, er verbrachte mehrere Stunden täglich mit Gebeten und Grübeleien, und eine Komplikation bestand darin, dass er sich von jeder Schuld befreien musste, um … nun, schlicht und ergreifend, um in den Himmel zu kommen. Ich habe es so verstanden, dass er von seinem Gott klare Anweisungen dazu erhalten hatte, dass er es so machen musste. Die auf ihm lastende Schuld von Brevens bruk loszuwerden … war seine einzige Chance. Unabhängig davon, welche Lebensanschauung man selbst vertritt, muss man zugeben, dass darin eine gewisse Logik liegt.«

»Das ist richtig«, stimmte Barbarotti ihm zu. »Wenn auch eine ganz schön schiefe. Und wie haben Sie und die anderen Geschwister auf diesen … Vorstoß reagiert?«

»Mit Bestürzung, könnte man vielleicht sagen«, antwortete Leif Rute, nachdem er einen Moment überlegt hatte. »Es handelte sich ja um ein Ultimatum, die Sache war für ihn nicht verhandelbar. Fünfundzwanzig Jahre zuvor hatten wir uns falsch verhalten, keiner behauptete auch nur eine Sekunde etwas anderes, aber diese alte Geschichte auszugraben … ja, wozu sollte das gut sein?«

»Aber Ludvig hatte die Absicht, der Polizei auf jeden Fall alles zu erzählen?«, fragte Eva Backman. »Welchen Unterschied machte es dann, ob ihr Geschwister dabei mitmacht oder nicht?«

Leif Rute zuckte mit den Schultern.

»Ihm war es irgendwie wichtig, dass wir der gleichen Meinung sind wie er selbst und es eine gemeinsame Stellungnahme wird. Was natürlich nicht so richtig dazu passte, war, dass er drohte, uns sonst zu enterben. Ich meine, was für eine Art von Freiwilligkeit soll das sein?«

»Das heißt, Sie und die anderen wurden wütend?«, sagte Barbarotti.

»Ja, das kann man durchaus sagen. Das galt vor allem für Lars, der gute Gründe hatte, wütend und besorgt zu sein. Schließlich war er an der Tötung Ringos beteiligt gewesen … er und Ludvig. Louise und ich hatten es nur unterlassen, den Vorfall zu melden, ich weiß nicht, wie das mit Verjährungsfristen für das eine oder das andere aussieht, aber so oder so war das, was in Brevens bruk passiert ist, ja kein Mord.«

»Im Gegensatz zu dem, was Ludvig Weihnachten zugestoßen ist«, konnte Barbarotti sich als Kommentar nicht verkneifen. »Jemand hat ihn vorsätzlich und mit deutlicher Absicht getötet. Wer hat das Ihrer Ansicht nach getan?«

»Wenn Sie mich bitten, darüber zu spekulieren, kann ich nur antworten, dass es die Person war, die ins Haus eingedrungen ist, um Bilder zu stehlen. Aber beschwören kann ich das natürlich nicht.«

»Sie können sich also nicht vorstellen, dass es jemand war, der sich bereits im Haus aufhielt?«

»Nein, aber ich verstehe, worauf Sie hinauswollen.«

»Wirklich?«

»Ja, dass jemand von uns Geschwistern Ludvig getötet hat, um sich die Konsequenzen seines Ultimatums zu ersparen, aber das halte ich für völlig ausgeschlossen.«

»Warum soll das völlig ausgeschlossen sein. Sie kennen Ihre Geschwister doch gar nicht. In Sillingbo haben Sie sich zum ersten Mal seit fünfundzwanzig Jahren wiedergesehen.«

Leif Rute zögerte einen Moment, schien nach Worten zu suchen.

»Ich halte es dennoch für ausgeschlossen. Auch wenn wir wie eine zersplitterte Familie wirken, sind wir nicht so.«

»*Nicht so*. Was bedeutet das?«

»Wir sind keine Verbrecher. Was in Brevens bruk passiert ist, war ein Unfall.«

»Vorhin haben Sie uns noch erzählt, dass Lars und Ludvig mit scharfen Stichwaffen aufeinander losgegangen sind.«

Leif Rute schwieg einige Sekunden.

»Ich habe dazu nichts zu sagen«, erklärte er anschließend.

»Sagt Ihnen der Name Leon Winther etwas?«, fragte Eva Backman.

»Leon Winther?« Leif Rute schien sein Gedächtnis zu durchforsten. »Nein, er kommt mir vage bekannt vor, aber leider … wer ist das?«

»Ein Schauspieler.«

»Aha. Nein, tut mir leid, der Name sagt mir nichts.«

»Sicher?«

»Ja.«

Barbarotti wechselte einen Blick mit Eva Backman. Sie nickte ihm zu, und er feuerte die letzte Frage ab.

»Ich möchte auf ein Problem zurückkommen, das wir bei den Ermittlungen haben. Wir können die Theorie eines Kunstdiebes in Sillingbo aus guten Gründen ausschließen. Der Mord an Ihrem Bruder wurde von jemandem begangen, der sich bereits im Haus aufhielt. Alle anderen Möglichkeiten sind ausgeschlossen. Jetzt möchten wir gerne wissen, zu welchen Schlussfolgerungen Sie anhand dieser Prämisse kommen.«

Leif Rute betrachtete eine Weile seine gefalteten Hände, ehe er antwortete. Wieder schien er sich mit sich selbst zu beraten, aber aus seinem Mund kam anschließend nur:

»Es ist nicht meine Aufgabe, in diesem Fall Schlüsse zu ziehen.«

Vollkommen richtig, dachte Barbarotti. Der Punkt geht leider an dich.

Sie fuhren von Sundsvall nach Stockholm hinunter, um sich zu einer späten Besprechung mit Lindhagen und Kavafis zu treffen. Irgendwo zwischen Söderhamn und Gävle erhielten sie eine Tondatei mit der Vernehmung von Louise Rute, hörten sie sich aber nicht an. Nach zweieinhalb Stunden mit Leif Rute brauchten sie eine Pause. Einen Raum zum Nachdenken und Reflektieren, oder wie man es nennen sollte. Sie redeten kaum miteinander, spekulierten nicht; hörten Fado und ein wenig Blues und kommentierten höchstens einmal den Niederschlag, der kam und ging. Mal als Regen, mal als Schneeregen.

Wie verabredet trafen sie sich mit ihren Kollegen im Hotel Reisen an Skeppsbron, wo alle vier Zimmer für die Nacht hatten. Lindhagen und Kavafis waren in aller Herrgottsfrüh in Kymlinge aufgebrochen, um Louise Rute um die gleiche Uhrzeit vernehmen zu können, die Backman und Barbarotti dreihundertachtzig Kilometer weiter nördlich mit ihrem Bruder verabredet hatten. Auch wenn die Geschwister genügend Zeit gehabt hatten, sich abzusprechen, gab es keinen Grund, darüber hinaus zuzulassen, dass der eine oder die eine den anderen oder die andere darüber informierte, wie die Vernehmung gelaufen war.

Jetzt war Schluss mit der Freigebigkeit, wie Lindhagen es bei ihrer Planungsrunde am Vortag ausgedrückt hatte. Mörder blieben nicht an Staubwedeln hängen.

Das Hotel war erwartungsgemäß recht leer, sie ließen sich vom Zimmerservice etwas zu essen bringen und ließen sich mit vier wohlverdienten Gläsern in einer abgelegenen Ecke nieder.

Zumindest Inspektor Lindhagen fand, dass sie wohlverdient waren.

»Dann machen wir den Sack mal zu«, schlug er vor. »Unabhängig davon, wie störrisch ihr sein wollt, möchte ich behaupten, dass Kavafis und mir heute einiges klar geworden ist. Prost.«

Sie tranken jeder einen Schluck, und Kavafis holte sein Notizbuch heraus.

»Das deckt sich mit meiner Auffassung«, erklärte er. »Manches ist noch unklar, aber das meiste ist klar. Sollen wir anfangen?«

Barbarotti nickte und stach eine Gabel in ein Kabeljaufilet.

*Frappierend*, dachte er, als er dem Bericht seiner Kollegen eine Weile gelauscht hatte. Eine frappierende Ähnlichkeit.

Denn so war es. Und das reizte ihn aus irgendeinem Grund. Die Beschreibung der Ereignisse in der Casa Sotterhill am Rande von Brevens bruk an Mittsommer 1995, die Inspektor Kavafis referierte, stimmte in allen wesentlichen Punkten mit dem überein, was Eva Backman und er ein paar Stunden zuvor erfahren hatten. Der Alkoholkonsum. Ludvigs Verhalten Lars gegenüber. Yoko Ono alias Kyoko Sakamoto, die am frühen Nachmittag eingeschlafen war, weil Asiaten keinen Alkohol vertrugen. Das Grillen. Das Messer und der Grillspieß. Das Eingreifen des Anhalters Ringo und der unglückliche Ausgang.

Sowie Lars' und Ludvigs Abtransport der Leiche und die Übereinkunft, alles für sich zu behalten. Nein, Barbarotti konnte vorerst keinen einzigen Punkt ausmachen, an dem sich die Berichte unterschieden.

»Was für einen Eindruck hat sie auf euch gemacht?«, fragte er, als Kavafis sein Notizbuch zugeschlagen hatte. »Rein subjektiv und so ...«

»Mitgenommen«, sagte Lindhagen. »Ich glaube, sie trinkt zu viel. Aber das kann auch nur etwas Temporäres sein. Was seit Weihnachten passiert ist, hat sie ziemlich fertiggemacht, das sieht man ihr deutlich an. Und das kann man vielleicht auch verstehen. Zwei Geschwister tot und eine Schwägerin verschwunden, so etwas passiert doch sonst nur in Kriegsgebieten, oder?«

»Sie kann ohne Schlaftabletten nicht schlafen und nimmt Antidepressiva«, ergänzte Kavafis. »Aber das hat auch mit der Pandemie zu tun. Immerhin ist sie Schauspielerin und hat seit einem Jahr nicht mehr auf der Bühne gestanden ... das muss hart sein.«

»Bühne oder Kamera sind für einen Schauspieler wichtiger als Heroin für den Heroinabhängigen«, erläuterte Lindhagen. »Das habe ich in einer der vielen medizinischen Fachzeitschriften gelesen, die ich abonniere, und auf Louise Rute scheint es zuzutreffen. Und dann als Sahnehäubchen die Todesfälle in der Familie. Aber während der Vernehmung war sie nüchtern und stand auch nicht unter Drogen.«

»Leon Winther?«, fragte Eva Backman.

»Normale Reaktion«, sagte Kavafis. »Sie hat zugegeben, dass sie ein paar Monate eine lockere Beziehung hatten, die aber lange vor Brevens bruk definitiv vorbei war.«

»Wir können ihn vergessen«, sagte Lindhagen. »Das ist eine andere Geschichte. Aber was sagt ihr? Wer hat Ludvig Rute ermordet?«

Barbarotti fühlte sich nicht bereit, darauf zu antworten, und Eva Backman ging es offenbar genauso. Eine halbe Minute verging. Gläser wurden gerückt. Das Schweigen verdichtete sich.

»Na?«, sagte Lindhagen.

»Das meiste deutet auf Bruder Lars hin«, sagte Inspektor Kavafis schließlich. »Zweifellos.«

»Der tot ist«, murrte Barbarotti. »Ich bin skeptisch.«

»Du musst immer ein Zweifler sein«, meinte Lindhagen mit einem schiefen Lächeln.

»Im Gegenteil«, erwiderte Barbarotti, ohne Lächeln. »Ich bin wirklich gläubig.«

Und angesichts dieses Wortwechsels über Zweifel und Glauben erschien es ihm ein paar Stunden später ganz natürlich, Kontakt mit dem Jenseits aufzunehmen. Er und Eva waren praktisch sofort eingeschlafen, als sie endlich in dem bequemen Doppelbett des Hotelzimmers gelandet waren, aber um kurz nach zwei wachte er dann mit einer ungelösten Fragestellung im Kopf wieder auf.

Eine Frage, die darauf pochte, geklärt zu werden und die eher im Himmel als auf der Erde aufgehoben war.

Aber *wie im Himmel so auch auf Erden,* dachte Barbarotti, faltete die Hände auf der Decke, rief unseren Herrgott an, erhielt umgehend Antwort und präsentierte seine Frage.

Lieber Herr, wie ist das jetzt mit dem Sünder und dem himmlischen Gericht?, begann er. Wenn ich es richtig verstehe, muss dir ein gewisser Ludvig Rute und sein Ringen darum, nach seinem Tod an den richtigen Ort zu kommen, bekannt sein. Ist es tatsächlich so, dass er auch vor der irdischen Gerechtigkeit verantwortlich ist, wenn er vor der Himmelspforte steht?

Unser Herrgott ließ ein kurzes Lachen hören.

Lieber Gunnar, sagte er anschließend, offensichtlich bemüht, langsam und deutlich zu sprechen, wie zu einem Kind mit Konzentrationsschwierigkeiten. Das himmlische und das irdische Gericht unterscheiden sich in vielen Punkten voneinander.

Das kann ich mir denken, entgegnete Barbarotti und wartete.

Wir haben zum Beispiel keine Schöffen, fuhr unser Herrgott fort, wie ihr sie meines Wissens in deinem Land habt. Ich hoffe, ihr seid so vernünftig, diese Ignoranten abzuschaffen, das System ist wirklich unzeitgemäß und führt zu Rechtsunsicherheit.

Das mag sein, erwiderte Barbarotti, aber was ist jetzt mit meiner Frage? Hast du Ludvig Rute wirklich glauben lassen, dass du ihn nicht hereinlassen würdest, obwohl er seine Tat so tief bereute und so viel Zeit vergangen war?

Unser Herrgott antwortete nicht, aber irgendwie verstand Barbarotti dennoch, dass er ernsthaft über die Sache nachdachte.

Wenn es so ist, wirkt das in meinen Augen nämlich ein wenig kleinlich, fügte der irdische Kriminalkommissar nach einer Weile hinzu.

Nun gestattete sich unser Herrgott ein neuerliches Lachen. Und wenn ich in dieser Angelegenheit gar nicht kleinlich gewesen bin, sagte er – und im Übrigen auch in anderen Angelegenheiten nicht –, zu welcher Schlussfolgerung kommst du dann?

Aha?, dachte Barbarotti und machte sich ebenfalls eine ganze Weile Gedanken.

Ich glaube, ich beginne es zu ahnen, sagte er danach.

Die Ahnung ist die Mutter des Wissens, kommentierte unser Herrgott, und anschließend brach die Verbindung ab.

Barbarotti zuckte zusammen und erwachte.

Drehte das Kissen um und schlief wieder ein.

# VIII.

## Februar 2021

# 44

## ZORAN

Ich habe gelebt, dachte Zoran Markovic. Ich bin ein Mensch gewesen, und das hier ist mein Leben geworden.

Er fühlte sich nicht gut.

Das tat er selten, wenn er flog, aber diesmal lag es nicht nur an den Luftlöchern und seiner Flugangst. Er saß weit hinten in der Economy Class und hatte drei Sitze für sich allein. Es gab kaum Flüge während dieser fürchterlichen Pandemie, aber am Ende war es ihm doch gelungen, eine Verbindung zu finden. Stockholm Arlanda – Frankfurt, fünf Stunden Aufenthalt und danach Frankfurt – Belgrad. Eine Bescheinigung darüber, dass er frisch getestet und negativ war.

Er würde heimkehren. Seit ein paar Jahren war das sein Traum gewesen; Schweden zu verlassen und sich in das kleine Dorf an der Donau zurückzuziehen, in dem er fast vierzig Jahre gelebt hatte, ehe es Krieg gab und sich alles änderte.

Er war im Juli 1996 nach Malmö gekommen, ein Jahr nach dem Massaker von Srebrenica, zusammen mit seinem jüngeren Bruder Goran. Sie landeten rasch in unterschiedlichen Kreisen, Zoran fand dank einer kurzzeitigen Freundin einen Job und eine Wohnung in Oskarshamn, Goran zog es zu kriminellen Kreisen in Stockholm. Woraufhin die Brüder, die einander in Serbien nahegestanden hatten, erst recht, seit ihr Vater und ein dritter Bruder im Krieg umgekommen waren, sich in ihrem neuen Heimatland immer weiter voneinander entfernten. Dank eines Restaurantbesitzers mit einem guten Herzen bekam Zoran mit der Zeit eine feste Stelle als Koch in der Gaststätte Fridolins Ecke, und später in einem weiteren Lokal desselben Besitzers. Er fühlte sich diesem Wohltäter schon bald sehr verbunden, der sich selbstlos seiner angenommen und ihm in der komplizierten und zuweilen schwer zugänglichen schwedischen Gesellschaft auf vielfältige Weise weitergeholfen hatte.

Der Name des Wohltäters war Lars Rute, und Zoran schwor sich früh, falls er jemals die Möglichkeit haben sollte, etwas von der Hilfsbereitschaft und Großzügigkeit, die er erleben durfte, zurückzugeben, würde er nicht eine Sekunde zögern, seinen Mann zu stehen.

Und dann traf genau das ein – allerdings nicht so, wie Zoran es sich vorgestellt hatte und erst nach mehr als zwei Jahrzehnten. Auf Grund dieser »Rückzahlung« saß er nun mit gelinde gesagt gemischten Gefühlen in der Maschine zurück in sein Heimatland.

Etwa einen Monat zuvor hatte Lars Rute ihn um Hilfe gebeten, um eine sehr spezielle Hilfe. Zoran hatte sich Bedenkzeit ausbedungen und nach einer angsterfüllten Nacht angerufen und erklärt, er sei bereit, es zu versuchen.

Es ging darum, Lars Rutes Ehefrau Ellen zu töten, die Zoran recht gut kannte, da sie auch für die Restaurants gearbeitet hatte. Zum Glück hatte er sie nie gemocht, wäre es anders gewesen, hätte dies die Sache zu schwierig gemacht, und in einer schlaflosen Nacht hatte er eine Lösung gefunden, die ihm zumindest ersparen würde, dass Blut an seinen Händen klebte.

Es war nämlich Geld im Spiel, und alles hatte seinen Preis. Lars Rute – der flüchtig von seinem Bruder Goran und dessen Lebenswandel wusste, sonst wäre er wohl niemals auf diese Idee gekommen – hatte seinem alten Koch und bewährten Mitarbeiter sechzigtausend Euro versprochen, wenn die Sache geregelt wurde, Geld, das er zufällig in bar besaß, nachdem er seine beiden Lokale an einen reichen Libanesen verkauft hatte. Zoran nahm aus guten Gründen an, dass dieses Bargeld nicht Bestandteil des Verkaufspreises war, den man dem Finanzamt gemeldet hatte, dieser zurecht verabscheuten schwedischen Nationalinstitution.

»Ich will keine Details wissen«, hatte Zoran seinem Bruder mitgeteilt, als sie sich für zehn Minuten im Stockholmer Hauptbahnhof getroffen hatten. »Dreißigtausend Euro, okay?«

»Verdammt wenig, du verdammter Geizhals«, hatte Goran geantwortet. »Aber du bist mein Bruder. Wie heißt die Lady, und wo wohnt sie?«

Zoran hatte es ihm erklärt, und viel mehr war nicht gesagt worden. Und als Lars Rute eine Woche später anrief und erzählte, seine Frau sei verschwunden, mit einer Stimme, die Zoran nicht recht wiedererkannte, waren sie sich einig, dass der Auftrag ausgeführt worden war.

Wieder ein paar Tage später trafen sich die serbischen Brüder erneut, diesmal in einem Auto auf dem Parkplatz der IKEA-Filiale an Kungens kurva nahe Stockholm, wo eine schlichte, aber wertvolle Sporttasche den Besitzer wechselte.

»Wo?«, wollte Zoran wissen.

»Auf dem Meeresgrund«, antwortete Goran. »Weit weg vom Land. Mach dir keine Sorgen, du sprichst mit einem Profi.«

»Wie?«

Obwohl er darauf eigentlich gar keine Antwort hören wollte. Die Frage war ihm einfach so herausgerutscht.

»Kinderleicht«, hatte Goran gesagt und sich eine Zigarette angezündet. »Vlad hat sie angerufen, sich als Arzt vorgestellt und ihr gesagt, dass ihr Mann einen Unfall hatte und im Krankenhaus liegt. Man habe ihr einen Wagen geschickt, der warte sicher schon und … tja, sie hat angebissen wie ein hungriger Karpfen. Willst du wissen, wie sie gestorben ist?«

Zoran hatte den Kopf geschüttelt, die Tasche übergeben und sich von seinem Bruder abgewandt.

Die zweite Hälfte des Blutgelds lag sorgsam versteckt in einer ähnlichen Sporttasche. Zoran trug sie als Handgepäck bei sich, und nun stand sie unter den Vordersitz geschoben. Falls ihn der Zoll in Frankfurt oder Belgrad bitten sollte, sie zu öffnen, würde wahrscheinlich alles den Bach hinuntergehen. Seine einzige Erklärung, die er sich ausgedacht hatte, dass es sich um Geld handelte, das er während seiner Jahre in Schweden zusammengespart hatte und benötigte, um über die Runden zu kommen, da er nun in sein Heimatland zurückkehrte, würde mit Sicherheit niemanden beeindrucken. Aber er musste das Risiko eingehen, und wenn man ihn schnappte, konnte er das fast als eine Form von Gerechtigkeit empfinden. Er hatte eine Grenze überschritten, und manche Grenzen passierte man nicht ungestraft.

Er war Lars Rute nicht mehr begegnet, nachdem er das Geld bekommen hatte, sie hatten nicht abgesprochen, ob sie einander in Zukunft kontaktieren oder nicht kontaktieren würden, aber es schien ihm so, als wäre ihre Bekanntschaft vorbei. Die Restaurants hatten einen neuen Besitzer, Zoran hatte seine Dankesschuld beglichen und war dafür bezahlt worden. Alles hat seine Zeit und sein Ende. Man kann sich nicht mit allen Menschen versöhnen, aber durchaus mit den Ereignissen.

Während er in dem halb leeren Flugzeug saß und sich sorgte, dachte er, dass ein anderer Abschluss dennoch schön gewesen wäre. Ein anständiges Lebewohl von Mann zu Mann. *Würdevoll.* Ein Handschlag, ein kurzer, aber ehrlicher Blick und so weiter. Vielleicht ein Schulterklopfen.

Aber so sah die Welt und so sahen die Lebensbedingungen nicht aus. Das Leben hatte herzlich wenig mit Würde zu tun. Vielleicht hatte er das früher geglaubt, es sich eingebildet – als er jünger war und in seinem Dorf lebte, bevor der Krieg kam –, aber die Jahre hatten ihn etwas anderes gelehrt. Das Menschliche und Gute gilt fast immer nur für begrenzte Zeit.

Worauf er jetzt hoffen musste, war wohl, dass sein Dorf noch halbwegs in Schuss war – er hatte es fünfundzwanzig Jahre lang nicht mehr gesehen –, und dass Lars Rute ohne seine Frau Ellen tatsächlich ein glücklicheres Leben fand. Als er darüber nachdachte, erkannte er jedoch, dass er beides sehr bezweifelte.

Er seufzte, schaute eine Weile in die Leere vor dem Kabinenfenster hinaus und begann anschließend, in dem vollkommen sinnlosen Magazin der Fluglinie zu blättern, das er in der Sitztasche vor sich fand.

# 45

## LINN

Ich fühle mich nicht gut.

Ich weiß nicht, wer ich bin. Ich weiß nicht, was ich tun soll.

Ich weiß nur, wo ich bin.

In München. Vor fünf Tagen ist es mir gelungen, trotz aller Hindernisse hierherzukommen, und ich habe augenblicklich gespürt, dass es die vollkommen richtige Entscheidung war. Als hätte mein Leben auf der Stelle getreten und nur genau hierauf gewartet. Dieter wartete am Bahnsteig mit siebenunddreißig roten Rosen und einer Flasche Sekt auf mich, und obwohl einem das ein bisschen so vorkam wie eine alberne Szene aus einem albernen Film, war es genau richtig.

»Warum siebenunddreißig?«, fragte ich ihn später, als wir in die Wohnung in der Rauchstraße gekommen waren, die jetzt mein Zuhause ist, und ich sie gezählt hatte.

»Deine Schuhgröße und mein IQ«, antwortete Dieter.

Es hätte eine Replik aus dem gleichen Film sein können, aber es traf es perfekt. Wir tranken den Sekt und liebten uns in dem Doppelbett, das er am Vormittag zusammengebaut hatte, und ich dachte, verdammt, was hätte ich es bereut, wenn ich nicht zu diesem intelligenten und unkomplizierten Deutschen zurückgekehrt wäre.

Denn das sind zwei Worte, die ihn gut beschreiben, meinen Dieter. Intelligent und unkompliziert. Mit Letzterem meine ich im Grunde, dass er ehrlich ist. Er lügt nie, eine Eigenschaft, die momentan in einem scharfen Kontrast zu so vielem anderen steht. Oder besser gesagt: zu dem, was an meinem dritten Tag in München passiert ist, also vorgestern.

Und das alles auf den Kopf gestellt hat. Es kommt mir vor, als nähmen die umwälzenden Ereignisse in diesem Pandemiewinter gar kein Ende. Zuerst Weihnachten und der Mord an Onkel Ludvig. Danach Mutters Verhalten, sowohl das Telefongespräch, von dem ich zufällig ein paar Worte aufgeschnappt habe, als auch ganz allgemein. Dann verschwindet Ellen, die Frau von Onkel Lars, und Lars dreht durch. Dreht dermaßen durch, dass er in die Psychiatrie muss, wo er es schafft, sich das Leben zu nehmen.

Das alles schien mit dem zusammenzuhängen, was Weihnachten passiert war, das begriff ich schnell, außerdem war nicht zu übersehen, dass die Polizei Ludvigs Geschwister in Verdacht hatte. Auch meine Mutter. Obwohl ich mir große Mühe gab, nicht daran zu denken.

Und dann gibt es noch etwas Altes, das *diese Geschichte* heißt, denn das war es ja, worüber ich Mutter reden hörte.

*So far, so bad.* Aber dieses Letzte, das im Grunde alles erklärt und von dem ich vorgestern erfahren habe, ist wirklich der Gipfel. Deshalb fühle ich mich jetzt so, wie ich es tue. Mein Leben ist völlig umgekrempelt worden, und ich weiß nicht, was ich machen soll. Das *kann* ich in einer Situation wie dieser gar nicht wissen.

Außerdem bin ich extrem wütend. Wirklich verflucht wütend; es war natürlich unmöglich, meinen Zustand vor Dieter zu verbergen, aber während des Gesprächs stand er unter der Dusche, sodass er nichts gehört hat. Ich sagte ihm, ich hätte gerade gewisse Dinge erfahren, von denen ich nichts gewusst hätte, schreckliche Dinge, und dass ich ihm am Samstag alles erzählen würde. Das ist morgen, weiß der Teufel, ob ich mein Versprechen halten werde.

Bevor sie anrief, hatten wir jedoch ein paar fantastische Tage, Dieter und ich. Ich meine damit nicht, dass wir in einer Art frisch verliebtem Glücksrausch lebten. Überhaupt nicht, es war etwas völlig anderes, etwas wesentlich Besonneneres. Wenn es etwas gibt, das *Alltagsliebe* heißt, war es wohl das, was wir erlebten und machten. Wir waren pragmatisch, kauften Sachen für die Wohnung (im Internet natürlich, es ist das Einzige, was im Moment geht), ich meldete mich für einen Deutschkurs an, besorgte mir ein Fahrrad, und wir besuchten Dieters Eltern. Nur kurz und natürlich mit einem deutschen Pandemieabstand von fünf Metern. Bei dem Gedanken, sie wiederzusehen, war ich leicht besorgt gewesen. Aber es war kein Problem, ich merkte, dass ich sie immer noch nett fand. Vor allem den Vater, der seit seinem Unfall also im Rollstuhl sitzt; er wirkt warmherzig und offen und nimmt sein neues, eingeschränktes Leben gut gelaunt an. Außerdem sprach er hervorragendes Englisch, sodass ich alles verstand, was er sagte, zum Beispiel, dass ich die Gelegenheit nutzen und seinen Sohn heiraten sollte, wenn ich schon einmal in der Stadt war. Ich versprach ihm, darüber nachzudenken, erklärte aber, ich sei letztlich doch so konservativ, dass ich fände, es sei Dieters Sache, um meine Hand anzuhalten. Darüber lachte er.

Dieter zeigte mir natürlich auch die Stadt, vor allem das Viertel, in dem wir wohnen, oberhalb des Landtagsgebäudes und mit Fluss und Englischem Garten in der Nähe. Abgesehen vom Wetter, das furchtbar unwirtlich war, gefiel mir fast alles, was ich sah. Der Stadtteil ist charmant, es gibt eine Menge Geschäfte, Restaurants und Cafés, die größtenteils wegen der Pandemie geschlossen sind, aber es wird ja nicht ewig so bleiben. Ich kann mir gut vorstellen, den Rest meines Lebens hier zu verbringen.

Dachte ich jedenfalls bis vorgestern Abend.

Es war kurz nach neun, und Dieter war wie gesagt gerade duschen gegangen. Ich sah natürlich, wer anrief, und zögerte, bevor ich mich meldete; ich nahm an, dass sie nicht nüchtern war und ich mir eine Menge unzusammenhängendes Geschwafel über dämliche Regisseure und diverses Elend würde anhören müssen, sodass es mir widerstrebte, auf das grüne Telefon zu drücken. Nach Sillingbo ist unser Verhältnis immer angespannter geworden, vielleicht war es auch grundsätzlich keine gute Idee zusammenzuwohnen, aber im Sommer war die Lage nun einmal, wie sie war. Ich liebe sie natürlich – zumindest habe ich das bis zu diesem Telefonat getan –, aber wenn man einmal flügge geworden ist und das Nest verlassen hat, kann es verdammt dumm sein zurückzufliegen.

Wie auch immer. Ich meldete mich, hörte nach fünf Wörtern, dass sie mindestens eine halbe Flasche Wein getrunken hatte, und machte mich auf das Schlimmste gefasst. Nein, nicht wirklich auf das Schlimmste, denn was sie dann erzählte, was der Grund für ihren Anruf war, erwies sich als schlimmer, als ich es mir in meinen wildesten Fantasien jemals hätte vorstellen können. Wie man so sagt.

Sie hat meinen Vater erschlagen.

Mit einem Krocketschläger, behauptete sie. Sie und ihre Geschwister, aber sie hatte angefangen. Es passierte an Mittsommer 1995, im Jahr vor meiner Geburt, und er war gar kein amerikanischer Schauspieler, wie ich mein ganzes Leben geglaubt habe, sondern ein schwedischer. Er hieß Leon Winther und war ein Dreckschwein, ich zitiere. Er tauchte uneingeladen bei einem Mittsommerfest auf, war high und benahm sich unverschämt, und alle zusammen schlugen sie mit ihren Krocketschlägern auf seinen Kopf ein, bis er starb. Während sie es erzählte, lachte sie ab und zu, es war wie ein Lachen aus der Unterwelt, und ich hörte, wie sie aus ihrem Weinglas trank, etwas verschüttete und fluchte. Dann begann sie völlig hysterisch zu schluchzen, und nachdem sie sich wieder gefangen hatte, bat sie um Verzeihung und meinte, trotz des toten Dreckschweins habe sie niemals in Erwägung gezogen, mich abzutreiben, nicht eine Sekunde. Gemeinsam hatten die Geschwister vertuscht, was sie getan hatten, sie vergruben die Leiche irgendwo und sahen zu, dass sie sein Auto loswurden. Leon Winther wurde natürlich als vermisst gemeldet, und was mit ihm passiert war, ist seither ein Rätsel geblieben.

Weihnachten machte Onkel Ludvig dann eine religiöse Krise durch, er wusste, dass er bald sterben würde, und verlangte, dass seine Geschwister und er der Polizei gemeinsam erzählen sollten, was vor fünfundzwanzig Jahren geschehen war. Wenn sie damit nicht einverstanden wären, würde er es allein gestehen, und sie würden dennoch entlarvt werden. Es ging darum, dass Ludvig Sorge hatte, nicht in den Himmel zu kommen.

Deshalb erschlug Mutter ihn in der Nacht zum ersten Weihnachtstag. Sie sagte, es sei ihre Pflicht gewesen, weil es ihre Schuld gewesen war, dass Leon Winther damals auf dem Mittsommerfest aufgetaucht war. Ihre und Ludvigs, weil er meinem Vater verraten hatte, wo sie feierten. Irgendwo in Närke, ich erinnere mich nicht mehr an den Namen des

Ortes. Aber ich habe Leon Winther gegoogelt, und es stimmt, dass er Schauspieler war und im Sommer 1995 spurlos verschwand.

Danach redete sie noch darüber, wie schlecht es ihr wegen der ganzen Sache ging, aber summa summarum bin ich also die Tochter einer Doppelmörderin und eines schauspielenden Dreckschweins mit Drogenproblemen. Es dauerte nicht mehr als zehn Minuten, einschließlich mehrerer Zusammenbrüche, bis meine Mutter ihre Geschichte losgeworden war, und als sie verstummte, hatte ich eine einzige Frage.

»Warum erzählst du mir das jetzt?«

Sie schwieg zunächst und trank mehr Wein. Dann sagte sie, sie könne mit dieser Bürde nicht mehr leben und wolle ihre Strafe akzeptieren. Erst recht, weil sowohl Lars als auch seine Frau offenbar tot waren, obwohl sie da nichts über die Details wusste, nur, dass es irgendwie zusammenhing.

»Meine Strafe akzeptieren …«, wiederholte sie lallend.

»Dann solltest du lieber die Polizei anrufen, nicht mich«, sagte ich.

»Mach du das«, erwiderte sie. »Ich packe das einfach nicht.«

Dann drückte sie mich weg.

Ja, genau. *Sie drückte mich weg.*

Was zum Teufel soll ich jetzt tun? Sicher bin ich mir nur, dass ich es Dieter erzählen muss. Vielleicht ist morgen also mein letzter Tag in München. Wer will schon mit jemandem zusammenleben, der so etwas mit sich herumschleppt wie ich?

Aber es war toll, solange es dauerte.

# 46

In der Welt der Träume ist alles möglich.

Gunnar Barbarotti hatte Golf spielen gelernt und befand sich auf einem von Donald Trumps Golfplätzen irgendwo auf der Welt. Der Expräsident war mit einem kleinen Hofstaat aus Schmeichlern und Speichelleckern ebenfalls dort, und als Barbarotti gerade am dreizehnten Loch abschlagen wollte, stellte sich UKL (der Ungekrönte König der Lüge, das stand auf seiner Baseballkappe, zu Ehren des Tages auf Schwedisch) mitten in den Weg und begann, eine Rede über die übertriebene Bedeutung des Wahlrechts für die Demokratie zu halten. Barbarotti rief ihm zu, aus dem Weg zu gehen, aber vergebens. Also schlug er den Ball, der Trump am Kopf traf, woraufhin dieser mausetot daniedersank. Aber Wunder über Wunder, der Ball schoss in einem eleganten Bogen weiter und landete im Loch, leider auf der falschen Bahn, Loch Nummer vierzehn, was ein großes Palaver darüber auslöste, ob das nun ein hole-in-one war oder nicht. Und keiner interessierte sich im Geringsten für den toten Lügenbold, bis ein Fuchs quer über den Rasen lief, das Bein hob und ihn anpinkelte. Kann nicht bleiben, sagte der Fuchs, als er fertig war. Muss nach Brasilien und kacken.

»Warum lächelst du?«, fragte Eva Backman.

Barbarotti schlug die Augen auf, erkannte, dass sein Traum vielleicht doch nicht so amüsant war, erst recht nicht in Gestalt einer Nacherzählung, und erklärte, er lächele, weil ihm Kaffeeduft in die Nase gestiegen sei und er begriffen habe, dass sie schon aufgestanden war und eine Kanne gekocht hatte.

»Das habe ich allerdings«, sagte Eva Backman. »Ich konnte nicht wieder einschlafen, als ich aufgewacht bin und mir eingefallen ist, dass wir heute zur Arbeit fahren müssen. Man ist durch diese Pest ein bisschen verwöhnt, nicht?«

»Ja, das stimmt«, sagte Barbarotti und kam auf die Beine. »Große Besprechung mit Stigman. Er ist nach seinem Golfunfall wieder ganz der Alte, findest du nicht auch?«

Und dann zuckte es wieder in seinen Wangenmuskeln.

»Jetzt lächelst du wieder«, sagte Eva Backman.

»Ach, das ist nur meine ganz normale gute Morgenlaune«, erwiderte Barbarotti und schob sich ins Badezimmer.

Es stimmte, dass Kommissar Stig Stigman in bester Verfassung war. Er trug ein schwarz-beige kariertes Jackett, das aussah wie ein Weihnachtsgeschenk, und eine senffarbige Krawatte. Außerdem hatte er sich die Haare schneiden lassen und war frisch rasiert. Von der Beule war nichts als ein kleines blaugraues Mahnmal geblieben.

Die Versammelten, verteilt sitzend, um sich nicht gegenseitig anzustecken, waren die Inspektoren Lindhagen, Kavafis und Sorgsen (halbtags wieder im Haus), die Polizeianwärter Brännström und Kornuszewski sowie Kommissarin Backman. Es fehlten Inspektor Toivonen, den in der Nacht ein verdächtiger Husten ereilt hatte, und Kommissar Barbarotti.

»Wo haben wir Barbarotti?«, fragte Stigman, als er die Gruppe durchgezählt hatte.

»Er ist am Empfang aufgehalten worden«, erklärte Backman. »Es war etwas Wichtiges, aber er kommt gleich.«

»Das wollen wir hoffen«, sagte Stigman. »Es steht einiges auf dem Programm. Das muss ich nicht extra betonen. Einiges. Und wir beginnen damit, im Fall Sillingbo Nägel mit Köpfen zu machen. Es wird wirklich Zeit. Eine verworrene Geschichte, das muss ich wohl ebenso wenig betonen. Verworren! In Ermangelung von Barbarotti übergebe ich das Wort an Kommissarin Backman. Backman, bitte sehr.«

Barbarotti war am Empfang in der Tat von Frau Mosander aufgehalten worden.

»Barbarotti, hier ist ein Brief für dich.«

Barbarotti blieb stehen, Eva Backman stieg die Treppe hinauf.

»Ein Brief? Die Leute schreiben heutzutage keine Briefe mehr.«

»Und wenn sie es doch tun, werden sie von der Post verschlampt«, gab Mosander fröhlich zurück. »Aber das hier erinnert schon deutlich an einen Brief.«

Sie hielt ihn hoch und runzelte die Stirn.

»Noch dazu handgeschrieben, zumindest auf dem Umschlag. Kommissar Gunnar Barbarotti, Polizeipräsidium Kymlinge, Schweden … das bist doch du?«

»Das Präsidium bin ich nicht, aber der Rest stimmt«, sagte Barbarotti und nahm den Umschlag entgegen. Wog ihn in der Hand, recht schwer, deutsche Briefmarken. Irgendetwas, unklar was, ließ ihn ahnen, dass dieses Schreiben eine gewisse Bedeutung hatte, und er beschloss, sich den Inhalt anzuschauen, ehe er sich zur Denkfabrik im vierten Stock hinaufbegab. Sie würden zehn Minuten ohne ihn auskommen müssen, außerdem konnte es nicht schaden, wenn Stigman lernte, dass er nicht immer seinen Willen bekommen konnte.

Er ging zu seinem Büro und ließ sich an seinem überladenen Schreibtisch nieder. In einem der nächsten Jahre muss ich aufräumen, dachte er und schlitzte das Kuvert mit einem Stift auf.

»Es sieht tatsächlich so aus, als könnten wir diese merkwürdige Geschichte zu fassen kriegen«, begann Eva Backman. »Nicht, dass wir unserer Sache hundertprozentig sicher wären, aber wir haben immerhin einen Ablauf, der in sich schlüssig ist.«

»Gut«, sagte Stigman. »Sehr gut. Ein Ablauf, der in sich schlüssig ist. Lass hören.«

»Der Ursprung des Ganzen liegt fünfundzwanzigeinhalb Jahre zurück«, fuhr Backman fort, »und ist identisch mit dem, was im Kreis der Geschwister als *diese Geschichte* oder auch *diese verdammte Geschichte* bezeichnet wird. Es ist anscheinend so gewesen, dass sich die Brüder Ludvig und Lars während eines Mittsommerfests in Brevens bruk in Närke gestritten haben. Sie sind wahrscheinlich ziemlich betrunken, einer von ihnen bekommt ein Messer in die Finger, und aus ihrem Streit wird blutiger Ernst. Ein anderer Gast, ein holländischer Anhalter, der rein zufällig anwesend ist, will eingreifen und wird getötet. Das geschieht wahrscheinlich nicht vorsätzlich, aber die Geschwister beschließen dennoch zu vertuschen, was passiert ist … und kommen damit durch. Das Ganze ist bis Weihnachten in Sillingbo begraben und vergessen gewesen. Mehr als fünfundzwanzig Jahre lang.«

Sie machte eine Pause und ließ den Blick zwischen ihren Kollegen hin und her wandern. Keine Einwände. Stigman sah zufrieden aus und rückte seine Krawatte gerade.

»In Sillingbo ist Ludvig Rute sterbenskrank und macht eine religiöse Krise durch. Er hat beschlossen, ein Geständnis abzulegen und zu erzählen, was in Brevens bruk passiert ist, und will, dass seine Geschwister mitziehen. Wenn sie sich widersetzen, wird er trotzdem zur Polizei gehen und alles gestehen. Und seine Geschwister enterben, darum geht es bei dem Treffen an Heiligabend. In der folgenden Nacht wird er dann von einem der anderen Geschwister ermordet, weil diese nicht wollen, dass die alte Geschichte bekannt wird.«

»Von einem der anderen Geschwister?«, fragte Sorgsen.

»Gute Frage«, sagte Stigman. »Ausgezeichnet. Präzision bitte. Von wem unter ihnen?«

»Hm«, sagte Eva Backman. »Vorausgesetzt, dass die Geschichte stimmt, spricht das meiste für Lars Rute. Er war es, der fünfundzwanzig Jahre zuvor das Messer in der Hand hielt, und wenn jemand zur Verantwortung dafür gezogen werden sollte, was damals geschah, dann er. Außerdem …«

»Außerdem?«, sagte Stigman.

»Außerdem ist seine Frau, Ellen Rute Fredin, verschwunden, wahrscheinlich tot. Eine glaubhafte Hypothese lautet, dass Lars Rute ihr versehentlich zu viel enthüllt hat und sich daraufhin gezwungen sah, sie umzubringen. Wir haben keine Ahnung, wie sich das abgespielt haben könnte, und solange wir keine Leiche finden, dürften wir in dem Fall nicht weiterkommen, weil … nun, weil Lars Rute Selbstmord begangen hat. Auch hier weiß keiner so genau, warum, aber man kann darüber spekulieren. Als es dazu kam, lag er in einer psychiatrischen Klinik. Den behandelnden Ärzten zufolge in einem nahezu psychotischen Zustand, und es erscheint naheliegend, dass er nicht damit leben konnte, was er getan hatte. Dass er schuld am Tod von drei Menschen war, wobei zwei der drei Fälle als Morde eingestuft werden müssen.«

»Der Holländer?«, fragte Kavafis. »Ist er noch nicht identifiziert worden?«

»Nein, das kann dauern. Wir haben auch in dem Fall keine Leiche, da es Lars und Ludvig waren, die ihn irgendwo vergraben haben. Die anderen Geschwister wissen nicht, wo, und es dürfte wohl kaum infrage kommen, halb Närke umzugraben, um ihn zu finden. Laut holländischer Polizei sind in dem fraglichen Jahr rund tausend Menschen verschwunden, von denen mehr als dreihundert bis heute vermisst werden.«

»Wissen die Holländer nicht einmal, wie er hieß?«, erkundigte sich Polizeianwärter Kornuszewski.

»Er nannte sich einfach Ringo«, sagte Eva Backman seufzend. »Von den ungefähr dreihundert, die vermisst werden, ist keiner auf den Namen Ringo getauft worden, sodass es sich um einen Spitznamen handeln dürfte. Ja, was meint ihr?«

»Hervorragend«, antwortete Stigman blitzschnell. »Wir meinen, dass dies ganz hervorragend ist. *Case closed.* Das Szenario ist in jedem Punkt in sich logisch. Ich werde heute Nachmittag die Presse informieren, dass der Fall gelöst ist.«

»Es gibt ein paar Vorbehalte«, sagte Eva Backman.

»Finde ich auch«, stimmte Lindhagen ihr zu. »Die Geschichte ist an und für sich schlüssig, aber es gibt alternative Geschichten, für die das Gleiche gilt. Man könnte sich zum Beispiel vorstellen, dass …«

»Lasst uns von weiteren Spekulationen absehen«, unterbrach Stigman ihn. »Hundertprozentig sicher können wir in keinem einzigen unserer Fälle sein, aber es gibt keinen Grund, gute Polizeiarbeit und eine Lösung, die logisch und höchst glaubwürdig ist, infrage zu stellen. Jetzt haben wir hier einen Schlussstrich gezogen und können uns anderen Aufgaben widmen, an denen kein Mangel besteht. Wahrlich kein Mangel.«

»Ich möchte trotzdem meinen Vorbehalt zu Protokoll geben«, wandte Eva Backman ein. »Es stimmt, dass unsere Lösung hübsch klingt und einwandfrei aussieht, aber wir sollten nicht vergessen, dass praktisch alle Informationen von den beiden Geschwistern kommen, die noch leben. Leif und Louise, es ist ihre Version, die wir hier übernehmen, sowohl von den Ereignissen in Brevens bruk als auch die von Sillingbo. Die beiden anderen, die einst mit Messer und Grillspieß aufeinander losgingen ... oder von denen *behauptet* wird, dass sie aufeinander losgingen ... sind tot. *Passenderweise* tot, könnte man meinen.«

»Ja, ja«, murrte Stigman. »Ich höre, was du sagst, und nehme deine Ansicht zur Kenntnis. Möchte sonst noch jemand eine letzte Bemerkung machen?«

»Vier Menschen sind tot«, fasste Lindhagen zusammen. »Einer vor fünfundzwanzig Jahren ums Leben gekommen, drei vor Kurzem. Und wir haben niemanden, den wir verhaften können ... nun, es wird wohl auch so ein *case closed*?«

»Exakt«, antwortete Stigman. »*Case closed* und polizeilich aufgeklärt. Jetzt legen wir die Sache zu den Akten und nehmen anderes in Angriff.«

»Eine Frage noch«, sagte Kavafis. »Was sagen wir der Presse? Der Kunstdieb ist gefasst worden oder ...?«

»Keineswegs«, erklärte Stigman und richtete seine Krawatte. »Und schon gar nicht *wir*. *Ich* werde sagen, dass der Täter tot und der Fall aufgeklärt und zu den Akten gelegt worden ist. Jetzt ist mal Schluss mit Einwänden. Wo zum Henker treibt sich eigentlich Barbarotti herum? Zeit und Ort sind ihm doch bekannt gewesen? Zeit und Ort, Backman?«

»Sind ihm bekannt gewesen«, versicherte Eva Backman. »Ich weiß auch nicht, was ihn aufgehalten haben kann.«

Und wie auf ein Zeichen hin, als wäre er eine Fliege an der Wand gewesen und hätte die Besprechung bis zu diesem

Moment belauscht, den perfekten Zeitpunkt für seinen Auftritt abgewartet wie ein wiederauferstandener Phileas Fogg, trat Kommissar Gunnar Barbarotti durch die Tür.

»Und was hast du getrieben?«, erkundigte sich Stigman mit kaum verhohlenem Ärger. »Wir haben gerade den Fall Rute abgeschlossen, das hat auch ohne deine Mitwirkung geklappt, aber es wäre durchaus angebracht gewesen, wenn du dabei gewesen wärst. Immerhin hast du die Ermittlungen geleitet.«

»Ich kann verstehen, dass der Chef verärgert ist«, entgegnete Barbarotti ruhig, zog einen Stuhl heraus und setzte sich. »Aber ich fürchte, wir müssen in dieser Angelegenheit das eine oder andere revidieren.«

»Revidieren?«, sagte Stigman. »Im Fall Rute braucht es keine Revision. Mit der Geschichte sind wir fertig. Was meinst du damit? Revidieren?«

»Es ist Post gekommen, ein Brief aus München«, sagte Barbarotti.

Die schwedische Originalausgabe erschien 2023 unter dem Titel »Det kom ett brev från München« im Albert Bonniers Förlag, Stockholm.



FSC
www.fsc.org
MIX
Papier | Fördert gute Waldnutzung
FSC® C014496

Penguin Random House Verlagsgruppe FSC® N001967

1. Auflage

Umschlaggestaltung: Lübbeke Naumann Thoben, Köln
Umschlagmotiv: Wald: © jon-flobrant / unsplash und
Haus: © tupungato / Depositphotos
Satz: GGP Media GmbH, Pößneck
Druck und Einband: GGP Media GmbH, Pößneck
Printed in Germany
ISBN 978-3-442-76251-4

www.btb-verlag.de
www.facebook.com/penguinbuecher

# HÅKAN NESSER

bei btb

**Gunnar Barbarotti ermittelt**

Mensch ohne Hund. *Roman*

Eine ganz andere Geschichte. *Roman*

Das zweite Leben des Herrn Roos. *Roman*

Die Einsamen. *Roman*

Am Abend des Mordes. *Roman*

Barbarotti und der schwermütige Busfahrer. *Roman*

Schach unter dem Vulkan. *Roman*

Ein Brief aus München. *Roman*

**»Ein begnadeter Krimiautor – vielleicht der beste ganz Schwedens!«**
*Hamburger Abendblatt*